Aristóteles y Dante se sumergen en las aguas del mundo

Novela

Biografía

Benjamin Alire Sáenz es poeta y escritor para adultos y adolescentes. Es el primer autor de origen latino ganador del Premio PEN/Faulkner de Ficción y del American Book Award por sus libros para adultos. Con *Aristóteles y Dante descubren los secretos del universo* fue ganador de los premios Stonewall, el Pura Belpré y el Lambda; finalista del Amelia Elizabeth Walden y mención de honor en el Printz. Su primera novela para jóvenes, *Sammy y Juliana en Hollywood* (Planeta, 2018) fue seleccionada como parte del top 10 del ala para jóvenes lectores y finalista del Los Angeles Times Book Prize. Su siguiente libro, *He Forgot to Say Goodbye*, ganó el premio Tomás Rivera a mejor Libro Infantil Mexicano Americano y el Southwest Book Award, además de ser también seleccionado como uno de los mejores libros para adolescentes por la Biblioteca Pública de Nueva York. Vive en El Paso, Texas.

Benjamin Alire Sáenz

Aristóteles y Dante se sumergen en las aguas del mundo

Planeta

Título original: *Aristotle and Dante Dive Into the Waters of the World*

Traducción: Sonia Verjorvsky
Adaptación del diseño original de portada de Chloë Foglia / Simon & Schuster, Inc.: Planeta Arte & Diseño
Ilustración del paisaje de portada: © Mark Brabant
Lettering original e ilustraciones del cielo: © Sarah Jane Coleman
Lettering en español: © David López García

Bajo el sello editorial BOOKET M.R.
Avenida Presidente Masarik núm. 111,
Piso 2, Polanco V Sección, Miguel Hidalgo
C.P. 11560, Ciudad de México
www.planetadelibros.com.mx

Primera edición impresa en México en Booket: septiembre de 2025
ISBN: 978-607-39-3298-1

Impreso en los talleres de Litográfica Ingramex, S.A. de C.V.
Centeno núm. 162-1, colonia Granjas Esmeralda, Ciudad de México
Impreso y hecho en México – *Printed and made in Mexico*

*Amanda, cuando miro el sol
naciente pienso en ti. A veces oigo tu
risa en la habitación y te escucho
decir: «Estás loco, tío Ben».*

*Este libro es para ti. Te adoro...
y siempre lo haré.*

Adonde mirara, adonde fuera, todos tenían algo que decir sobre el amor. Mamás, papás, maestros, cantantes, músicos, poetas, escritores, amigos. Era como el aire. Era como el océano. Era como el sol. Era como las hojas de un árbol en el verano. Era como la lluvia que le ponía fin a la sequía. Era el sonido suave del agua que corre por un arroyo. Y era el sonido de las olas que golpean contra la orilla en una tormenta. Por el amor librábamos todas nuestras batallas. Por el amor vivíamos y moríamos. Por el amor soñábamos mientras dormíamos. Por el amor queríamos respirar al despertar para saludar al día. Por el amor teníamos una antorcha para salir de la oscuridad. Por el amor salíamos del exilio, pues él nos llevaba cargando hasta un país llamado Pertenecer.

El descubrimiento del arte de la cartografía

Me preguntaba si a Dante y a mí alguna vez nos permitirían escribir nuestros nombres sobre el mapa del mundo. A otras personas les dan instrumentos de escritura… y, cuando van a la escuela, les enseñan a usarlos. Pero a los chicos como Dante y como yo no les dan lápices o plumas o pintura en aerosol. Quieren que leamos, pero no quieren que escribamos. ¿Con qué escribiremos nuestros nombres? ¿Y en qué parte del mapa los escribiremos?

Uno

Y aquí estaba él: Dante, recargando su cabeza contra mi pecho. En la quietud del alba solo se escuchaba la respiración de Dante. Era como si el universo hubiera dejado de hacer lo que fuera que hacía solo para mirar a los dos chicos que habían descubierto sus secretos.

Mientras sentía el latido del corazón de Dante contra la palma de mi mano, deseé de alguna manera poder meterla hasta el fondo de mi pecho para arrancarme el corazón y mostrárselo a Dante, con todo lo que tenía dentro.

Pero he aquí algo más: El amor no tenía que ver con mi corazón nada más; también tenía algo que ver con mi cuerpo. Y mi cuerpo jamás se había sentido tan vivo. Y entonces lo *supe*, finalmente supe de esta cosa llamada deseo.

Dos

Detestaba despertarlo, pero este momento tenía que terminar. No podíamos vivir en la caja de mi camioneta para siempre. Era tarde, ya era otro día; teníamos que llegar a casa y nuestros papás estarían preocupados. Le besé la cabeza.

—Dante… Dante… Despierta.

—No quiero despertar jamás —susurró.

—Tenemos que ir a casa.

—Ya estoy en casa. Estoy contigo.

Eso me hizo sonreír. Era tan típico de él decir eso.

—Anda, vámonos. Parece que va a llover. Y tu mamá nos va a matar.

Dante se rio.

—No nos va a matar. Solo nos va a echar una de sus miradas.

Lo ayudé a levantarse y nos quedamos ahí parados, mirando al cielo.

Me tomó de la mano.

—¿Siempre me amarás?

—Sí.

—¿Y me amaste desde el principio, como yo te amé?

—Sí, creo que sí. Creo que sí lo hice. Es más difícil para mí, Dante. Tienes que entenderlo. Siempre será más difícil para mí.

—No todo es tan complicado, Ari.

—No todo es tan sencillo como crees.

Él estaba por decir algo, así que lo besé y ya. Para callarlo, creo. Pero también porque me gustaba besarlo.

Sonrió.

—Finalmente descubriste una manera de ganarme una discusión.

—Sí —respondí.

—Te funcionará un rato —dijo.

—No siempre tenemos que estar de acuerdo.

—Eso sí.

—Me da gusto que no seas como yo, Dante. Si lo fueras, no te amaría.

—¿Dijiste que me amas? —Se estaba riendo.

—Ya, para.

—¿Ya qué? —preguntó. Y luego me besó—. Sabes a lluvia.

—Amo la lluvia más que nada.

—Lo sé. Quiero ser la lluvia.

—*Eres* la lluvia, Dante.

Y quería decirle: «Eres la lluvia y eres el desierto y eres la goma de borrar que está desapareciendo la palabra "soledad"». Pero era decir demasiado, y yo siempre sería el tipo que decía muy poco y Dante era el tipo que siempre diría demasiado.

Tres

No dijimos nada mientras volvíamos a casa.

Dante estaba callado. Tal vez demasiado callado. Él, que siempre estaba tan lleno de palabras, que sabía qué decir y cómo decirlo sin temor. Y luego se me ocurrió que tal vez Dante siempre había tenido miedo… igual que yo. Era como si hubiéramos entrado juntos a una habitación y no supiéramos qué hacer ahí. O tal vez, o tal vez, o tal vez. Simplemente no podía dejar de pensar en todo. Me pregunté si alguna vez llegaría un momento en el que dejaría de pensar en todo.

Y luego escuché la voz de Dante:

—Quisiera ser mujer.

Me le quedé mirando.

—¿Qué? Es cosa seria querer ser mujer. ¿De verdad quisieras serlo?

—No. Digo, me gusta ser hombre. Digo, me gusta tener pene.

—A mí también me gusta tener uno.

Y luego dijo:

—Pero, si fuera mujer, nos podríamos casar y, ya sabes…

—Eso nunca sucederá.

—Lo sé, Ari.

—No estés triste.

—No lo estaré.

Pero yo sabía que sí estaría triste.

Y luego encendí la radio y Dante comenzó a cantar con Eric Clapton y susurró que tal vez «*My Father's Eyes*» era su nueva canción favorita.

—*Waiting for my prince to come* —susurró. Y sonrió.

Luego me preguntó:

—¿Por qué nunca cantas?

—Cantar significa que estás feliz.

—¿No estás feliz?

—Tal vez solo cuando estoy contigo.

Me encantaba cuando decía algo que lo hacía sonreír.

Cuando nos estacionamos frente a su casa, el sol estaba a punto de mostrarle el rostro al nuevo día. Y justo así se sentía: como un nuevo día. Pero estaba pensando que tal vez nunca volvería a saber, o a estar seguro, de qué traería el nuevo día. Y para nada quería que Dante supiera que dentro de mí vivía temor, el que fuera, porque podría creer que no lo amaba.

Nunca le mostraría que tenía miedo. Eso fue lo que me dije. Pero sabía que no podía cumplir esa promesa.

—Quiero besarte —dijo.

—Lo sé.

Cerró los ojos.

—Hagamos como si nos besáramos.

Sonreí, y luego me reí cuando cerró los ojos.

—Te estás riendo de mí.

—No, para nada. Te estoy besando.

Sonrió y me miró, con los ojos llenos de tanta esperanza... Salió de la camioneta de un brinco y cerró la puerta. Luego se asomó por la ventana abierta.

—Veo un anhelo en ti, Aristóteles Mendoza.

—¿Un anhelo?

—Sí. Una añoranza.

—¿Una añoranza?

Se rio.

—Esas palabras viven en ti. Búscalas en el diccionario.

Lo miré con detenimiento al tiempo que subía corriendo por los escalones. Se movía con la gracia del gran nadador que era. No había siquiera peso ni preocupación alguna en su paso.

Se dio la vuelta y se despidió con la mano y esa sonrisa suya.
Me pregunté si con su sonrisa bastaría.

Dios, haz que baste con su sonrisa.

Cuatro

Jamás creí que algún día me sentiría tan cansado. Me dejé caer sobre la cama... pero el sueño no tuvo ganas de visitarme.

Patas saltó junto a mí y me lamió la cara. Se acercó aún más cuando escuchó la tormenta afuera. Me pregunté qué se inventaría en la cabeza sobre los truenos o si los perros alguna vez pensarían en cosas así. Yo, en cambio, estaba contento de que hubiera truenos. Este año, tormentas tan maravillosas, las tormentas más maravillosas que hubiera conocido jamás. Seguramente me quedé dormido porque, cuando desperté, afuera llovía a cántaros.

Decidí tomar una taza de café. Mi mamá estaba sentada frente a la mesa de la cocina, con una taza de café en una mano y una carta en la otra.

—Hola —susurré.

—Hola —dijo ella, con esa misma sonrisa en la cara—. Volviste tarde.

—O temprano... si lo piensas.

—Para una madre, temprano es tarde.

—¿Estabas preocupada?

—Preocuparme es parte de mi naturaleza.

—Así que eres como la señora Quintana.

—Te sorprendería saber que tenemos muchas cosas en común.

—Sí, las dos creen que sus hijos son los chicos más hermosos del mundo. Como que no sales mucho, ¿verdad, mamá?

Se estiró hacia mí y me pasó los dedos por el pelo. Y luego puso esa cara de que esperaba una explicación.

—Dante y yo nos quedamos dormidos en la caja de la camioneta. No hicimos… —me detuve y luego solo me encogí de hombros—. No hicimos nada.

Ella asintió.

—Esto es difícil, ¿verdad?

—Sí —contesté—. ¿Se supone que debe ser difícil, mamá?

Volvió a asentir.

—El amor es fácil y es difícil. Así fue conmigo y tu papá. Tenía tantas ganas de que me tocara. Y tenía tanto miedo.

Asentí.

—Pero al menos…

—Al menos yo era mujer y él era hombre.

—Ajá.

Me miró como siempre solía mirarme. Y me pregunté si alguna vez podría mirar a alguien así, con una mirada que contenía todo lo bueno que existe en el universo conocido.

—¿Por qué, mamá? ¿Por qué tengo que ser así? ¿Tal vez cambie y luego me gusten las chicas como se supone que deben gustarme? Digo, tal vez lo que Dante y yo sentimos es como… una fase. Digo, solo siento esto por Dante. O sea, ¿y si en realidad no me gustan los chicos… y solo me gusta Dante porque es Dante?

Casi sonrió.

—No te engañes, Ari. No puedes salirte de esto con solo pensarlo.

—¿Cómo es que te tomas esto tan a la ligera, mamá?

—¿A la ligera? Todo menos eso. Me costó mucho trabajo lo de tu tía Ofelia. Pero la amaba. La amaba más de lo que he amado a nadie, aparte de ti y de tus hermanas y tu papá. —Hizo una pausa—. Y de tu hermano.

—¿Mi hermano, también?

—Solo porque no hablo de él no quiere decir que no piense en tu hermano. Mi amor por él es silencioso. Hay mil cosas viviendo en ese silencio.

Tendría que pensar un poco más en eso. Comenzaba a ver el mundo de modo distinto solo por escucharla a ella. Escuchar su voz era escuchar su amor.

—Supongo que podrías decir que no es la primera vez que salgo a batear. —Tenía esa mirada feroz y tenaz en el rostro—. Eres mi hijo. Y tu padre y yo hemos decidido que el silencio no es una opción. Mira lo que nos hizo el silencio con respecto a tu hermano… No solo a ti, sino a todos nosotros. No repetiremos el mismo error.

—¿Eso quiere decir que tengo que hablar de todo?

Pude ver cómo los ojos se le llenaban de lágrimas y oír la suavidad de su voz mientras decía:

—No de todo. Pero no quiero que sientas que estás viviendo en el exilio. Hay un mundo allá afuera que te hará sentir que no perteneces a este país… O a cualquier otro país, para el caso. Pero en esta casa, Ari, solo existe pertenecer. Tú nos perteneces. Y nosotros te pertenecemos a ti.

—¿Pero no está mal ser gay? Todo el mundo parece pensar que sí.

—No todos. Esa es una moralidad barata y mezquina. Tu tía Ofelia tomó las palabras *No pertenezco* y las escribió en su corazón. Tardó mucho tiempo en tomar esas palabras y desecharlas de su cuerpo. Desechó esas palabras una letra a la vez. Ella quería saber por qué. Quería cambiar… pero no podía. Conoció a un hombre. Él la amó. ¿Quién no amaría a una mujer como Ofelia? Pero no pudo hacerlo, Ari. Terminó por lastimarlo, porque jamás podría amarlo como amaba a Franny. Su vida fue una especie de secreto. Y eso es triste, Ari. Tu tía Ofelia era una persona hermosa. Me enseñó tanto sobre lo que realmente importa.

—¿Qué voy a hacer, mamá?

—¿Sabes qué es un cartógrafo?

—Claro que lo sé. Dante me enseñó esa palabra. Es alguien que crea mapas. Digo, no crean lo que está ahí, simplemente trazan el mapa y, pues, le muestran a la gente lo que está ahí.

—Pues ahí lo tienes —dijo ella—. Tú y Dante tendrán que cartografiar un mundo nuevo.

—Y nos equivocaremos en muchas cosas y tendremos que mantenerlo todo en secreto, ¿no es así?

—Lamento tanto que el mundo sea lo que es. Pero aprenderán a sobrevivir… Y deberán crear un espacio en donde estén seguros y aprendan a confiar en la gente correcta. Y encontrarán la felicidad. Incluso ahora, Ari, veo que Dante te hace feliz. Y eso me hace feliz a mí… porque odio verte desdichado. Y tú y Dante nos tienen a nosotros y a Soledad y a Sam. Tienen a cuatro personas en su equipo de béisbol.

—Bueno, se necesitan nueve.

Soltó una carcajada.

Tenía tantas ganas de recargarme en ella y llorar. No porque me avergonzara, sino porque sabía que sería un cartógrafo terrible.

Y luego me escuché susurrar:

—Mamá, ¿por qué nadie me dijo que el amor duele tanto?

—Si te lo hubiera dicho, ¿habría cambiado algo?

Cinco

Ya no quedaba mucho del verano. Parecía que quedaban algunos días de lluvia que después desaparecerían y nos dejarían con la sequía de siempre. Mientras levantaba pesas en el sótano, me pregunté si debería buscarme algún pasatiempo. Tal vez algo que me volviera mejor persona o simplemente para no estar tan metido en mi propia cabeza. No era bueno en nada, no realmente. No como Dante, que era bueno en todo. Me di cuenta de que no tenía pasatiempos. Mi pasatiempo era pensar en Dante. Mi pasatiempo era sentir que me temblaba todo el cuerpo cuando pensaba en él.

Tal vez un verdadero pasatiempo sería tener que mantener en secreto mi vida entera. ¿Eso era un pasatiempo? Millones de chicos en el mundo querrían matarme, me *matarían* si supieran lo que vivía dentro de mí. Saber pelear… ese no era un pasatiempo. Era un don que posiblemente necesitaría para sobrevivir.

Me di un baño y decidí hacer una lista de cosas que quería hacer:

~~Aprender a tocar la guitarra~~

Taché «Aprender a tocar la guitarra» porque sabía que nunca sería bueno. No estaba hecho para ser Andrés Segovia. O Jimi Hendrix. Así que seguí con mi lista y ya.

- *Enviar solicitudes a universidades*
- *Leer más*

- *Escuchar más música*
- *Salir de viaje (al menos tal vez ir a acampar ¿con Dante?)*
- *Escribir en un diario todos los días (o al menos intentarlo)*
- *Escribir un poema (tontería)*
- ~~*Hacerle el amor a Dante*~~

Taché eso último. Pero no lo podía tachar de mi mente. No podías tachar el deseo cuando vivía en tu cuerpo.

Seis

Empecé a pensar en Dante y en cómo seguramente tuvo un montón de miedo cuando aquellos imbéciles le saltaron encima y lo dejaron ahí en el suelo, sangrando. ¿Y si hubiera muerto? No les habría importado un carajo. Y yo no estaba ahí para protegerlo. Debí estar ahí. No podía perdonarme por no haber estado ahí.

Siete

Me quedé dormido leyendo un libro. Patas estaba acostada junto a mí cuando me despertó mi mamá.

—Te habla Dante.

—¿Qué es esa sonrisa? —le pregunté.

—¿Cuál sonrisa?

—Ya, mamá.

Sacudió la cabeza y se encogió de hombros con una especie de lenguaje corporal que decía «¿Qué?».

Fui a la sala y tomé el teléfono.

—Hola.

—¿Qué haces?

—Me quedé dormido leyendo un libro.

—¿Qué libro?

—*Fiesta*.

—Nunca logré terminar ese.

—¡¿Qué?!

—Te estás burlando de mí.

—Sí. Pero es el tipo de burla que solo puedes hacer si alguien te gusta.

—Ah, entonces te gusto.

—Me estás sonsacando.

—Sí. —Podía imaginarlo sonriendo—. Así que, ¿no me vas a preguntar qué estoy haciendo *yo*?

—A eso iba.

—Pues estaba pasando un rato con mi papá. Qué ñoño es. Me estaba contando de los homosexuales famosos de la historia.

—¿Qué?

Y sí, los dos nos partimos de la risa.

—Se esfuerza por estar súper cool con este rollo gay. Es, como, súper dulce.

—Esa sería la palabra —precisé.

—Me dijo que debería leer a Oscar Wilde.

—¿Y él quién es?

—Era un tipo inglés. O irlandés. No sé. Un escritor famoso de la era victoriana. Papá dice que se adelantó a sus tiempos.

—¿Y tu papá lo lee?

—Claro. Es un literato.

—No le molesta este… sabes… este…

—No creo que a mi papá le moleste la idea de que alguien sea gay. Creo que tal vez le dé un poco de tristeza… porque sabe que no será tan fácil para mí. Y todo le provoca curiosidad, y no le teme a las ideas. «Las ideas no te van a matar». Le gusta mucho decir eso.

Me pregunté sobre mi propio papá. Me pregunté qué pensaba al respecto. Me pregunté si sentía tristeza por mí. Me pregunté si estaba confundido.

—Me agrada tu papá—le dije.

—Tú también le agradas. —Se quedó callado un momento—. Entonces, ¿quieres hacer algo? La escuela va a empezar en cualquier momento.

—Ah, el ciclo de la vida.

—Odias la escuela, ¿verdad?

—Como que sí.

—¿No aprendes nada?

—No dije que no aprendo nada. Solo que, sabes, estoy listo para pasar a lo que sigue. Estoy harto de los pasillos y los casilleros y los imbéciles y, sabes, supongo que nunca encajaré. Y ahora, bueno, de verdad que no encajaré *nunca*. ¡Mierda!

Al otro lado del teléfono, Dante no dijo nada. Y luego, finalmente:

—¿Odias todo esto, Ari?

Podía oír ese dolor en su voz.

—Mira, voy para allá. Pasaremos un rato juntos.

Dante estaba sentado en los escalones de su casa. Descalzo.

—Hola. —Me saludó con la mano—. ¿Estás enojado?

—¿Por qué? ¿Porque no tienes los zapatos puestos? No me importa.

—A nadie le importa eso, solo a mi mamá... Le gusta decirme qué hacer.

—Eso es lo que hacen las madres. ¿Y por qué? Porque te ama.

—*Correcto*. ¿No se dice así en español?

—Bueno, así lo pronunciaría un gringo.

Levantó los ojos al cielo.

—¿Y cómo lo diría un mexicano de verdad? Claro que, tú no eres un mexicano de verdad.

—Ya hemos tenido esta discusión, ¿no?

—Siempre volveremos a este tema porque vivimos en este tema, la maldita tierra de nadie de la identidad estadounidense.

—Bueno, es que *somos* estadounidenses. Digo, para nada pareces mexicano.

—Y tú sí. Pero eso tampoco te vuelve más mexicano. Los dos tenemos apellidos que nos delatan, apellidos que significan que hay gente que jamás nos considerará estadounidenses de verdad.

—Bueno, ¿y quién quiere serlo?

—Estoy de acuerdo contigo en eso, guapo. —Como que sonrió.

—¿Estás poniendo eso a prueba, lo de «guapo»?

—Estaba tratando de meterlo discretamente en la conversación sin que, ya sabes, sin que te dieras cuenta.

—Me di cuenta.

No retorcí los ojos, solo le lancé esa mirada que decía que estaba retorciendo los ojos.

—¿Qué opinas?

—Bueno, sí que soy todo un galán —le dije— pero ¿«guapo»?

—Solo porque eres guapo no quiere decir que tengas que ponerte tan gallito. —Tenía ese tono que ponía cuando estaba entretenido, pero también irritado—. Entonces «guapo» no te funciona. ¿Cómo se supone que debo decirte?

—¿Qué te parece «Ari»?

—¿Qué te parece «cariño»? —Sabía que solo bromeaba.

—Ay, no, carajo.

—¿Qué te parece «*mi amor*»?

—Mejor, pero es lo que mi mamá le dice a mi papá.

—Sí, igual mi mamá.

—¿De verdad queremos sonar como nuestras mamás?

—Ay, diablos, no —dijo Dante. Me encantaba que tratara con tanto humor lo que alguna vez fue mi rollo de chico patético y melancólico que solía hacer todo el tiempo. Y quería besarlo.

—Sabes, Ari, estamos jodidos.

—Sí, estamos jodidos.

—Nunca seremos suficientemente mexicanos. Nunca seremos suficientemente estadounidenses. Y nunca seremos suficientemente hetero.

—Sí —dije— y puedes apostar lo quieras que, en algún momento en el futuro, no seremos lo suficientemente gay.

—Estamos jodidos.

—Sí, lo estamos —dije—. Están muriendo gays de una enfermedad que no tiene cura. Y creo que eso hace que la mayoría de la gente nos tema… que teman que de alguna manera les pasaremos la enfermedad a ellos. Y están descubriendo que somos tantos, carajo. Nos ven a millones marchando por las calles de Nueva York, de San Francisco, de Londres, de París y de todas las demás ciudades de todo el mundo. Y hay un montón de gente a la que no le molestaría si todos muriéramos y ya. Esto es algo serio, Dante. Y tú y yo estamos jodidos. Digo: Estamos. Realmente. Jodidos.

Dante asintió.

—De verdad que lo estamos, ¿no?

Los dos estábamos sentados ahí poniéndonos tristes. Demasiado tristes.

Pero entonces Dante nos sacó de nuestra tristeza.

—Entonces, si estamos jodidos, ¿crees que algún día podamos, pues, *joder*?

—Es una idea. Ni que fuéramos a quedar embarazados.

Respondí a esa insinuación de manera muy casual. Lo único en lo que pensaba era en hacerle el amor. Pero, carajo, no iba a decirle que me estaba volviendo loco. Éramos chicos. Y todos los chicos eran así, fueran gay o hetero… o lo que fueran.

—Pero si uno de nosotros *sí* quedara embarazado, entonces no solo nos permitirían casarnos: nos *obligarían* a casarnos.

—Es la tontería más inteligente que has dicho.

Y, hombre, vaya que quería besar a ese tipo. En serio, quería besarlo.

Ocho

—Vamos a ver una película.

—Claro —contesté—. ¿Cuál?

—Salió una película, *Cuenta conmigo*. La quiero ver. Dicen que está buena.

—¿De qué se trata?

—De un grupo de niños que salen a buscar un cadáver.

—Suena muy divertida —dije.

—Lo dices con sarcasmo.

—Sí.

—Está buena.

—Ni siquiera la has visto.

—Pero te prometo que te va a gustar.

—¿Y si no me gusta?

—Te devuelvo tu dinero.

Era la mitad de la semana y era el final de la tarde y no había mucha gente en el cine. Nos sentamos cerca de la fila superior y no había nadie sentado cerca de nosotros. Había una pareja joven, al parecer universitarios, y se estaban besando. Me pregunté cómo sería eso, poder besar a alguien que te gustaba cuando quisieras. Enfrente de todos. Nunca sabría cómo sería eso. Jamás.

Pero era muy lindo estar sentado en un cine oscuro junto a Dante. Sonreí cuando nos sentamos porque lo primero que hizo fue quitarse los tenis. Compartimos unas palomitas de maíz grandes. A veces los dos buscábamos las palomitas al mismo tiempo y nuestras manos se tocaban.

Mientras veía la película, podía sentir que me lanzaba miradas. Me pregunté qué veía, a quién se inventaba cuando me miraba.

—Quiero besarte —susurró.

—Mira la película —le dije.

Me vio sonreír.

Y luego me besó.

En un cine oscuro, donde nadie podía vernos, un chico me besó. Un chico que sabía a palomitas de maíz. Y yo lo besé a él.

Nueve

Mientras manejaba de vuelta a casa de Dante, puso los pies en el tablero de mi camioneta.

Sacudí la cabeza.

—¿Adivina qué? —le dije.

—¿Qué se te hace tan gracioso?

—Olvidaste los tenis en el cine.

—Mierda.

—¿Quieres que regrese?

—¿A quién le importa?

—Tal vez a tu mamá.

—Nunca se va a enterar.

—¿Quieres apostar?

Diez

Los papás de Dante estaban sentados en el porche cuando regresamos del cine. Dante y yo subimos las escaleras.

—¿Dónde están tus zapatos, Dante?

—Se supone que no deberías estar aquí sentada en el porche esperándome a que llegue a casa. Es como si quisieras tenderme una trampa.

El señor Quintana negaba con la cabeza.

—Tal vez deberías dejar eso del arte y volverte abogado. Y si esperabas que se me olvidara que no contestaste mi pregunta, piénsalo de nuevo.

—¿Por qué te gusta decir «piénsalo de nuevo»? —La señora Quintana solo le lanzó esa mirada—. Me los quité en el cine. Se me olvidaron.

El señor Quintana no soltó una carcajada, pero me quedó claro que ganas no le faltaban.

—No estamos progresando aquí, ¿verdad, Dante?

—Papá, ¿a quién le toca definir lo que es el «progreso»?

—A mí. Soy el papá.

—Sabes, papá, cuando te pones todo adulto, como que no me funciona.

La señora Quintana no iba a reírse.

Así que Dante tenía que seguir adelante. No podía evitarlo.

—Míralo así: alguien se los encontrará y le gustarán y se los llevará a casa. Y así tendrá un nuevo par de tenis. Y tal vez sus papás no tengan dinero para comprarle un par de tenis. Así que todo queda resuelto.

Yo *sí* tenía ganas de besar a ese chico. Dante no sabía lo gracioso que era. No decía las cosas para hacer reír a la gente. Era demasiado sincero para eso, maldita sea.

El papá de Dante solo negó con la cabeza.

—Dante, ¿de verdad crees todas las cosas que dices?

—Creo que sí. Sí.

—Eso me temía.

El señor Quintana y Dante siguieron jugando su juego de ajedrez verbal, y yo solo me quedé ahí parado, mirándolos. No podía dejar de notar que la señora Quintana comenzaba a verse muy embarazada. Bueno, tal vez no muy. Pero, ya sabes, embarazada. Qué palabra tan extraña. Tal vez debería haber una palabra más hermosa para una mujer que está a punto de tener un bebé. Cuando se calmaron, la señora Quintana me miró y me preguntó:

—¿Cómo estuvo la película?

—Muy buena. Creo que le gustaría.

El señor Quintana le apretó la mano a la señora Quintana.

—A Soledad no le gusta ir al cine. Prefiere trabajar.

Ella miró a su marido con una de sus sonrisitas burlonas.

—Eso no es cierto —dijo—. Solo que prefiero leer un libro.

—Sí. De preferencia un libro sobre las más recientes teorías de desarrollo psicológico humano… o sobre las más recientes teorías de cómo ocurren en realidad los cambios de comportamiento.

Ella se rio.

—¿Acaso me ves a mí criticando tus gustos en poesía posmoderna?

Me gustaba cómo se llevaban. Tenían una manera linda y gentil de jugar uno con otro que era realmente dulce. Había tanto cariño en la casa de Dante. Tal vez la señora Quintana era más dura que el señor Quintana. Pero era agradable. Era ruda *y* era agradable.

Dante miró a su mamá.

—¿Ya se te ocurrió un nombre?

—Todavía no, Dante. —La manera en la que lo dijo fue como si estuviera tanto irritada como divertida por el nuevo pasatiempo de Dante—. Todavía nos quedan cuatro meses para decidir.

—Va a ser un niño, sabes.

—No me importa. Niño. Niña. —Ella miró al señor Quintana—: Sin ofender, pero espero que el bebé se parezca más a la mamá.

El señor Quintana la miró.

—¿En serio?

—No me salgas con ese «¿en serio?», Sam. Ustedes me superan en número. Dante se parece a ti. Vivo con dos niños. Necesitamos otro adulto en esta familia.

Eso me hizo sonreír. Eso de verdad me hizo sonreír.

—¿Quieres escuchar lo que llevo de la lista?

—¿Lista?

—Ya sabes, los nombres que he elegido para mi hermanito. —Dante estaba acostado en su cama y yo estaba sentado en su silla. Me estaba estudiando—. Te estás riendo de mí.

—No, para nada. ¿Acaso me oyes reír?

—Te estás riendo por dentro. Lo puedo ver.

—Sí, me estoy riendo por dentro. Eres implacable.

—Yo te enseñé esa palabra.

—Así es.

—Y ahora la estás usando en mi contra.

—Eso parece. —Le lancé una mirada—. ¿Qué tus papás no tienen voz en esto?

—No, si lo puedo evitar.

Se acercó a su escritorio y sacó un bloc de hojas amarillas y rayadas. Se volvió a echar en la cama.

—Estos son los nombres que tengo hasta ahora: Rafael…

—Lindo.

—Michelangelo.

—¡Es una locura!

—Y lo dice un chico que se llama Aristóteles.

—Ya cállate.

—Yo no hago eso de callarme.

—Como si no me hubiera dado cuenta.

—Ari, ¿me vas a escuchar? ¿O vas a estar opinando?

—Pensaba que esto era una conversación. Siempre me dices que no sé cómo hablar. Así que estoy hablando. Pero me callaré. A diferencia tuya, yo sé cómo hacerlo.

—Sí, sí —contestó.

—Sí, sí —repetí.

—Mira, solo escucha la lista y luego puedes meter tu ironía y sarcasmo cuando haya terminado.

—No suelo ser irónico.

—Sí, cómo no.

Dios, tenía ganas de besarlo. Y besarlo y besarlo y besarlo. Me estaba volviendo loco, carajo. ¿Acaso la gente perdía la cabeza cuando amaba a alguien? ¿Quién era yo? Ya no me conocía. Mierda.

—Está bien —dije—. Me voy a callar. Léeme la lista.

—Octavio. Javier. Juan Carlos. Oliver. Felipe o Philip. Constantino. César. Nicolás. Benjamín. No Ben, sino Benjamín. Adam. Santiago. Joaquín. Francis. Noel. Edgar. Son los que tengo hasta ahora. Eliminé todos los nombres comunes.

—¿Los nombres comunes?

—John, Joe, Michael, Edward, etcétera. ¿Qué opinas?

—Si te das cuenta, muchos de esos nombres suenan muy mexicanos.

—¿Y adónde vas con eso?

—Solo digo.

—Mira, Ari, *quiero que sea mexicano*. Quiero que sea todas las cosas que yo no soy. Quiero que sepa hablar español. Quiero que sea bueno para las matemáticas.

—Y quieres que sea hetero.

—Sí —susurró. No aguantaba ver las lágrimas que le bajaban por el rostro—. Sí, Ari, quiero que sea hetero.

Se incorporó en la cama, se cubrió el rostro con las manos… y lloró. Dante y las lágrimas.

Me senté junto a él y lo estreché contra mí. No dije nada.

Solo lo dejé sollozar sobre mi hombro.

Once

Toda la noche soñé con Dante. Con él y conmigo.

Soñé con sus labios. Soñé con su caricia. Soñé con su cuerpo.

¿Qué es esta cosa llamada deseo?

Doce

Estaba haciendo la tarea en la mesa de la cocina cuando entró mi papá, con aspecto cansado y sudado. Me arrojó una sonrisa… y en ese momento pareció joven otra vez.

—¿Cómo te fue en el trabajo?

—«Ni la nieve ni la lluvia ni el calor ni la penumbra de la noche…».

Lo interrumpí y terminé su frase:

—«… impedirán que estos mensajeros completen sus rondas asignadas».

Él se me quedó mirando.

—¿Así que memorizaste nuestro lema?

—Claro que lo hice. Lo memoricé cuando tenía siete años.

Parecía que estaba al borde del llanto. Yo estaba casi seguro de que mi padre había tenido ganas de llorar muchas veces en su vida… solo que se guardaba las lágrimas. Yo era muy parecido a él. A veces no podíamos ver lo que estaba justo frente a nosotros. Las cosas habían cambiado entre nosotros. Yo había creído que lo odiaba… pero eso nunca fue cierto. Y había creído que a él no le importaba nada de mí. Pero ahora sabía que había pensado en mí, que se había preocupado por mí, que me había amado de maneras que jamás entendería por completo.

Tal vez nunca me besaría la mejilla como lo hacía el padre de Dante. Pero eso no quería decir que no me quisiera.

—Me voy a dar mi ducha.

Le sonreí y asentí. Su ducha ritual. Hacía eso todos los días cuando volvía del trabajo. Y luego se servía una copa de vino y salía y se fumaba un par de cigarrillos.

Cuando volvió a la cocina, ya le había servido una copa de vino.

—¿Está bien si me siento contigo en el patio de atrás? ¿O es como tu tiempo privado?

Se acercó al refrigerador y sacó una lata de Dr. Pepper. Me la pasó.

—Ven y tómate algo con tu padre.

Mi padre. Mi padre, mi padre, mi padre.

Trece

Patas y yo salimos a correr en la mañana. Y luego la bañé... y luego me di una ducha. Después de un rato empecé a pensar en los cuerpos y, pues, no lo sé, me empecé a acelerar de veras. Esta cosa del amor no es solo un rollo del corazón, también es un rollo del cuerpo. Y no me sentía tan cómodo con el rollo del corazón y tampoco estaba tan cómodo con el rollo del cuerpo. Así que estaba jodido.

Pensaba en Dante todo el maldito tiempo. Y me estaba volviendo loco y me preguntaba si él también pensaba en mí todo el maldito tiempo. No es que se lo fuera a preguntar. Yo. No. Se. Lo. Iba. A. Preguntar.

—¿Quieres ir a nadar?

—Claro.

—¿Qué tal dormiste, Ari?

—Qué pregunta tan rara.

—Esa no es una respuesta.

—Dormí perfectamente bien, Dante.

—Yo no.

Yo no quería tener esta conversación.

—Bueno, dormirás mejor mañana. Te mandaré a Patas. Podrás dormirte con ella. Yo siempre duermo mejor cuando está a mi lado.

—Suena bien —respondió. Había un dejo de decepción en su voz. Y se me ocurrió que tal vez preferiría que yo durmiera a su lado, más que Patas. Digo, ¿acaso los chicos van y se acuestan con sus novias bajo las narices de sus papás? No, no lo hacen. ¿Dormir al lado de Dante en casa de sus papás? Eso no iba a pasar. ¿En mi casa? No. Para nada. ¡Maldita sea!

La gente dice que el amor es una especie de paraíso. Yo empezaba a pensar que el amor es una especie de infierno.

Mi mamá estaba tomando una taza de café mientras revisaba unos apuntes.

—¿Escribes un nuevo plan de estudios?

—No me gusta enseñar la misma clase de la misma manera una y otra vez. —Me miró directamente—. Estuviste soñando anoche.

—Sí, bueno, así soy yo.

—Estás librando muchas batallas, Ari. —Se levantó y me sirvió una taza de café—. ¿Tienes hambre?

—En realidad no.

—De verdad amas a ese chico, ¿no?

—Qué pregunta tan directa.

—¿Desde cuándo me has visto ser indirecta?

Le di un sorbo a mi café. Mi mamá sabía cómo preparar un buen café… pero sus preguntas eran imposibles. No había manera de escaparse de ella y de sus preguntas.

—Sí, mamá, supongo que sí amo a ese chico. —No me gustaron las lágrimas que se me derramaban por la cara—. A veces no sé quién soy, mamá, y no sé qué hacer.

—Nadie es experto en vivir. Ni siquiera Jesús lo sabía todo. ¿Has leído la Biblia?

—Sabes bien que no.

—Deberías. Hay distintas versiones sobre su crucifixión. En una versión muere diciendo: «Tengo sed». En otra versión, muere diciendo: «Dios mío, Dios mío, ¿por qué me has abandonado?». Eso me da esperanzas.

—¿Eso te da esperanzas?

—Sí, Ari, así es.

—Tendré que pensar en eso. —La miré—. ¿Dios me odia? ¿A mí y a Dante?

—Por supuesto que no. Jamás he leído algo en la Biblia que indique que Dios odie. El odio no es parte de su descripción laboral.

—Suenas tan segura, mamá. Puede ser que no seas tan buena católica.

—Tal vez algunos dirían que no lo soy. Pero no necesito que nadie me diga cómo vivir mi fe.

—Pero yo, yo soy un pecado, ¿no?

—No, no eres un pecado. Eres un joven. Eres un ser humano. —Y luego me sonrió—. Y eres mi hijo.

Solo nos quedamos ahí un momento, callados como la quieta luz de la mañana. No me había dado cuenta de que tenía los ojos de mi mamá. Me parecía a mi papá... pero tenía los ojos de ella.

—Anoche tu papá y yo estuvimos hablando de que susurraste el nombre de Dante.

—Debe haber sido un susurro muy fuerte. Bueno, ¿de qué hablaron?

—Solo que no sabemos qué hacer. No sabemos cómo ayudarte. Nosotros también tenemos que aprender a ser cartógrafos, Ari. Y te amamos tanto.

—Lo sé, mamá.

—Ya no eres tan niño. Te falta muy poco para convertirte en hombre.

—Yo siento como si estuviera al borde de un acantilado.

—Ser hombre es un territorio extraño, Ari. Y *sí* entrarás a ese territorio. Muy, muy pronto. Pero nunca estarás solo. Solo recuerda eso.

Le sonreí.

—Dante me está esperando.

Ella asintió.

Caminé hacia la puerta... pero, al tocar la perilla, me di la vuelta y regresé a la cocina. Besé a mi madre en la mejilla.

—Que tengas un lindo día —le dije.

Catorce

Quería irme a algún lado con él. Tal vez podríamos ir a acampar. Y estaríamos solos, perdidos entre los árboles. Solo Dante y yo. Pero ¿acaso no sabrían nuestros papás lo que tramábamos? No quería sentirme avergonzado. Y aun así, la palabra *vergüenza* seguía siendo una palabra que merodeaba por mi cuerpo. Era una palabra que se aferraba a mí, una palabra que no se iba fácilmente.

Quince

La señora Quintana estaba sentada en los escalones cuando llegué caminando por la acera.

—Hola —saludé.

—Hola, Ari —respondió.

—¿Hoy no tiene trabajo?

—Me tomé el día. Tengo una cita con el médico.

—¿Todo bien?

—Cuidados prenatales. —Asentí—. Ven —dijo—, ayúdame a levantarme.

Era extraño y hermoso sentir su mano sujetar la mía y ayudarla a ponerse de pie. Me hacía sentir fuerte y necesario. Sentirme necesario, eso era… guau, era algo en lo que nunca había pensado.

—Vamos a dar una caminata —me dijo—. Necesito caminar.

Cruzamos la calle… y tan pronto como llegamos al parque, al verde césped bajo nuestros pies, se quitó los zapatos.

—Ahora sé de dónde saca Dante lo de andar sin zapatos.

Sacudió la cabeza.

—No me gusta andar descalza. Es que tengo los pies hinchados. Es por el embarazo. Tú y Dante pasan mucho tiempo en este parque, ¿verdad?

Era extraño estar caminando por un parque con un adulto. No era una ocurrencia ordinaria en mi vida. Hice una pregunta que en realidad no quería hacer… en especial, porque ya sabía la respuesta.

—¿Cree que Dante y yo cambiemos? Quiero decir… Sabe a qué me refiero.

Dios, de verdad que era un estúpido.

—No, Ari, no creo que cambien. No es un problema ni para mí ni para Sam ni para tus papás. Pero sí hay este problema: no creo que la mayoría de la gente entienda a los chicos que son como tú y Dante. Y no quieren entender.

—Me da gusto que usted no sea como la mayoría de la gente.

Me sonrió.

—A mí también, Ari. No quiero ser como la mayoría de la gente.

Le devolví la sonrisa.

—Antes pensaba que Dante se parecía más al señor Quintana que a usted. Creo que tal vez me equivocaba.

—De verdad que eres un chico dulce.

—No la conozco lo suficiente como para ponerme a discutir.

—De verdad que eres un listillo.

—Sí, lo soy.

—¿Supongo que te estás preguntando si había algo que quería hablar contigo?

Asentí.

—Cuando volvimos de Chicago, ese primer día que viniste a la casa, me miraste y fue como si hubiera sucedido algo entre nosotros. Me pareció que era algo muy íntimo… y no me refiero a que tuviera algo de inapropiado. Pero notaste algo en mí.

—Lo noté —confirmé.

—¿Sabías que iba a tener un bebé?

—Tal vez. Digo, sí. Me puse a pensar, y, pues, sí. Sí, lo sabía. Había algo distinto en usted.

—¿A qué te refieres?

—No lo sé. Como que estaba radiante. Sé que suena estúpido. Pero era como si hubiera tanta vida… no sé cómo explicarlo. No es que tenga percepción extrasensorial… nada por el estilo. Es una estupidez, en realidad.

—¿Estupidez? ¿Es tu palabra favorita?

—Supongo que hoy lo es.

Sonrió de oreja a oreja.

—Ari, no suena estúpido que hubieras notado algo en mí ese día. No tienes que tener percepción extrasensorial para tener un sentido muy agudo de la percepción. Tú lees a las personas. Es un don. Y solo quería que supieras que hay mucho más en ti que el hecho de que te gusten los chicos.

Nos detuvimos bajo la sombra de un viejo árbol.

—Amo este árbol —dijo.

Sonreí.

—Dante también.

—No sé por qué, pero eso no me sorprende. —Tocó el árbol y susurró su nombre.

Emprendimos el camino de vuelta a su casa. Y de repente, tomó uno de sus zapatos, que había tenido colgando en la mano izquierda, y lo lanzó con toda la fuerza que pudo. Se rio y luego tomó el otro zapato y cayó justo al lado del primero.

—No es tan malo el juego que inventó Dante.

Lo único que pude hacer fue sonreír.

Todo era tan nuevo. Sentía como si apenas hubiera nacido. Esta vida que estaba viviendo ahora era como sumergirse en un océano cuando lo único que conocía era una alberca. En esas no había tormentas. Las tormentas, esas nacían en los océanos del mundo.

Y luego estaba ese rollo del cartógrafo. Trazar el mapa de un mundo nuevo era complicado… porque el mapa no era solo para mí. Tenía que incluir a gente como la señora Quintana. Y también al señor Quintana. Y a mi mamá y papá, y a Dante.

Dante.

Dieciséis

Estaba mirando las noticias con mis papás. El reporte diario de la pandemia del sida apareció en la pantalla. Miles de personas marchaban por las calles de la ciudad de Nueva York. Un mar de velas en la noche. La cámara se enfocó en una mujer con lágrimas en los ojos. Y una mujer más joven llevaba un letrero:

MI HIJO SE LLAMABA JOSHUA.

MURIÓ EN EL PASILLO DE UN HOSPITAL.

Un hombre que hacía lo posible por guardar la compostura hablaba al micrófono de un reportero de noticias: «No necesitamos servicios de salud en este país. ¿Para qué tener servicios de salud cuando simplemente podemos dejar morir a la gente?».

Un grupo de personas llevaba una pancarta que decía: UNA MUERTE POR SIDA CADA 12 MINUTOS.

Y otro cargaba una pancarta que decía: NO ES QUE ODIEMOS A NUESTRO PAÍS; ES QUE NUESTRO PAÍS NOS ODIA A NOSOTROS.

La cámara se apartó… y cortó a la siguiente noticia.

—Mamá, ¿cuándo terminará esto?

—Creo que la mayoría de la gente cree que simplemente desaparecerá. Es increíble la capacidad que tenemos de mentirnos a nosotros mismos.

Diecisiete

Estaba mirando a Dante nadar. Me puse a pensar en el día en que lo conocí. Fue un encuentro accidental, sin planear. Yo no era el tipo de chico que hacía planes. Las cosas simplemente sucedían. O, en realidad, nunca sucedía nada. Hasta que conocí a Dante. Era un día de verano justo como hoy. Los extraños conocen a extraños todos los días… y en general esos extraños permanecen como extraños. Pensé en el sonido de su voz la primera vez que la escuché. No sabía que esa voz me cambiaría la vida. Pensaba que solo me enseñaría a nadar en las aguas de esta alberca. En vez de eso, me enseñó a sumergirme en las aguas de la vida.

Quiero decir que el universo nos juntó. Y tal vez lo hizo. Tal vez yo solo quería creer eso. No sabía mucho del universo o de Dios. Pero sí sabía esto: era como si lo hubiera conocido toda mi vida. Dante dijo que me había estado esperando. Dante era un romántico, y yo lo admiraba por eso. Era como si se rehusara a soltar su inocencia. Pero yo no era Dante.

Lo miré. Era tan grácil en el agua. Como si fuera una especie de hogar para él. Tal vez amaba el agua tanto como yo amaba el desierto. Estaba contento de solo sentarme a la orilla de la alberca y mirarlo nadar vuelta tras vuelta. Parecía que lo podía hacer sin el menor esfuerzo. Él hacía tantas cosas sin esfuerzo. Era como si, adonde fuera, ese fuera su hogar… solo que me amaba. Y eso significaba que tal vez nunca volvería a tener un hogar.

Sentí una salpicadura de agua.

—¡Oye! ¿Dónde andas?

—¿Aquí? —dije.

—Estabas inmerso en tus pensamientos otra vez.

—Siempre estoy en mis pensamientos.

—A veces quisiera saber todo lo que estás pensando.

—No sería buena idea.

Sonrió y me jaló a la alberca y empezamos a echarnos agua y nos reímos y jugamos a que ahogábamos al otro. Nadamos y me enseñó más cosas sobre nadar. Me había vuelto mejor para ese rollo de nadar. Pero nunca sería un verdadero nadador. No era que me importara tanto. Me bastaba con simplemente estar en el agua con él. A veces pensaba que Dante *era* el agua.

Lo miré mientras subía la escalera y caminaba hacia la orilla del trampolín. Me saludó con la mano. Plantó los pies con firmeza, luego se paró de puntitas… luego respiró hondo y puso esta expresión increíble de serenidad. Mostraba una certeza sobre sí mismo que yo nunca había tenido. Luego con calma, sin temor, saltó hacia arriba, como si sus brazos alcanzaran el cielo, luego se extendió hacia abajo y formó un arco perfecto, y torció el cuerpo, un círculo completo, y luego se sumergió casi sin salpicar. Su clavado perfecto me quitó el aliento.

No solo lo amaba. Lo admiraba.

Cuando íbamos caminando a casa, Dante me miró y me dijo:

—Me salí del equipo de natación.

—¿Por qué? Es una locura.

—Me quita demasiado tiempo. Ya empezaron a practicar y le dije al entrenador que ya no quería estar en el equipo.

—¿Pero por qué?

—Ya te dije, me quita demasiado tiempo. Y de todos modos, me perdí el año pasado, así que en realidad no les haré falta. Y además tendría que volver a hacer las pruebas.

—Como si no fueras a quedar en el equipo. ¿En serio?

—Y luego está el pequeño detalle de que en realidad no me agradan muchos de los tipos del equipo. Son nefastos. Siempre están hablando de chicas y diciendo estupideces sobre sus tetas. ¿Qué tienen con las tetas tantos tipos? No me agrada la gente estúpida. Así que simplemente me salí.

—No, Dante, no deberías hacer eso. Eres demasiado bueno. No puedes dejarlo.

—Sí puedo.

—No lo hagas, Dante. —Estaba pensando que él solo quería pasar más tiempo conmigo… sobre todo porque no íbamos a la misma escuela. No quería que Dante tuviera que limitarse por mi culpa—. Eres demasiado bueno para dejarlo, carajo.

—¿Y qué? Ni que fuera a ir a los Juegos Olímpicos o algo por el estilo.

—Pero te encanta nadar.

—No voy a dejar la natación. Solo voy a dejar el equipo de natación.

—¿Qué dijeron tus papás?

—Mi papá no tuvo problemas con eso. Mi mamá, pues, no estaba tan contenta. Hubo algunos gritos. Pero míralo así: esto nos da más tiempo para estar juntos.

—Dante, ya pasamos mucho tiempo juntos.

No dijo nada. Pude notar que estaba molesto. Luego susurró:

—Incluso le dije a mi mamá que quería ir a la preparatoria Austin. Para que pudiéramos pasar más tiempo juntos. Supongo que no sientes lo mismo.

Él trataba de contener las lágrimas. A veces quisiera que no llorara tanto, carajo.

—No es eso. Solo es que…

—¿No crees que sería mucho más divertido si fuéramos a la misma escuela? —No dije nada—. Estás de acuerdo con mi mamá, ¿verdad?

—Dante…

—Ari, no hables. No hables y ya. Estoy demasiado enojado contigo en este momento.

—No podemos estar juntos todo el tiempo.

—Ari, te dije «No hables».

Mientras caminábamos a su casa en el silencio del enojo de Dante, un silencio que no se me permitía romper, me pregunté por qué Dante era tan poco razonable. Pero ya conocía la respuesta.

Podrá haber tenido una mente brillante, pero las emociones lo gobernaban. Y era terco como el demonio. Yo no sabía cómo lidiar con eso. Supongo que tendría que aprender.

Llegamos a su casa… y los dos nos quedamos ahí parados sin decir nada.

Él no se despidió, ni siquiera me miró de frente. Lo vi entrar a su casa y azotar la puerta detrás de él.

Dieciocho

Mientras caminaba a casa me sentía más confundido que nunca. Esta relación con Dante me sobrepasaba. «Relación». Vaya que era un término vago como ningún otro. Podría describir prácticamente cualquier cosa. Digo, Patas y yo teníamos una relación.

Yo amaba a Dante. Pero realmente no sabía qué significaba eso. ¿A dónde se suponía que debía llevarte el amor?

Y además, estábamos por comenzar nuestro último año de preparatoria. ¿Y después qué? Sabía que Dante y yo no iríamos a la misma universidad. No había pensado mucho en la universidad y sabía que Dante siempre estaba pensando en eso. No es como si hubiéramos hablado mucho al respecto. Pero había una escuela que me había mencionado cuando lo conocí. Oberlin. Estaba en Ohio, y era, según Dante, justo el tipo de universidad a la que le gustaría ir.

¿Y yo? Sabía que no iría a una escuela privada. Eso era seguro. No era opción para alguien como yo. Estaba pensando que tal vez la Universidad de Texas. Mamá decía que Austin sería un buen lugar para que fuera a la universidad. Supongo que mis calificaciones eran lo suficientemente buenas. Y no me refiero a que las calificaciones me llegaran tan fácil. Para nada. Tenía que trabajar duro. Yo no tenía el cerebro gigante de Dante. Yo era un caballo de tiro. Dante era un pura sangre. Claro que yo no sabía mucho sobre caballos.

En realidad Dante era mi único amigo. Era complicado estar enamorado de tu único amigo. Y ahora había un enojo de su parte que no me había esperado… que ni siquiera sabía que estaba ahí. Siempre había dado por sentado que no había enojo en él. Pero me equivocaba. No es que tenga algo de malo el enojo. Digo, podía ser algo malo. Ay, diablos, no era bueno hablar solo. Solo dabas vueltas en círculos.

¿Qué significaba «Aristóteles y Dante»?

Me estaba deprimiendo yo solo. Era bueno para eso. Siempre había sido bueno para eso.

Diecinueve

La puerta de la casa estaba abierta cuando llegué. Mi papá había instalado un mosquitero nuevo y a mi mamá le gustaba dejar la puerta abierta, incluso cuando estaba encendido el aire acondicionado. «Así se airea la casa». Mi papá se la pasaba sacudiendo la cabeza y mascullando: «Sí, estamos tratando de refrescar al barrio entero». A mi papá le gustaba mascullar. Tal vez de ahí lo sacaba yo.

Cuando entré a la casa oí dos voces hablando. Las voces venían de la cocina. Me detuve y me di cuenta de que estaba oyendo la voz de la señora Quintana. Me quedé helado. No sé por qué. Y luego oí a mi mamá decir:

—Tengo miedo por ellos. Tengo miedo de que el mundo les saque toda la decencia a golpes. Tengo miedo y estoy enojada.

—El enojo no nos hará ningún bien.

—¿No estás enojada, Soledad?

—Estoy un poco enojada. La gente no entiende la homosexualidad. Yo tampoco estoy segura de entenderla. Pero, sabes, no necesito entender a alguien para amarlo… en especial si ese alguien es mi hijo. Soy terapeuta. Tengo clientes que son gays y amigos que son gays. Nada de esto es nuevo para mí. Pero *sí* es nuevo para mí porque ahora estamos hablando de mi hijo. Y no tengo idea de qué es lo que le espera. Y a Ari.

Luego hubo silencio. Luego escuché la voz de mi mamá.

—Ari de por sí tiene tantas inseguridades. Y ahora esto.

—¿No están llenos de inseguridades todos los chicos de su edad?

—Dante no parece sufrir de eso.

—Es solo que Dante es un chico feliz. Siempre ha sido así. Eso lo heredó de su padre. Pero créeme, Lilly, tiene sus momentos... igual que todos los demás chicos.

Hubo otra pausa, luego oí la voz de mi madre de nuevo.

—¿Cómo lo está tomando Sam?

—Con su optimismo de siempre. Dice que lo único que tenemos que hacer es amarlo.

—Pues tiene razón.

—Eso es casi lo único que podemos hacer, ¿no es así?

—Supongo.

Y luego hubo un largo silencio y la señora Quintana le preguntó a mi mamá:

—¿Cómo lo está tomando Jaime?

—Me sorprende. Dijo que Ari es más fuerte de lo que cree. Creo que Jaime se está sintiendo más cercano a Ari. Lleva tanto tiempo cargando una batalla interna. Y creo que se identifica con las batallas internas de Ari.

—Tal vez todos lo hacemos.

Después las oí reír.

—Eres una mujer lista, Soledad.

Me sentí estúpido parado ahí, escuchando una conversación que no era para mis oídos. Sentí como si estuviera haciendo algo muy malo. No sabía qué hacer, así que me escabullí de la casa.

Decidí caminar de vuelta a casa de Dante. Tal vez se había tranquilizado. Tal vez ya no estaba enojado.

Estaba pensando en mi papá y en mi mamá y en la señora Quintana y en el señor Quintana y me sentí mal porque Dante y yo estábamos haciendo que se preocuparan. Los estábamos haciendo sufrir y detestaba eso. Pero luego pensé, era una cosa realmente hermosa que nuestras madres pudieran hablar de todo esto. Lo necesitaban.

Mientras caminaba, un par de tipos pasaron junto a mí en la dirección contraria. Los conocía de la escuela. Y mientras me pasaban, uno de ellos dijo:

—Golpeaste a uno de mis amigos, hijo de puta. Defendiendo a un maricón. ¿Qué es?¿Tu puto novio?

Antes de siquiera saber lo que estaba haciendo, lo tenía agarrado por el cuello de la camisa y lo estaba empujando contra el suelo.

—¿Te quieres meter conmigo? Estupendo. Te voy a dar una paliza. Inténtalo. No llegarás a los dieciocho años.

Tenía muchas, muchas ganas de escupirle. Pero no lo hice. Solo seguí caminando. Me dio gusto que no estuviera Dante por ahí para ver que me comportaba como un pariente cercano del hombre de Cromañón.

A una cuadra de casa de Dante, tuve que detenerme y sentarme en la orilla de la acera. Estaba temblando. Me quedé ahí sentado hasta que terminé de temblar. Pensé en los cigarros. Mi papá decía que le ayudaban a tranquilizarse cuando temblaba. Mi mamá decía que era un mito. «Y no se te vayan a ocurrir esas ideas». Era bueno sentarme ahí y pensar en fumar. Mejor que pensar en las cosas que podría haberle hecho a ese chico.

Cuando llegué a casa de Dante, toqué a la puerta. El señor Quintana respondió, con un libro en la mano.

—Hola, Ari.

—Hola, señor Quintana.

—¿Por qué no me dices Sam? Así me llamo.

—Sé que así se llama. Pero jamás podría decirle así.

—Ah, cierto. Demasiado irrespetuoso.

—Sí —dije. Sonrió y sacudió la cabeza—. Dante está enojado conmigo.

—Lo sé. —Yo no sabía qué decir. Solo me encogí de hombros—. Supongo que no sabías que el chico que te gustaba tanto tenía mal genio.

—Sí, supongo que no.

—Sube. Estoy seguro de que te abrirá la puerta si tocas.

Cuando comenzaba a subir las escaleras, oí la voz del señor Quintana.

—Está permitido enojarse uno con otro.

Me di la vuelta y lo miré… y asentí.

La puerta de Dante estaba abierta. Sostenía un trozo de carbón y miraba su cuaderno de dibujo.

—Hola —saludé.

—Hola —respondió.

—¿Sigues enojado conmigo?

—Normalmente el enojo me dura un par de días. Pero hay veces que dura más. Aunque tú debes de ser especial… porque ya no estoy enojado.

—¿Entonces ya puedo hablar?

—Sí, siempre y cuando me ayudes a recoger mi cuarto. Y luego me beses.

—Ah, ya veo. Mis acciones tienen consecuencias. —Miré alrededor de la habitación. De verdad parecía que había pasado una tormenta por ahí—. ¿Cómo puedes vivir en este cuarto?

—No todos viven como monje, Ari.

—¿Eso qué tiene que ver con que seas tan desordenado?

—Me gusta el desorden.

—A mí no. Tu cuarto se ve como mi cerebro.

Dante me sonrió.

—Tal vez por eso amo tu cerebro.

—No creo que ames mi cerebro.

—¿Y tú cómo sabes?

Pasamos la tarde recogiendo su cuarto y escuchando discos de los Beatles. Y cuando quedó limpia la habitación, Dante se echó sobre la cama y yo me senté en su gran sillón de piel. Luego me preguntó qué estaba pensando. Así que dije:

—Nuestros papás, Dante. De verdad nos quieren mucho, mucho.

—Lo sé. Pero si pensamos demasiado en ellos, nunca, nunca tendremos sexo. Porque nuestras mamás estarán ahí en el mismo cuarto que nosotros. Y eso está muy jodido. Así que no metamos a nuestras madres a la habitación… aunque Freud diga que ahí están de todos modos.

—Freud. Alguna vez escribí un ensayo sobre él. Gracias por recordármelo.

—Sí. En el mundo de Freud, cuando nos acostamos con alguien, es una cama muy abarrotada de gente.

Noté un lienzo grande en su caballete, cubierto con una sábana. Tenía que ser la pintura en la que había estado trabajando. Llevaba mucho tiempo trabajando en ella.

—¿Cuándo la puedo ver?

—Es una sorpresa. La verás cuando llegue la hora.

—¿Cuándo será eso?

—Cuando yo lo diga.

Sentí la mano de Dante en mi espalda.

Me di la vuelta. Lento. Lento. Y dejé que me besara. Sí, supongo que se podría decir que también yo lo besé a él.

Veinte

Me la paso pensando en Dante y en el rollo de la cartografía. En hacer un mapa del mundo nuevo. ¿No sería algo fantásticamente, increíblemente hermoso? El mundo según Ari y Dante. Dante y yo caminando por un mundo, un mundo que nadie hubiera visto jamás, y trazando un mapa de todos los ríos y valles y creando senderos para que los que vinieran después de nosotros no tuvieran que sentir miedo... y no se perdieran. ¿Qué tan hermoso sería eso?

Sí, se me estaba pegando Dante.

Pero, bueno, lo único que tengo es un diario en el que voy a escribir. Eso es lo más fantástico y hermoso que puedo aspirar a tener. Puedo vivir con eso. Qué curioso, desde hace mucho tiempo tengo un diario forrado en piel. Lo tenía ahí guardado en mi librero con una nota de mi tía Ofelia que decía: «Algún día llenarás estas páginas de palabras que vienen de ti. Tengo la sensación de que tendrás una larga relación con las palabras. ¿Quién sabe? Podrían incluso salvarte».

Así que ahora estoy sentado en la cocina con la mirada clavada en la página en blanco y estoy pensando en la nota de la tía Ofelia y llevo un largo rato mirando la página en blanco, como si estuviera encarando a un enemigo. Quiero escribir algo y quiero decir algo que importe... no algo que le importe a todo el maldito mundo, porque a todo el maldito mundo no le importa un carajo nada de mí o de Dante. De hecho, cuando pienso en la historia del mundo, pienso que quien sea que la haya escrito no nos quiso incluir. Pero no quiero escribir para el mundo... solo quiero escribir lo que estoy pensando y las cosas que me importan *a mí*.

Llevo todo el día pensando en esto: en mí besando a Dante en una noche estrellada en el desierto. Fue como si alguien me hubiera encendido como un cohete y sentí como si estuviera por estallar e iluminar todo el cielo del desierto. ¿Cómo pueden salvarme mis propias palabras? Quisiera que mi tía Ofelia estuviera aquí conmigo ahora. No lo está. Pero yo, Ari: él está aquí. Creo que empezaré así: «Querido Dante». Y fingiré que hablo con él. Aunque, en realidad, estoy haciendo lo que siempre hago... Sí, hablando solo. Hablar solo es lo único que me sale bien. Solo fingiré que estoy hablando con Dante y me haré creer que estoy hablando con alguien con quien vale la pena hablar.

Mamá dice que debo aprender cómo amarme —lo cual parece una idea extraña—. Amarte a ti mismo parece una meta súper rara. Pero, diablos, ¿yo qué voy a saber?

El año pasado, el señor Blocker dijo que era posible encontrarnos en nuestra propia escritura. Lo único que pude pensar fue esto: suena como un buen lugar para perderse. Sí, creo que podría perderme cien veces, mil veces, antes de descubrir quién soy y adónde voy.

Pero si llevo conmigo el nombre de Dante, él será la antorcha que me ilumina el camino en la oscuridad que es Aristóteles Mendoza.

Querido Dante:

No me gusta cuando te enojas conmigo. Me hace sentir mal. No sé qué más decir al respecto. Tengo que pensar un poco más en esto. No tenía idea de que te enojarías. Pero no tienes por qué caber en mi definición de ti. No quiero que vivas en la cárcel de mis pensamientos. Soy el único que debería de estar viviendo ahí.

El problema es este: pienso en ti todo el tiempo, en cómo podría sentirse mirarte parado frente a mí y que te quitaras la ropa y dijeras: «Este soy yo». Y yo me quitaría la ropa y diría: «Este soy yo».

Y nos tocaríamos. Y se sentiría como si yo nunca hubiera tocado a nadie o nada, como si realmente nunca hubiera sabido lo que era tocar hasta que sintiera tus manos sobre mi piel.

Me la paso imaginando mi dedo recorriendo tus labios una y otra vez.

Trato de no pensar en estas cosas. No quiero pensar en ellas.

Pero los pensamientos me resultan tan increíblemente bellos. Y me pregunto por qué el mundo entero cree que estos pensamientos —mis pensamientos— son tan feos. Sé que no tienes las respuestas a mis preguntas, pero creo que tú también haces esas preguntas.

Solo me la paso imaginándote en un cuarto de hospital, tu sonrisa casi escondida por los moretones que te dejaron esos tipos. Pensaban que eras solo un animal al que podían patear e incluso matar. Cuando pienso que eran ellos... ellos eran los animales.

¿Cuándo nos tocará a todos ser humanos, Dante?

Veintiuno

Patas y yo salimos a correr. Me encantaba la mañana y el aire del desierto, y parecía que Patas y yo éramos las únicas cosas vivas en el mundo.

Nunca sabía qué tan lejos corría. Solo corría. No me interesaba mucho medir las cosas. Solo corría y escuchaba mi respiración y los ritmos de mi cuerpo, igual que como Dante escuchaba a su cuerpo en el agua.

Siempre pasaba corriendo por la casa de Dante.

Ahí estaba él, sentado en los escalones de su casa, descalzo, con la camiseta harapienta, tan desgastada que casi se transparentaba y todavía cargando el sueño en sus ojos. Saludó con la mano. Me detuve y solté a Patas de la correa, quien fue corriendo hasta Dante y le lamió la cara. Casi nunca dejo que Patas me lama la cara, pero a Dante le encantaba recibir besos de él.

Los miré. Me gustaba mirarlos. Y luego oí la voz de Dante.

—Te gusta observar, ¿verdad?

—Supongo —dije—. Tal vez soy como mi papá.

Subí por los escalones y me senté junto a él. Él y Patas estaban ocupados dándose amor uno a otro. Quería poner mi cabeza sobre su hombro… pero no lo hice. Estaba demasiado sudado y olía mal.

—¿Quieres ir a algún lado hoy?

—Claro —dije—. Podríamos salir a dar una larga vuelta en la camioneta; ya sabes, antes de que comience la escuela.

—La escuela. Uf.

—Pensé que te gustaba la escuela.

—Ya sé todo lo que se aprende en la preparatoria.

Eso me hizo reír.

—¿Entonces no te queda nada por aprender?

—Bueno, no tanto para que tome todo un año. Deberíamos de irnos directamente a la universidad y vivir juntos.

—¿Ese es el plan?

—Por supuesto que ese es el plan.

—¿Y si nos matamos el uno al otro... como compañeros de cuarto?

—No nos vamos a matar. Y vamos a ser más que compañeros de cuarto.

—Eso lo entiendo —dije. De verdad no quería tener esta conversación—. Me voy a casa a darme una ducha.

—Dúchate aquí. Yo me meto contigo.

Eso me hizo reír.

—No estoy seguro de que a tu mamá le encante esa idea.

—Bueno, sí, a veces los padres acaban con toda la diversión.

De camino a casa, me imaginé a Dante y a mí juntos en la regadera.

Una parte de mí quería salir corriendo al ver todas las complicaciones de estar enamorado de Dante. Tal vez Ari más Dante era igual a amor, pero también era igual a complicado. Y también era igual a jugar a las escondidas con el mundo. Sin embargo, había una diferencia entre el arte de correr y el arte de salir corriendo.

Veintidós

Dante y yo fuimos a nadar más tarde ese día. Comenzamos una guerrita de agua y se me ocurrió que la única razón por la que hacíamos eso era porque podíamos tocarnos accidentalmente. En la breve caminata de vuelta a su casa, Dante hizo una cara.

—¿Qué fue eso? —dije.

—Estaba pensando en la escuela. Y en que toda esa mierda de respetar a tus maestros como si realmente creyeras que son más listos que tú es un poco irritante.

—¿Irritante? —Me reí—. «Irritante» definitivamente era una palabra de Dante.

—¿Te parece gracioso?

—No. Te gusta decir la palabra «irritante».

—¿Qué? ¿No conoces esa palabra?

—No es eso… solo que no es una palabra que utilice.

—¿Pues qué dices cuando algo te irrita?

—Digo que me encabrona.

De repente el rostro de Dante cobró una expresión estupenda.

—Eso es maravilloso —dijo—. Es jodidamente maravilloso.

Se recargó contra mí y me dio un golpecito con el hombro.

—Eres interesante, Dante. Amas las palabras como «interminable», como en «estoy interminablemente aburrido», y palabras como «liminal»…

—¿Tuviste que buscar la palabra en el diccionario?

—Así es. Puedo incluso utilizarla en una oración: Aristóteles y Dante residen en un espacio liminal.

—Jodidamente maravilloso.

—Ves, por eso eres interesante. Eres un diccionario con patas y te encanta decir groserías.

—¿Eso es lo que me vuelve interesante?

—Sí.

—¿Es mejor ser interesante o estar guapo?

—¿Acaso estás tratando de sonsacarme un cumplido, Dante? —Sonrió—. Ser interesante y estar guapo no son mutuamente excluyentes. —Lo miré, lo miré directamente a sus ojos cafés grandes y claros y sonreí de oreja a oreja—. Mutuamente excluyentes. Dios, comienzo a hablar como tú.

—No es tan malo hablar como si tuvieras cerebro.

—No, no lo es. Pero usar tu vocabulario como herramienta para recordarle a todos que eres un ser superior es…

—Ahora comienzas a encabronarme.

—Y ahora estás hablando como yo. —Me reí. Él no lo hizo—. Sí eres un ser superior —dije—. Y eres interesante y estás guapo y… —Torcí los ojos—. Y eres encantador.

Y luego ambos nos desternillamos de risa, porque «encantador» era la palabra de su mamá. Cada vez que se metía en problemas, su madre decía: «Dante Quintana, no eres tan encantador como crees». Pero él *era* la palabra «encantador». Yo estaba pensando que Dante podría quitarme los pantalones de puro encanto. Y también la ropa interior.

Dios, qué mente tan sucia tenía. Me iría directo al infierno.

Veintitrés

Querido Dante:

Cuando te estaba ayudando a limpiar tu cuarto, me puse a pensar en por qué te gusta ser tan desordenado cuando todo en tu mente parece tan ordenado. El dibujo que hiciste de los discos de vinil y del tocadiscos está increíble. Cuando lo sacaste de abajo de tu cama y me lo mostraste, no podía ni hablar. Vi que tenías toneladas de dibujos bajo la cama. Algún día me gustaría escabullirme hasta tu cuarto y sacarlos todos y pasar mi mano sobre cada dibujo. Sería como tocarte a ti.

Vivo en una confusión llamada amor. Te veo sumergirte luego de un clavado perfecto y pienso en lo perfecto que eres. Y luego te enojas conmigo porque no quiero pasar todo mi tiempo contigo. Pero una parte de mí sí quiere pasar todo mi rato contigo. Y sé que eso no es posible... y que ni siquiera es una buena idea. No es lógico pensar que no te amo solo porque creo que no es buena idea ir a la misma escuela. Y luego quieres que yo hable más y de repente me dices que ya no hable. No eres lógico. No eres nada lógico. Supongo que esa es parte de la razón por la que te amo. Pero también es la razón por la que me vuelves loco.

Volví a soñar con mi hermano anoche. Es el mismo sueño. Realmente no entiendo mis sueños ni por qué están dentro de mí ni qué hacen. Él siempre está parado del otro lado del río. Yo estoy en Estados Unidos. Él está en México. Digo, vivimos en diferentes *países... supongo que de alguna manera es cierto. Pero tengo tantas ganas de hablar con él. Podría ser mucho mejor tipo de lo que la gente le atribuye... Sí, muy jodido y todo eso, pero tal vez no completamente corrompido. Nadie está completamente corrompido. ¿Tengo razón en eso? O tal vez solo sea un imbécil miserable y maldito y su vida sea una tragedia total y maldita. Sea como sea, me gustaría saberlo. Para no pasar el resto de mi vida preguntándome sobre un hermano cuya vaga memoria reside dentro de mí como una espina en la mano que no se puede sacar. Así se siente. Dante, si el bebé de tu mamá es niño —si consigues ese hermano que siempre quisiste— ámalo. Sé bueno con él. Para que, cuando crezca, no lo persigan las pesadillas.*

Mi mamá entró al cuarto mientras escribía en mi diario.

—Me parece una estupenda idea —dijo— escribir un diario. —Y luego se fijó en qué diario estaba escribiendo—. Ofelia te lo dio, ¿no es así?

Asentí. Pensé que se iba a poner a llorar. Comenzó a decir algo... luego cambió de parecer. Y entonces dijo:

—¿Por qué no te vas a acampar con Dante por unos días antes de que comience la escuela? Antes te encantaba salir a acampar.

Ahora era yo quien se iba a poner a llorar. Pero no lo hice. No lo hice. Quería abrazarla. Quería abrazarla y abrazarla.

Nada más nos sonreímos... y quería decirle cuánto la amaba, pero simplemente no podía. Simplemente... no sé. A veces tenía palabras hermosas viviendo dentro de mí y simplemente no podía expulsar las palabras para que otras personas pudieran ver que estaban ahí.

—Entonces, ¿qué piensas de la idea de salir a acampar?

No quería mostrarle lo malditamente emocionado que estaba, así que dije con mucha calma:

—Mamá, creo que eres brillante.

Ella lo sabía. Sabía cómo leer esa sonrisa de oreja a oreja que llevaba puesta.

—Acabo de alegrarte el día, ¿verdad?

La miré con esa mirada de sabiondo que decía: «De eso no pienso hablar».

Y ella me miró a mí con esa expresión medio dulce pero de regodeo que decía: «Yo sé que te alegré el día». Y luego se río. Me gustaba la manera en que a veces podíamos hablar juntos sin utilizar palabras.

Y después soltó esta bomba:

—Ah, por cierto, casi lo olvido. Tus hermanas te quieren invitar a comer.

—¿A comer? Mamá…

—Sabes, ya no eres tan niño… y cuando estás a punto de ser adulto, comienzas a hacer lo que hacen los adultos: salir a comer con la familia, con los amigos.

—Se los dijiste, ¿verdad?

—Sí, se los dije, Ari.

—¡Mierda! Mamá, yo…

—Son tus hermanas, Ari, y te aman. Quieren apoyarte. ¿Eso qué tiene de malo?

—¿Pero tenías que contarles?

—Bueno, tú no les ibas a contar. Y no deberían ser las últimas en saberlo; les dolería mucho.

—Pues me duele que les contaras sin mi permiso.

—Soy tu mamá. No necesito que me des permiso. Puedo decirles a mis hijos lo que me parezca que necesiten saber.

—Pero es que son tan mandonas. Y ni siquiera creen que soy una persona. De chico, me vestían como si fuera algún tipo de muñeco. Y siempre me decían qué hacer. «Y no toques esto y tampoco toques lo otro o te mato». Uf.

—Vaya, cómo has sufrido, Ángel Aristóteles Mendoza.

—Es bastante mordaz de tu parte, mamá.

—No te enojes conmigo.

—Estoy enojado contigo.

—Estoy segura de que se te pasará pronto.

—Sí —dije—. ¿Me van a entrevistar? ¿Me van a hacer todo tipo de preguntas que no sabré responder?

—No son reporteras, Ari… son tus hermanas.

—¿Puedo decirle a Dante que me acompañe?

—No.

—¿Por qué no?

—Ya sabes por qué no. Por la mismísima razón por la que quieres pedirle que te acompañe. Él se encargará de hablar y tú solo te quedarás ahí sentado, mirando cómo todo va pasando. Adoro a Dante y me rehúso a que lo utilices como tu escudo solo porque no quieres hablar de cosas que te resultan incómodas.

—Y eso sería la mayoría de las cosas.

—Sí.

—Pero hablo contigo, ¿no, mamá?

—Es un acontecimiento muy reciente.

—Pero un paso en la dirección correcta —dije. Yo tenía una sonrisa estúpida en la cara.

Mi mamá sonrió… y luego soltó una carcajada muy suave. Me pasó los dedos por el pelo.

—Ay, Ari, deja que tus hermanas te quieran. Déjate querer. Quién sabe, tal vez haya una larga fila de personas esperando que las dejes entrar.

Veinticuatro

Así que, ahí estaba yo, sentado en The House of Pizza, en un gabinete frente a mis hermanas gemelas, Emilia, quien era idéntica a una versión más joven de nuestra madre, y Elvira, que era una versión más joven de mi tía Ofelia. Emmy y Vera.

Emmy, doña Yo-Me-Encargo, pidió una pizza grande de pepperoni, salchicha y champiñones. Y me pidió una Coca-Cola.

—Ya no tomo tanta Coca-Cola.

—Antes te encantaba.

—Las cosas cambian.

—Bueno, tómate una por los viejos tiempos.

—Bueno, como ya me la pediste.

Me sonrió. Dios, deseaba que no se pareciera tanto a nuestra madre, maldita sea.

Vera torció los ojos.

—Cómo insiste. Salió tres minutos y treinta y tres segundos completos antes que yo y desde entonces es mi hermana mayor. No tienes la menor oportunidad, Ari.

Yo tenía los codos sobre la mesa y recargué la cabeza en mis manos.

—Nunca tuve la menor oportunidad con ninguna de ustedes. Yo era el hermanito al que podían mangonear.

Emmy me lanzó una de sus famosas sonrisas.

—Eras dulce cuando estabas chiquito. Te regalamos un osito de peluche. Lo llamaste Tito. Llevabas a Tito a todas partes. Eras adorable. Y luego cumpliste diez años y te volviste insoportable. Y esa es la verdad. Mamá y papá te consentían como locos.

—Ah, los resentimientos fraternos.

Emmy extendió la mano y jaló mi brazo suavemente hacia ella. Me besó los nudillos.

—Ari, lo sepas o no, te adoro.

Vera asintió.

—Claro que yo siempre te adoré más.

—Y tú siempre nos hiciste a un lado.

—Sí, bueno, soy un imbécil, pero ya lo sabían.

—No eres un imbécil, Ari. —Parecía que Vera iba a llorar. En nuestra familia, era la reina de las lágrimas—. Eres tan duro contigo mismo.

Y Emmy agregó en el momento justo:

—De verdad que lo eres. Desde que eras niño. Una vez trajiste la boleta de calificaciones a casa y cuando se la pasaste a mamá no dejabas de decir «Lo siento». Empezaste a golpearte la cabeza con los nudillos. Mamá te tomó del brazo suavemente e hizo que te sentaras. Te estabas torturando por un estúpido siete. Todo era diez, un ocho y un siete. Y te la pasabas diciendo cosas como «Es mi culpa». No todo era culpa tuya.

Vera asintió.

—Cuando se fue Bernardo, le preguntaste a mamá: «¿Yo lo hice enojar? ¿Por eso se fue?». Eso me rompió el corazón, Ari. Lo querías tanto. Cuando Bernardo no regresó, cambiaste. Te volviste más callado… y retraído. Siempre te culpabas por todo.

—No me acuerdo de nada de eso.

—Está bien no acordarse —dijo Emmy.

Vera me miró. Tenía una mirada cariñosa, pero firme.

—Solo trata de no hacerte responsable por cosas de las que no eres responsable.

—¿Quieres decir, como el hecho de ser gay?

—Exactamente.

Y las dos lo dijeron al mismo tiempo, como si lo hubieran ensayado o algo así.

—Está bien si te gustan los chicos.

Emmy se rio.

—Digo, a nosotras también nos gustan los chicos, así que no somos quién para decírtelo.

—Se supone que a ustedes les deben de gustar los chicos —les dije—. A mí no. Y voy a terminar siendo el tío gay del que murmuran sus hijos. El tío que no es mucho mayor que ellos.

—No creo que les importe. Te idolatran.

—No paso mucho tiempo con ellos.

—Es verdad. Pero cuando sí pasas tiempo con ellos, eres increíble. Los haces reír y les cuentas tonterías que te sacas de la manga. Es un don único, por cierto. Y solías cantarles.

Odiaba las lágrimas que me estaban cayendo por el rostro. ¿Qué demonios me estaba pasando?

—Gracias —susurré—. No soy muy bueno para querer a la gente. Y mamá me dijo que debo dejarme querer.

Vera me dio un capirotazo en el nudillo con el dedo.

—Tiene razón. Y sabes, Ari, no es tan difícil quererte.

—Creo que soy bastante difícil de querer.

—Bueno, es hora de dejar de creer todo lo que crees.

—¿En dónde habré oído eso antes?

—Lo habrás oído mil veces, pero nunca lo has escuchado realmente. Es hora de comenzar a escuchar, mano. —A Emmy le encantaban las lecciones de vida. De alguna manera su consejo sonó como una orden. Me pregunté si sus dos hijos se irritaban con ella.

—Ari, siempre te hemos querido… a pesar de que no querías que te quisiéramos. —Había mucha ternura en la voz de Vera—. No puedes decirle a otra persona a quién amar.

—Supongo que debo de quererlas también.

—No es un requisito… pero sería lindo.

—Trabajaré en ello.

—De verdad eres un pasado de listo, Ari, ¿lo sabías?

—Sí, lo sé. Dante dice que es parte de mi encanto.

Hubo un momento de silencio entre nosotros. Me quedé mirando el piso y luego las miré a ellas… y vi la mirada que tenía mi madre, el tipo de mirada que simplemente te mataba porque no solo decía «Te quiero». Decía: «Te querré siempre».

—Supongo que no me mataría decirles a las dos que las quiero.

—Bueno, lo acabas de decir… y no moriste. Pero ¿te das cuenta de que nunca nos habías dicho eso?

Emmy asintió.

—De verdad he sido un imbécil, ¿no?

La pizza llegó antes de que Emmy o Vera pudieran responder.

Veinticinco

Ari, solo queremos una cosa para ti... que seas feliz. Todavía podía oír las voces de mis hermanas en la cabeza. Felicidad. ¿Qué demonios significaba eso? Tenía que ser más que la ausencia de tristeza. Y esa palabra, «querer». Esa palabra estaba relacionada con la palabra «deseo». Reescribí en mi cabeza lo que me dijeron. «Nuestro único deseo para ti, Ari, es que seas feliz».

Oí la voz de Dante en mi cabeza. «Veo un anhelo en ti... una añoranza... esas palabras viven en ti».

Deseo. Un rollo del cuerpo. Un rollo del corazón. El cuerpo y el corazón.

Solía vivir en un mundo que estaba hecho de las cosas que pensaba. No sabía lo pequeño que era ese mundo. Me estaba asfixiando en mis propios pensamientos. Era como vivir en un mundo de fantasía. Y el mundo en el que vivía ahora se estaba volviendo más y más grande.

En primer lugar, había un cielo en el mundo en donde vivía ahora. Y era azul y era grande y era hermoso. Pero ¿en qué parte de mi mapa iba a poner la palabra «feliz»? ¿Dónde en el mapa iba a poner «deseo»?

Y luego me entró este pensamiento a la cabeza: «Feliz» y «deseo» no iban juntas. Esas palabras no iban juntas para nada. El deseo no te volvía feliz... te volvía desdichado.

Veintiséis

En el mundo del que trazaba el mapa, había ciertos caminos que iban a ciertos lugares. Habría un camino que llevara al desierto, y al desierto le pondría de nombre Árido, porque contenía mi nombre, y tomaría ese camino y me quedaría ahí parado, en el desierto llamado Árido, y vería llegar una tormenta de verano, y respiraría hondo y entendería que el aroma de esa tormenta era el aroma de Dios. Y trazaría un camino que llevara a una colina en donde hubiera un árbol de mezquite y una roca enorme. Y me sentaría en esa roca y miraría la tormenta llegar directamente adonde yo estaba sentado… y los truenos y los rayos se irían acercando más y más. Pero la tormenta no me resultaba amenazadora, porque la tormenta no era un bravucón, sino algo que venía para darme la bienvenida al mundo y para recordarme que yo era parte del desierto y de todo lo hermoso. Y cuando llegara la lluvia, caería torrencialmente sobre mí y *me volvería una parte de ella*. Me imaginé a Dante besándome en la lluvia. Y no tendríamos temor de la tormenta. Y él y yo nos quedaríamos ahí sentados hasta que aprendiéramos el lenguaje de la lluvia.

Y en mi mapa, nombraría ese lugar el Lugar de los Milagros.

Veintisiete

Dante levantó el teléfono al segundo timbrazo.

—¿Estará disponible el señor Dante Quintana? Solo tomaré unos minutos de su tiempo.

—Por su puesto, habla el señor Quintana. ¿Puedo preguntar con quién hablo y qué productos ofrece hoy… y a qué empresa representa?

—¡Pero por supuesto! Yo soy el señor Art Ángel y represento una pequeña empresa de viajes y recorridos: Jaime, Lilly & Ari Sociedad Anónima, con oficinas en San Antonio, Houston, Dallas, Albuquerque y nuestra nueva oficina en El Paso. Nos especializamos en escapadas a buen precio, porque creemos que todos merecen unas vacaciones.

—Esa filosofía me parece bastante loable.

—¿Loable?

—Sí, sí, loable. Bastante.

—Ahora, como le decía, señor Quintana, hoy es su día de suerte. Ha sido seleccionado para aprovechar nuestro paquete vacacional de fin de verano. Esta oferta incluye dos días y medio de campamento en Cloudcroft, Nuevo México, con una parada en el fabuloso parque nacional de White Sands. Las dunas blancas están compuestas de cristales de yeso, que nunca se calientan, ni siquiera durante los días más cálidos del verano, y crean un ambiente ideal para escalar cómodamente descalzo, perfectas para los individuos que sienten antipatía por los zapatos.

—¿Antipatía? ¿Le enseñan esas palabras en las conferencias de ventas?

—Debe tener una impresión errónea sobre el nivel educativo de nuestro equipo de ventas.

—Pues...

—Como le decía, las dunas blancas ofrecen la experiencia perfecta para escalar descalzo. Desde las dunas, el paisaje del camino entero hasta Cloudcroft es simple y llanamente espectacular, y no necesita ninguna experiencia en acampar para aceptar nuestra oferta. Nuestra empresa cubrirá el costo del transporte y los demás gastos.

De repente hubo un silencio al otro lado del teléfono.

—¿Dante? ¿Estás ahí?

Y luego lo oí susurrar:

—¿Hablas en serio, Ari? ¿De verdad?

Asentí al teléfono.

—No llores.

—No iba a llorar.

—Sí ibas a llorar.

—Pues si quiero llorar, lloraré. No puedes decirme qué hacer. —Y luego lo oí llorar. Y luego se controló—. ¿No tengo que tener veintiún años para aceptar la oferta más que generosa de su empresa?

—No —dije—. Lo único que necesita nuestra empresa es una declaración firmada de un padre o tutor.

Hubo silencio de nuevo al otro lado del teléfono.

—¿Y pasaremos todo ese tiempo solos?

—Sí —susurré.

—Eres el ser humano más increíble que haya caminado jamás sobre la faz de la Tierra.

Sonreí al auricular.

—Tal vez no lo creas después de pasar tres días conmigo. Tal vez sea el antídoto para enamorarte de un tipo como yo.

—No necesito un antídoto. Da la casualidad de que no sufro ningún mal.

«Yo sí», pensé. «Tengo el peor mal de amores que se pueda tener».

Veintiocho

Querido Dante:

Bajé al sótano para revisar el equipo de acampar. Mi papá lo tiene todo perfectamente organizado. Después de salir a acampar, ventila todo antes de guardarlo. Y se asegura de que el equipo esté limpio y listo para salir la próxima vez... solo que no hemos salido de campamento en mucho tiempo. Le eché una buena mirada a todo el equipo: una tienda de campaña, dos lámparas de querosén, bolsas de dormir, una pequeña estufa de propano para acampar, un tanque vacío de propano y un par de lonas. Todo apilado cuidadosamente en una repisa que construyó él solo. Recuerdo haberle ayudado a construir los estantes cuando estaba en quinto o sexto grado. En realidad no ayudé mucho. Más bien me quedé ahí parado y lo miré. Lo único que realmente recuerdo de construir los estantes fue la cátedra tranquila de mi padre sobre tener respeto por los serruchos. «Si te gusta tener dedos, mejor pon atención y concéntrate». Claro, en realidad no me enseñó cómo usar un serrucho. Nunca me dejaba acercarme mucho cuando estaba cortando la madera. Creo que tal vez mi madre le dio a mi padre una cátedra de su propia iniciativa sobre yo y el serrucho.

Ahora, cuando lo pienso, creo que mi mamá siempre ha sido conmigo un poco más sobreprotectora de lo necesario. Solía pensar que solo era mandona. Pero ahora no creo que sea nada mandona. Creo que siempre ha tenido miedo de perderme. Creo que ese temor viene de sus experiencias con mi hermano mayor.

Recuerdo cuando me contaste que siempre estás analizando a tus padres. Y ahora yo estoy empezando a analizar a los míos. ¿Cuándo fue que conseguimos nuestros títulos en psicología?

Cerré mi diario y miré a Patas, que estaba acostada a mis pies.

—Patas, ¿te acuerdas de tus papás? —Ella levantó la mirada y puso la cabeza en mi regazo—. Por supuesto que no te acuerdas. Yo, yo soy tu papá. Y soy buen papá, además, ¿verdad?

¿Por qué demonios hablábamos con los perros como si entendieran las estupideces que les estamos diciendo? Le levanté la cabeza y le besé la frente de perrita.

Mi mamá entró a la cocina y sacudió la cabeza.

—Me parece muy dulce que algunas personas besen a sus perros. En cambio, mi manera de amar a un perro es dándole de comer.

—Tal vez sea porque te gustan más los gatos que los perros.

—Me gustan los gatos. También me gustan los perros. Pero no me gustan en mi cama… y no voy por ahí dándoles besos. —Y luego miró directamente a Patas—. Y qué suerte tienes de que Ari sea tu amo. Si no, estarías durmiendo afuera en el patio como cualquier perro chapado a la antigua que se respete. —Cortó un trozo de queso, caminó hasta Patas… y se lo dio de comer—. Así es como se ama a un perro —dijo.

—No, mamá, así es como se soborna a un perro.

Mi papá y yo revisamos las provisiones de campamento.

—Así que, ¿vas a salir de campamento con Dante?

—¿Qué es esa sonrisa?

—Solo trato de imaginarme a Dante de campamento.

No pude evitar reírme.

—Creo que me queda mucho trabajo por hacer. Lo hará bien.

—Antes salíamos a acampar todo el tiempo.

—¿Por qué dejamos de hacerlo?

—No lo sé. Te encantaba salir a acampar. Siempre fuiste un niño tan serio. En cambio, cuando acampabas, como que te soltabas. Te reías mucho y estabas tan maravillado de todo lo que te rodeaba. Recogías todo lo que podías… y luego lo volteabas en tus manos una y otra vez, como si intentaras llegar al fondo de su misterio.

»Recuerdo la primera vez que encendí una fogata contigo. Esa mirada de maravilla en tus ojos. Habrás tenido unos cuatro años. Y agarraste la mano de tu madre y gritaste: «¡Mamá! ¡Mira! ¡Fuego! ¡Papá hizo fuego!». Era más fácil para mí cuando eras pequeño.

—¿Más fácil?

—Un hombre como yo… —Se detuvo—. Un hombre como yo puede mostrarle cariño a un niño, pero es más difícil… —Se detuvo—. Te acostumbras a no hablar. Te acostumbras al silencio. Es difícil, sabes, romper un silencio que se vuelve parte de cómo te ves a ti mismo. El silencio se vuelve una manera de vivir. Ari… —Bajó la mirada al suelo y luego la volvió a levantar hacia mí.

Yo sabía que me estaban escurriendo lágrimas por el rostro. Ni siquiera traté de luchar contra eso.

—No era que no te quisiera. Solo es que, bueno, ya sabes.

—Lo sé, papá.

Entendí lo que mi padre intentaba decir. Me recargué contra él y yo temblaba. Temblaba y temblaba… y de repente estaba llorando como un niñito en el hombro de mi padre. Me rodeó con los brazos y me estrechó mientras lloraba. Yo sabía que algo estaba pasando entre mi padre y yo, algo importante… y no había palabras para lo que estaba ocurriendo, y aunque las palabras eran importantes, no lo eran todo. Muchas cosas pasaban afuera del mundo de las palabras.

No sabía si lloraba por lo que había dicho mi padre. Creo que esa era una parte de todo. Pero, en realidad, creo que lloraba por muchas cosas, por mí y por desear el cuerpo de otro chico, algo que era misterioso y aterrador y confuso. Estaba llorando por mi hermano, cuyo fantasma me acechaba. Estaba llorando porque me daba cuenta de cuánto quería a mi padre, quien se estaba volviendo alguien que yo conocía. Ya no era un extraño. Estaba llorando porque había desperdiciado tanto tiempo pensando tantas cosas horribles sobre él, en vez de verlo como un hombre callado y bondadoso que había sufrido un infierno llamado guerra y había sobrevivido.

Por eso estaba llorando.

Mi madre me había dicho que solo eran personas, ella y mi padre. Y tenía razón. Tal vez esa sí era una señal de que yo comenzaba a madurar, el conocimiento de que mis padres eran personas y que sentían las mismas cosas que yo sentía... solo que habían estado sintiendo esas cosas por mucho más condenado tiempo que yo y habían aprendido qué hacer con esos sentimientos.

Lentamente, me separé de mi padre y asentí con la cabeza. Él también asintió. Quería memorizarme esa sonrisa suave que llevaba en el rostro y llevarla conmigo adonde fuera. Cuando me di la vuelta para subir de nuevo por los escalones del sótano, vi a mi madre parada al pie de las escaleras. Ahora sabía de qué hablaba la gente cuando decía que alguien lloraba «lágrimas de felicidad».

Veintinueve

Querido Dante:

Solía preguntarme sobre los chicos que lloran, como tú... y ahora me volví uno de esos chicos, carajo. No estoy seguro de que me agrade. Digo, no es que esté llorando por nada, digo, diablos, no sé a qué me refiero. Estoy cambiando. Y es como si todos los cambios me estuvieran llegando a la vez. Y los cambios... no son malos. Digo, son buenos. Son cambios buenos.

No solía gustarme quién era.

Y ahora simplemente no sé quién soy. Bueno, sí sé quién soy. Pero en general me estoy volviendo alguien que no conozco. No sé en quién me convertiré.

Pero he mejorado, Dante. Soy mejor persona... aunque no sea mucho decir.

Cuando te conocí, recuerdo que me dijiste que estabas loco por tus padres. Y me pareció la cosa más extraña que hubiera escuchado jamás saliendo de la boca de otro tipo. Sabes, a veces no sé un carajo. Creo que siempre he querido a mi madre y a mi padre. Tal vez no pensaba que mi amor por ellos fuera realmente tan importante. Digo, eran mis padres, ¿no? Siempre pensé que era medio invisible para ellos. Pero era al revés. Ellos eran los invisibles para mí.

Porque yo no era capaz de verlos.

Creo que he sido como un gatito que nació con los ojos cerrados que se paseaba por ahí maullando porque no podía ver adónde iba.

Pero, Dante, ¿adivina qué? Ese gatito abrió los ojos, carajo. Puedo ver, Dante, puedo ver.

Treinta

La noche antes de que saliéramos a nuestro viaje de campamento, los Quintana me invitaron a cenar. Mi mamá horneó una tarta de manzana.

—No es de buena educación llegar a casa de alguien con las manos vacías.

Mi padre le lanzó una gran sonrisa y dijo:

—Tu mamá a menudo manifiesta comportamientos de inmigrante. No lo puede evitar.

Me pareció bastante gracioso. También a mi mamá, de hecho.

—Mandar una tarta no es comportamiento de inmigrante.

—Ah, sí lo es, Lilly. Solo porque no estás mandando tamales y chiles asados no significa que no sea comportamiento de inmigrante. Simplemente lo envolviste en un disfraz estadounidense. ¿Tarta de manzana? ¡No hay nada más estadounidense que eso!

Mi mamá lo besó en la mejilla.

—Cállate, Jaime. *Estás hablando puras tonterías* —agregó en español—. ¿No tienes que irte a fumar un cigarro o algo así?

Normalmente me iba caminando a casa de Dante, pero decidí llevar la camioneta. Me imaginé tirando la tarta en la acera por accidente y simplemente no quería ser el centro de tanto drama. Quedé dañado de por vida cuando solté un plato de porcelana cargado de las galletas de Navidad de mi mamá cuando tenía siete años. Hasta hace poco, esa había sido la última vez que lloré. Y ni siquiera fue porque mi madre estuviera alterada. De hecho, me estaba consolando, por alguna razón… y eso lo hizo aún peor.

Podía ver que mi mamá estaba completamente de acuerdo con mi decisión.

—Estás mostrando indicios de sabiduría —dijo.

—Mamá, tal vez solo esté mostrando indicios de ser práctico.

—Bueno, ser sabio y ser práctico no son mutuamente excluyentes. —Yo solo asentí—. Te estás volviendo bastante bueno en eso de no torcerme los ojos. Demuestra dominio de uno mismo. —Podía oír a mi padre reír desde el otro cuarto.

—Mamá, creo que no serás una gran fanfarrona.

Me sonrió de oreja a oreja y me pasó la tarta.

—Pásatela bien. Dile a los papás de Dante que les mando mi cariño.

—Mamá, no necesitan tu cariño —dije mientras me dirigía a la puerta—. Lo que necesitan es tu tarta de manzana.

Podía oír la risa de mi madre cuando cerré la puerta con suavidad y me dirigí a la casa de Dante.

En el breve viaje a casa de Dante, estaba sonriendo… estaba sonriendo.

La señora Quintana abrió la puerta. Me sentí un poco tímido y un poco tonto mientras estaba ahí parado, sosteniendo una tarta de manzana.

—Hola —dije—. Mi mamá les manda su cariño y esta tarta de manzana.

Dios, la señora Quintana podría ganar un concurso de sonrisas.

Me quitó la tarta de las manos. Y lo único que podía pensar era que no se me había caído la tarta y que estaba a salvo en manos de una experta manipuladora de tartas. La seguí al comedor, en donde el señor Quintana colocaba un plato grande cargado de tacos.

—Preparé mis tacos, famosos internacionalmente —me sonrió entre dientes.

Dante entró a la habitación, llevaba una camisa rosa con un cocodrilito. Intenté no fijarme en la manera en que el rosa contra su piel clara casi lo hacía resplandecer. Dios, qué guapo estaba. Dante. Mierda. Dios.

—Y yo hice el arroz.

—¿Cocinas? Mira tú.

—Bueno, solo sé hacer arroz y recalentar las sobras.

Esa mirada dulce en su rostro. Dante podía ser humilde.

Qué buenos tacos preparaba el señor Quintana, debo decir. Y el arroz mexicano de Dante básicamente estaba para morirse. No tan esponjoso como el de mi mamá, pero aun así. Dante y yo comimos la enorme cantidad de cinco tacos cada uno, el señor Quintana se comió cuatro y la señora Quintana se disculpó por comer tres.

—Normalmente solo como dos, pero ahora como por dos. Y me está pateando como loco.

Los ojos de Dante se iluminaron.

—¿Está pateando justo ahora?

—Vaya que sí. —Le señaló—. Siéntelo.

Dante se levantó en medio segundo y se paró junto a su mamá. Ella tomó la mano de Dante y la puso sobre su panza.

—¿Ves?

Dante no dijo una sola palabra… luego, finalmente, exclamó:

—Ay, mamá, es increíble. Ay, Dios mío, eso… eso es vida. Tienes toda esa vida dentro de ti. Ay, mamá. —Después de un rato retiró la mano lentamente y besó a su mamá en la mejilla—. Sabes, mamá, cuando me peleo contigo, no lo hago en serio.

—Ya sé. Bueno, excepto por lo de los zapatos.

—Sí —sonrió—. Excepto por lo de los zapatos.

—Hablando de eso… Ari, decidí nombrarte el policía de los zapatos. Dante solo tiene permiso de pasear descalzo en White Sands.

—Creo que puedo con eso.

—¿Te estás poniendo de su lado?

—No respondas esa pregunta —dijo el señor Quintana—. No hay una respuesta correcta.

Dante le lanzó una mirada mordaz a su papá.

—Papá se cree Suiza. Siempre busca la neutralidad.

—No. Busco la supervivencia.

Eso me hizo reír.

—Bueno, ya esperé suficiente para poder probar una rebanada de la tarta de manzana de Lilly. Comeremos un poco de tarta y podemos hablar de cómo se comportarán ustedes durante su viaje de campamento.

Ay, Dios, creí que iba a morir. No nos iría a hablar de sexo. Digo, la verdad era que solo estaba pensando en eso, lo que solo sirve para demostrar que soy igual a todos los demás chicos de diecisiete años en el planeta. Me quedé paralizado. Por suerte la señora Quintana estaba ocupada cortando la tarta de manzana y sirviéndola en platos. Si no, podría haber notado la mirada de «Quiero esconderme bajo la mesa» en mi rostro.

—Nada de fumar mota y nada de tomar cerveza. ¿Entendieron?

Asentí.

—Sí, señora, entendido.

—Ay, no me preocupas tú, Ari. Este sermoncito más bien está dirigido a mi Dante.

—Mamá, ni que pudiera conseguir mota en un santiamén.

—No lo sé, Dante, eres bastante ingenioso.

—Ay, mamá, no me digas que tú y papá jamás fumaron mota o tomaron cerveza cuando eran menores de edad.

—Lo que hizo tu papá y lo que hice yo cuando éramos menores de edad no es, para empezar, de tu incumbencia, y, en segundo lugar, es irrelevante para tu situación. Soy mamá, y podrás creer que lo único que quiero hacer es controlarte, pero te equivocarías. Solo no quiero que se metan en problemas. De por sí tienen suficiente con qué lidiar. Y ya sabes a qué me refiero, así que no insistamos. —Besó a Dante en la frente mientras le colocaba un trozo de tarta enfrente.

El señor Quintana le sopló un beso a la señora Quintana.

—¿Ves? —dijo Dante—. ¿Ves cómo le sopló un beso? Eso significa que le está diciendo: «Bien hecho, cariño». Y luego quiere creer que es Suiza. —Hizo una mueca, luego enfiló el tenedor hacia su trozo de tarta y, cuando lo probó, incluso antes de terminar de tragárselo, abrió los ojos más de lo que yo lo hubiera visto abrirlos—. Dios mío, este es el mejor pedazo de tarta de manzana que haya probado, carajo.

La señora Quintana bajó la cabeza y la sacudió.

—Estoy a punto de lavarte la boca con jabón. Sé que amas esa palabra tanto como sabes que la odio. Tienes un vocabulario extenso y estoy segura de que puedes encontrar otras palabras para remplazarla.

—He buscado otras palabras. Palidecen en comparación.

—¿Qué no ves mi mirada de desaprobación? Tal vez no pueda evitar que uses esa palabra cuando no estés en mi presencia, pero no uses esa palabra frente a mí. Jamás.

—Lo siento, mamá. De verdad. Lo siento. —Señaló su trozo de tarta con el tenedor—. Pruébalo.

Ella le lanzó una de sus miradas famosas a Dante, luego probó la tarta de manzana.

—Dios mío, Ari, ¿dónde aprendió a hornear tu mamá?

—No sé. Siempre ha sido increíble en la cocina.

—¿Es tan buena en el aula como lo es en la cocina?

—Tengo la sensación de que sí.

La señora Quintana asintió mientras iba por otra mordida.

—Yo también tengo esa sensación —dijo—. Y casi puedo perdonarte por usar esa palabra.

Dante tenía una mirada victoriosa.

—No te pongas gallito. Dije «casi».

Y luego me di cuenta de que el señor Quintana se servía una segunda porción de la tarta de mi madre.

—Sam, ¿siquiera la probaste? ¿O solo la inhalaste?

—Oh, vaya que la probé. Ustedes pueden seguir hablando. Yo estoy ocupado formando una relación con la tarta de manzana de Lilly.

Dante me sonrió.

—Gracias a Dios por la tarta de tu mamá. Sacó a mi mamá de la modalidad de sermón.

—No puedes dejar de tentar a la suerte, ¿verdad, Dante?

La señora Quintana no logró del todo parar de reírse.

La señora Quintana sí nos dio otro breve sermón… pero no me molestó. A ella le importábamos. Y también me ayudaba a entender de dónde sacaba Dante su terquedad. De su madre, por supuesto. Cuando terminó, nos besó a los dos en la mejilla. Luego me miró.

—Dante nunca dejará de intentar ser más terco que yo. Nunca lo logrará. Pero eso no evitará que siga intentando. Y dile a Lilly que es una genio… y que mañana le devuelvo el molde.

Lo que significaba que nuestras madres hablarían sobre sus hijos mientras estábamos de viaje.

Dante y yo nos sentamos en los escalones y nos quedamos mirando afuera a la oscuridad. Él se quitó los zapatos.

—Cuando estábamos bromeando al teléfono, no sabías lo que significaba «loable», ¿verdad?

Ni siquiera tuve que verle la cara para saber que llevaba puesta esa mirada de «Soy más listo que tú».

Decidí ignorar ese tono con el que me estaba familiarizando.

—No, creo que nunca había oído esa palabra. No tenía la menor idea. Pero ya agregué una nueva palabra a mi léxico.

—¿Léxico?

—Léxico —repetí—. Loable. Significa digno de alabanza. Del latín *laude*. Alabar.

—Pues mírate nada más, Aristóteles Mendoza.

—Sí, mírame nada más.

—Vas a hablar como diccionario en un santiamén.

—De ninguna manera, carajo —dije—. De ninguna manera.

Dante me acompañó a la camioneta.

—Te voy a besar ahora mismo.

—Y yo te voy a besar a ti —dije… luego me fui manejando.

Treinta y uno

Querido Dante:

No puedo pensar en nada más que en ti. No puedo pensar en nada más que en cómo se sentirá dormir junto a ti. Los dos desnudos. Cómo te sentirás mientras te beso y te beso y te beso y te beso. Y tengo tanto miedo. No sé por qué tengo tanto miedo. Nunca he estado tan emocionado o tan feliz o tan temeroso.

¿También tienes miedo, Dante?

Por favor dime que tienes miedo.

Treinta y dos

No dormí en toda la noche. No pude. Dante. Dante. Dante.

Cuando quebraba el alba, salí a correr. Pude probar la sal de mi propio sudor mientras me caía por la cara y pensé en mi propio cuerpo. Tal vez mi cuerpo era como un país y, si iba a ser cartógrafo, lo primero que tendría que hacer sería un mapa de mi propio cuerpo. Y un mapa del de Dante, ya estando en eso.

Cuando estaba en la ducha, susurré su nombre. «Dante».

Dante, Dante, Dante. Parecía un corazón latiendo en cada poro de mi cuerpo. Su corazón latía en mi corazón. Su corazón latía en mi cabeza. Su corazón latía en mi estómago. Su corazón latía en mis piernas. Su corazón latía en mis brazos, mis manos, mis dedos. Su corazón latía en mi lengua, mis labios. Con razón estaba temblando. Temblando, temblando, temblando.

Treinta y tres

La camioneta de mi papá estaba atiborrada con todo nuestro equipo de campamento. Papá no pretendía dejarme llevar mi propia camioneta. Lo habíamos hablado cuando volví de cenar en casa de los Quintana.

—Esa cosa está bien para manejar por la ciudad, pero necesitas algo confiable.

—¿Estás diciendo que mi camioneta no es confiable, papá?

—Me estás mirando como si te acabara de insultar.

—Tal vez lo hiciste.

—No le adjudiques de más tu identidad a esa camioneta —dijo mi madre.

—Suenas a que conviviste un buen rato con la señora Quintana.

—Lo tomaré como un cumplido.

Ni yo ni Dante, ninguno de los dos lograríamos jamás ser más tercos que nuestras madres.

Mamá me pasó una bolsa de papel llena de burritos que había preparado mientras yo estaba corriendo. Me asomé a la bolsa y me quedé mirando los burritos envueltos en papel aluminio.

—¿De qué son?

—*De huevo con chorizo y papas* —dijo en español.

No pude evitar sonreír. Ella sabía que eran mis favoritos.

—La mejor mamá del mundo —exclamé. Me pasó los dedos por el pelo.

—Tengan cuidado tú y Dante. Regresa conmigo sano y salvo.

Asentí.

—Lo prometo, mamá, tendré cuidado.

Me dio un beso… y me hizo la señal de la cruz en la frente.

—Y diviértanse.

Mi papá me pasó las llaves de su camioneta.

—No destruyas mi camioneta mientras no estoy —le dije.

—Sabiondo.

Me pasó un poco de dinero.

—Tengo dinero, papá.

—Llévatelo.

Asentí de nuevo. Mi padre me estaba dando algo. Y no era dinero. Era un trozo de él.

Se despidieron de mí desde el porche mientras encendía la camioneta. Patas me miraba como si la hubiera traicionado por no llevarla conmigo a acampar. Sí, bueno, no se veía tan desdichada sentada entre mis papás. En serio, papá amaba a esa perra casi tanto como yo.

Me despedí de ellos.

Parecían tan vivos, mi mamá y mi papá. Parecían vivos porque estaban vivos, vivos de una manera en que la mayoría de las personas no lo estaban.

Dante y sus papás estaban sentados en el porche cuando llegué frente a su casa. Tan pronto como me estacioné, Dante bajó corriendo por las escaleras con la mochila y todo. Sus papás me saludaron.

—Si se meten en cualquier problema, solo busquen un teléfono y llámennos por cobrar.

—Lo prometo —les grité de vuelta.

Me di cuenta de que el señor Quintana abrazaba a la señora Quintana y la besaba en la mejilla. Estaba susurrándole algo.

Al subirse a la camioneta, Dante les gritó a sus papás:

—Los amo.

Me gustaba que los papás de Dante se comportaran como recién casados. Había algo en ellos que me hacía pensar que serían jóvenes para siempre. Dante era como ellos. Él también sería joven para siempre. ¿Y yo? Yo ya me comportaba como un anciano.

Encendí el auto y no sé bien si tenía una sonrisa normal o de oreja a oreja. Dante se quitó los tenis y dijo:

—Te he estado escribiendo un poema. Todavía no lo termino… pero tengo el final: «Eres cada calle que he recorrido. Eres el árbol afuera de mi ventana, eres un gorrión en vuelo. Eres el libro que estoy leyendo. Eres cada poema que jamás haya amado».

Me sentí como si fuera el centro del universo. Solo Dante podía hacerme sentir así. Pero yo ya lo sabía: Nunca sería el centro del universo.

Treinta y cuatro

Una vez que salimos a la carretera, señalé la bolsa en el asiento.

—Hay burritos en la bolsa. Los preparó mi mamá.

—Tu mamá es la onda—. Me pasó un burrito y tomó uno para él. Le quitó el papel aluminio y tomó una servilleta de la bolsa. Le dio una mordida y luego otra—. Están increíbles, carajo.

—Sí, lo están —dije—. Mi mamá hizo las tortillas anoche.

—¿Tortillas hechas a mano? Guau. ¿Le podrá enseñar a mi mamá?

—¿Y qué si no quiere aprender?

—¿Por qué no querría aprender?

—Porque es trabajoso. Una vez que la gente se entera de que sabes hacerlas, ya te jodiste. Mis hermanas dijeron «Al diablo». Ellas las compran.

Dante sonrió.

—Bueno, tal vez tu mamá me enseñe a mí cómo hacerlas.

—Me suena estupendo. Puedes hacerme todas las tortillas que quieras.

—Ja, ja, ja, ja, ja. ¿Crees que te voy a estar haciendo tortillas todo el tiempo? ¡Claro que no! Puedes comprar las tuyas en la tienda.

—De todos modos lo más probable es que no serías muy bueno para hacer tortillas.

—¿Por qué lo dices?

—Porque aprender a hacer tortillas requiere de paciencia.

—¿Estás diciendo que no soy paciente?

—Estoy diciendo lo que estoy diciendo.

—Si sigues hablando así, vas a tener que volver a besarme.

—Paciencia, mi buen hombre, paciencia.

Bromeamos todo el camino a White Sands. Estar con Dante me volvía juguetón. Y por alguna razón, los dos teníamos muchísima hambre. Para cuando llegamos a White Sands, ya nos habíamos comido tres burritos cada quien. Y seguíamos con hambre.

Treinta y cinco

En el mismo segundo en que estacioné la camioneta al pie de una gran duna de yeso, Dante abrió la puerta y se lanzó a toda velocidad hacia el mar de arena blanca que se alzaba frente a nosotros.

—¡Ari! ¡Está increíble! ¡Está increíble, carajo!—. Se quitó la camisa mientras subía a la cima de la duna—. ¡Ay, Dios mío!

Adoraba mirarlo, Dante sin censura, Dante sin temor a comportarse como niño, Dante sin temor a comportarse como un tonto, sin temor a ser él mismo, sin temor a ser parte de todo lo que lo rodeaba. Lo miré mientras giraba y extendía los brazos. De haber sido posible, él habría tomado el paisaje entero y lo habría estrechado en sus brazos.

—¡Ari! ¡Ari! ¡Mira! ¡Se extiende hasta el infinito!

Me quité la camisa y agarré el protector solar de la guantera. Me tomé mi tiempo mientras subía por la duna. La sensación de la arena bajo mis pies era suave y fresca, y los elementos hostiles no podían robarse la inocencia sobrante de la Tierra. Recordé la primera vez que me trajeron aquí mis padres. Mis hermanas me habían enterrado en la arena y yo me había tomado de la mano de mi mamá mientras mirábamos la puesta de sol. Nos habíamos quedado para un programa nocturno y recuerdo que mi papá me sacó cargando en los hombros mientras nos dirigíamos de regreso al coche.

—¿Ari? ¿Estás dentro de tu cabeza otra vez?

—Perdón.

—¿En qué estabas pensando?

—En ti.

—Mentiroso.

—Me atrapaste. Estaba pensando en la primera vez que vine aquí con mi mamá y mi papá y mis hermanas. Debo de haber tenido cinco años.

Dante tomó el protector solar de mi mano y sentí la frescura del protector y de su mano en mi espalda y mis hombros Pensé en el día en que me había lavado con una esponja después del accidente y en las lágrimas en sus ojos y en cómo lo odié porque debí haber sido yo el que tuviera lágrimas en la cara. Sus lágrimas me habían dicho «Me salvaste la vida, Ari», y yo no quería pensar en eso. Pensé en cómo lo odié entonces sin saber por qué y lo imposible que había sido odiarlo… en especial porque lo amaba tanto sin saberlo.

—Date la vuelta —dijo, y yo hice lo que me ordenó. Me frotó la crema en el pecho y en los hombros y en el estómago… y me reí porque como que me hacía cosquillas.

—Te amo, Aristóteles Mendoza —susurró.

No dije nada. Solo miré sus ojos cafés y transparentes, y supongo que yo estaba sonriendo, porque dijo:

—Qué sonrisa tan genial.

Me pasó el protector. Mientras yo le frotaba la crema en el pecho y los brazos y la espalda, solo podía pensar en lo perfecto que era, en su cuerpo de nadador, en su piel. Mientras estábamos ahí parados, sentí que me latía el corazón como si quisiera salirse de un brinco de mi pecho y saltar dentro del suyo y quedarse ahí para siempre.

—¿En qué estás pensando, Ari? Dímelo.

—Estoy pensando que, si muriera en este mismo momento, no tendría ningún problema con ello.

—Nadie me había dicho algo así antes. Qué cosa tan divina dijiste. Solo que yo sí tendría un problema si muriéramos aquí, ahora, en este momento.

—¿Por qué?

—Porque no me has hecho el amor todavía.

Eso me hizo sonreír. De verdad me hizo sonreír.

—¿Sabías que esto solía ser un océano? Imagínate toda esa agua.

—Podría haberte enseñado a nadar en ese océano.

—Y podrías haberme enseñado a sumergirme en esas aguas.

Asintió con la cabeza y sonrió.

—Por otro lado —dije—, podríamos habernos ahogado en esas aguas.

—¿En serio? ¿Tenías que salir con eso?

Me tomó la mano.

Caminamos hacia las dunas de arena blancas y eternas, y pronto estábamos lejos de todas las personas del mundo. Todos habían desaparecido del universo excepto por el joven cuya mano tenía en la mía, y todo lo que alguna vez hubiera nacido y todo lo que alguna vez hubiera muerto existía en donde su mano tocaba la mía. Todo: el azul del cielo, la lluvia en las nubes, la blancura de la arena, el agua en los océanos, todos los idiomas de todas las naciones y todos los corazones rotos que habían aprendido a latir en su quebranto.

No hablamos. Este era el momento más silencioso en el que hubiera estado jamás. Incluso mi mente ajetreada... estaba callada. Tan callada que sentí que estaba en una iglesia. Y por la cabeza me pasó la idea de que mi amor por Dante era sagrado, no porque yo fuera sagrado, sino porque lo que sentía por él era puro.

No, no hablamos. No necesitábamos hablar. Porque estábamos descubriendo que el corazón podía hacer música. Y estábamos escuchando la música del corazón. Miramos los rayos a la distancia y escuchamos el eco de los truenos. Dante se recargó sobre mí... y entonces lo besé. Sabía a sudor y a un toque de los burritos de mi mamá. El tiempo no existía, y no importaba qué pensara de nosotros el mundo, nosotros no vivíamos en el mundo de nadie, tan solo en el nuestro en ese mismo momento.

Parecía que realmente nos habíamos vuelto cartógrafos de un nuevo mundo, habíamos trazado el mapa de un país propio, y era nuestro, solo nuestro, y aunque los dos sabíamos que ese país desaparecería, casi tan rápidamente como había aparecido, teníamos ciudadanía plena en ese país y éramos libres de amarnos el uno al otro. Ari amaba a Dante. Y Dante amaba a Ari.

No me sentí perdido mientras besaba a Dante. Nada perdido. Había encontrado el lugar al que pertenecía.

Vivir en la tierra de lo que importa

Hay una voz en el universo que guarda la verdad de todos aquellos que caminan sobre la Tierra. Creo que nacimos por razones que no comprendemos… y a nosotros nos corresponde descubrir esas razones. Esa es tu única tarea. Si eres tan valiente para sentarte a escuchar la voz del universo en el silencio que te habita, entonces siempre sabrás lo que importa… y también sabrás que le importas más al universo de lo que jamás podrás saber.

Uno

El color de la tierra cambia con la luz. La voz de mi padre en mi cabeza. La luz en el desierto era tan distinta de la luz en las montañas que se colaba por entre los árboles. La inclinación de la luz hacía que todo pareciera puro e intacto y suave. La luz en el desierto era inclemente y nada en ella era suave: todo era duro porque todo debía ser duro si quería vivir. Tal vez por eso yo era duro… porque era como el desierto que amaba, y Dante no era duro porque venía de un lugar más suave, en donde había agua y hojas tiernas que filtraban la luz apenas lo suficiente para evitar que tu corazón se transformara en piedra.

—¿Cuántos kilómetros llevamos?

Sonreí.

—¿Esa es tu versión de «Ya llegamos»?

Dante me lanzó una de esas miradas de «No pienso torcer los ojos».

—Un poco más de ciento treinta kilómetros. Diría que faltan unos cuarenta kilómetros para llegar a un sitio para acampar.

—Acampar. ¿Conoces el origen de esa palabra?

—¿Por qué sientes curiosodad por saber de dónde vienen las palabras?

—No lo sé. Me enamoré de los diccionarios cuando tenía seis años. Mi mamá pensaba que era mejor idea que jugara con mis Legos. Pero de alguna manera mis papás sabían que en realidad no me gustaban los juguetes. Así que dejaron de tratar de convertirme en algo que no era.

—Eso los hace buenos papás.

—Sí, creo que es cierto. Cuando tenía ocho años, me dieron la edición compacta del diccionario de inglés de Oxford. El mejor regalo de Navidad de mi vida.

—Cuando tenía ocho años, me dieron una bici. El mejor regalo de Navidad de mi vida.

Dante sonrió.

—Ya ves, somos idénticos.

—Bueno —dije—, ibas a contarme sobre la palabra «acampar».

—Tampoco es que te importara mucho.

—Cuéntame de todos modos. No puedes comenzar una idea sin terminarla.

—¿Es una nueva regla?

—Sí.

—A ti te va a costar mucho más trabajo respetar esa regla que a mí.

—No tengo la menor duda de que me lo echarás en cara.

—¡Cómo carajos no!

—Una respuesta muy al estilo Ari.

—Te me estás pegando.

—Te estás metiendo en problemas profundos, carajo.

—Tal vez tú seas justo el tipo de problema que estaba buscando.

Nunca me había divertido así con nadie más que con Dante.

—Entonces, la palabra «acampar».

—Acampar. Significa un campo abierto. Era un término utilizado para describir un espacio geográfico plano utilizado para los ejercicios militares. Pero en inglés, *camp* también tiene un significado coloquial para describir las maneras vulgares que tienen los hombres homosexuales de comportarse… por lo general cuando están bromeando.

Eso me hizo reír. Pero no estaba seguro de entender realmente. Dante podía leer mi mirada perpleja.

—Sabes, si un tipo se comporta, ya sabes, súper gay a propósito, o si alguien… eso es como hacer algo *camp*. Y alguien que tenga pésimo gusto… eso es… —Y luego se detuvo. Podía ver que se le había ocurrido algo—. Los Village People: ellos son *camp*. Tienen todo que ver con lo *camp*.

Yo estaba sonriendo.

—¿Los Village People? ¿Los malditos Village People?

Y luego Dante comenzó a cantar «*Macho Man*». Se clavó por completo. Y se estaba riendo de sí mismo. Y luego dijo:

—¿Te parece que me comporto gay?

Y de repente, con esa única pregunta, pasó de payasear a ponerse todo pensativo y serio.

—¿Eso qué quiere decir? Digo, eres gay, ¿no? Y yo también soy gay. Guau, se siente raro decir eso. ¿Recuerdas esa vez que estaba en tu casa y me dijiste que tu mamá era *inescrutable*? Sabes, no sabía lo que quería decir realmente esa palabra, así que fui a casa y la busqué en el diccionario. Y luego conocí la palabra y comenzó a vivir dentro de mí. Y luego esa palabra fue distinta porque era mía. La palabra «gay» es así. Supongo que me tomará un rato antes de que viva dentro de mí.

Podía notar que Dante estaba pensando. Y luego dijo:

—No hay palabras en el idioma inglés que te puedan describir, Ari Mendoza. No hay palabras en ningún idioma.

—Así que ahora somos una sociedad de admiración mutua, carajo.

—No seas imbécil. Acabo de decir algo increíblemente bueno sobre ti. Solo dame las gracias.

Y empezó a tararear «YMCA», una canción que yo odiaba, pero que parecía gustarle a todos los demás. Su rostro se iluminó con una sonrisa que me recordaba a la luz del desierto justo antes de que bajara el sol.

—Sabes, Ari, no pareces el tipo de chico al que le gustarían otros chicos.

—Lo que sea que eso signifique.

—Sabes a qué me refiero.

—Sí sé a qué te refieres. No, no creo que te comportes gay… digo, si hicieras la prueba para ser uno de los Village People, no creo que te escogieran. Y de todos modos, ¿el hecho de que te gusten otros hombres significa que te debas comportar de cierta manera?

—Para algunos chicos, creo.

—¿Piensas mucho en esto, Dante?

—Supongo que sí. ¿Y tú?

—No. Más bien pienso en ti.

—Buena respuesta.

—Vaya que sí. ¿Hay un manual para gays?

—Deberíamos escribir uno.

—No sabemos un carajo sobre ser gay.

—¿Hay alguna clase que podamos tomar? —Le lancé una mirada; él se pasó los dedos por el pelo—. ¿Y si todo el mundo lo supiera?

—Por suerte para nosotros, al maldito mundo no le importamos un carajo. Ni que fuéramos lo suficientemente importantes para que nos investigara el FBI o algo así.

—Sí, supongo que tienes razón. Tal vez sea buena idea no irnos por lo *camp*.

—Bueno, por ahora estamos en el tema de buscar un *campo* nivelado y no ese rollo de gustos vulgares y horribles.

—Nunca serás *camp*, Ari.

—¿Y eso cómo lo sabes?

—No lo tienes en ti.

—De verdad no sé lo que tengo en mí. Nadie sabe en qué se va a convertir. En cambio tú, Dante, tú serás un artista reconocido. *Eres* un artista. El arte no es solo lo que haces… es lo que eres.

Tenía una expresión seria y feroz en el rostro.

—Eso es lo que realmente quiero. Quiero ser artista. Y no me importa si me vuelvo famoso. Y no me importa si gano dinero algún día. Llevo toda la vida soñando con ser artista. ¿Y tú qué tal, Ari?

Pensé en la lista que había empezado… de las cosas que quería hacer. Pensé en las dos cosas que había tachado: aprender a tocar la guitarra y hacerle el amor a Dante. Si no era bueno para la música, tal vez sería bueno para hacerle el amor a Dante. Pero ¿cómo podría ser bueno para eso, si nunca lo había hecho? Y no había nada en mi lista que fuera a largo plazo. No tenía planes para mi vida.

—Bueno, pues estoy escribiendo un diario. Creo que eso podría ayudarme en mi búsqueda para volverme cartógrafo. Y tal vez nunca encuentre alguna gran pasión por algo, como tú la tienes. Pero cuando sea viejo no quiero estar preguntándome si mi vida importó. Porque si solo fui un tipo decente, si solo fui un buen hombre, entonces mi vida habrá sido una buena vida. Supongo que eso no suena muy ambicioso.

—Tienes algo que yo nunca tendré. Tienes humildad. Y ese mundo vive dentro de ti. Y ni siquiera lo sabes.

Creo que su idea de mí era bastante generosa.

—No soy humilde. Me gusta pelearme.

—Tal vez es tu forma de proteger a la gente.

—Lo que en realidad no me vuelve tan humilde después de todo, ¿o sí?

—¿Quieres saber lo que pienso? Creo que tengo un gusto impecable para los hombres.

—Bueno, no soy un hombre exactamente… pero, oye, si me necesitas como pretexto para darte un cumplido a ti mismo, pues, ¿qué me cuesta seguirte la corriente?

Negó con la cabeza.

—Ari, creo que sabes que te acabo dar un cumplido indirectamente. Cuando alguien dice algo lindo sobre ti, da las gracias.

—Pero…

No me dejó acabar.

—«Gracias». Es lo único que tienes que decir.

—Pero…

Y me volvió a interrumpir.

—Solo porque no crees que seas algo especial no significa que esté de acuerdo contigo.

Dos

—¡Árboles! —gritó Dante, como un niño que jamás hubiera visto un manzano o un pino. Sacó la cabeza por la ventana, el viento le alborotaba el pelo. Cerró los ojos y absorbió el aire fresco, inhalándolo y exhalándolo. Para él era natural volverse parte del paisaje. Tal vez por eso no le gustaban los zapatos. Me pregunté si yo alguna vez pertenecería a la tierra, como lo hacía Dante.

—Incluso la forma de la Tierra —dijo—. Es como si estuviera cambiando.

Tal vez la forma de mi corazón iba cambiando junto con la forma de la Tierra. No sabía nada de física ni de geometría ni de geografía ni de la forma de las cosas ni por qué eso de alguna manera importaba tanto.

—La gravedad —dijo.

—¿La gravedad?

—Eres la gravedad —explicó.

No tenía la menor idea de lo que estaba hablando.

Nos volvimos a quedar callados.

Habíamos viajado desde una ciudad construida alrededor de una montaña desértica y pasamos a caminar sobre dunas de arena blanca con los pies descalzos… y ahora, mientras manejaba lentamente la camioneta de mi papá y subíamos por el camino sinuoso, me di cuenta de que mi camioneta jamás podría haber hecho este viaje. Me dio gusto haberle hecho caso a mi papá. Se me ocurrió que Dante siempre me estaba preguntando en qué estaba pensando y yo casi nunca se lo preguntaba, así que simplemente pregunté:

—¿En qué estás pensando?

—Estaba pensando que la gente es muy complicada. Y que la gente no tiene conversaciones lógicas. Bueno, porque la gente no es lógica. Digo, si lo piensas, la gente no es tan consistente. Brincan de aquí para allá para acullá porque, pues, como dije, la gente no piensa en línea recta, y eso está bien, es lo que vuelve interesante a la gente, y tal vez sea eso lo que hace girar al mundo. Y girar y girar y girar… sin ir a ninguna parte, sin llegar a nada… y mucha gente no sabe cómo pensar mínimamente… solo saben cómo sentir…

—Como tú.

—No me refería a eso. Sí, pero… pues sí, sí siento. Tal vez sienta demasiado. No es que eso tenga algo de malo. *Pero también sé cómo pensar.*

—El eterno intelectual.

—También tú eres uno, Ari… así que cierra el pico.

—Nunca afirmé que fuera uno.

—Lees. Y piensas. Y no te crees todas las tonterías de todos.

—Bueno, excepto las tuyas.

—Voy a ignorar eso.

Tuve que sonreír.

—No es tan bueno sentir si no sabes pensar. Así que, mi pregunta es: ¿Por qué tanta gente blanca odia a la gente negra, cuando ellos son los que los trajeron en cadenas?

—Porque, pues, porque se sienten culpables, supongo.

—Exactamente. Y eso no tiene nada que ver con pensar. Verás, no se permiten *sentirse* culpables. Pero sí se sienten culpables porque *deberían* sentirse culpables. Solo entierran toda esa mierda adentro, pero la entierran viva y se queda dando vueltas ahí dentro… y se les revuelve todo en las emociones y les sale convertida en odio. Y esa es una jodida locura.

—¿Se te ocurrió esa teoría a ti solo?

—Nop. Quisiera poder llevarme el crédito. Esa es la teoría de mi madre.

Sonreí.

—Ah, la terapeuta.

—Sí. Es brillante.

—Yo también lo creo.

—Ella es súper fanática tuya.

—Sí, bueno, eso es porque… —. Me detuve antes de decirlo. Ni siquiera sé por qué ese pensamiento me entró a la mente.

—Porque me salvaste la vida.

—No te salvé.

—Sí me salvaste.

—No hablemos de eso.

Dante se quedó callado mucho tiempo.

—Saltaste frente a un coche para que el coche no me atropellara… y como hiciste eso, me salvaste la vida. Ese. Es. Un. Hecho. Y, Ari, ese maldito hecho nunca desaparecerá.

No dije nada. Luego solo dije:

—¿Es por eso que me amas?

—¿Eso piensas?

—A veces.

—Bueno, resulta que eso no es cierto. Ari, te amé desde la primera vez que te vi flotando en el agua.

—Desapareció el desierto —dijo Dante—. O tal vez somos nosotros los que desaparecimos.

A veces me preguntaba qué había en él que me hacía querer acercarme y quedarme cerca. No es como si estuviera lejos, porque, cuando no estaba con él, lo llevaba conmigo, y me preguntaba si eso era normal. Realmente no sabía cómo se supone que debe ser el amor. Solo sabía cómo era para mí. Y cuando decía cosas así, sabía por qué.

—Las cosas que desaparecen siempre vuelven a aparecer —dije—, como Susie y Gina.

Dante me lanzó una mirada. En sus ojos rondaba una pregunta.

—¿Por qué te molestan tanto? Son lindas.

—Las conozco desde kínder. Tal vez no las valore como debería, pero se esfuerzan demasiado. Se fueron casi todo el verano. Si no, me habrían estado molestando. Y te habrían convencido de volverte su amigo. Y nunca dije que no fueran lindas. Son chicas buenas que creen que quieren ser chicas malas, pero no está en ellas ser chicas malas.

—¿Eso qué tiene de malo? ¿Y qué tiene de malo que quieran ser mis amigas? Me parece estupendo. Y las dos están bien bonitas.

—¿Y eso qué tiene que ver?—. Sonreí. Y yo sabía por qué sonreía—. Sospecho que me gustan los chicos bonitos más de lo que me gustan las chicas bonitas. No puedo creer que acabo de decir eso.

—Me da gusto que lo dijeras. Porque significa que comienzas a entender quién eres.

—Dudo que algún día entienda quién soy.

—Bueno, pues si alguna vez quieres saber más, solo pregúntame a mí.

Sacudí la cabeza y seguí manejando por los caminos de montaña con pinos que se amontonaban y chocaban unos contra otros sobre las laderas. Me reí para mis adentros cuando recordé el día en que mi papá nos llevó por la misma carretera la primera vez que salí a acampar.

—¿Qué es tan gracioso?

Dante siempre me estudiaba como si de alguna manera fuera posible aprender todo de mí. Del insondable yo.

Tres

Hicimos una parada en Cloudcroft, un pueblito que estaba repleto de tiendas y unas cuantas galerías y un par de cantinas. Dante empezó a pasear por ahí mientras yo le ponía gasolina a la camioneta.

Con un gesto del brazo me pidió que lo siguiera a una de las galerías. No había nadie en la galería más que una mujer que tenía una mirada tranquila, amistosa y sofisticada. A Dante le gustaba la palabra «sofisticado». Yo interpretaba la palabra como una persona rica que sabía cómo ser amable con la gente que no era tan rica como ella. Tal vez me equivocaba al respecto. Pero sí parecía una mujer rica que de casualidad también era agradable.

Estaba parado junto a Dante mientras él le clavaba la mirada a una pintura y quería tocarlo, poner mi mano sobre su hombro. Pero no lo hice. Por supuesto que no.

La mujer nos sonrió.

—Qué jóvenes tan guapos —dijo con voz suave.

Dante le sonrió.

—¿Está coqueteando con nosotros?

Su risa era suave y todas las arrugas que tenía alrededor de los ojos de alguna manera la hacían verse un poco triste. Me gustaron sus ojos negros, que se veían todavía más negros contra su pálida piel blanca.

Me di cuenta de que la miraba fijamente. Y cuando se cruzaron nuestras miradas, sentí como si me hubieran atrapado haciendo algo mal. Desvié la mirada.

—Me gusta este —dijo Dante. La pintura no era más que una capa de azul y era difícil saber si era el cielo o un cuerpo de agua. Tal vez el océano. Y había un ojo que se asomaba de ahí con algo que parecían lágrimas que brotaban de él, solo que las lágrimas no eran lágrimas, sino una línea recta de flechitas que caían hacia abajo. Y en los bordes de la pintura había una especie de escritura, aunque las palabras eran casi imposibles de discernir—. Está increíble.

A mí no me pareció que la pintura estuviera increíble. Pero me gustó. Y me gustaba que el artista estuviera intentando decir algo… aunque no sé qué intentaría decir. Pero me dieron ganas de detenerme y estudiarla, y tal vez eso era a lo que Dante se refería con «increíble».

—¿Te gusta, Ari?

Asentí. De alguna manera, yo sabía que él sabía que no compartía su entusiasmo. Siempre creía que él sabía lo que yo estaba pensando… incluso cuando yo sabía que no siempre era cierto.

—Es una de las pinturas de mi hijo. Todas son pinturas de mi hijo.

—Guau. Tiene mucho talento.

—Sí, lo tenía.

—¿Tenía?

—Murió hace poco.

Los dos asentimos.

—Lo lamento —dije.

—Estaba joven. Estaba tan joven. —Y luego se hizo para atrás, como si se quitara la tristeza a pura fuerza de voluntad. Le sonrió a Dante—. Me da gusto que te agrade su pintura.

—¿Qué dice la escritura? —pregunté.

—Es un poema que escribió. Está en un sobre pegado con cinta en la parte posterior de la pintura.

—¿Podemos leerlo?

—Sí, claro.

Caminó hasta donde estábamos parados, luego descolgó la pintura de la pared.

—Tomen el sobre —dijo.

Dante despegó el sobre con cuidado de la parte de atrás de la pintura. La mujer la volvió a colocar en la pared.

Dante tomó el sobre como si fuera algo muy frágil. Se le quedó mirando. Yo podía ver que este decía: «¿Qué hace que importen las cosas?». Sacó una hoja de papel del sobre y la desdobló. Se quedó mirando la caligrafía. Levantó la mirada hacia la mujer, quien había regresado a su asiento detrás del escritorio antiguo en donde había estado sentada cuando entramos. Parecía perfecta y quebrada al mismo tiempo.

—Me llamo Dante.

—Qué hermoso nombre. Soy Emma.

Pensé que sí parecía una Emma. No estoy seguro de por qué pensé eso.

—Yo soy Ari —dije.

—¿Ari?

—Abreviación de Aristóteles.

Tenía una sonrisa súper hermosa.

—Aristóteles y Dante. Qué hermoso. Los nombres les quedan. Dante, el poeta, y Aristóteles, el filósofo.

—Dante es un poeta, eso es seguro. Pero no creo calificar como filósofo. Ni ahora ni nunca.

—Mmm. No me das la impresión de ser un joven superficial. ¿Piensas mucho?

—Siempre está pensando—. Me había estado preguntando cuándo se metería Dante y daría su opinión—. Piensa en todo, todo el tiempo. Y me refiero a todo.

—Creo que demasiado —repuse.

—No se puede pensar demasiado. El mundo sería un mejor lugar si todos pensaran un poco más y hablaran un poco menos. Podría haber mucho menos odio. —Nos miró a los dos como si intentara ver quiénes éramos realmente—. Entonces, Ari, tal vez seas el filósofo que no crees ser. La humildad es una excelente cualidad. No la sueltes.

Dante alzó el poema que sostenía en la mano y lo acercó a ella.

—¿Nos lo puede leer?

—No, creo que no. —Su negativa no era tan dura… era suave, y pensé que podía oír un quebranto en su voz y sabía que ella vivía con un dolor profundo—. ¿Por qué no lo lees *tú* para nosotros, Dante?

Él se quedó mirando el poema.

—No estoy seguro de poder hacerle justicia.

—Un poeta sabe cómo leer un poema.

—¿Y si lo echo a perder?

—Estoy segura de que no lo harás —dijo—. Solo léelo como si lo hubieras escrito tú. Ese el truco.

Dante asintió. Se quedó mirando la escritura… y comenzó a leer, y su voz suave y segura llenó la galería vacía:

Esta no es una pintura. Y este no es un poema.
Este no es el océano. Y este no es un cielo. Las palabras
no forman parte de una pintura. Las palabras de un maestro de arte
que me dijo que jamás sería artista. Los poemas no
forman parte de una pintura. Y yo no formo parte de este
mundo. Esta no es una pintura. Y ese no es mi ojo
que llora en la noche por un amante que jamás conocí. Esto no
se trata de mi dolor, ni de la soledad de las noches
que soporté en la soledad de mi propia prisión.

Me estoy volviendo ciego y pronto no podré
ver ya. Pero lo que vi y lo que sentí nunca importó
y el ojo que te está mirando desaparecerá. Mis
ojos y mis poemas y mi arte no importan... no
en un mundo en el que nada puede importar.

Mi madre me enseñó que el amor era la única cosa
que importaba... y su amor vive en mi corazón y
no es algo que pueda comprarse o venderse y
está aquí en esta pintura y en este poema y es
por eso que importa esta cosa que llamamos arte.

Un hombre que ama a otro hombre no importa
porque no es hombre... y sus pinturas y sus
poemas y lo que sea que piensa o dice o siente no
importan. Eso es lo que la gente cree. Pero son mentiras,
y yo no creo ninguna de esas mentiras. Así que me volví
artista y poeta para poder pintar y escribir las cosas

que importaban... aunque solo me importaran a mí. Y eso es lo único que importa.

Vi las lágrimas silenciosas caer por el rostro de Emma y pensé en la palabra «digna», que era la única palabra que encontraba para describirla. Mi madre había tenido esa misma mirada en el funeral de mi tía Ofelia. Emma miró a Dante y dijo calladamente:

—Lees como poeta. Estuvo hermoso.

Dante sonrió.

—Bueno, tal vez no tan hermoso como su hijo.

Dante… siempre sabía qué decir.

Y ella se quedó ahí sentada, solo sentada, porque no tenía nada más que decir. Y Dante y yo nos quedamos ahí parados, solo parados, porque no teníamos nada más que decir. Y parecía una especie de paz en esa pequeña galería rodeada de la obra de un hombre que estaba muerto y a quien no conocíamos y rodeado también por el amor de una madre, y nunca había pensado en esas cosas, y ahora que las estaba pensando, no sabía si me gustaba pensar en cómo muchas madres amaban, porque dolía saberlo. Y yo no quería vivir en el dolor. Pero era mucho mejor que el odio a uno mismo, que solo era una manera estúpida de vivir.

Le sonreí a Emma. Y ella me sonrió a mí. Dante se recargó contra mí, y dejé que se recargara. El silencio en la sala era casi como una canción. Y Emma y Dante y yo… estábamos cantando la canción del silencio. A veces el silencio era la única canción que valía la pena cantar.

«Hay momentos en la vida que siempre recordarás». La voz de mi madre en la cabeza. Me hacía feliz que su voz viviera dentro de mí. Sabía que siempre recordaría este momento y a esta mujer llamada Emma, a quien conocía y no conocía. Aunque sí sabía algo: Ella era una persona que importaba. Y eso era lo único que necesitaba saber.

Es gracioso, nunca les ponía mucha atención a los adultos porque, pues, simplemente no tenía que pensar en ellos y en el hecho de que tuvieran vidas, como yo tenía una vida. Supongo que solo pensaba que ellos estaban a cargo y que les gustaba decirte qué hacer. Realmente no había pensado en nada más que en lo que sentía. Con un carajo, había vivido en un maldito mundo bastante pequeño.

Y este mundo, este en el que estaba viviendo ahora, era complicado y confuso… y como que dolía saber que a otras personas les dolía. Los adultos. Les dolía. Y era bueno saberlo. Era un mundo mejor en el que vivía ahora. Era mejor. *Y yo estaba mejor ahora*. Era como si hubiera estado enfermo. Y me estuviera recuperando de una enfermedad. Pero tal vez eso no era cierto. Solo había sido un niño estúpido. Y egoísta.

Tal vez esto era lo que significaba ser hombre. Vamos, tal vez no era hombre todavía. Pero quizá me estaba acercando más.

Ya no era un niño, eso era seguro.

Cuatro

Manejaba por un camino en el bosque en busca de un lugar para acampar. Dante estaba perdido en sus pensamientos y, de todos modos, no era como si contara con él para encontrar un lugar. Llegamos a una pequeña bifurcación en el camino y pude ver que llevaba a un pequeño claro que era el lugar perfecto. Parecía más tarde de lo que era, por tanta sombra. Pero sabía que no nos quedaba mucho tiempo antes de que oscureciera.

—Manos a la obra.

—Dime qué quieres que haga.

—Esto sí que nunca me lo habías dicho.

Nos sonreímos.

Había un círculo de piedras en donde se hizo la última fogata. Dante y yo sacamos los leños que traje de casa. Acomodé unos cuantos en donde todavía quedaban algunas cenizas y un leño a medio quemar que habían apagado. Cargué una cubeta de hojalata que traje llena de palitos y leña.

—¿Por qué trajiste todo eso desde tu casa cuando podíamos recolectar todo aquí?

Agarré un poco de tierra y la guardé en mi puño.

—Todo está húmedo. Papá dijo que había que venir preparados con todo, porque nunca se sabe. —Sonreí y le lancé un puñado de tierra que lo golpeó justo en el pecho.

—¡Oye!

Pero Dante no perdió un momento y tuvimos una guerra de nieve, pero con tierra húmeda, corriendo alrededor de la camioneta hasta que finalmente nos cansamos.

—No nos tomó mucho ensuciarnos, ¿verdad?

Me encogí de hombros.

—Vinimos a divertirnos.

Dante me limpió un poco de tierra de la cara. Luego se inclinó y me besó.

Nos quedamos ahí parados y nos besamos por un largo rato. Sentí que me temblaba el cuerpo entero. Lo estreché más y seguimos besándonos. Y finalmente dije:

—Tenemos que terminar de acomodar el campamento. Antes de que oscurezca.

Dante inclinó la cabeza y la golpeó contra mi hombro. Los dos levantamos la mirada hacia el cielo nublado y escuchamos los truenos lejanos.

—Manos a la obra.

Ahí estaba, esa sensación de entusiasmo que rara vez estaba ausente en la manera en que hablaba. Pero había algo más en su voz. Algo urgente y vivo.

Estábamos sentados frente a la fogata. Teníamos los abrigos puestos y la brisa fría amenazaba con convertirse en viento.

—Parece que caerá una tormenta —dijo Dante—. ¿Crees que aguante la tienda de campaña?

Asentí.

—Ay, Dante, qué poca fe tienes. Va a aguantar.

—Tengo una sorpresa.

—¿Una sorpresa?

Entró a la tienda y salió con una botella de licor. Sonreía y se veía muy orgulloso de sí mismo.

—Me la robé de la licorera de mi papá…

—Qué chico tan loco. Qué chico tan, tan loco.

—Nunca lo descubrirán.

—Sí, como no.

—Bueno, se me ocurrió que si les preguntaba tal vez habrían dicho que sí.

—¿En serio?

—Es una posibilidad.

Le lancé una mirada.

—Ya sabes lo que dicen: «Más vale pedir perdón que pedir permiso».

—¿En serio? —Sacudí la cabeza y sonreí—. ¿Cómo logras salirte con la tuya en...?

—¿Todas las cosas en las que me salgo con la mía? Soy Dante.

—Ah, ¿esa es la respuesta? Vaya sabiondo.

—Pues sí, a veces soy un poco sabiondo.

—Te robaste el whisky de tu papá.

—Y eso no me vuelve un ladrón... me vuelve un rebelde.

—¿Estás derrocando al gobierno de tu papá?

—No, estoy tomando de los ricos para darle a los pobres. Él es rico en whisky y nosotros somos pobres en whisky.

—Eso es porque somos menores de edad. Y tu mamá te va a masacrar.

—«Masacrar» es una palabra tan fuerte.

—No puedo creer que le hayas robado una botella completa de whisky a tu papá. ¿Es porque disfrutas el drama?

—Me desagrada el drama. Es solo que quiero sentirme vivo y empujar los límites y alcanzar el cielo.

—Sí, bueno, si bebes suficiente whisky vas a estar de rodillas en el suelo y vomitando.

—Está bien, me rehúso a seguir con esta conversación. El hombre al que amo no me apoya.

—¿Qué era eso que decías de que no te gustaba el drama?

Ignoró mi pregunta.

—Me voy a servir un trago. Si no quieres participar en beber un poco de licor robado, entonces estaré feliz de beber solo.

Alcancé un vaso de plástico y lo extendí hacia él.

—Sírveme.

Estábamos sentados en sillas plegables uno junto al otro. Nos besábamos y luego hablábamos. Estábamos, por supuesto, tomando nuestra bebida muy adulta de whisky con Coca; aunque, no estaba tan seguro de que los adultos realmente tomaran el whisky con Coca. Y en realidad me importaba un carajo. Solo estaba feliz de escuchar a Dante y de que se estuviera recargando en mí, y luego poder besarlo. Solo estábamos él y yo y la oscuridad alrededor de nosotros y la amenaza de una tormenta y había una fogata y hacía que pareciera que Dante salía de la oscuridad con el rostro brillando a la luz del fuego. Nunca me había sentido tan vivo y pensé que nunca amaría a nadie o a nada tanto como amaba a Dante en este mismo momento. Él era el mapa del mundo y de todo lo que importaba.

Después nuestros besos comenzaron a ponerse serios. Digo, en serio era serio. Y era tan serio en serio que todo mi cuerpo temblaba. Y no quería detenerme, y descubrí que estaba gimiendo y que también Dante gemía y era tan extraño y tan hermoso y tan raro, y me gustaron los gemidos. Luego hubo un relámpago y los dos pegamos un brinco y nos reímos. Y luego comenzó a llover y nos fuimos corriendo a la tienda.

Escuchamos la lluvia cayendo a cántaros sobre la tienda, pero estaba asegurada... y de alguna manera, la tormenta nos hacía sentir seguros y luego nos estábamos besando y le quitábamos la ropa al otro y la sensación de la piel de Dante contra la mía y la tormenta y los rayos y los truenos parecían venir desde dentro de mí y nunca me había sentido tan vivo, con mi cuerpo entero que lo buscaba y su sabor y su olor y nunca había conocido esto, este rollo del cuerpo, este rollo del amor, este rollo llamado deseo que era un hambre, y nunca quería que terminara, y luego hubo una electricidad que se disparó a través de mí y pensé que tal vez era como una muerte, y no podía respirar, y volví a caer en los brazos de Dante y él susurraba mi nombre, «Ari, Ari, Ari», y yo quería susurrar su nombre, pero no había palabras en mí.

Y lo estreché.

Y susurré su nombre.

Y me quedé dormido estrechándolo.

Era el amanecer cuando desperté.

Podía sentir la calma del día.

Podía oír la respiración uniforme del chico dormido junto a mí. Pero en ese momento me pareció que más bien era un hombre. Y mi propio cuerpo tampoco parecía un cuerpo que le perteneciera a un chico. Ya no. Sí creo que hay momentos que te cambian, momentos que te dicen que nunca podrás volver al lugar en donde empezaste y no querrás volver a lo que solías ser porque te convertiste en alguien más. Me quedé mirando a Dante. Estudié su rostro, su cuello, sus hombros.

Lo arropé y me alejé lentamente. No quería despertarlo.

Abrí el cierre de la tienda y el aire estaba frío y salí a la luz del sol, desnudo. La brisa fría me golpeó el cuerpo y tirité. Pero no me importó. Nunca había notado mi propio cuerpo, no así. Y era tan nuevo, y me sentía como ese bebé que hacía ruido y de repente sabía que tenía voz. Era así. Era un tipo de emoción que nunca había conocido y que sabía que tal vez nunca volvería a conocer. Solo me quedé ahí parado. Sin sonreír, sin reírme, solo parado ahí lo más quieto que podía.

Respiré. Volví a respirar.

Y luego escuché una risa que brotaba desde dentro y que nunca había escuchado. Y me sentí fuerte. Y por un momento, sentí que nadie en el mundo podría lastimarme jamás.

Y sí, estaba feliz; esto era más que simple felicidad. Y pensé que esto debía ser esa cosa que mi madre llamaba dicha.

Eso es lo que era. Dicha.

Otra palabra que estaba creciendo dentro de mí.

Cuando despertó Dante, yo estaba acostado ahí junto a él. Y me sonrió y rocé mi pulgar por su cara.

—Hola —susurré.

—Hola —me susurró de vuelta. No sé cuánto tiempo nos quedamos ahí acostados, mirándonos el uno al otro, sin querer hablar porque cualquier cosa que dijéramos estaría mal. Mal, porque cualquier palabra que usáramos echaría a perder el silencio y su belleza. Sí, era cierto que las palabras podían llevar a que uno se entendiera. Pero también podían llevar a malentenderse. Las palabras eran imperfectas.

El silencio entre Dante y yo, este silencio era perfecto. Pero había que romper el silencio en algún momento. Y justo cuando estaba por decir algo, Dante propuso:

—Vamos a caminar.

Lo miré vestirse en la tienda y no me importó que se diera cuenta.

—¿Te gusta mirarme?

—Nop. Solo que no tengo nada mejor que hacer. —Le lancé una sonrisa.

—Es tan de Ari decir eso.

—¿Lo es?

Terminó de atarse los tenis y luego se inclinó hacia mí y me besó.

Acomodamos las bolsas de dormir y cobijas y la almohada de Dante: «Tengo que llevar mi almohada». Me gustaba su almohada. Olía a él.

Nos lavamos y cepillamos los dientes y peinamos el pelo con los espejos laterales de la camioneta. Dante pasó bastante rato pasándose los dedos por el pelo, aunque parecía que nunca se lo peinaba. Era como si una brisa siempre le estuviera bailando en el pelo.

A veces sentía como si hubiera pasado mucho tiempo dormido… y cuando conocí a Dante, empecé a despertarme y comencé a verlo no solo a él, sino también al mundo cruel y terrible y maravilloso en el que yo vivía. El mundo era un lugar temible en donde vivir, y siempre sería temible… pero podías aprender a no tener miedo. Supongo que tenía que decidir qué era más real, las cosas que dan miedo o… o Dante. Dante… él era la cosa más real de mi mundo.

Yo estaba recargado sobre la camioneta y Dante estaba pasando la mano frente a mis ojos.

—Oye, Ari, ¿en dónde estás?

Su pregunta era suave y amable, y presioné mi cabeza contra la suya.

—En mi cabeza.

—¿En qué estabas pensando?

—Aunque no lo creas, pensaba en tus papás.

—Guau. Eso es bastante lindo.

—Bueno, tu mamá y tu papá son bastante lindos.

Sonrió, y se veía tan vivo y tan brillante en el sol. Pensé en uno de los discos de vinilo de Dante y no me acordaba del nombre de la canción y podía escuchar la voz clara de la chica, que estaba llena de melancolía, y había algún verso sobre las flores y cómo se inclinaban por amor y se inclinarían así para siempre. Ese era Dante. Se estaba inclinando por amor. Y yo me estaba inclinando por él. Aunque no estaba seguro de lo de para siempre.

¿Qué era para siempre?

Dante me tomó la mano y caminamos por un sendero, y todo estaba callado y podíamos oír un arroyo a la distancia.

—Me gusta aquí —dijo Dante—. Está tan *desgentado*.

—No creo que esa sea una palabra.

—Yo tampoco, pero entiendes el mensaje.

—Sí —respondí.

No creo que realmente estuviéramos mirando el paisaje, tampoco creo que a ninguno de los dos nos preocupara adónde íbamos, y no importaba. Solo estábamos caminando por un sendero callado y solitario por el que nunca habíamos caminado, y aunque era solitario, no parecía solitario… y tampoco parecía importar que no hubiera nada familiar en el sendero, porque yo no tenía miedo. Tal vez debería de haber tenido miedo, pero no lo tenía. Y estaba pensando que tal vez Dante podría tener miedo, así que le pregunté:

—¿Tienes miedo de extraviarte?

—No —dijo.

—No sé adónde diablos nos dirigimos.

—¿Te importa?

—En realidad no.

—En realidad a mí tampoco. Y además, es imposible extraviarme cuando estoy contigo.

—No. Solo quiere decir que si yo estoy extraviado, tú también estás extraviado.

—Pues, si me extravío contigo, no me siento extraviado… así que no estoy extraviado. —Se rio. Su risa en ese momento me recordó al sonido de las hojas cuando el viento soplaba entre ellas—. Verás, no deberíamos tener miedo de extraviarnos porque no es posible extraviarnos, porque: Estamos. Tomados. De. La. Mano.

Yo simplemente sonreí de oreja a oreja. Sí, íbamos tomados de la mano y él estaba descubriendo manos, mis manos, y estaba descubriendo un país llamado Ari, y yo estaba descubriendo un país que era Dante. Y todo parecía tan sereno. Esa era la palabra.

Recordé a Dante en su cama, yo sentado en su gran sillón mientras él leía la definición de esa palabra de su diccionario bien desgastado: «calmado, pacífico, sin problemas, tranquilo». «Estamos fritos», me había dicho. «Ninguno de los dos somos ninguna de esas cosas».

Tenía razón. Ni él ni yo éramos serenos por naturaleza. Yo, con la cabeza siempre repleta de demasiadas cosas, y Dante, con la cabeza que siempre estaba creando algún tipo de arte. Sus ojos eran como cámaras que tomaban fotos y lo recordaban todo.

Seguimos el arroyo, que formaba un pequeño estanque, y los dos intercambiamos miradas y luego nos reímos. Y fue como si estuviéramos compitiendo para ver quién se podía quitar la ropa primero. Dante se metió de un brinco y gritó:

—¡Mierda! Está fría.

Entré después de él. Y sí estaba fría. Pero no grité.

—Ah —exclamé—. ¿A esto lo llamas frío?

Comenzamos a salpicarnos y después de un rato yo lo estrechaba mientras él tiritaba.

—Tal vez esto no fue tan buena idea —dijo. Se recargó sobre mí.

El sol brillaba por el pequeño claro y apunté hacia una gran roca a una orilla del estanque.

—Vamos a secarnos ahí.

Nos acostamos en la piedra tibia hasta secarnos. Y Dante dejó de tiritar. Yo me quedé ahí acostado, con los ojos cerrados. Y luego oí a Dante reír.

—Bueno, aquí estamos, dos chicos desnudos. Me pregunto qué diría mi mamá.

Abrí los ojos y me volví para mirarlo. Lo tomé en mis brazos y lo besé.

—¿Estás pensando en tu madre? Yo no estaba pensando en eso. —Y luego lo volví a besar.

Y lo besé y lo besé. Y lo besé.

No dijimos nada mientras regresábamos al campamento. De pronto me di cuenta de que me preguntaba qué pensaría. Y creo que él se preguntaba qué pensaría yo. Aunque, a veces, simplemente no tienes que saber esas cosas.

Creo que Dante quería saber todo sobre mí. Yo estaba contento de que hoy no quisiera saberlo todo.

Me tomó la mano. Y me miró.

Sé lo que estaba diciendo. Me decía: «Amo tu mano».

Sí, a veces las palabras estaban mucho muy sobrevaloradas.

Cuando volvimos al campamento, todavía era la primera hora de la tarde. Y parecía que tal vez habría una tormenta vespertina. Después de comer, Dante me preguntó en qué estaba pensando.

—Estaba pensando que tal vez deberíamos tomar una siesta.

—Yo estaba pensando lo mismo.

Mientras estaba acostado ahí abrazando a Dante, de repente susurré:

—Extraño a Patas.

—Yo también. Quisiera que hubiera venido. ¿Crees que estará bien?

—Sí. Es una perrita ruda. Tal vez aprenda a hacer las paces con los gatos.

—Eso está difícil.

—Sabes, a veces pienso que esa perrita me salvó la vida.

—Como tú salvaste la mía.

—¿En serio?

—Disculpa.

—Quiero decir, me sentía tan solo. O sea, más solo de lo que me hubiera sentido jamás. Y estaba corriendo frente a tu casa. Y ahí estaba ella, Patas, y me siguió a casa. Y necesitaba a esa perrita. De verdad la necesitaba. Y es una perra increíble. Fiel y lista y amistosa. Digo, hasta mi mamá la quiere.

—¿A tu mamá no le gustan los perros?

—Sí, sí le gustan los perros. Solo no le gustan adentro de la casa. Pero, de alguna manera, dejó que todo pasara y ya. A veces pienso que mi mamá ama a esa perrita más que yo, pero no lo dice.

—Las mamás pueden ser así. —Estaba mascullando. Sabía que se estaba quedando dormido. Y luego yo me quedé dormido también.

No sé cuánto tiempo llevaría dormido, pero estaba soñando algo y debo haber estado gritando, porque Dante me estaba sacudiendo para despertarme.

—Solo es un sueño, Ari. Solo es un sueño. —Me recargué sobre él—. Era acerca de mi hermano. Ya he tenido ese sueño. Es como si no me quisiera dejar en paz.

—¿Quieres hablar de eso?

—No. No quiero… no puedo… no puedo hablar de eso.

Dejé que me abrazara. Aunque no quería que me abrazaran.

—Está oscureciendo —dije.

—Ya encendí la fogata. —Lo miré—. Aprendo rápido.

—Mírate nada más. Dante, el niño explorador.

—Ya cállate.

Asamos salchichas sobre la fogata. No hablamos de nada importante… lo que significa que estábamos hablando de la escuela, sobre las escuelas a las que tal vez queríamos ir. Dante quería ir a Columbia o a esa universidad en Ohio, Oberlin. Y luego nos quedamos callados. Tal vez no queríamos pensar que probablemente no estaríamos viviendo en el mismo pueblo por el resto de nuestras vidas y que no estaríamos juntos y que significara lo que significara Ari y Dante, Ari y Dante no significaba para siempre. Y luego nos quedamos bien callados. Dante tomó dos vasos de plástico y nos sirvió un trago a cada quien, whisky y Coca. Las bebidas estaban un poco fuertes y creo que me estaba sintiendo un poco, pues, un poco borracho.

—Creo que iré a la Universidad de Texas. —Sonrió cuando lo dije.

Le sonreí y brindamos.

—Por nosotros y por la Universidad de Texas —repuso.

—Brindo por eso.

Creo que ninguno de nosotros creía que Ari y Dante y la Universidad de Texas ocurrirían algún día. Sí: al mal tiempo, buena cara. A la gente le encantaba poner buena cara.

No estábamos poniendo atención al clima. Y de repente se escuchó el estruendo de truenos y un relámpago iluminó la oscuridad. Luego un aguacero. Corrimos a la tienda y nos reímos. Encendí una vela y la luz tenue lo suavizó todo, pero parecía haber sombras a nuestro alrededor.

Dante extendió la mano hacia mí. Me besó.

—¿Te molesta si te desvisto?

Me recordó muchísimo a la vez en que me había lavado con una esponja cuando no podía mover los brazos y las piernas. Pero no quería vivir en ese tiempo o en ese momento, así que antes de darme cuenta le estaba diciendo:

—No, no me molesta.

Sentí cómo me desabrochaba la camisa.

Sentí sus dedos en mi piel.

Sentí sus besos. Y me solté. Simplemente me solté.

Cinco

Por alguna razón, los dos nos despertamos de humor juguetón. Tal vez nos despertamos con el sonido de un corazón que cantaba. La idea de un corazón que cantaba jamás me había cruzado la mente antes de este momento. Dante estaba tratando de hacerme cosquillas —algo que yo detestaba, pero de alguna manera era divertido— y cuando logré tomar la ventaja y le empecé a hacer cosquillas a él, se rio y gritó: «¡Basta! ¡Basta!», y luego como que empezamos a besuquearnos y no me pareció que fuera una manera tan mala de empezar el día.

Levantamos el campamento y le limpiamos toda la lluvia que pudimos a la tienda mientras la doblábamos. Empacamos todo en la caja de la camioneta. Conduje lentamente por todo el lodo, esperando que no nos atoráramos, y me la pasé cambiando las velocidades de la camioneta. Lenta, muy lentamente volvimos a un camino más amplio que no estaba tan enlodado y luego salimos a la carretera principal.

—¿Quieres parar en Cloudcroft para desayunar?

—Sí, y luego podemos pasar a ver a Emma antes de salir.

Dante pidió *hot cakes* de fresa. Yo pedí tocino y huevos y pan tostado integral. La salsa a un lado. Se tomó un vaso de jugo de naranja y yo me tomé dos tazas de café.

—No me gusta mucho el café.

Eso no me sorprendió.

—Me gusta el café. De hecho, me gusta bastante.

Dante hizo una mueca.

—¿Y lo tomas negro? Uf. Sabe amargo.

—No me molesta lo amargo.

—Por supuesto que no te molesta.

—No todo en el mundo puede ser dulce.

—¿Como yo?

—Ya no insistas.

Me lanzó una sonrisa boba.

—Qué menso eres.

—¿Y adónde vas con eso?

Busqué mi cartera cuando llegó la cuenta.

—Guarda tu dinero —dijo Dante—. Yo invito.

—Todo un adulto. ¿De dónde sacaste todo ese dinero?

—De Sam.

—¿Sam? ¿Tu papá?

—Dijo que debería pagar algo... ya que no contribuí con nada.

—Bueno, contribuiste con su licor.

—Ja, ja. —Sacó unos billetes y le pagó a la mesera—. Quédese con el cambio —dijo, como hombre rico.

Solo sacudí la cabeza y sonreí.

Salimos del restaurante hacia la galería.

—¿Sabes qué, Ari? Me cuesta trabajo caminar junto a ti y no querer tomarte la mano.

—Imagínate que me la estás tomando.

—No es justo —dijo, señalando con la barbilla a una chica y un chico que estaban caminando delante de nosotros tomados de la mano. Los miramos mientras se detenían y se besaban, se sonreían, luego seguían caminando, los dos de la mano—. No es justo, carajo.

No sabía qué decir. Tenía razón... ¿y qué? La mayoría del resto del mundo no veía las cosas como las veíamos nosotros. El mundo vería a esa chica y a ese chico y sonreiría y diría: «Qué dulzura». Si el mundo nos viera a Dante y a mí haciendo lo mismo, el mundo haría una mueca y diría: «Qué asco».

Dante y yo nos paramos en la entrada a la galería. La puerta estaba abierta, una invitación para que entraran los visitantes y miraran la obra. Emma estaba en su mundo mientras leía el *New York Times*. Alcancé a leer el encabezado: «Enfrentando la angustia emocional del sida».

Levantó la mirada y sonrió.

—Aristóteles y Dante —dijo—. Pues sí parece que estuvieron acampando. ¿La pasaron bien?

—Sí —respondió Dante—. Nunca había salido a acampar.

—¿Nunca?

—No soy exactamente un amante de la naturaleza.

—Ya veo. Eres el tipo de chico que siempre tiene la nariz metida en un libro.

—Algo así.

—Así que Ari es el amante de la naturaleza.

—Pues, podría decirse que sí —intervine—. Cuando era niño, salíamos a acampar dos o tres veces al año. De verdad me encantaba acampar. Hace tanto calor en El Paso en verano. Y acá arriba está tan fresco.

—¿Te gusta pescar?

—En realidad no, pero antes pescaba con mi papá. Creo que los dos leíamos más de lo que pescábamos. Mi mamá era la verdadera pescadora de la familia.

Había algo en ella. Era el dolor, creo, el dolor de perder a su hijo. Parecía llevar ese dolor… pero no la hacía parecer débil. De alguna manera sentí que era fuerte… y tenaz. Me recordaba a mi mamá… ese dolor que todavía llevaba por mi hermano. Él no estaba muerto, pero lo había perdido.

—Me da gusto que pasaran. Tengo algo para ustedes—. Era la pintura. La había envuelto—. Quiero darles esto. —Se la entregó a Dante.

—No puedo llevármela. Es la obra de su hijo. Y…

—Tengo en mi casa la obra suya que más atesoro. Lo demás está en esta galería. Quiero que se la queden. Pero es para los dos.

—¿Y eso cómo funciona?

—Bueno, a uno le toca quedársela por un año. Y al año siguiente, le toca al otro. Y así se siguen, de ida y vuelta. —Sonrió—. La pueden compartir por el resto de sus vidas.

Dante sonrió.

—Eso me gusta.

A mí también me gustó.

Hablamos por un rato. Dante le preguntó si tenía marido.

—Tuve uno de esos en algún momento de mi vida. Lo amaba. No toda la gente que amas está destinada a quedarse en tu vida para siempre. No me arrepiento de nada. Muchas personas pasan la vida sumidas en sus errores. Yo no soy una de esas personas.

Me quedé pensando en eso. Pensé que tal vez era el tipo de chico que podría pasar la vida inmerso en los errores que había cometido. Pero tal vez no. Supuse que lo descubriría pronto.

Ella y Dante hablaron de muchas cosas, pero yo más que nada escuché.

En realidad no estaba escuchando lo que decían... en realidad no. Estaba escuchando el sonido de sus voces. Estaba tratando de escuchar lo que sentían. Estaba tratando de aprender lo que significaba realmente escuchar, porque nunca había sido muy bueno para escuchar. Estaba demasiado enamorado de lo que pensaba. Demasiado enamorado de eso.

Antes de irnos, nos dijo que siempre recordáramos las cosas que importan y que nos correspondía a nosotros decidir lo que importaba y lo que no. Nos abrazó.

—Y recuerden que son más importantes para el universo de lo que jamás podrán imaginar.

Seis

Mientras bajábamos de las montañas y de vuelta al desierto, Dante tenía un gran bloc de hojas amarillas en el regazo. Estaba anotando más sugerencias de nombres para su hermano que le daría a su madre.

—¿Crees que siquiera lea esta lista? —pregunté.

—Claro que sí.

—¿Cuánta influencia realmente crees que tienes?

—Pues estoy seguro de que estoy por descubrirlo. ¿Qué opinas de estos nombres: Rodrigo, Máximo, Sebastián, Sergio, Agustín o Salvador?

—Me gusta Rodrigo.

—A mí también.

—Tal vez sea niña. ¿Por qué no quieres una hermana?

—No lo sé. Simplemente quiero un hermano.

—Un hermano heterosexual.

—Sí. Exacto.

—¿Crees que tus papás lo amarán más de lo que te aman a ti?

—No. Pero les dará nietos.

—¿Cómo sabes que querrá tener hijos? ¿Cómo sabes que tus papás quieren nietos?

—*Todos* quieren tener hijos. Y *todos* quieren tener nietos.

—No creo que eso sea cierto —dije.

—Es casi cierto. —Dante tenía una mirada de «estoy seguro».

—Yo no estoy seguro de querer ser papá algún día.

—¿Por qué no?

—No me imagino de papá. No es que lo piense mucho.

—¿Demasiado ocupado pensando en mí? —Tenía una sonrisita burlona.

—Sí, debe ser por eso, Dante.

—No, quiero decir, ¿en serio, Ari? ¿No te gustaría ser papá?

—No, creo que no. ¿Eso te decepciona?

—No. Sí. No, es solo que…

—Es solo que crees que alguien que no quiera tener hijos tiene algo de malo.

Dante no dijo nada.

Yo sabía que no era gran cosa. Pero me di cuenta de que Dante podía ser sentencioso. No lo había notado antes en él. No es que yo estuviera por encima de ser sentencioso. Todo el mundo lo era… en especial la gente que decía que no lo era. Tal vez yo creía que Dante estaba por encima de eso. Era un mero mortal como todos los demás. O sea, no era perfecto. No necesitaba serlo. Yo de seguro no lo era. Ni de cerca. Y él me amaba. Yo, imperfecto y jodido. Qué lindo. Qué bonito. Guau.

Siete

Quería preguntarle a Dante qué sabía sobre el sida. Quería preguntarle qué pensaba de eso. Más de cuatro mil hombres gay habían muerto de eso. Vi las noticias con mis papás dos días antes de que Dante y yo saliéramos de campamento. Vimos imágenes de vigilias a la luz de las velas en San Francisco y en Nueva York, y después no tocamos el tema. En parte estaba contento de que no hubiéramos hablado sobre eso. Y yo sabía que Dante sabía algo al respecto, porque sus papás hablaban todo el tiempo de cosas que pasaban en el mundo.

Me pregunté si Dante y yo simplemente no estábamos listos para hablar de algo que probablemente afectaría nuestras vidas. ¿Y por qué demonios estaba pensando en esto justo cuando llegábamos a las afueras de la ciudad?

Cuando me estacioné en la entrada, mi mamá y Patas estaban sentadas en los escalones; mi mamá estaba leyendo un libro.

Patas se levantó y ladró. Pensé en el día en que la encontré. Pensé en mí, con las piernas enyesadas. Me senté junto a ella y le besé la cabeza.

Dante se agachó y abrazó a mi mamá.

—Qué lindo —dijo—. Los dos huelen a humo.

Dante sonrió.

—Ari me convirtió en un verdadero campista. —Se sentó en los escalones y empezó a acariciar a Patas.

Torcí los ojos.

—Sí, convertí a Dante en un Scout Águila total.

Mi papá salió de la casa.

—Veo que volvieron sanos y salvos. —Miró a Dante—. No fue muy duro contigo, ¿o sí?

—No, señor. Y aprendí a montar una tienda.

Mi parte sabionda casi quería decir: «Y también aprendimos a tener sexo». De repente, me sentí un poco avergonzado de mí mismo. Sentí que casi me sonrojaba. Vergüenza. ¿De dónde venía esa palabra? Por ese único momento, me sentí sucio. Me sentí como si hubiera hecho algo muy, muy sucio.

Era tan fácil estar con Dante y nada más. Cuando nos tocábamos, parecía algo puro. Lo que no era fácil era aprender a vivir en el mundo, con todos sus juicios. Esos juicios lograban entrar a mi cuerpo. Era como nadar en una tormenta en el mar. En cualquier momento podías ahogarte. O al menos así se sentía. Primero el mar estaba calmado. Y en un momento había una tormenta. Y el problema, al menos conmigo, era que la tormenta vivía en mi interior.

Me agradó estar de vuelta en mi propia camioneta. Dante empezó a quitarse los zapatos.

—¿No te parece que sería mejor idea llegar con los tenis puestos?

Dante sonrió. Luego se ató los cordones.

Cuando me estacioné frente a su casa, le lancé una mirada.

—¿Estás listo para enfrentar las consecuencias?

—Como dije, probablemente ni cuenta se dieron.

Me encogí de hombros.

—Supongo que lo descubriremos. A menos que quieras ir solo.

Me lanzó una mirada.

—Bueno, qué demonios, entra y saluda a mis padres.

El señor Quintana estaba sentado en su silla, leyendo un libro, y la señora Quintaba leía una revista. Los dos levantaron la mirada y nos sonrieron cuando entramos por la puerta.

—Puedo oler el humo desde acá —dijo la señora Quintana.

—¿Cómo estuvo el campamento? —preguntó el señor Quintana.

Lo miré.

—Dante aprende rápido.

—Vaya que sí —contestó la señora Quintana. La mirada en su rostro me dijo que estaba por soltar un martillazo. No se veía enojada. Solo tenía esta mirada, no lo sé, como gato a punto de atrapar a un ratón—. ¿Y no nos van a preguntar qué estuvimos haciendo desde que se fueron?

—Bueno, mamá, para ser sincero, no lo iba a hacer.

Dante sabía que estaba por llegar. Tenía esa mirada de «Mierda, me descubrieron».

—Bueno, pues invitamos a unos amigos hace un par de noches.

—Sí, así es —dijo el señor Quintana—. Y yo había comprado una botella de Maker's Mark solo para la ocasión. Es el whisky favorito de mi amigo. —Le lanzó una mirada a la señora Quintana.

—Y cuando fui a la licorera… —La señora Quintana pausó—. Realmente no tenemos que seguir con esta historia, ¿verdad, Dante?

Tenía que reconocérselo a Dante. Podría haberse sentido como rata atrapada en una trampa, pero no mostraba ese rostro a sus padres.

—Pues, la cosa es así —comenzó Dante. La señora Quintana ya estaba torciendo los ojos y el señor Quintana no podía evitarlo: sonreía y sonreía—: Se me ocurrió que sería agradable tener algo que nos diera calor, porque hace mucho frío en las montañas, y de verdad pensé que no les molestaría…

—Detente ahí mismo —dijo la señora Quintana—. Sé exactamente adónde vas con esto. Estás por decir «Bueno, y si sí les importa, más vale pedir perdón que pedir permiso».

Dante tenía esa mirada de «Ay, mierda».

—Dante, te conozco como la palma de mi mano. Conozco tus virtudes y conozco tus vicios. Y uno de los vicios en los que tienes que trabajar es que crees que puedes usar la labia para salirte de cualquier problema. Es una cualidad terrible, Dante, y no la sacaste de ninguno de nosotros. —Dante estaba a punto de decir algo—. Todavía no termino. Y ya hemos hablado sobre el uso de sustancias que alteran el estado de ánimo, incluyendo el alcohol, y conoces las reglas. Sé que no te gustan las reglas... y no conozco a muchos chicos de tu edad a quienes les gusten, pero que no te gusten las reglas no es una razón convincente para romperlas.

Dante sacó la botella de su mochila.

—Miren, casi no tomamos nada.

—¿Quieres que te aplauda por eso, Dante? Te robaste el whisky de tu papá. Y eres menor de edad. Así que, técnicamente hablando, quebrantaste dos leyes.

—Mamá, estás bromeando, ¿verdad?

Dante se volvió hacia su papá. Entonces el señor Quintana dijo:

—Dante, deberías ver la cara que tienes.

Y luego estalló en carcajadas y la señora Quintana estalló en carcajadas, y luego yo estallé en carcajadas.

—Qué simpáticos. Ja. Ja. Ja. —Y luego me miró—. Por eso querías entrar, ¿verdad? Para ver si habría fuegos artificiales. ¡Ja! ¡Ja! —Levantó la mochila y subió los escalones dando de pisotones. Yo estaba por seguirlo. Pero la señora Quintana me detuvo:

—Déjalo, Ari.

—¿No fuimos un poco crueles? ¿Por reírnos?

—No, no fuimos un poco crueles. Dante nos hace bromas pesadas todo el tiempo. Espera que todos lo tomen bien. Y en general él lo toma bien también, pero no siempre. Y a veces le gusta meterle un poco de sabor a nuestras vidas con un poco de drama. Esta no fue gran cosa, y creo que lo sabe. Y, hablando como su madre, Dante necesita aprender que él no hace las reglas. A Dante le gusta estar a cargo. Yo no quiero que se convierta en el tipo de hombre que cree que puede hacer todo lo que quiera. No quiero que piense jamás que es el centro del universo.

Asentí.

—Sube, si quieres. Pero no te sientas mal si no te abre la puerta cuando toques.

—¿Puedo meter una nota bajo la puerta?

La señora Quintana asintió.

—Estaría perfecto.

El señor Quintana me pasó una pluma y un bloc amarillo.

—Te daremos un poco de privacidad.

—Qué buena gente son —dije. No era algo que diría Ari. Aun así, las palabras ya habían salido de mi boca.

—Tú también eres buena gente, Ari —respondió la señora Quintana. Sí, vaya que ella era especial.

Me senté ahí, en la oficina del papá de Dante, preguntándome qué escribir. Y luego, finalmente, solo escribí: «Dante, me diste los mejores tres días de mi vida. No te merezco. De verdad que no. Con amor, Ari». Subí las escaleras, deslicé la nota bajo su puerta y salí. Mientras volvía a casa, pensé en Dante, en cómo sentí que esos truenos y rayos se disparaban por mi cuerpo mientras lo besaba y me apretaba contra él y en lo extraño y hermoso que se había sentido mi cuerpo y en cómo mi corazón se había sentido tan vivo y en cómo había oído hablar de milagros y nunca había sabido un carajo sobre los milagros y pensé que ahora sentía que sabía todo sobre ellos. Y pensé en cómo la vida era como el clima, podía cambiar, y cómo Dante tenía estados de ánimo que eran tan puros como un cielo azul y a veces eran oscuros como una tormenta y que tal vez, de alguna manera, era igual que yo, y tal vez eso no era tan bueno… pero tal vez tampoco era tan malo. La gente era complicada. Yo era complicado. Dante… él también era complicado. La gente… estaban incluidos en los misterios del universo. Lo que importaba era que Dante era un original. Que era hermoso y humano y real y que yo lo amaba… y dudaba que eso cambiara algún día.

Ocho

Cuando entré a la casa, mi mamá me sonrió. Tenía el teléfono en la mano y lo apuntaba hacia mí. Tomé el teléfono. Sabía que era Dante.

—Hola —exclamé.

—Solo quería decir… solo quería decirte que te amo. —Y ninguno de los dos dijo nada, solo escuchamos el silencio al otro lado del teléfono. Y luego añadió—: Y sé que también me amas. Y aunque no esté de tan buen humor, eso no es tan importante, porque un estado de ánimo es solo un estado de ánimo.

Luego colgó el teléfono.

Sentí los ojos de mi madre sobre mí.

—¿Qué?

—Te ves tan guapo justo ahora.

Sacudí la cabeza.

—Lo que necesito es un baño.

—Eso también.

Noté que mi mamá se veía un poco pensativa, casi triste.

—¿Pasa algo, mamá?

—No, nada.

—¿Mamá?

—Solo estoy un poquito triste.

—¿Qué pasó?

—Tus hermanas se van a mudar.

—¿Qué? ¿Por qué?

—Ricardo y Roberto han estado trabajando en un proyecto. Y los transfirieron a Tucson.

—¿No te parece raro que mis hermanas se casaran con hombres que trabajan juntos?

—No es raro. Supongo que es inusual en el sentido de que algo así no sucede con tanta frecuencia. Pero son buenos amigos y eso les funciona a tus hermanas. Son inseparables. Y este trabajo es una gran oportunidad. Son químicos y para ellos lo que hacen no es solo un trabajo.

Asentí.

—Así que son como tú. —Me miró—. Quiero decir, enseñar no es solo un trabajo para ti.

—Claro que no. Enseñar es una profesión… pero hay personas que no están de acuerdo con eso. Por eso nos pagan *tan bien*.

Me gustaba el sarcasmo de mi madre. Bueno, no me gustaba tanto cuando lo dirigía hacia mí.

—¿Cuándo se van?

—Se van en tres días.

—¿Tres días? Es medio rápido.

—A veces las cosas pasan rápido. Demasiado rápido. Supongo que simplemente no me esperaba esto. Las voy a extrañar. Voy a extrañar a los niños. Sabes, la vida a veces te toma por sorpresa. Como en el béisbol, no soy buena para batear. Nunca aprendí a pegarle a las bolas curvas.

No supe qué decir. No quería decir nada estúpido como «No estarán tan lejos». Además, no tenía nada de malo estar triste. No tenía nada de malo sentirse triste sobre algunas cosas. Y a veces no había nada que decir… pero odiaba verla tan triste. Estar triste no era algo que le sucediera a mi madre con tanta frecuencia. Pensé en el poema que tenía enmarcado en su baño. Y antes de darme cuenta estaba repitiéndole el poema:

—«Algunos hijos se van, otros se quedan. Algunos jamás encuentran su camino».

Me miró, casi sonriendo, casi al borde de las lágrimas.

—Eres algo especial, Ari.

—Mis hermanas, ellas son las que se van. Mi hermano, él es el que nunca encontró su camino. Y, mamá, supongo que yo soy el que se queda.

Vi las lágrimas de mi mamá caerle por el rostro. Puso su mano sobre mi mejilla.

—Ari —susurró—, nunca te he querido más de lo que te quiero en este momento.

Me tomé una larga ducha caliente y cuando me lavé el cuerpo, pensé en Dante. No pensé en él a propósito. Simplemente estaba ahí, en mi cabeza. Patas estaba acostada al pie de mi cama. Ya no podía saltar. Así que la levanté y la puse en mi cama. Me puso la cabeza en la panza y le dije:

—Eres la mejor perra en el mundo, Patas. La mejor perra que jamás haya existido. —Me lamió la mano. Y los dos nos quedamos dormidos.

Tuve un sueño sobre mi hermano —y mis hermanas— y yo. Y estábamos todos sentados alrededor de la mesa de la cocina y estábamos hablando y riendo, y todos nos veíamos tan felices. Cuando desperté, estaba sonriendo. Pero sabía que solo era un sueño y sabía que un sueño nunca sucedería. La vida no era una pesadilla... pero tampoco era un buen sueño. La vida no era un sueño para nada... era algo que todos teníamos que vivir. ¿Cómo iba a vivir yo mi vida? Y Dante, ¿cómo se vería mi vida sin él en ella?

Me desperté temprano y Patas me siguió a la cocina. Preparé café, tomé un poco de jugo de naranja y saqué mi diario:

Querido Dante:

No sé por qué no quise hablar contigo de esto... aunque los dos entendimos que el hijo de Emma murió de sida. No sé mucho sobre esa enfermedad, pero sé que así están muriendo los hombres gay, y miro las noticias en la noche con mis papás y ninguno de nosotros toca el tema jamás. Tu mamá probablemente sabe mucho al respecto. No sé si viste el encabezado del New York Times que leía Emma y que decía: «Enfrentando la angustia emocional del sida».

Y oí a mi papá decirle a mi mamá que cuatro mil hombres habían muerto de esa enfermedad. Y mi mamá dijo que era más que eso. Cuarenta mil hombres gay, Dante. Pienso en la tristeza de Emma, y la manera tan llena de gracia con la que lidió con su pena realmente me conmovió. Y ayer, cuando regresamos, nos perdimos en nuestros dramitas y se nos olvidó la pintura que nos había dado. Creo que la deberíamos de colgar en tu cuarto hoy.

El mundo no es un lugar seguro para nosotros. Hay cartógrafos que llegaron y trazaron un mapa del mundo como lo vieron. No dejaron lugar para que escribiéramos nuestros nombres en ese mapa. Pero aquí estamos, estamos en él, en este mundo que no nos quiere, un mundo que jamás nos amará, un mundo que elegiría destrozarnos en vez de abrirnos un espacio, aunque hay más que suficiente espacio. No hay espacio para nosotros porque ya se decidió que el exilio es nuestra única opción. He estado leyendo la definición de ese mundo y no quiero que ese mundo viva dentro de mí. Vinimos al mundo porque nuestros papás nos querían. Y lo he pensado y sé en mi corazón que nuestros padres nos trajeron a este mundo por las razones más puras. Pero no importa cuánto nos amen, su amor jamás hará que el mundo se acerque ni un centímetro a aceptarnos. El mundo está lleno de gente estúpida y cruel y mala y violenta y fea. Creo que sí existe la verdad en el mundo en el que vivimos, pero definitivamente no sé qué es, carajo. Y hay una pila de imbéciles que creen que está bien odiar a cualquiera que quieran odiar.

Eres el centro de mi mundo... y eso me asusta porque no quiero perderme en ti. Sé que nunca te diré ninguna de estas cosas porque, pues, porque hay cosas que simplemente necesito guardarme. Los hombres que están muriendo de sida tienen un póster que dice SILENCIO = MUERTE. Creo que sé lo que significa eso. Pero, para un tipo como yo, el silencio puede ser un lugar en donde estoy libre de palabras. ¿Eso lo entiendes, Dante? Antes de conocerte, no pensaba nada de las palabras. Eran invisibles para mí. Pero, ahora que las palabras son visibles, creo que son demasiado fuertes para mí, por mucho.

Ahora tengo la cabeza atiborrada de palabras y atiborrada de amor y atiborrada de demasiados pensamientos. Me pregunto si la gente como yo alguna vez llega a saber lo que es la paz.

Cerré el diario y me acabé mi café. Me cambié y me puse la ropa para correr. Patas tenía una mirada triste.

Levanté los ojos y noté que mi mamá me había estado observando.

—¿Estás hablando con tu perrita otra vez?

—Sí.

—He leído que la gente que habla con sus perros es gente con más compasión. —Me pasó los dedos por el pelo—. Disfruta tu ejercicio.

Quería besarla en la mejilla. Pero no lo hice.

Corrí. Corrí como nunca . Corrí, tal vez por rabia o tal vez por amor. O tal vez porque correr no siempre era malo. Podías correr y correr… con tal de que volvieras a casa otra vez.

Nueve

Estaba viendo las noticias con mi papá.

Era una manera de pasar el rato con él.

Y lo que estaba viendo en las noticias lo sacó de quicio. En realidad nunca había visto la ira de mi papá, y qué bueno que no estaba enojado conmigo. Estaban entrevistando a un veterano que despotricaba contra los manifestantes que marchaban por las calles de San Francisco. El señor dijo que no había luchado en una guerra solo para que esos pervertidos pudieran aprovechar la oportunidad de faltarle al respeto a su propio gobierno y llenar las calles de basura: «Que se muden a China».

Y mi papá dijo:

—Quisiera sentar a ese imbécil aquí mismo en la sala y hablar con él de hombre a hombre, de veterano a veterano, y no estaría hablando como si fuera un pendejo tan superior. Y lo obligaría a leer la Constitución y la Carta de Derechos en voz alta solo para asegurarme de que las entendiera. Porque, por lo visto, nunca ha leído las malditas páginas. —Se levantó de la silla y se volvió a sentar. Luego se volvió levantar. Luego se volvió a sentar—. Me encabrona cuando la gente se comporta como experta solo porque lucharon en una guerra. Se autonombran para hablar por todos nosotros. Y ahora este imbécil cree que tiene el derecho de invitar a la gente a mudarse a China. Te voy a decir algo sobre muchos veteranos: nos encanta quejarnos de nuestro gobierno. Claro, como solo los veteranos se ganaron el derecho de hacerlo… eso es una estupidez.

Se me había olvidado cuánto le gustaba decir groserías a mi papá.

—Esa gente que está marchando en San Francisco no son pervertidos, son ciudadanos, y sus seres queridos están muriendo en una epidemia que ha matado a más gente de la que murió en la guerra en la que luchamos él y yo. El gobierno no está levantando un dedo para ayudar. ¿Por qué? Porque ellos son gays, y supongo que para algunos eso significa que no son personas. Sin embargo, cuando nos involucramos en una guerra, nos dijeron que luchábamos para defender las libertades que teníamos. No nos dijeron que solo luchábamos por la gente que estaba de acuerdo con quién sabe qué demonios de política que tuviéramos.

»Sabes, vi a muchos jóvenes morir en esa guerra. Estreché a más de unos cuantos jóvenes que morían en mis brazos. Y algunos de ellos no eran mucho mayores que tú. Morían, su sangre me empapaba el uniforme, sus bocas castañeaban en la lluvia caliente de la jungla. No les tocó morir en su propio país. Murieron en una tierra que no era suya. Y murieron con una pregunta en la mirada. Llevaban menos de una hora siendo hombres y habían muerto en brazos de otro soldado que era la única familia que tenían. Diablos, deberían haber estado en casa jugando básquetbol o besando a sus novias o novios, besando a quien fuera que amaran. Sé que a muchos de los que luchamos en las guerras de nuestro país nos consideran héroes. Pero yo sé quién soy… y no soy ningún héroe. No necesito ser héroe para ser hombre.

Mi padre estaba llorando. Le temblaban los labios al hablar.

—¿Sabes qué aprendí, Ari? —Me miró. Y pude ver todo su dolor y supe que estaba recordando a todos los hombres que murieron ahí. Los cargaba consigo porque ese era el tipo de hombre que era. Y ahora entendí que había vivido con ese dolor cada día de su vida.

—Aprendí que la vida es sagrada, Ari. Una vida, la vida de cualquiera, *la vida de todos*, es sagrada. Y ese imbécil sale en televisión para decirle al mundo entero que él no luchó por ellos porque no se lo merecían. Pues esa es exactamente la gente por quien peleaba. Estaba luchando por su derecho a ser escuchados. Y la vida de él no es más sagrada que la de ellos.

Lo que pudiera decir sonaría vacío. Y no tenía nada que decir que pudiera sanar su dolor y su desilusión. No sabía nada de nada.

Se limpió las lágrimas de la cara con la manga de la camisa.

—Supongo que no creías que tu papá pudiera hablar tanto.

—Me gusta cuando hablas.

—Tu madre es mejor para eso que yo.

—Sí, pero le falta algo que tú tienes y ella no.

—¿Qué cosa?

—No le gusta decir groserías.

Soltó una sonrisa que era mejor que una carcajada.

—Tu madre cree que deberíamos de ser más disciplinados con las palabras que usamos. Ella no cree en la violencia… venga en la forma que venga. A ella las groserías le parecen una forma de violencia. Y no tolera que la gente le mienta por ninguna razón. Para ella, las mentiras son la peor forma de violencia.

—¿Alguna vez le mentiste acerca de algo?

—Nunca le mentí acerca de nada que importara. Y además, ¿por qué querría alguien mentirle a una mujer como tu madre? Ella se daría cuenta enseguida.

Diez

—¿Eres tú, Ari?

Levanté la mirada y vi a la señora Alvidrez.

—Hola —dije—. Soy yo.

—Ya te pusiste tan guapo como tu padre.

De todas las amigas de mi mamá, la señora Alvidrez era mi menos favorita. Siempre me pareció que era medio falsa. Hacía muchos cumplidos, pero no creo que dijera ninguno de ellos en serio. Le agregaba un toque empalagoso a la voz, aunque no hubiera razón para hacerlo… a menos, claro, que no fueras nada dulce. Supongo que simplemente no creía que fuera una persona muy sincera, pero ¿yo qué diablos iba a saber? Era una de las amigas de la iglesia de mi mamá, y hacían cosas buenas, como recolectar ropa y juguetes de Navidad y el banco de alimentos. No podía haber sido tan mala. Pero a veces alguien simplemente te daba mala espina… y no podías quitarte la sensación de encima.

—¿Está tu mamá?

—Sí, señora —dije, y me levanté de los escalones—. Pase, iré por ella. —Le abrí la puerta.

—Tienes muy buenos modales.

—Gracias —contesté. Pero de alguna manera, por la manera en que lo dijo… no sonaba como cumplido. Sonaba más como si le sorprendiera.

—¡Mamá! —grité—. ¡Vino la señora Alvidrez a visitarte!

—Estoy en mi cuarto —me respondió—. Ahora salgo.

Indiqué el sofá y le ofrecí un asiento a la señora Alvidrez. Me disculpé y entré a la cocina para tomar un vaso de agua.

Oí a mi mamá saludar a la señora Alvidrez.

—Lola, qué sorpresa. Pensaba que estabas molesta conmigo.

—Pues no importa. Era una pequeñez.

—Lo era, ¿verdad?

Hubo un breve silencio entre ellas. Me parece que tal vez la señora Alvidrez buscaba obtener una disculpa de mi mamá por lo que hubiera sido esa pequeñez. Pero mi mamá no mordió el anzuelo. Y luego oí cómo la voz de mi mamá rompía lo que supuse que era un silencio incómodo.

—¿Quieres una taza de café?

Las dos entraron a la cocina, en donde yo estaba por empezar a escribir en mi diario. Les sonreí. Mi mamá preparó una garrafa fresca de café y luego se volvió hacia la señora Alvidrez.

—Lola, estoy segura de que no viniste solo por una taza de café.

Podía ver que mi madre no consideraba a la señora Alvidrez como una de sus amigas más cercanas. Había cierta impaciencia en su voz que rara vez escuchaba. No era la misma voz que utilizaba conmigo cuando estaba irritada. Era el tono de voz que tomaba con mi papá porque se rehusaba a dejar de fumar.

—Pues, preferiría hablar contigo en privado.

Esa era mi señal para irme. Comencé a levantarme… pero mi madre me detuvo.

—No hay nada que tengas que decirme a mí que no puedas decir frente a mi hijo.

Pude ver que a mi mamá de verdad no le agradaba la señora Alvidrez y que por alguna razón resentía su presencia en su casa. En realidad nunca había visto a mi madre comportarse así. Cuando alguien llegaba de visita inesperadamente, dejaba todo lo que estaba haciendo y hacía que se sintieran bienvenidos. Pero no estaba detectando esa vibra de bienvenida en mi madre.

—De verdad *no* deseo tener esta conversación enfrente de un niño. Simplemente no es apropiado.

—Ari no es un niño. Ya casi es hombre. Estoy segura de que lo puede manejar.

—Pensaba que eras una madre más discreta.

—Lola, en todos los años que te he conocido, esta es apenas la segunda vez que has entrado a mi casa. La primera vez fue para consolarme cuando el nombre de mi hijo mayor apareció en el periódico. Solo que no viniste a consolarme. Viniste a condenarme por el tipo de madre que era. Dijiste, y recuerdo cada palabra, «Nada de esto habría sucedido si hubieras sido el tipo de madre que Dios esperaba que fueras». Tendrás que disculparme si te digo que no me importa un comino tu opinión sobre el tipo de madre que soy.

—Supongo que algunas personas no toman muy bien la crítica constructiva.

Mi mamá se estaba mordiendo el labio.

—¿Constructiva? Tú y yo tenemos visiones distintas de lo que significa esa palabra.

—Jamás te agradé.

—Siempre te he tratado con respeto… incluso cuando no te lo ganaste. Y hubo una época en la que me agradaste mucho. Pero ha pasado mucho tiempo desde que me dieras una razón para que me agradaras.

Me estaba empezando a gustar esta pequeña discusión que estaban teniendo mi mamá y la señora Alvidrez. Si iba a haber pelea, me quedaba claro que la señora Alvidrez saldría mal parada. Tenía todas las de perder. Agaché la cabeza. No quería que se dieran cuenta de que estaba sonriendo.

—Digo lo que pienso. Cuando sé que algo está mal, mi fe me exige que hable sin importar lo que opinen los demás.

—¿Vas a meter tu fe en esto, en serio? Tengas lo que tengas que decir, Lola, dilo… Y trata de no involucrar a Dios en esto.

—Dios me acompaña adonde sea que vaya.

—Nos acompaña a todos adonde sea que vayamos, Lola. Por eso es Dios.

—Sí, pero algunos estamos más conscientes de su presencia que otros.

Nunca había visto esa mirada en el rostro de mi mamá. Y la conocía lo suficiente para saber que no estaba por decir la mayoría de las cosas que estaba pensando.

—Ya que establecimos que Dios está de tu lado, Lola, ve al grano.

La señora Alvidrez miró a mi madre directamente a los ojos y dijo:

—El hijo de Lina murió de esa enfermedad.

—¿Qué enfermedad?

—Esa enfermedad de la que se están muriendo todos esos hombres en Nueva York y San Francisco.

—¿Qué estas diciendo?

—Estoy diciendo que Diego, quien por lo visto eligió tener un estilo de vida contrario a todo lo que representa nuestra fe, murió de sida. Y, por lo que entiendo, el obituario dirá que murió de cáncer. No estoy de acuerdo con esa mentira. Y no creo que deba tener un funeral en la iglesia católica. Y se me ocurrió que un grupo de nosotras debería de acercarse al padre Armendáriz y pedirle que haga lo correcto.

Podía ver que mi madre trataba de respirar un par de veces antes de decir algo. Finalmente, dijo en una voz tan callada, pero tan firme como un puño a punto de noquearla:

—Quiero que me escuches, Lola, para que entiendas mi punto de vista muy claramente. ¿Alguna vez se te ha ocurrido siquiera lo doloroso que debe de ser todo esto para Lina? ¿Tienes la menor idea o has siquiera considerado lo que debe de estar sufriendo en este momento? Es una mujer buena y decente. Es generosa y es amable. En pocas palabras, posee todas las virtudes que te faltan a ti. No tengo la menor idea de por qué crees que nuestra fe se centra en condenar a la gente. Lina y su familia no solo deben de estar pasando por mucho dolor, estoy segura de que también están sintiendo mucha vergüenza. Un funeral para su hijo por parte de la iglesia a la que ha acudido toda su vida es un consuelo que nadie tiene derecho a rehusarle. —No había terminado, pero hizo una pausa y miró a la señora Alvidrez directamente a los ojos. La señora Alvidrez estaba a punto de decir algo, pero mi madre la detuvo—. Lola, sal de mi casa. Sal de aquí y jamás pienses en volver a entrar a mi casa por ninguna razón. En todos los años que llevo caminando por la buena tierra del Señor, jamás le he rehusado mi hospitalidad a alguien por ninguna razón. Pero hay una primera vez para todo. *Así que lárgate de mi casa.* Y si crees que te estás llevando a Dios al salir, más vale que lo pienses dos veces.

La señora Alvidrez no parecía sentirse mínimamente lastimada por mi madre, aunque me quedaba claro que estaba enojada y que moría de ganas por tener la última palabra. Pero la mirada feroz de mi madre la detuvo en seco. Salió de la cocina en silencio y azotó la puerta de la casa.

Mi madre me miró.

—Juro que podría ahorcar a esa mujer. Podría ahorcarla y pararme frente a un juez, y con toda honestidad y sinceridad me declararía culpable de homicidio justificable. Y estoy absolutamente segura de que me exonerarían. —Se movió lentamente hacia una de las sillas de la mesa de la cocina y se sentó. Las lágrimas surcaban su rostro—. Lo siento, Ari. Lo siento. No soy tan buena persona como quisiera ser.

Seguía sacudiendo la cabeza. Extendí la mano sobre la mesa y ella la tomó.

—Mamá, ¿quieres saber lo que pienso? Creo que tengo mucha suerte de tenerte como mamá. Muchísima suerte. Y estoy comenzando a descubrir que tal vez seas uno de los seres humanos más decentes que conoceré en toda mi vida.

Me encantó la manera en la que me sonreía justo en ese momento.

Susurró:

—En serio que ya te estás volviendo un hombre. —Se levantó de la mesa y se paró detrás de mí para darme un beso en la mejilla—. Voy a ayudar a tus hermanas a empacar. Y cuando vuelva esta noche, me voy a sentar y voy a pensar en lo que me gustaría llevarle a Lina y a su familia cuando los vaya a visitar. Y voy a mandarle flores a Lina. No algo para la funeraria, sino para ella.

Si no existiera la palabra «valerosa», la habrían inventado solo para describir a mi madre.

Oí a mi madre salir y luego sentí la cabeza de Patas en mi regazo. La acaricié por un largo rato. Y luego hablé con ella, aunque sabía que no entendía.

—¿Por qué la gente no será tan sincera como los perros? Dímelo. ¿Cuál es tu secreto?

Me miró intensamente con sus ojos oscuros, oscuros, y supe que, aunque los perros no entendieran el lenguaje de los seres humanos, entendían el lenguaje del amor.

Saqué mi diario, y no estaba seguro de qué escribir. No sé por qué de repente tenía este rollo con la escritura. Digo, a veces pienso algo, y simplemente lo quiero escribir. Quiero ver lo que pienso, tal vez porque si lo veo en palabras entonces puedo saber si es verdadero o no. ¿Cómo puede llegarse a saber lo que es verdadero? Supongo que la gente puede hacerte creer que algo es verdadero si utilizan palabras hermosas, y podrá sonar hermoso, pero eso no significa que realmente lo sea. Supongo que no debo de preocuparme por eso, porque no creo que nada de lo que escriba se acercará a ser hermoso o, como diría Dante, «divino». ¿Pero por qué demonios habría de detenerme eso? No soy escritor. No estoy buscando el arte. Tengo cosas dentro de mí que tengo que decir y son cosas que necesito decirme a mí mismo. Descifrar las cosas yo mismo. Si no digo las cosas que necesito decir, eso me va a matar.

Querido Dante:

Mi mamá es una buena persona. No lo digo en el sentido de que es mi mamá. Lo digo en el sentido de que es una persona. Dante, antes pensaba que yo era invisible. Antes pensaba que mis padres no sabían un carajo de mí y de lo que sentía y de quién era. Y pensaba que no les importaba mucho de una manera o de otra. En especial mi papá. Pensaba que solo era un tipo triste que no veía a nadie ni nada de lo que me rodeaba. Y quería que me amara y lo odiaba porque él no me amaba. Y siempre me estaba enojando con mamá porque siempre estaba metiéndose en mis asuntos y pensaba que quería dirigir mi vida y decirme qué podía hacer y qué no. Y cuando ella quería hablar conmigo, pensaba que solo quería darme un sermón o enseñarme algo que sentía que yo necesitaba saber y yo me decía: «Sí, sí, mi mamá la maestra, y estoy atrapado en su clase por el resto de mi vida».

Yo no soy como tú, Dante. Tú siempre entendiste que tus padres te amaban. Y que tú los amabas a ellos. Nunca te pareció bien mirar con desprecio a tus padres. Nunca te importó lo que pensaran otras personas porque siempre has sabido quién eres. Eres amable y eres sensible (y sí, un poco malhumorado, y tal vez te sientas dolido con demasiada facilidad). Pero sientes. Sientes y eres valiente. Antes pensaba que tal vez me necesitabas a tu lado para protegerte. Pero no necesitas que te protejan. Porque tienes un coraje especial que la mayoría de la gente no tiene y no tendrá jamás. Nunca tendré el tipo de bondad que tienes viviendo dentro de ti. Pero me has enseñado muchas cosas. Todas esas cosas que yo pensaba sobre mis padres, bueno, casi todas eran mentiras, y creí mis propias mentiras. Mi papá se dio cuenta, incluso antes de que yo lo hiciera, que yo te amaba. Y no solo eso, no me juzgó por ello. Y estoy comenzando a darme cuenta de que verdaderamente me ama. Y sí, me ama porque soy su hijo, pero además no me juzgó por amar a otro chico. Y eso es porque es buena persona. Dios, Dante, nunca los había visto como personas. En realidad no. Sabes, he sido una basura por mucho tiempo. Ya no quiero ser una basura.

Y mi mamá, ella es un poco como tú. Ella sabe quién es y sabe cómo piensa porque es, de hecho, el tipo de persona que se sienta consigo misma y piensa un rato en las cosas.

Y Dante, mi mamá... qué mujer tan buena, fantástica y valerosa es. Y si mi vida será una guerra porque te amo, lo que significa que me gustan los hombres, entonces vaya suerte que tengo de tener a mi mamá peleando esa guerra ahí a mi lado.

Tenemos suerte, Dante. No solo porque nuestros padres nos aman, sino porque también son buenas personas.

Jamás había pensado en eso hasta hoy.

Te amo, Dante. Y eso ha cambiado todo en mi vida... y eso importa. Pero realmente no sé qué vaya a significar eso para la vida que viviré. Hay tantas cosas que no sé. Tantas cosas que jamás sabré.

Once

Escuché la voz de Dante al teléfono.

—Hola —dijo.

—Hola —contesté.

—Soy un imbécil. Digo… quiero decir… digo, me porté como un niño de cinco años anoche. A veces no sé qué me pasa. A veces me parece que no soy más que un montón de emociones que están todas enredadas en mi cuerpo y no sé cómo desenredarlas.

—De verdad eres un poeta. Hablas como poeta. Piensas como poeta. Y no tienes nada de malo, Dante. Tus papás estaban molestándote y tal vez hacían hincapié en algo… pero también estaban jugando.

—Lo sé, y es que… no sé. Sé que no era su intención lastimarme… y la tuya tampoco. Sé que tengo buen sentido del humor, pero a veces ese sentido del humor me abandona. Y tú crees que soy una especie de santo. Pero no lo soy, Ari. No lo soy.

—No creo que seas un santo. No creo que los santos hagan el amor con otros chicos. Pero a veces sí pienso que eres algún tipo de ángel.

—Los ángeles tampoco hacen el amor con otros chicos.

—Bueno, tal vez algunos lo hagan.

—No soy un ángel y no soy un santo. Solo soy Dante.

—Eso me funciona. ¿Puedo ir a tu casa? Creo que meteré a Patas a la camioneta y la llevaré allá.

—Qué idea tan brillante.

—¿La palabra *brillante* vive dentro de mí? Si sí, no me enteré.

Colgué el teléfono. Tuve que cargar a Patas y ponerla en el asiento de adelante. Se la pasó lamiéndome la cara mientras manejaba a casa de Dante. Uno de los misterios del universo es por qué los perros siempre están tratando de lamerte los labios.

Doce

Cuando llegué a casa de Dante, levanté a Patas del asiento de la camioneta y la puse en la acera. Subió los escalones sin problemas y le lamió la cara a Dante mientras estaba sentado ahí.

—Mi mamá me leyó la cartilla en la mañana. En serio, esa mujer puede sermonear como nadie en todo el hemisferio occidental. «Y es mi trabajo recordarte que las cosas que haces tienen consecuencias, no importa qué tan pequeñas o grandes sean esas acciones. No te dejaré pasar por la vida a base de puro encanto, porque pasar por la vida a base de puro encanto es hacer trampa. No hay atajos en una vida que valga la pena vivir». Sabes, Ari, es como una llama en la noche y no importa si llega viento o una tormenta, porque no hay tormenta lo suficientemente fuerte para apagar la llama que es mi madre.

Tenía ganas de decirle algo importante, pero no sabía cómo decir cosas importantes. Así que solo susurré:

—Dante, algún día tú serás esa llama. Tal vez ya eres esa llama.

—Tal vez solo ves lo que quieres ver.

—¿Es un pecado eso?

—Es posible, Aristóteles Quintana. Es muy posible.

Trece

Cuando llegué a casa, mi mamá estaba en la cocina preparando una cazuela de enchiladas. Dos cazuelas de enchiladas. Una de rojas y otra de verdes.

—¿Qué onda con toda la comida, mamá?

—La voy a llevar a casa de los Ortega para ofrecerle mi pésame a Lina.

—¿Por qué se le lleva comida a la gente cuando muere alguien? ¿De dónde salió eso?

—Tu papá diría que es comportamiento de inmigrante.

—¿Y eso qué diablos significa?

—La mayoría de la gente que llegó a este país no vino porque les estuviera yendo bien en sus países de origen. La gente era pobre. Cuando alguien moría, mucha gente pasaba a dar el pésame y la familia no tenía qué ofrecerles. La gente tiene su orgullo. Así que la gente empezó a llegar con comida, y no hay como compartir comida, comer con gente. Y transforma al funeral en una especie de celebración.

—¿Cómo sabes todas estas cosas?

—Se llama vivir, Ari.

Y estaba pensando que mi madre siempre hablaba conmigo y me decía cosas y creo que jamás escuché las malditas cosas que decía. En ese momento, me avergoncé de mí mismo. Siempre había querido escaparme de su presencia como si fuera algún tipo de prisionero. Siempre tenía ganas de irme de casa, no porque tuviera adónde ir, sino porque simplemente quería irme.

Mientras observaba a mi madre cubrir con papel aluminio los platillos que había preparado, pensé en lo fácil que era estar con ella ahora. Era inteligente e interesante y tenía sentido del humor, y las cosas sin importancia no le molestaban ni le echaban a perder el día. Solía pensar que ella quería que yo fuera alguien más. Pero no era ella la que quería que yo fuera alguien más… era yo. Y me presionaba y me desafiaba. Y eso no me gustaba. Pero no era porque quisiera echarme a perder el día. Era, en algunas cosas, como la madre de Dante. Las dos tenían la expectativa de que sus hijos fueran seres humanos decentes… y harían todo lo posible por lograr que eso ocurriera. Y vaya que nos avisarían cuando no lo estuviéramos entendiendo.

Tenía que hacer tarea, pero decidí acompañar a mi madre a darles nuestro pésame a los Ortega.

—¿Por qué esta noche, si el funeral no es hasta mañana?

—Porque es nuestra tradición rodear a los dolientes con nuestro amor. Nuestra presencia les da consuelo cuando se sienten inconsolables. Eso importa.

Mientras mi papá nos llevaba a casa de los Ortega, dijo que tenía una teoría sobre la importancia de asistir a los funerales.

—Los funerales son mucho más importantes que las bodas. La gente no se acordará si fuiste a la boda de su hijo… pero sí recordarán si no fuiste al funeral de su madre. En lo más profundo, sentirán el dolor de que no estuviste a su lado cuando más te necesitaban. Y es bueno recordar que no solo lloramos a los muertos cuando vamos a un funeral; celebramos sus vidas.

Yo estaba sentado en el asiento trasero y mi mamá volteó y me guiñó.

—Tu papá no tiene muy buena asistencia cuando se trata de bodas. Pero cuando se trata de funerales, tiene asistencia perfecta.

Mi papá soltó algo parecido a una carcajada.

—Liliana, ¿alguna vez te dijeron que hablas como maestra de escuela?

—Tal vez sea porque lo soy. Mi marido, por otro lado, lleva dieciocho años jubilado del ejército y todavía dice groserías como si fuera soldado de infantería.

—Tampoco digo tantas groserías, Lilly.

—Solo porque no hablas mucho.

Estaban jugando… como a veces jugábamos Dante y yo a al hablar.

—El asunto es que no entiendes que para mí es igual de divertido decir groserías ahora que soy mayor que cuando tenía la edad de Ari. Es la única parte que todavía tengo de niño. Hay demasiado adulto en mí. Vietnam mató a casi todo el niño que tenía adentro. Pero todavía tengo un pedacito de ese niño viviendo en alguna parte de mí, y a ese niño le gusta decir groserías.

—Esa debe de ser una de las justificaciones más conmovedoras para decir groserías que haya oído en mi vida. —Tenía lágrimas en los ojos—. Nunca hablas de la guerra. Deberías hacerlo más a menudo. Si no por ti, entonces por mí.

—Lo estoy intentando, Lilly. Le estoy echando muchas ganas. Y, sabes, incluso antes de la guerra, no solía hablar mucho. Pero sí sé cómo escuchar.

—Sí, lo sabes —dijo ella. Se limpió las lágrimas de los ojos—. Justo cuando creo que sé todo lo que hay que saber de ti, logras sorprenderme. Y creo que es muy manipulador de tu parte. Me obligas a enamorarme otra vez de ti.

No podía ver la cara de mi papá, pero sabía que sonreía de oreja a oreja.

Solo un breve viaje en coche y descubres algo sobre tus padres que sabías, *pero que realmente no sabías*. Que habían logrado seguir enamorados el uno del otro por más de treintaicinco años. Siempre había oído que, en un matrimonio, una persona ama a la otra más de lo que el otro la ama. ¿Cómo se podría saber eso realmente? Bueno, supongo que en muchos matrimonios era obvio que a uno de ellos le importaba y al otro no le importaba un comino. Sin embargo, en el caso de mi mamá y papá, diría que iban mitad y mitad.

¿Y qué tenían los seres humanos que querían medir el amor como si fuera algo que pudiera medirse?

En el país de la amistad

Todo ser humano —cada uno de nosotros— es como un país. Puedes rodearte de muros para protegerte, para mantener a los demás fuera, sin dejar que nadie te visite, sin dejar jamás entrar a nadie, sin dejar jamás que alguien vea la belleza de tesoros que llevas dentro. Construir muros puede llevar a una existencia triste y solitaria. Pero también decidimos darle visas a la gente y dejarlos entrar para que puedan ver por ellos mismos toda la riqueza que uno tiene para ofrecer. Puedes decidir permitir a los que te visitan ver tu dolor y el coraje que has desarrollado para sobrevivir. Dejar a los otros entrar —dejarlos ver tu país—, esa es la llave de la felicidad.

Uno

Cuando era pequeño y entraba a una habitación llena de gente, los contaba. Los contaba y los volvía a contar… y nunca supe por qué lo hacía. Desperdiciaba mucho tiempo contando a la gente y ese contar no tenía propósito alguno. Tal vez no veía a la gente como gente sino solo como números. No entendía a la gente… y aunque yo también era gente, vivía lejos de ellos. Sin razón alguna, pensé en eso cuando llegamos a casa de los Ortega. Sabía que la casa estaría llena de gente y que esa gente era gente y no números… y que eran gente con corazones. Eran sus corazones los que los habían llevado allí.

Yo llevaba una de las cazuelas y mi padre llevaba la otra. Creo que los dos teníamos una expresión en los rostros que decía: «No la vayas a tirar».

Cuando la señora Ortega abrió la puerta, era obvio que mi madre realmente le agradaba. La abrazó y se puso a llorar en su hombro.

—Lo siento.

—No hay razón para disculparse —dijo mi madre—. No es una fiesta de Año Nuevo… Acabas de perder a un hijo.

Ella sonrió y trató de componerse.

—Gracias por las flores, Lilly, fue muy considerado de tu parte. Siempre has sido tan considerada. Y me da gusto que vinieran. —La seguimos hasta la sala y la señora Ortega hizo espacio para que pudiéramos colocar las cazuelas de mi madre en la mesa del comedor. La señora Ortega me miró y sacudió la cabeza—. Sé que detestas cuando las amigas de tu mamá te hacen cumplidos.

Pero debo decir que eres un joven muy guapo. —Muchos adultos tenían que decir algo sobre mi aspecto, cosa que siempre me pareció interesante. Yo no tenía nada que ver con la cara con la que nací. Y eso no significaba que fuera buen tipo. Y tampoco significaba que fuera mal tipo.

—Y soy idéntico a mi padre —respondí.

—Y eres idéntico a tu padre. Solo que tienes los ojos de tu madre.

Me sentí incómodo y no supe qué decir después, así que solo abrí la boca y dije:

—Siento mucho que esté sufriendo.

Comenzó a llorar de nuevo. Y me sentí mal, porque la había hecho llorar otra vez.

—No era mi intención… quiero decir, siempre estoy diciendo cosas equivocadas.

Paró de llorar. Y sacudió la cabeza y me sonrió.

—Ay, Ari, no seas tan duro contigo mismo. No dijiste nada malo. —Me besó en la mejilla—. Eres tan considerado como tu madre.

No había nadie de mi edad ahí. Había muchos niñitos corriendo por todos lados, y me hicieron sonreír porque parecía que estaban felices. También estaban dos de las chicas Ortega, y eran mayores. No mucho mayores, pero lo suficiente para que yo no les interesara. Así como ellas tampoco me interesaban. Y luego estaba Cassandra. Era la menor. Tenía mi edad y se podría decir que íbamos juntos a la escuela, pero «juntos» no era una palabra que realmente aplicara en este caso.

Cassandra básicamente me odiaba. Y yo básicamente la odiaba a ella. Era una sociedad de *desadmiración* mutua, aunque no creo que *desadmiración* sea una palabra. Y esperaba poder evitar encontrármela y ver esa mirada de desprecio total en su cara. Su apariencia física solo aumentaba su sentido de superioridad. Sentí alivio de que Cassandra no estuviera en ninguna parte.

Después de un rato, estaba cansado de que las amigas de mi madre me preguntaran: «Ari, ¿cuándo te volviste hombre?». Lo tomaba bien, pero, como a la quinta vez que oí la pregunta, mi parte sabionda quería decir: «Ayer. Sí, me parece que fue ayer. Me levanté y me miré al espejo, y ahí estaba yo, ¡un hombre!». Me estaba aburriendo un poco de escuchar conversaciones de personas que hablaban de otras personas —de manera agradable— que yo no conocía. Apilé un poco de comida sobre un plato desechable y busqué un lugar para sentarme en donde pudiera volverme invisible. Fue ahí cuando se me acercó la señora Ortega.

—Cassandra está afuera en el patio. Tal vez le serviría un poco de compañía.

Yo estaba pensando que a Cassandra definitivamente le serviría un poco de compañía, pero se me ocurría que preferiría la compañía de una rata —incluso de una rata bien grande, incluso de una rata bien grande plagada de enfermedades— a estar en mi presencia. Sentí como si me mandaran a la guerra con un rifle sin municiones... una especie de misión suicida. La señora Ortega no pudo evitar notar la expresión en mi cara.

—Ari, sé que ustedes dos no se agradan mucho. Pero odio verla allá fuera toda sola. Tal vez podrás distraerla de toda esa tristeza.

—¿Y si me pega? —dije. Dios, de verdad dije eso.

Al menos hice reír a la señora Ortega.

—Si te pega, te pago la cuenta de hospital.

Todavía estaba riéndose... y hacer reír a alguien era mejor que hacer llorar a alguien. Gesticuló suavemente hacia la puerta trasera.

Salí al patio, que era más como una sala de estar pero al aire libre, con plantas y muebles y lámparas. Vi a Cassandra sentada ahí. Parecía personaje de novela trágica, una figura solitaria condenada a vivir en un mar de tristeza.

Había una silla con cojines que se veía bastante cómoda junto al sillón de exteriores en donde Cassandra estaba sentada. Era tan hermosa que intimidaba. Tenía ojos color avellana que podían mirarte fijamente y hacerte sentir como una cucaracha que se arrastraba por su casa y que estaba por aplastar para ayudarte a deshacerte de tu miserable vida.

—¿Te molesta si me siento?

Ella volvió de donde fuera que estaba y me lanzó esa mirada, la que justo acababa de describir.

—¿Qué. Demonios. Estás. Haciendo. TÚ. Aquí?

—Vine con mis padres.

—Bueno, cuando alguien tiene tan pocos amigos como tú, supongo que tiene que conformarse con pasar el rato con sus padres.

—Me gusta pasar el rato con mis padres. Son inteligentes y son interesantes… y eso es más de lo que pueda decir de la mayoría de los imbéciles que van a la preparatoria Austin.

—Pues ¿acaso no eres tú uno de esos imbéciles? Supongo que no todos los imbéciles se agradan unos a otros. —Podrá haber sido un ser superior, pero eso no justificaba que hiciera sentir a los demás como si tuvieran que disculparse por respirar—. ¿Qué es esa mirada de satisfacción que tienes en la cara?

—Debí haber reconocido el hecho de que me odias y ya… y haberlo dejado ahí.

—¿Quieres que me disculpe por odiarte?

—No me debes ninguna disculpa. Y yo tampoco te debo una.

Ella desvió la mirada. Me pareció como una pose estudiada. Y sentí como que era una especie de actriz. Lo que tampoco me hizo creer que lo que sentía por mí no fuera real. Vaya que era real.

—Eres un niñito. No me agradan los niñitos. Prefiero a los adultos.

—Se me olvidaba que llevas siendo adulta desde los doce años. Tal vez por eso te falta compasión. Simplemente no puedes identificarte con los demás.

—Gracias, doctor Freud. Dime, ¿cuándo comenzaste tu práctica psiquiátrica? Tengo unas cuantas observaciones propias. Te metes en peleas porque eso te hace sentirte hombre. Y tienes una opinión muy elevada de tu propia inteligencia.

—No creo ser tan listo.

—Bueno, definitivamente no calificas como alguien considerado. Lastimas a la gente. Lastimas a Gina y a Susie, que realmente te aprecian. Intentan ser tus amigas y no te importa un comino. Susie tiene una teoría. Dice que no eres nada arrogante. Que solo te odias a ti mismo.

—Bueno, tal vez así sea.

—Hay mucho para odiar en ti. Te puedo dar algunas razones para agregar a tu lista.

—Tampoco te esfuerces. Para alguien que no me conoce, parece que sabes todo de mí.

—No tienes que interactuar con alguien para conocerlo. ¿Sabes que nunca jamás me has dicho «hola» en el pasillo?

—No eres exactamente Miss Simpatía. Me miras como si estuvieras a un segundo de mandarme al infierno de una bofetada. Aunque, bueno, miras a todos así.

—¿Te parece que puedes venir a mi casa a insultarme? Vete al carajo.

Contuve mi propio «Vete al carajo tú también, Cassandra».

—Cuando decepcionas a la gente, entonces eres un hombre muerto. ¿Sabes lo que eres, Cassandra? Eres una asesina. Usas tu belleza como arma. Eres una pistola cargada, disfrazada de chica.

—Tú no sabes *nada* de mí. No sabes nada de lo que significa perder. Acabo de perder a un hermano y no murió de cáncer. Murió de sida, mucha gente ya lo sabe, cortesía de la señora Alvidrez. La última vez que lo vi fue en un hospital en San Francisco. Ni siquiera lo reconocí. Ya estaba muerto. Siempre me hacía sentir como que yo valía algo.

Ella estaba llorando… no solo llorando sino sollozando, y sus lágrimas eran lágrimas de pérdida y eran lágrimas de rabia y eran lágrimas de dolor y eran lágrimas que decían: «No permitiré que nadie me lastime otra vez. Nunca más».

—¿Sabes lo que es estar frente a un hermano agonizante sin poder hacer nada? Era brillante y valiente… y era gay, lo que significaba que no era hombre. Y ni siquiera humano. Dejen que se mueran. A los tipos como tú no les importa. No sabes nada de lo que un hombre como mi hermano tuvo que vivir solo por haber nacido. Jamás conocerás ese tipo de valor.

—¿Y eso cómo lo sabes?

—Porque los niñitos heterosexuales son cretinos crueles.

No sabía que iba a decir lo que dije, pero simplemente me salió.

—¿Cómo sabes que soy heterosexual? —Ella me miró. Me estuvo estudiando con una mirada de confusión, pero no dijo nada, no podía decir nada, pero tenía esa pregunta en la cara—. ¿Cómo sabes que no soy gay? —Lo había dicho, y una parte de mí estaba feliz de haberlo hecho y otra parte se arrepentía—. Cassandra, soy gay. Tengo diecisiete años… y tengo miedo. —El silencio entre nosotros pareció durar una eternidad—. Lo siento —dije—. No era mi intención decírtelo. Simplemente se me salió. Lo siento, yo…

—*Shhh* —susurró. Y fue como si toda la dureza en ella se hubiera simplemente desvanecido. Y luego me miró con una suavidad que jamás había visto en ella. Y susurró—: Bueno, tal vez no debiste contármelo. Porque esas cosas solo se les dicen a las personas en las que confías y no tienes razón para confiar en mí. Pero me lo dijiste. Y yo lo escuché. Y ya no puedo desoírlo. —Creo que intentaba buscar decir lo correcto… pero no había nada correcto que decir—. Supongo que eso explica muchas cosas —dijo—. Ay, Dios. Ay, Dios, qué imbécil soy. —Y estaba llorando otra vez y estaba realmente llorando, carajo—. Ari, yo… ay, Dios, qué imbécil soy. Estoy…

—Ey, ey, escúchame. No. No digas eso. No eres una imbécil. No lo eres. De verdad no lo eres. Solo hay un puñado de gente que lo sabe. Cinco personas. Tú eres la sexta. Y ahora que te lo dije, siento que te acabo de dar un lastre más que llevar. Y no quiero hacer eso. No quiero. Sé que todos los activistas gay están diciendo que silencio es igual a muerte, pero mi silencio, al menos en este momento, es igual a mi supervivencia.

No dejaba de mirarme. Me estudiaba. Ya no estaba llorando. Intentó sonreír… y luego dijo:

—Levántate.

—¿Qué?

—Te dije que te levantaras.

La miré con esa pregunta casi cínica en la cara.

—Está bien, si tú lo dices.

Así que me levanté… y me abrazó. Y lloró contra mi hombro. Y yo solo la estreché y la dejé llorar. No sé cuánto tiempo lloró, y por mí, podría haber llorado en mi hombro para siempre… si para siempre era lo necesario para que ella pudiera soltar el dolor que tenía guardado dentro.

Cuando dejó de llorar, me besó en la mejilla. Y luego se sentó y miró mi plato cargado de comida, y dijo:

—¿Te lo vas a comer?

—Te lo puedes quedar.

Agarró el plato.

—Muero de hambre —dijo.

Y debo decir que realmente le entró. Y no pude evitarlo, simplemente empecé a reír.

—¿Qué? ¿Qué te parece tan gracioso?

—Una chica tan linda, atragantándose con la comida como si fuera un chico.

Me lanzó una mirada medio despectiva, casi juguetona.

—Puedo hacer muchas cosas como hombre. Puedo lanzar pelotas de béisbol tan bien como cualquier chico y apuesto a que bateo mejor que tú.

—Bueno, considerando que no juego béisbol, el estándar es bastante bajo.

Ella sonrió.

—Tengo una idea.

—¿Y cuál es?

—¿Por qué no te comportas como todo un caballero y...?

—Pensaba que habíamos establecido que no soy un caballero.

Sí, yo estaba sonriendo.

Ella me devolvió esa misma sonrisita de satisfacción que yo tenía.

—Es cierto. Pero por lo visto han cambiado las reglas del juego y ahora veo que tienes verdadero potencial. Eso exige nuevas estrategias.

—¿Nuevas estrategias? —Eso realmente me hizo sonreír.

—Exactamente. Pues, como te estaba diciendo, ¿por qué no te comportas como todo un caballero y nos traes un par de platos más de comida?

Sacudí la cabeza y me dirigí hacia la casa. Cuando abrí la puerta, me di la vuelta y le pregunté:

—¿Siempre eres así de mandona?

—Siempre —dijo—. Es una de las cosas que mejor me salen.

—Bueno, cuanto más practiquemos una virtud, más la mejoramos.

Cuando entré a la casa, pude oírla reír.

Cassandra y yo hablamos un largo rato. Me contó de su padre violento y de cómo había golpeado a su hermano cuando le dijo que era gay… y de cómo eso había puesto fin al matrimonio de sus padres. Ella tenía doce años cuando se fue.

Se rio cuando me contó que su madre le había quitado todo, gracias a cierta información de que él estaba teniendo una aventura. La información había llegado por cortesía de nada menos que la señora Alvidrez.

Había tenido una vida solitaria. Pero mientras la escuchaba, no había el menor indicio de autocompasión. No había desperdiciado el tiempo sintiendo lástima por sí misma. En cambio, yo… era lo único que había hecho.

—Así que tienes un novio llamado Dante.

—Así es. Esa palabra, «novio», me sigue sonando extraña. Pero no sé de qué otra manera llamarlo.

—¿Lo amas?

—Estoy loco por él. Descubrí que enamorarme de alguien es una forma de locura. ¿Alguna vez te has enamorado?

—Casi. Casi me caí por el precipicio.

—¿Qué pasó?

—Él era mayor. Estaba en la universidad. Yo me creía mujer. Él me veía como niña. Él se creía hombre. Yo lo veía como niño. Sabía que me dirigía al desastre, así que le dije que se fuera a volar.

—Bien por ti, Cassandra Ortega. Bien por ti.

Cuando salimos de casa de los Ortega, la señora Ortega y Cassandra nos acompañaron al coche. Mis padres estaban hablando de algunos detalles de último momento sobre el funeral, así que supuse que mi madre estaría involucrada. Cassandra y yo íbamos detrás.

—Cassandra, ¿tienes buena memoria?

—Casi fotográfica.

—Tenía que preguntar, ¿no? Entonces te daré mi número y lo puedes anotar en tu cerebro fotográfico. —Mientras le daba mi número, lo tracé en el aire con el dedo. Ella lo repitió.

—Lo tengo —dijo.

Podía ver que mi padre se había metido al coche, pero mi madre y la señora Ortega seguían hablando.

—Supongo que no les has dicho nada a Gina o Susie.

—No, no lo saben.

—Ari, deberías decirles. —Podía oír en su voz que suplicaba de verdad—. Jamás te traicionarían. Y tú les importas. Entiendo que eres una persona reservada y que no crees que necesitas contárselo a nadie… por tu propia supervivencia. Pero te prometo que Susie y Gina —y yo también— te ayudaremos. Perdón, eso sonó condescendiente. Es una costumbre que tengo. Gina y Susie son leales, sabes. Deberías confiar en ellas.

Asentí.

—Lo haré. Digo, es como si hubiéramos convertido en juego el que ellas me molesten y que yo me irrite, y como que nos acostumbramos a jugar ese juego. Siempre supieron que en realidad no me molestaban tanto como yo fingía que lo hacían. Aunque la verdad no sé qué hacer o decir cuando estoy con ellas.

—Es hora de aprender. —Me besó en la mejilla—. Es hora de aprender, Aristóteles Mendoza. —Solo negaba con la cabeza. Y luego se dio la vuelta. La miré caminar de vuelta a la acera que llevaba a su casa. Y susurré su nombre. «Cassandra Ortega». Significara lo que hubiera significado su nombre para mí, ahora representaba algo completamente distinto. Para mí, su nombre había sido algo que me asustaba. Ahora sonaba como una invitación para visitar un nuevo mundo.

Dos

Antes de ir a dormir, quería escribir algo en mi diario. Así que lo saqué y tomé una pluma y me puse a pensar un momento. No estaba del todo seguro de lo que necesitaba escribir… pero sabía que tenía que escribir algo. Tal vez era una forma de volverme cartógrafo. Estaba trazando el mapa de mi propio viaje.

Querido Dante:

Cuando mi madre me avisó que mis hermanas se mudarían, me dijo que lo harían dentro de tres días. Y me dijo que a veces la vida da giros inesperados. Sé lo que significa la expresión, aunque no sé de dónde vino y no recuerdo cuándo y en dónde aprendí lo que quiere decir. Significa que hay cambios repentinos. Estás yendo en una dirección y en un abrir y cerrar de ojos vas en otra. Algo que jamás esperabas sucedió y de repente todo cambió. Y sientes que estás yendo a algún lugar adonde no pensabas ir.

Dante, me cambiaste la vida y le cambiaste la dirección. Pero ese cambio no fue repentino. Tuve una conversación con Cassandra Ortega esta noche y no recuerdo si alguna vez te la he mencionado. Porque la odiaba con un odio que era casi puro. Pero esta noche, una parte de mi vida dio un giro inesperado. Y, de repente, una chica a la que odiaba se volvió una chica a la que admiro. Una chica que era mi verdadera enemiga se volvió mi amiga verdadera. Nadie en mi vida se ha convertido en un amigo al instante. Pero, así nada más, ella se volvió importante para mí.

Y siento que soy un poco diferente... pero no sé cómo exactamente.

Alguna vez se me ocurrió que podías descubrir todos los secretos del universo en la mano de alguien.

Y creo que es cierto. Sí descubrí todos los secretos del universo en tu mano. Sí, tu mano, Dante.

Pero también creo que puedes descubrir todos los secretos del universo cuando una chica que es más mujer que niña llora con todo su dolor sobre tu hombro. Y también puedes descubrir todo el dolor que existe en el mundo en tus propias lágrimas... si escuchas la canción que ellas están cantando.

Si tenemos suerte. Si tenemos mucha suerte, el universo nos enviará a la gente que necesitamos para sobrevivir.

Tres

Una semana. La escuela empezaba en una semana. Esa palabra, «escuela», estaba volando sobre nosotros como buitre sobre un cadáver. Era sábado. No es que los sábados hubieran significado mucho durante el verano. Salí a correr. Siempre me gustaba el sudor que salía de mí como chorro después de correr.

Luego me senté en los escalones del porche a pensar. Me reí para mis adentros. «Ari, y tú que pensabas que no tenías pasatiempos».

Mi mamá salió y se sentó junto a mí.

—No te acerques mucho, mamá. Estoy bastante apestoso.

Ella solo se rio.

—Yo te cambiaba los pañales.

—Uf. Qué asco.

Con eso sacudió la cabeza.

—Hay ciertas cosas que los hijos tal vez nunca entenderán.

Asentí, y luego una idea me pasó por la cabeza.

—Mamá, ¿tienes planes para hoy?

—No —dijo—, pero tengo ganas de cocinar.

—Perfecto.

—¿Por qué? ¿Tienes ganas de comer?

—Y te preguntas de dónde saqué mi actitud de sabiondo. —Me lancé con mi idea y ya—. Mamá, ¿crees que pueda invitar a mis amigos a comer?

Mi mamá puso una cara increíble.

—¡Me parece maravilloso! Pero ¿quién eres y qué le hiciste a mi hijo?

—¡Ja! ¡Ja! Bueno, creo que necesito contarles a Susie y a Gina sobre mí… y pensé en invitarlas a comer y, ya sabes…

—Susie y Gina, ¿las chicas de las que siempre te estás quejando porque no te dejan en paz? ¿Las chicas a las que siempre has hecho a un lado por atreverse a querer tenerte de amigo?

—Ya te explicaste, mamá. —Me sentí como un imbécil—. Supongo que estoy empezando a entender. Tal vez te suene raro, pero son lo que más se acerca a tener amigas desde que estaba en primero de primaria. Ya no las quiero dejar fuera. Y es como dijiste: voy a necesitar amigos. Dante y yo no podemos enfrentar esto solos.

—Ari —susurró—, ya casi había perdido la esperanza de que abrieras los ojos y vieras cuánto te quieren esas chicas. Estoy orgullosa de ti.

—Solo me tomó doce años.

—Más vale tarde que nunca. —Me sopló un beso—. Tienes razón. Estás bastante apestoso. Date una ducha. Cocinaré algo especial.

Le llamé a Dante y le pregunté qué iba hacer para el almuerzo.

—Nada. ¿Estás pensando en invitarme a salir en una cita de verdad?

—Mi mamá va a preparar el almuerzo. Tiene ganas de cocinar. Y cuando tiene ganas de cocinar, significa un festín.

—¡Suena estupendo! ¿Todavía me amas?

—Qué pregunta tan estúpida.

—No es una pregunta estúpida. Una pregunta estúpida sería cuando vas caminando por la calle con un amigo y está lloviendo, y tu amigo pregunta: «¿Crees que lloverá hoy?». Una pregunta estúpida es cuando mi mamá entra al cuarto con un embarazo convincente y que yo le pregunte: «Mamá, tienes treinta y siete años. En realidad no estás embarazada, ¿verdad?». Esa sería una pregunta estúpida.

—Está bien, no es una pregunta estúpida. Esto es lo que debí de haber dicho: «Sigue haciéndome preguntas de las que conoces las respuestas… y yo…». —No tenía idea de adónde iba con esto.

—¿Tú qué?

—Te besaré. Pero te besaré como si no lo quisiera hacer.

—No creo que lo logres.

—¿Por qué estás tan seguro?

—Porque soy yo. —Tenía este tono exagerado que tomaba cuando bromeaba—. Porque una vez que pongas tus labios sobre los míos, no podrás controlar la pasión que desperté en ti.

—Debo decir algo de ti, Dante: es muy posible que tengas futuro escribiendo novelas románticas baratas.

—¿De verdad lo piensas? Te las voy a dedicar todas.

—Nos vemos pronto. Y por favor trae contigo al Dante inteligente y deja en casa al cabeza hueca con el que estuve hablando por teléfono.

—Perfecto, dejaré al cabeza hueca aquí, completamente solo para morir de un corazón roto.

Colgué el teléfono. Era divertido ese Dante. Y admiraba la habilidad que tenía de burlarse de sí mismo. Yo todavía no adquiría ese arte.

Y tal vez nunca lo adquiriría.

Cuatro

Respiré hondo… y decidí hacer la llamada. «La pavorosa llamada», así le puse en mi cabeza. Hay muchas cosas que me han dado pavor. Justo antes de conocer a Dante, sentía pavor al despertarme por las mañanas. Ese es un pavor serio. Cassandra tenía razón. Susie y Gina merecían que les contara que era gay. Era tan extraño, carajo. Digo, hasta practiqué decirlo al espejo. Me miraba al espejo y me señalaba en el espejo y decía: «Ari, eres gay. Ahora, repite después de mí: "Soy gay"». Era una tontería, lo sé, pero tal vez no era tan tonto. Y normalmente no era el tipo de chico que hacía tonterías así, porque no me gustaba en particular lo tonto y ni siquiera me gustaba la palabra. Dante decía que cada palabra merecería respeto. Yo pensaba que eso era admirable. Pero a veces teníamos demasiado respeto por ciertas palabras. Como la palabra «joder». No quería perder mi respeto por esa palabra en particular. O tal vez no tenía que respetar esa palabra para poder usarla. Sé cuál lado del argumento tomaría mi papá. Y no tenía que adivinar qué pensaría mi madre.

Sabía que estaba sentado pensando en todas estas cosas porque estaba posponiendo la pavorosa llamada. «Ari, deberías contarles». La voz de Cassandra en mi cabeza. Estupendo. Simplemente estupendo, carajo. Otra voz viviendo en mi cabeza.

Busqué el número de Susie en el directorio telefónico. Escuché que sonaba el teléfono y luego oí la voz de Susie al otro lado.

—¿Susie? Habla Ari.

—¿Ari? ¿Aristóteles Mendoza está llamando a Susie Byrd? No lo puedo creer, que alguien me pellizque.

—Ya párale. No es gran cosa. Te conozco desde primero de primaria.

—Pues es un buen punto. Me conoces desde que estábamos en primero de primaria. Y no he oído tu voz al otro lado de la línea telefónica una sola vez.

—¿Y qué evitó que tú levantaras el teléfono?

—Tú, Ari. Eso fue lo que lo evitó. «¿Oh, creo que llamaré a Ari para ver en qué anda?».

—Está bien, está bien, entiendo. —Y luego salió mi lado sabiondo y dije—: Y entonces, Susie, ¿en qué andas?

—Ay, en nada. Solo estaba sentada esperando una llamada de mi amigo Ari, esperando con todas las ganas que hoy fuera el día en el que al fin me llamara. —Y luego se empezó a reír, un poco más divertida de lo necesario.

—Susie, me estás empezando a hacer enojar.

—Quisiera una moneda por cada vez que me has dicho eso.

—¿Quieres que te pida una disculpa por esperar doce años para llamarte por teléfono? —«Mierda», pensé. No estaba exactamente quedando bien con ella. Comenzaba a pensar que tal vez una disculpa no era tan mala idea.

Hubo un breve silencio al otro lado del teléfono.

—Ari, ¿oíste lo que me acabas de decir?

—Lamentablemente, después de decirlo, sí, lo oí. —Y luego supe qué era lo que debía decir—: Lo siento, Susie. Ser amigo de la gente no es mi punto fuerte. Y no he tenido mucha práctica. Y sabía que tú y Gina no me molestaban sin piedad solo por divertirse. Yo no era invisible para ti ni para Gina… y me gustaba ser invisible. Quería que me dejaran solo. Y ustedes no lo aceptaban. Y estoy contento, lo estoy, de que tú y Gina se tomaran el tiempo para verme.

Ya lo veía venir. Empezó a llorar. Digo, es lo que ella hacía. Las lágrimas eran parte de su manera de vivir el mundo. Esperé a que dejara de llorar.

—Tu soledad me pone triste, Ari. Y hay algo en ti. Digo, la gente es como los países, y Gina y yo, y tu amigo Dante, todos somos países… y tal vez le diste visa a tu amigo Dante. Pero, aunque lo hayas hecho, esa es solo una persona. Y una persona no basta. Tener amigos es como viajar. Gina y yo te ofrecimos una visa para viajar a nuestros países cuando quisieras. Entonces, Ari, ¿cuándo nos vas a dar *tú* una visa a *nosotras*? Tenemos tantas ganas de visitarte. Tenemos tantas ganas de que nos muestres tu hermoso país. —Y se soltó a llorar de nuevo.

Antes me molestaban sus lágrimas. Ahora estaba pensando que realmente era bastante dulce eso de ser tan sensible.

Y luego dije:

—Pues justo por eso te llamaba. Quería informarte que ya procesamos todos los documentos y que se aprobó tu visa para entrar al país de Ari. Pero entras bajo tu propio riesgo.

Sabía que ella estaba sonriendo. Y me puso feliz haber hecho esa llamada. Fue difícil… pero el cambio era algo difícil. Y comenzaba a descubrir que el cambio no sucedía y ya… tenía que hacer que sucediera.

—Mira, iba a pedirles a ti y a Gina que vinieran a comer hoy. Sé que es algo de último momento y sé que probablemente están ocupadas y…

Me detuvo ahí mismo.

—Ahí estaremos —dijo—. Claro que estaremos ahí.

—Pero todavía no hablas con Gina. ¿Cómo sabes que no está ocupada?

—Créeme, se desocupará. —Y luego añadió—: No es mi intención cuestionar tu sinceridad, Ari, pero no puedo evitar sentir que te traes algo entre manos.

—Bueno, tal vez me traigo algo entre manos. Pero no es nada nefario.

—«Nefario». Amo esa palabra.

—Sé que la amas. Tú eres la que me presentó esa palabra.

—Soltó una carcajada—. A las doce. Ya sabes dónde vivo.

Colgué el teléfono. Y me di cuenta de que estaba temblando. No sabía lo que estaba haciendo. El Ari que solía ser jamás se comportaría así. Pero el Ari que solía ser estaba desapareciendo, aunque sabía que dejaría partes suyas detrás. Y el Ari en el que me estaba convirtiendo todavía no había llegado del todo. No podía parar de temblar. Tenía miedo. No sabía cómo hacer nada de esto. Por un momento, me abrumó una especie de pánico y no pude respirar. Me sentí mal… y corrí al baño y vomité.

Respiré hondo. Y luego de nuevo. Y luego de nuevo. Y simplemente me dije una y otra vez que todo saldría bien.

Estaba haciendo lo correcto. No quería poner mi vida en manos de otros. No tenía nada que ver con Cassandra o con Susie o con Gina. Pero en lo más profundo de mi ser ya sabía que toda mi vida estaría en manos de otros. Y sentí una rabia dentro de mí y sentí que de nuevo estaba temblando y me pregunté si así se sentía la tierra durante un temblor, pero luego pensé: «No, no, así se siente un volcán cuando está a punto de hacer erupción». Me sentí mareado y enfermo, y en un momento estaba haciendo arcadas, soltando lo que me quedaba en el estómago en la taza del escusado. No sé por qué, pero estaba llorando y no podía parar y no quería parar.

Y luego ya no sentí nada y quería sentir algo, así que susurré el nombre de Dante y comencé a sentir algo otra vez. Por un instante quería ser alguien más u otra versión mía, una a quien le gustan las chicas, y sentir cómo sería formar parte del mundo y no solo vivir en sus rincones. Pero, si fuera ese tipo, no amaría a Dante del modo en el que lo amaba, y ese amor era la cosa más dolorosa y hermosa que hubiera sentido, y jamás querría vivir sin él.

Y no me importaba un carajo ser joven, apenas había cumplido diecisiete años y no me importaba un carajo si alguien pensaba que estaba demasiado joven para sentir lo que sentía. ¿Demasiado joven? Díganselo a mi maldito corazón.

Cinco

Patas y yo estábamos sentados en los escalones del porche, y ella ya no era una cachorrita. Se movió hacia Dante cuando él se acercó caminando por la acera. Dante se arrodilló y la abrazó. Sonreí cuando empezó a decirle cuánto la quería.

Se sentó junto a mí y miró a un lado y al otro de la calle, y cuando vio que estaba vacía, me besó en la mejilla.

—Tengo una historia que contarte.

Y luego le conté todo lo que había pasado entre Cassandra y yo. Y no dejé fuera nada importante y le conté que ella tenía razón en eso de contarle a Gina y a Susie y que las había invitado a comer, pero que no tenía ni puta idea de cómo empezaría «la conversación» o «la revelación» o «la salida del clóset» o como fuera que quisiera llamarlo. Y lo miré mientras me escuchaba, sin quitarme los ojos de encima.

Y cuando terminé, me dijo:

—A veces amarte me hace sentir desdichado. Y a veces amarte me pone muy, muy feliz.

Y me dio gusto que me dijera que a veces amarme lo hacía sentirse desdichado, porque a veces amarlo hacía que yo también me sintiera desdichado. Saber eso me hizo sentir que no era una basura total. Y también sabía que lo acababa de hacer feliz.

—Y, sabes, ya puedes dejar de estar enamorado de odiar a Cassandra. Todo el tiempo era «Cassandra esto y Cassandra lo otro».

—No recuerdo haber hablado tanto de ella.

—Bueno, exageraba. Pero sí recuerdo haberte dicho que me gustaría conocer a la tal Cassandra y que dijiste: «Ah, no, no quieres conocerla».

Justo entonces, el Volkswagen de Gina Navarro llegó frente a la casa. Mientras ella y Susie caminaban por la acera, Dante se levantó y le dio un abrazo a cada una. ¿Así iban a estar las cosas? Mierda. Dante ya estaba poniendo el estándar de un comportamiento que simplemente no era mi manera de demostrar afecto; pero sí, sí, me levanté y las abracé.

Y luego Gina dijo:

—¿Sufriste una abducción extraterrestre? ¿Te hicieron cosas y te convirtieron en alguien más, en una versión más linda de quien solías ser?

Luego miró a Dante y dijo:

—Dante, confiésalo, ¿dónde pusiste al Ari verdadero a quien Susie y yo amamos odiar?

Y miré a Gina a los ojos y le dije:

—Eso no es cierto. Nunca me odiaste.

—Tienes razón. Pero ganas no me faltaban. ¿No cuenta?

—Nop —respondí.

—Bueno, tú nos odiabas a nosotras.

—Ganas no me faltaban, pero no.

Y Gina se rio y me miró.

—Y eso sí cuenta.

—Es que no es justo. ¿Cómo funciona eso? ¿Qué tipo de matemáticas son esas?

—Por si no lo habías aprendido todavía, las chicas hacemos matemáticas de manera muy distinta que los chicos. Crecemos más rápido. Las matemáticas de los chicos son muy básicas, uno más uno es igual a dos. Las matemáticas de las chicas son matemáticas teóricas… El tipo de matemáticas con las que sacas un doctorado.

Miré a Dante y él no estaba diciendo mucho para defenderme. Así que le di un codazo para que dijera algo.

—¿No vas a comentar algo sobre las declaraciones algo exageradas de Gina?

—No —dijo—. Hoy soy antropólogo cultural y estoy observando los comportamientos de hombres y mujeres jóvenes que se conocen desde hace casi doce años y que, tras haber estado atorados en una especie de estasis emocional, intentan examinar sus comportamientos para poder profundizar las habilidades interpersonales que apoyan y promueven la estabilidad emocional. Para poder seguir en mi papel de científico social, debo mantener la objetividad.

Gina y Susie intercambiaron miradas, y Gina dijo:

—Me agrada este tipo.

Y yo miré a Dante.

—¿Objetividad? Fuiste adonde estaban Gina y Susie y las saludaste con un abrazo. Y luego estableciste la expectativa de que yo también las saludaría con un abrazo. Y ahí me tenías, abrazando a Susie y a Gina.

Susie simplemente sacudió la cabeza.

—Abrazar a la gente no te va a matar.

—Bueno, no esperen ese rollo de los abrazos en el futuro. Dante puede abrazarlas, si quieren. Es un abrazador indiscriminado. Yo me guardo mis abrazos para ocasiones especiales, más allá de los estallidos espontáneos, que pueden ocurrir o no, muy de vez en cuando.

—¿Qué considerarías una ocasión especial? —Susie se cruzó de brazos.

—Cumpleaños, día de Acción de Gracias, Navidad, Año Nuevo, el día de San Valentín, que es una celebración falsa, pero sí, el día de San Valentín, y los días muy tristes… el mal humor no cuenta… y los días muy felices. Cuando sucede algo que exige una celebración. El día del Trabajo, el 4 de julio y el día de los Caídos no son días de abrazos.

—Ya voy entendiendo. —Gina tenía ese tono que insistía en que todo lo que acababa de decir yo estaba mal y que ella no tenía la menor intención de seguir mis reglas, porque eran absurdas.

—¿De verdad estás entendiendo, Gina? No puedes obligarme a ser otra persona.

—Lo mismo digo, Ari.

—¿Nos estamos peleando? —Susie llevaba puesta su cara de «No estoy feliz». —Ya que nos invitaste a comer, creo que deberías ser más amable. Seremos huéspedes amables y tú serás un anfitrión amable.

—En términos objetivos, debo decir que estoy de acuerdo con Susie.

—A los antropólogos culturales en observación no les corresponde hablar.

—Ah, eso no es cierto.

—¿Y «en términos objetivos»? ¿De veras? Eres alérgico a la objetividad.

Lo pensó un momento.

—Tienes razón. Yo solo estaba tratando de confundirte. Yo sería un terrible antropólogo cultural. Pero usted, señor, sería muy bueno.

Quería besarlo. Siempre quería besar a ese chico.

Justo en ese momento, oí la voz de mi madre.

—¿Alguien tiene hambre?

Por supuesto que mi madre abrazó a Gina y a Susie. Digo, las conocía desde siempre, aunque en realidad no las conocía. Pero le agradaban, y a veces las mujeres tenían una solidaridad entre ellas que los hombres no tenían… Tal vez porque la necesitaban y los hombres no. Las observé y parecían sentir un afecto una por otra que era sincero y natural. Tal vez era que las madres sentían una especie de amor por todos los niños del barrio. Y mi madre conocía a los padres de Gina y de Susie, por las reuniones del consejo de la escuela y de la iglesia y de las juntas de la asociación de vecinos. Cuando salía a caminar con mi papá, se detenía a hablar con ellos y les preguntaba sobre sus vidas. Mi madre era buena vecina y creo que, para ella, esa era una manera de amar a la gente.

Solía pensar en el amor solo como algo íntimo que ocurría entre dos personas. Me equivocaba.

Mi madre nos llenó los platos con sus tacos y sopa de arroz y chiles rellenos. Después de servirnos a todos, dijo:

—No me quiero meter en los asuntos que necesitan discutir. —Me miró—. Comeré con tu papá cuando regrese.

Susie sacudió la cabeza.

—Tiene que quedarse a comer con nosotros. Queremos que se quede.

—No quiero sentir que soy un estorbo. No quiero que se sientan censurados.

—Mamá, quiero que estés aquí.

Creo que vio algo en mi expresión y entendió que realmente quería —y necesitaba— que se quedara y que comiera con nosotros.

Ella sonrió, se sirvió un plato y se sentó en la silla vacía justo entre Susie y Dante.

—¡Ay, Dios mío! —Gina se había metido un tenedor lleno de chile relleno en la boca—. ¡Está increíble! —Para entonces, todos estábamos entrándole.

—Señora Mendoza, tiene que pasarle estas recetas a mi mamá.

—Dante, estoy segura de que tu mamá ya tiene esas recetas.

—No, no las tiene. Su comida no sabe así. —Luego la miró—: Pero no le diga que dije eso. Solo invítela y empiece a cocinar. Ya sabe, para que pueda observar.

—Jamás insultaría a tu madre con una táctica tan obvia. Estoy segura de que es una gran cocinera.

—Existe una diferencia entre una gran cocinera y un chef.

Dante estaba muy orgulloso de lo que acababa de decir. Mi mamá no pudo evitar pasarle la mano por el pelo.

—Eres encantador, Dante. De eso no cabe duda.

Se me ocurrió que, ya que todos estaban comiendo y concentrados en la comida de mi mamá, simplemente tenía que lanzarme y, bueno, comenzar la pavorosa conversación de salir del clóset para ya terminar con eso. Me volví hacia Susie y Gina.

—Susie, ¿te acuerdas de que me dijiste que pensabas que tenía algo entre manos? Bueno, tengo algo entre manos. —Y tuve esa sensación en la boca del estómago y una parte de mí estaba luchando contra otra parte de mí, y una parte de mí quería hablar y la otra parte quería olvidar todas las palabras que jamás hubiera conocido y vivir en un silencio que no pudiera romper.

Me aclaré la garganta—. Tengo que anunciar algo. —Mi corazón estaba latiendo más lentamente—. Susie. Gina. —Y luego las palabras se me quedaron atoradas en la garganta.

Susie no dejaba de mirarme.

—No me gusta esa mirada seria en tu rostro, Ari.

—Solo dame un segundo.

Sentí la mano de mi madre en mi hombro… y simplemente tener su mano ahí hizo que me sintiera mejor.

Susie tenía un gran signo de interrogación en la cara.

—¿Estás seguro de que estás bien, Ari?

—Sí—dije—. Sí tenía intenciones ocultas para pedirles que vinieran hoy. Es posible que para ustedes no sea gran cosa lo que tengo que decirles, pero, por lo visto, para mí lo es, y mucho más de lo que hubiera creído. —Y luego empecé a hablar solo en voz alta—: Cállate, Ari. Suéltalo. —Vi que Susie se reía y sacudía la cabeza—. ¿Susie? ¿Gina? Quisiera presentarles a Dante Quintana. Es mi novio y lo amo. Sé que no sé mucho del amor… pero lo que sé del amor me lo enseñaron mi madre y Dante.

Susie Byrd había abierto su llave de lágrimas. Ya me lo esperaba.

Pero Gina no estaba llorando, y dijo:

—Tengo que decir dos cosas. La primera es que no creo que lo que dijeras fuera gran cosa, porque no creo que sea nada del otro mundo ser gay… pero sé que para ti es algo muy, muy grande, y acabo de ser testigo de cuánto estás sufriendo por esto, así que, desde mi punto de vista, eres muy valiente. Y la segunda cosa que quiero decir es que tienes mejor gusto en hombres del que tengo yo.

Y eso hizo que mi madre soltara el tipo de carcajada que rara vez, si acaso, hubiera visto o escuchado… lo que hizo que los demás estalláramos en carcajadas.

Susie miró a mi madre.

—Bueno, por lo visto lo está tomando bastante bien, señora Mendoza.

—Es mi hijo, Susie. Jaime y yo siempre hemos creído que los padres tenemos un oficio sagrado. Y jamás abdicaremos o renunciaremos a ese oficio solo porque las cosas se ponen difíciles.

»Mi hermana Ofelia era lesbiana. Mi familia la abandonó. Pero Jaime y yo la amábamos. Da el caso de que sé que Jaime amaba a Ofelia más de lo que amó a cualquiera de sus hermanos. Y con la excepción de mi marido y mis hijos, jamás he amado a nadie tanto como la amé a ella.

Sonrió. La había visto dar una o dos clases y había visto esa sonrisa. Sabía que estaba por comenzar su papel de maestra. Totalmente compuesta y alerta y a cargo, dijo:

—Gina, Susie, voy a tener que decirles algo que nunca, jamás le dije a nadie. Tengo una confesión que hacer: SOY UNA MUJER HETEROSEXUAL.

Gina y Susie miraron a mi madre y luego se miraron una a la otra... y luego estallaron en risas.

—Señora Mendoza, qué graciosa es.

Aunque ella misma se estaba riendo, dijo:

—¿Por qué es gracioso eso? Porque lo que acabo de decir suena ridículo. Pero lo que les dije es absolutamente cierto. Nunca he dicho esas palabras. ¿Y saben por qué? Jamás he tenido razón para decir esas palabras. Porque nadie me lo ha preguntado. Pero ahora que les he dicho algo que jamás le he dicho a nadie más, ¿qué saben de mí?

—Nada —dijo Susie.

Gina asintió.

—Nada.

—Eso es exactamente lo que saben de mí. Nada. Pero el mundo en el que vivimos no juega limpio. Si todos supieran que Ari y Dante son gays, entonces habría un montón de gente que sentiría que sabe todo lo que necesita saber para poder odiarlos. No hay mucho que yo pueda hacer sobre lo que piensa el mundo. Estoy segura de que me juzgarían por alentar un comportamiento que algunos dicen que no habría que alentar... Pero jamás he vivido mi vida según lo que otras personas piensan de mí. Y no empezaré a hacerlo ahora.

La conversación dio un giro y tomó un tono más ligero, casi como si todos necesitáramos relajarnos. Dante se había quedado más bien callado, pero no pasó mucho tiempo antes de que Susie y Gina comenzaran a entrevistarlo sobre cómo había comenzado nuestra relación. Él estaba más que feliz de que lo entrevistaran. A él le encanta hablar sobre sí mismo... y no lo digo en un mal sentido.

Disfrutaba escucharlos. Los tres podían ser graciosísimos. Y en algún momento, las entrevistas se convirtieron en una conversación real. Más bien miré a mi madre. Y supe por la expresión en su rostro que había mucha felicidad viviendo dentro de ella... aunque esa felicidad estuviera viviendo ahí solo por un momento.

Mi padre apareció en la entrada de la cocina. Estaba cubierto de sudor y su uniforme de cartero ya se le veía un poco desgastado. Estaba inusitadamente platicador.

—Bueno. Creo que jamás había visto algo así en la cocina de Lilly. —Parecía que le divertía lo que veía—. Susie, ¿cómo están tus padres?

—Están bien, señor Mendoza. Siguen siendo hippies en recuperación, pero están avanzando.

—Bueno, creo que ser hippie en recuperación es mucho más fácil que ser católico en recuperación. —Mi madre le lanzó una mirada, así que decidió arreglar lo que acababa de decir—. Pero, sabes, no tiene nada de malo ser hippie, al igual que no tiene nada de malo ser católico. Así que, en recuperación o no... todo está bien. —Le lanzó una mirada a mi madre, y supe que esa mirada preguntaba: «¿Ya me redimí?»—. Ay, Susie, ¿me harías el favor de devolverle a tu padre los libros que tomé prestados?

—Claro. Dijo que quería hablar con usted sobre alguna novela que leyeron. Pero no recuerdo cuál era.

—Creo que sé a cuál se refiere.

Mi madre le preguntó si tenía hambre, pero dijo que no.

—Me voy a meter a la ducha y me voy a cambiar y simplemente a relajar por un momento.

Mi padre desapareció por el pasillo. Miré a Susie.

—¿Tu padre habla de libros con mi padre?

—Todo el tiempo.

—¿Y nunca me lo dijiste?

—¿Por qué te diría algo que pensaba que ya sabías?

Me quedé ahí sentado y me pregunté cuántas otras cosas no sabía. No es que tuviera a quién culpar. Era como me dijo una vez mi madre: Cuando abres el anuario y sabes que no fuiste para que te tomaran la foto, ¿por qué habría de sorprenderte encontrar una pequeña caricatura que dice «me fui de pesca» en vez de tu foto? Supongo que me fui de pesca por mucho tiempo.

Mamá se levantó y empezó a limpiar la mesa.

—Mamá, yo lo hago.

—Aristóteles Mendoza, en los diecisiete años que llevas viviendo en esta casa, jamás oí que te ofrecieras a lavar los platos.

Pude oír la dura condena de Gina:

—¿Jamás has lavado los platos?

La sentencia de Susie fue incluso más dura:

—Eres un mocoso malcriado.

Y se me ocurrió que más bien podía seguirles la corriente.

—¿Alguien más quiere agregar algún otro comentario, observación, acotación, antes de que comience con esto?

—No es tan difícil meter los platos en el lavavajillas.

—No tenemos lavavajillas. —Mi madre se encogió de hombros—. Nunca me han gustado. Jaime y yo somos los lavavajillas.

Gina y Susie miraron a mi mamá como diciendo: «Oh, guau». Susie no fue muy convincente cuando dijo:

—Bueno, de todos modos, es mejor lavar los platos a la antigua. Mucho mejor.

A veces la manera en que dices algo no convence a nadie, ni siquiera a la persona que lo dijo. Susie y Gina se delataron con esa mirada que decía: «¿De verdad no tienen lavavajillas?».

Mi mamá intervino.

—Ari, ¿siquiera sabes cómo lavar platos?

—¿Qué tan difícil puede ser?

—No es nada difícil —dijo Dante—. Yo sé cómo lavar platos. Puedo enseñarle a Ari.

En realidad no podía creer del todo que Dante supiera algo sobre lavar platos.

—¿Sabes lavar platos?

—Sí. Cuando tenía ocho años, mi madre me dijo que era hora de que aprendiera. Me dijo que la cena podía dividirse en tres partes: cocinar, comer y limpiar. Me dijo que desde ahora era responsable de la tercera parte. Le dije que me gustaba la segunda parte. Me lanzó una mirada de aquellas. Pregunté si me iban a pagar y en dos segundos supe que había hecho la pregunta equivocada. Lo único que dijo fue que a ella no le pagaban por cocinar y que a mi papá tampoco… y que no recibiría ni un centavo por recoger. Después de un rato, mi mamá se cansó de verme todo triste y haciendo pucheros mientras lavaba los platos. Así que un día puso música y me puso a bailar con ella y cantamos y lavamos los platos juntos. Y nos la pasamos muy bien. Después de eso, cada vez que lavo los platos pongo un poco de música y bailo. Como que funcionó.

Dante y yo estábamos hablando mientras recogíamos todos los platos. Mi mamá se quitó el delantal.

—Tu madre es una mujer brillante, Dante.

Cuando mi madre salía de la cocina, dije:

—Sabes, mamá, esto de lavar los platos no es tan pesado.

—Bien —respondió mi madre—. Entonces puedes empezar a lavar los platos después de la cena de ahora en adelante.

Podía oírla reírse mientras atravesaba el pasillo. Me agradaba mi madre cuando se comportaba como algo que estaba entre la buena maestra que era y la niñita que todavía vivía dentro de ella.

Seis

Después de comer, Patas y yo estábamos sentados en los escalones del porche. Gina y Susie se llevaron a Dante. Estaban más que listas para darle un aventón a casa y sacarle más información sobre cómo Ari y Dante llegaron a ser Ari y Dante. Definitivamente no obtendrían más información de mí... y lo sabían. Pero en realidad no me importaba. Yo ya sabía que Dante sería una de las personas favoritas de Susie y Gina. Estaba descubriendo que yo no era celoso.

Patas me levantó la mirada de esa manera que tienen los perros.

—Te amo, Patas —susurré. Es fácil decirle a una perrita que la amas. No es tan fácil decirle esas palabras a la gente que te rodea.

Siete

Dante preguntó si estaba bien que me acompañara al funeral del hermano de Cassandra.

—Sé que en realidad no conozco a Cassandra… y no conocí a su hermano. Pero siento que debería de mostrar un poco de solidaridad. ¿Eso tiene sentido para ti?

—Tiene sentido, Dante. Tiene sentido por completo. Estoy seguro de que a Cassandra no le molestaría.

Mi madre me dijo que se pondría un vestido blanco para el funeral… algo que me pareció extraño. Me explicó qué todas las Hijas Católicas marcharían en la procesión llevando vestidos blancos. «Por la resurrección», me dijo. Mi padre y yo llevábamos camisas blancas, corbatas negras y trajes negros. Estábamos en el porche, esperando a mi madre… y mi padre no dejaba de mirar el reloj con impaciencia.

No sé por qué mi papá se ponía impaciente en momentos como este. La Iglesia Católica de Nuestra Señora de Guadalupe estaba cerca y no tomaba más de cinco minutos llegar.

—Voy a recoger a Dante —le dije—. Los veo en la iglesia.

Justo en ese momento, mi madre salió por la puerta. Vi una mirada en el rostro de mi padre que nunca había visto. O tal vez esa mirada había estado presente muchas veces antes… solo que no la había notado. Mi madre todavía podía quitarle el aliento a mi padre.

Dante y yo estábamos sentados junto a mi padre. El cura estaba por bendecir el ataúd a la entrada de la iglesia. Susie y Gina estaban sentadas junto a nosotros. Inclinamos la cabeza para saludarnos. Me acerqué a Susie y susurré:

—No creí que fueras católica.

—No seas baboso. No tienes que ser católico para ir a un funeral católico —murmuró.

—Te ves bonita —susurré.

—Al menos estás aprendiendo a compensar por decir babosadas —me respondió en un susurro.

—*¡Shhh!* —dijo Gina.

Mi padre asintió y susurró:

—Estoy de acuerdo con Gina.

Comenzó el primer himno y las voces del coro cantaron. Entraron las Hijas Católicas, de dos en dos, en una procesión lenta y respetuosa. Había tal vez unas sesenta de ellas, quizás unas cuantas más. Estas mujeres sí que eran solidarias. Vi una mirada de aflicción en muchos de sus rostros, incluyendo el de mi madre. La pena de la señora Ortega era su pena. Siempre había pensado que esas señoras estaban un poco aburridas con sus vidas y que ellas mismas eran un poco aburridas, y que por esa razón se habían vuelto Hijas Católicas. Una cosa más en la que me había equivocado. Tenían razones mucho mejores. Nunca me había costado trabajo mantener la boca cerrada… pero tal vez debería pensar en cerrar la mente cuando se trataba de juzgar las cosas que otros hacían que yo no entendía.

La misa fue una típica misa de funeral, solo que era más grande que la mayoría. Y había muchos jóvenes ahí, como de la edad de Diego, hombres de veintitantos, y todos estaban sentados al fondo de la iglesia y había mucha tristeza en sus ojos y tenían esta mirada, como si supieran que no eran bienvenidos, y me hizo enojar que los hubieran hecho sentir así. La rabia, ahí estaba de nuevo, y creo que comenzaba a entender que nunca iba a desaparecer y que era mejor que me acostumbrara a ella.

Dante y yo nos subimos a la camioneta y nos volvimos parte de la procesión que iba al cementerio. Pensé en mis padres. Estaba de acuerdo con mi papá y sus ideas sobre la religión en la que los criaron… y la religión en la que me criaron a mí. Y sabía que, en el fondo, en alguna parte, mi padre todavía se consideraba católico. Mi madre era de pies a cabeza la buena mujer católica que se proponía ser. No le costaba trabajo perdonar a su iglesia por sus defectos.

Ocho

Dante y yo no dijimos mucho mientras seguíamos la larga fila de coches hacia el cementerio. Pensé en la fotografía ampliada de Diego que habían colocado en un caballete enfrente de la iglesia. Era un hombre guapo con una barba bien recortada y ojos oscuros y límpidos que eran casi tan negros como su pelo, los mismos ojos que tenía Cassandra. Se estaba riendo, y debe de haber sido una foto espontánea, porque parecía que el viento jugaba con su cabello grueso. Intenté imaginarme el día en el que se la tomaron, antes de que el virus entrara a su cuerpo y se lo robara al mundo. Intenté imaginarme a los miles de hombres que habían muerto, que tenían nombres y familias y que habían conocido a gente que los amaba y que habían conocido a gente que los odiaba.

Alguna vez estuvieron vivos y supieron algo de lo que significaba amar y ser amado. No eran solo números de los que alguien llevaba la cuenta. Dante me preguntó en qué estaba pensando. Y le dije:

—Mi padre me contó que durante la guerra de Vietnam se hacía un conteo de cuerpos. Me dijo que el país contaba cuerpos cuando deberían estudiar los rostros de los jóvenes que murieron. Me puse a pensar en que está sucediendo lo mismo con la epidemia del sida.

—Eso es exactamente lo que está pasando —repuso Dante—. Preferimos ver un número que una vida. Y le pregunté a mi mamá por qué tantos de los periódicos y los medios se referían al sida como una epidemia, cuando en realidad era una pandemia que se está extendiendo por todo el mundo. Me dijo que mi pregunta era muy astuta y que le daba gusto saber que estaba viendo el mundo con los ojos abiertos. Su sensación era que tal vez no le quieran dar al sida ese nivel de importancia. Que la mayoría de la gente quiere minimizar la enfermedad. ¿Tú qué opinas, Ari?

—Creo que tu madre tiene la razón en casi todo.

Solo había visto de paso a Cassandra al final de la misa cuando se iba por el pasillo con su madre. La estaba buscando y finalmente la divisé parada a la orilla de la multitud que formaba un círculo alrededor del ataúd de su hermano. Llevaba puesto un vestido negro y se había envuelto un reboso mexicano de seda dorada alrededor de los hombros. Parada ahí, se veía como la figura triste y solitaria que había visto la primera vez que salí a su patio trasero. Solo que esto era distinto. A pesar de su tristeza, había otra cosa, algo más. No agachaba la cabeza con ningún tipo de vergüenza. El sol de la tarde parecía brillar sobre ella y sobre ella nada más. Y tenía una mirada de desafío. No estaba rota y no iba a romperse.

Gesticulé hacia Susie y Gina. Y ellas la vieron, y todos nos hicimos un gesto con la cabeza unos a otros. Así que nos movimos hacia ella y nos paramos junto a ella. Gina estaba parada justo a un lado y yo del otro. No quitaba la mirada del ataúd mientras los portadores del féretro lo sacaban de la carroza funeraria. Ni siquiera parecía que estuviera consciente del hecho de que estábamos ahí. Pero luego sentí que me tomaba la mano y me la apretaba con fuerza. Y noté que apretaba con fuerza la mano de Gina.

—Cuando estás parada sola —susurró—, la gente que se da cuenta… esas son las personas que se paran a tu lado. Esas son las personas que te aman.

Nos besó a cada uno en la mejilla… y lo hizo con la gracia de una mujer.

Nueve

Querido Dante:

Antes de que comience cada año escolar, me dan ganas de arrastrarme bajo la cama y quedarme ahí. No sé qué tiene todo el tema de la escuela que me produce tanta ansiedad. Siempre siento como que desperdicié mis veranos... Bueno, hasta que te conocí.

Y este verano ha sido increíble. Tocarte y sentir tu tacto. El verano siempre será la temporada de Dante.

No sé qué demonios intento decirte. No lo sé.

Pero una cosa es segura. Este será el último año de mi temporada escolar. Y luego comenzará la temporada universitaria.

Supongo que no quiero que termine mi temporada de Dante.

Y tengo miedo.

Tal vez esta temporada sea la temporada que lo cambiará todo. Casi me siento emocionado. Pero más que nada tengo miedo.

Tracemos un mapa del año, Dante. Escribamos nuestros nombres y tracemos algunos senderos. Y vayamos a ver lo que nunca hemos visto. Y seamos lo que nunca hemos sido.

La noche antes del primer día de clases, Dante me llamó por teléfono. Ni siquiera me saludó.

—¿Sabías que nuestra palabra para «escuela» viene de la palabra griega que significa «ocio»?

—No, no lo sabía. Y eso tampoco tiene sentido, ¿o sí? Y, hola, Dante. ¿Cómo estás? ¿Bien? Yo también estoy bien, por cierto.

—Te iba a preguntar.

—Ya lo sé. Y solo estaba bromeando.

—Sí, ya sé. Y el ocio sí tenía sentido si vivías en la Grecia Antigua. Si tienes tiempo de ocio, ¿qué haces con tu tiempo de ocio?

—Pienso en ti.

—Buena respuesta, Aristóteles. ¿Cuál es la verdadera respuesta?

—Bueno, más allá de pasar tiempo contigo, corro, leo, escribo en mi diario.

—Yo no soy tiempo de ocio.

—Tienes razón. Cuestas mucho trabajo.

—Te equivocas. Para tu información, quedo bajo la categoría de placer.

—Eso lo sabía.

—Claro que lo sabías. Ahora, de vuelta a tu respuesta. Corres, pero eso queda en la categoría de ejercicio… y ese no es tiempo de ocio. Pero la lectura y la escritura sí quedan bajo las cosas que haces con tu tiempo de ocio. Así que eso es exactamente lo que pensaban los griegos. Si tenían tiempo de ocio, lo utilizaban para pensar, y para tener lo que hoy podría llamarse «propósito educativo». Así que, si miráramos la escuela como tiempo de ocio, entonces tal vez tendríamos una actitud distinta al respecto. Y eso nos haría más felices.

Entonces dije:

—Tan lleno el mundo está de miles cosas, que debemos cual reyes ser felices.

—¿Te estás burlando de mí? Te estás burlando de mí.

—No me estoy burlando de ti. Solo estoy recordando. Y da la casualidad de que estoy sonriendo y no es una sonrisa del tipo «*Me estoy burlando de ti*».

—Entonces tengo otra idea que te hará sonreír. Mañana, el primerísimo día de clases, es el último primer día de preparatoria que tendremos en la vida. Y después de eso, ya no habrá más primeros días de escuela para Aristóteles Mendoza en la preparatoria Austin, y tampoco habrá más primeros días de escuela para Dante Quintana en la preparatoria Cathedral. Es el último primer día de clases, y para cada evento que tenga que ver con la escuela, ya podremos decir con sonrisas en las caras que es la última vez que haremos lo que sea que estemos haciendo en ese evento, carajo. Y eso debería de aligerar nuestra carga.

Me empecé a reír.

—No odio tanto la escuela… y tú tampoco.

—Bueno, me gusta aprender. Y finalmente reconociste que también te gusta aprender. Pero lo demás apesta, y un montón.

—Eres gracioso. Primero hablas como si fueras tan malditamente sofisticado que, si vivieras en Londres, hablarías con el inglés de la BBC. Y en un segundo hablas como si estuvieras en noveno grado.

—¿Qué tienen de malo los de noveno grado? ¿No te agradan los de noveno grado?

—¿Te metiste algo?

Sí, definitivamente. Estoy volado. Estoy volado y en la cima del mundo porque estoy lo más honda, profunda, extática, entera y enfáticamente enamorado de un chico llamado Aristóteles Mendoza. ¿Lo conoces?

—No lo creo, no. Solía conocerlo. Pero se convirtió en otra persona. Y no creo conocerlo. Un tipo con suerte, eso sí… Digo, todo amor que sea hondo, profundo, extático, entero y enfático, bueno, vaya amor que está dirigido a ese tal Aristóteles.

—Ay, yo también soy un suertudo. Sé de buena fuente que ese Aristóteles Mendoza que dices no conocer tiene la forma de amor más pura y sincera por mí. Y, si lo ves, dile… bueno, no, no lo verás, porque si lo ves, no lo reconocerás. Porque solías conocerlo y ahora no lo conoces… así que no sirve de nada pedirte que le pases un mensaje.

—Bueno, nunca se sabe, podría cruzarme con él en la escuela y existe la oportunidad de que lo pueda reconocer, y si eso sucede, estaré más que contento de transmitirle tu mensaje… solo que no sé cuál es ese mensaje.

—Bueno, si por casualidad tuvieras la suerte de cruzarte con él, dile que Dante Quintana solía ser un chico que no tenía verdaderos amigos. No es como si no tener amigos lo hiciera infeliz, porque estaba feliz. Amaba a sus padres y amaba leer y escuchar discos de vinil y el arte. Le encantaba dibujar… Y en la escuela le agradaba bastante a la gente, así que sí, estaba feliz. —Y luego hubo silencio al otro lado del teléfono—. Pero, Ari, yo no estaba feliz, feliz. Solo estaba feliz. No sabía lo que significaba estar feliz, feliz, hasta el día que me besaste. No la primera vez. Esa primera vez no estaba feliz, feliz. Ni siquiera estaba feliz. Me sentía desdichado. Pero la segunda vez que me besaste, supe lo que significaba estar feliz, feliz. Y supongo que solo quería agradecerte por agregarle ese «feliz» adicional a mi feliz.

—Bueno, tenía un «feliz» adicional por ahí tirado, así que decidí dártelo.

Todos llegaban temprano a la escuela el primer día de clases. Solo para tener un rato para tantearlo todo. Cuando estaba por entrar por la puerta principal, ¿a quién vi? A Cassandra. Y a Gina. Y a Susie.

Les llamé la atención con ese viejo chiflido que era para piropear y que ya nadie usaba, pero que les hacía gracia a mi mamá y a mi papá.

—¿Se supone que ese silbido es para cosificarnos sexualmente?

—Yo no cosificó sexualmente. Ni siquiera estoy seguro de saber lo que significa.

—Sí, cómo no.

Por supuesto, no las estaba cosificando sexualmente. Era gay. Pero era un buen juego y la gente nos escucharía. Y medio discutiríamos porque toda la escuela sabía que Susie era feminista —aunque eso sonara como una palabra ya en desuso, pero Susie me había puesto los puntos sobre las íes en ese sentido— y de verdad tengo que dejar de utilizar esa expresión, aunque solo la estuviera pensando.

Miré a Cassandra.

—¿Mi chiflido para piropear te hizo sentir cosificada sexualmente?

—No, en realidad no. Más que nada, me dio pena ajena.

Dios, vaya que tenía una sonrisa asesina.

—Gracias por hacer por mí lo que soy incapaz de hacer yo solo.

—No deberías agradecerle a la gente si no lo dices en serio.

—¿Y cómo sabes que no lo digo en serio?

—Reconozco la falta de sinceridad cuando la veo.

—Y yo reconozco a una mujer hermosa cuando la veo.

—Vaya, eso sí fue sincero.

—¿Lo fue? ¿Y cómo es eso?

—La sinceridad disfrazada de falta de sinceridad. Vamos, eso sí es sincero.

—Cassandra, estás loca.

—Estás tan loco como yo. De hecho, estás más loco. Eres hombre, e incluso los mejores representantes de tu género están más locos que cualquier mujer.

—¿Por qué…?

—¿Te gusta tener pene?

—¿Qué clase de pregunta desquiciada es esa?

Gina no había dicho una sola palabra, pero le pareció que el momento era tan bueno como cualquier otro para unirse a la conversación.

—Responde la pregunta. ¿Te. Gusta. Tener. Pene?

—Bueno, bueno. Pues, sí.

—¿«Pues, sí»? —Susie no se quedaría fuera.

—¡Claro que sí, carajo! Sí, me gusta tener pene. ¿Se supone que debo disculparme por eso?

—Bueno, no sé cómo sea para Gina y Susie, pero yo diría que sí. Creo que unas disculpas podrían estar a la orden por el hecho de que te guste tener pene.

—¿Crees que deberías disculparte por el hecho de que te guste tener, quiero decir, por tener, por tener una…?

—¿Vagina? ¿Esa es la palabra que buscas? —Me agradó esa sonrisita burlona en el rostro de Cassandra.

—Exactamente. Esa es la palabra.

—Ni siquiera la puedes decir. Verás, así están las cosas: Las mujeres no creen que tener vagina las califica para estar a cargo del mundo. De hecho, nos descalifica para estar a cargo del mundo. Para nosotras no son necesarias las disculpas.

Ya sabía por dónde iba. Le llevaba la delantera, y por mucho. Saqué un bloc y un lápiz y escribí cinco palabras en él, arranqué la página y la doblé a la mitad mientras ella hablaba.

—Los hombres, por otro lado, creen que tener pene los califica para gobernar el mundo. Y eso está verdaderamente jodido. Y por eso el mundo está jodido. Y por eso tenemos tantas guerras, carajo. Hay muchas mujeres haciendo ruido con el hecho de que quieren ser soldados al igual que los hombres. Yo no. Los seres humanos con penes comienzan esas guerras. Y los seres humanos con penes pueden morir en ellas. Así que, sí, deberías disculparte por el hecho de que te agrade tener pene.

Le pasé la nota. Ella la abrió y leyó mis cinco palabras. «Tienes razón. Pero soy gay».

Sacó una pluma del bolso. «Pero aun así, tienes pene».

Me pasó la nota. Y escribí: «Pene o no, sigo descalificado para gobernar el mundo. Pero al menos también me descalifica de unirme al ejército y que me maten en una guerra que comenzaron seres humanos que tienen penes». Sonrió mientras leía la nota. Les mostró las notas a Gina y a Susie, quienes asintieron y se seguían mirando la una a la otra.

—Bueno —dijo Gina—, Cassandra no lo va a decir, pero alguien debe hacerlo. ¡Felicidades, Ari! Acabas de ganar la primera ronda de un debate que durará todo el año y que tendrá sabrá Dios cuántas rondas, y Susie y yo estaremos llevando un registro. Y que gane el mejor ser humano, pene o no. Y solo para que estemos claros, no se darán puntos extra por tener pene… Y…

Cassandra la interrumpió.

—Sí, lo sé… Y no se darán puntos extra por tener vagina. Y no deberían decir «Que gane el mejor ser humano». Deberían decir: «Que gane el mejor intelecto».

Las chicas, o debería decir, las dos casi mujeres y la mujer que ya era mujer, se sonrieron como si se estuvieran entregando medallas una a la otra.

Cassandra me besó la mejilla.

—El resultado no está en duda. Me he enamorado de ti, Aristóteles Mendoza… pero te haré trizas como haré trizas esta nota.

La metió a su bolso.

—Oye, es mía.

Sonó la primera campana. Teníamos diez minutos para llegar a clase. Cassandra me agarró del brazo.

—Si guardas esta nota, se te va a perder. Alguien podría encontrarla y tal vez descifrar algo que no tiene el derecho a estar descifrando. En mi posesión, está a salvo. Como dije, la haré trizas como te haré trizas a ti.

—Patrañas. No la harás trizas. La vas a guardar.

—Sí, soy tan sentimental, carajo.

—Sinceridad disfrazada de falta de sinceridad. Vamos, esa es sinceridad.

—De verdad que debería quitarte esa sonrisa del rostro a bofetadas.

—No deberías decir cosas si no las dices en serio.

Me miró de una manera que no pude leer del todo. En realidad no sabía qué estaba sintiendo Cassandra y por qué.

—Por primera vez en mis cuatro años en la preparatoria Austin, realmente creo que podría llegar a ser un gran año.

Dobló a la izquierda, y Gina, Susie y yo doblamos a la derecha… y nos dirigimos a la clase de inglés del señor Blocker. Mis días de escuela comenzarían con una buena nota… una nota que había escrito para ganar la primera ronda. Me iban a dar una paliza. Eso me daría un buen pretexto para ir corriendo con Dante. Él me consolaría con besos. No sonaba tan mal. Nada mal.

Diez

No me peleé el primer día de escuela. Eso lo dejé para el segundo día. No lo empecé yo. Y no lo digo para hacerme sentir mejor. Me he mentido sobre muchas cosas, pero nunca me he mentido sobre las peleas en las que me he metido.

Cuando llegué al estacionamiento, había cinco tipos acorralando a un chaparro. Yo sabía quién era el chaparro. Sí, era afeminado, una palabra que me había enseñado Dante. Era un tipo agradable, listo, ñoño y con la voz muy aflautada al hablar. Pero no molestaba a nadie. Se llevaba con un grupo de gente, todos de alguna manera inadaptados. Estaba en la misma clase que yo, aunque no parecía tener más de catorce años. Se llamaba Rico y había oído a sus amigos llamarlo «Rica», pero como de broma, y una broma entre ellos.

Los tipos lo tenían acorralado y le estaban diciendo todos los nombres predecibles en español que esos tipos utilizaban para referirse a tipos como Rico. *Joto, maricón, pinche vieja,* y también *puto, marica*. Les parecía que todo era gracioso. Sí, divertidísimo. No sabía exactamente qué iba a pasar, pero cuando uno de ellos lo pateó en la entrepierna y cayó al suelo, yo ya estaba en medio de todo antes de siquiera saber que había llegado. Uno de los tipos trató de golpearme, pero no me tomó más que un par de golpes para que estuviera besando el asfalto… Y luego los otros tipos vinieron contra mí. De la maldita nada, algún tipo rudo con tatuajes se metió de mi lado. El tipo era pequeño, pero tenía músculos y sabía pelear. Podría haberme dado lecciones.

Estaba parado junto a mí, riendo:

—Somos dos contra uno, nene. Creen que tienen todas las de ganar, carajo. Eso los vuelve perdedores.

Y la pelea no duró más de cinco minutos, antes de que este tipo rudo y tatuado y yo los tuviéramos con la cara contra las llantas de los coches estacionados.

—Soy Danny —dijo. No pude evitar fijarme que estaba guapo—. Danny Anchondo.

—Yo soy Ari Mendoza.

—Lo más probable es que no seas pariente de los Mendoza que conozco. Y los Mendoza que conozco no son parientes entre ellos. Pero tengo que decir, *vato*, que nunca conocí a un tipo con ese apellido que no supiera pelear. Esos cabrones solo se buscan pleitos con tipos como Rico.

Uno de los tipos echados en el suelo trató de levantarse. Danny le puso el pie en la espalda.

—Ni lo intentes. Relájate. Quieto.

—Pero voy a llegar tarde a clase, carajo.

Danny le contestó con sus propias palabras.

—«Tarde a clase». La próxima vez que yo te vea o que mi amigo Ari te vea molestando a Rico o a cualquiera de sus amigos, no vas a poder encontrarte el trasero, porque será mío.

Danny caminó hacia Rico y lo ayudó a levantarse de donde estaba tirado.

—¿Estás bien, Rico?

—Sí, estoy bien.

Estaba llorando, aunque intentaba no hacerlo.

Dante lo regañó.

—No dejes que vean eso. Jamás les enseñes a esos cabrones lo mejor que tienes.

Rico se limpió las lágrimas y le sonrió a Danny.

—Buen chico. Así es. Sacúdetelo.

Asintió y levantó su mochila. Comenzó a alejarse… y luego se dio la vuelta y gritó:

—Todos dicen que ustedes son un peligro. La gente no sabe un carajo. —Con la cabeza agachada, se dio la vuelta y se dirigió a su primera clase.

Me volví hacia Danny y le dije:

—¿De dónde conoces a Rico?

—Mi hermana se lleva con él. A ella no le gustan los hombres. Tiene actitud. Le gusta hacerle señas obscenas al mundo. Pero siempre está ayudando a la gente. Es buena onda. —Y luego me miró, como si supiera algo sobre mí—. Ya sé quién eres. Le diste una paliza a uno de mis cuates.

—Discúlpame.

—¿De qué? ¿Por qué? Él y un par de tipos encontraron a uno de tus cuates besando a otro tipo. Lo metieron al hospital. ¿Él está bien?

—Sí, está bien.

—Hiciste lo correcto. Un amigo que no defiende a otro amigo no es ningún maldito amigo. Y, además, es jodidamente cobarde meter a alguien al hospital por besar a otro tipo. Si no quieres besar a un tipo, no lo beses. ¿Cuál es el maldito problema? La gente siempre me está preguntando por qué me la paso dándole palizas a la gente. Es porque el mundo está lleno de cabrones, por eso.

Eso solo me hizo reír. No lo pude evitar.

—¿Por qué te ríes?

—Porque a veces te cruzas con alguien que sabe cuál es la verdad. Así que te ríes. Te ríes porque alguien te hizo feliz.

—Pues rara vez hago feliz a alguien, carajo.

—Bueno, como dijiste, el mundo está lleno de cabrones. Lo que hiciste por Rico, Danny, eso fue algo hermoso.

—Sí, pero Rico es mi amigo. Y tú ni siquiera lo conoces. Cabrón, eso es algo hermoso.

Danny, ese es otro que podría romperle el corazón al mundo con su sonrisa.

Chocamos los nudillos.

—Nos vemos por ahí, Mendoza.

—Nos vemos por ahí, Danny.

Qué curioso. Ni siquiera conocía a Danny, pero sabía algo de él que me hacía sentir que podía confiar en él. Me puso triste pensar que la gente no veía la cosa más obvia de él: que tenía un corazón noble. Tenía la extraña sensación de que siempre pensaría en él como amigo. Y también tenía la sensación de que no sería la última vez que lo vería.

La manera en la que el mundo juzgaba, y juzgaba mal, a ciertas personas —y las hacía a un lado, borraba sus nombres del mapa del mundo—, así era como funcionaba todo el sistema. Tal vez la hermana de Danny sabía exactamente qué hacer frente a todas las sentencias dirigidas a ella: ayudar a la gente cuando se pudiera y hacerle señas obscenas al mundo.

No sé por qué no había sabido esto de mí antes. Había una especie de rebelde en mí. Por primera vez, descubrí un rasgo que no pensaba que necesitara cambiar.

Once

El señor Blocker pidió que me quedara después de clases.

—¿Qué les pasó a tus nudillos? Están sangrando.

—Chocaron contra un par de tipos.

—¿Por qué te haces esas cosas?

—Yo no me hice nada. Pero creo que esos tipos creen que yo sí les hice algo.

Me lanzó una mirada.

—Lo que les hacemos a los otros…

Terminé su frase:

—Nos lo hacemos a nosotros mismos. Ya lo he oído antes. Creo que usted no entiende que…

—¿Que qué, Ari?

—Que usted entiende muchas cosas.

—¿Como por qué te metes en peleas cuando tienes una mente y una imaginación que son dones mucho mejores que tus puños?

—¿Qué le hace pensar que no utilizo mi inteligencia y mi imaginación cuando me meto en una pelea?

El señor Blocker no dijo nada. Y luego:

—Sé que piensas que no entiendo nada sobre lo que estás pasando. Pero te equivocas. —Me vio algo en la cara—. Tienes la mirada de un joven que quiere noquearme porque realmente no crees que entienda nada de ti. Y eso te encabrona.

—Algo así —le dije.

—Yo crecí en Albuquerque. Vivía en un barrio que era rudo para un gringuito. No me estoy quejando. Los chicos con los que crecí se la pasaron mucho peor de lo que yo me la pasé… y mi madre fue lo suficientemente inteligente para señalarme eso. Cuando tenía trece años, decidí que quería ser boxeador. Me metí en los Guantes Dorados. ¿Sabes qué es?

—Claro que sé qué es.

—Claro que lo sabes. Cuando tenía dieciocho años, era un boxeador campeón de Guantes Dorados. Solo para que sepas que no eres el único tipo del mundo que recurre a los puños para superar los tiempos duros.

Justo en el momento en el que odiaba al señor Blocker, dijo algo que hizo que me agradara de nuevo. Detestaba eso.

Doce

Le pasé la nota del señor Blocker a la enfermera, la señora Ortiz.

—Es un señor agradable, el señor Blocker, ¿no crees? Apuesto a que es buen maestro.

Me metió los puños en una pequeña tina que había llenado de hielo. Mientras hablaba me iba curando.

—Sí —le dije—, lo es. También lo tuve el año pasado. Eso sí, a veces es un poco insistente. Eso no me gusta. —Sabía que mi expresión era de dolor.

—El hielo duele. Pero deja los puños ahí dentro. Yo te digo cuando los puedas sacar. —De verdad dolía—. No seas un bebé. Si puedes aguantar las peleas, puedes aguantar un poco de hielo. —Estaba buscando un poco de gasa y supe que envolvería mis puños. Y todos me estarían preguntando: «¿qué te pasó, Ari?».

—Ay, Dios —dijo—. Me acabo de dar cuenta de quién eres. Eres el hijo de Liliana. Tan pronto como te vi me pareciste conocido. Eres idéntico a tu papá. —Y luego dije para mis adentros, «pero tienes los ojos de tu mamá». Y eso es justo lo que dijo—: Pero tienes los ojos de tu mamá. Yo era la mejor amiga de tu mamá en primaria. Desde entonces somos amigas.

Le gustaba hablar. Vaya que le gustaba hablar.

—Solo relájate y te arreglo, y vas a quedar como nuevo, don Aristóteles Mendoza. —Sonreía de oreja a oreja—. Liliana Mendoza. Qué mujer tan maravillosa.

Trece

Estaba sentado solo a la hora del almuerzo y luego vi que se dirigían hacia mí: Cassandra, Susie y Gina. Se sentaron a mi alrededor. Y de alguna manera me sentí atrapado. Ya sabía lo que venía.

—Suelta la sopa —dijo Susie—. Todos le están preguntando a Gina: «¿Y qué le pasó a Ari? Se metió en otra pelea, ¿verdad?». Y Gina se me acerca en el pasillo y me dice: «Ari se metió en otra pelea». Así que voy a mi siguiente clase y hay un tipo llamado Kiko que tiene el ojo morado. Y no es como si fuéramos amigos, pero ya me conoces, tuve que preguntar… Y me dice: «Pregúntale a tu amigo Ari».

—Y a mí nadie me preguntó nada. Nadie sabe todavía que somos amigos. Quisiera decir que lo dejemos así. —No estaba seguro si Cassandra estaba molesta o no—. Pero sí escuché que un grupo de *vatos* decía que unos tipos se metieron en una pelea en el estacionamiento y uno de ellos acabó en el hospital con unas cuantas costillas rotas. ¿Es obra tuya, Ari?

—Puede ser. O puede ser obra de mi colega, un tal Danny Anchondo.

—Danny. Va un año más abajo de nosotros. Es uno de los pocos en esta escuela que realmente habla conmigo. Y es uno de los pocos tipos que respeto. Es súper dulce —dijo Cassandra.

—Estamos de acuerdo —agregó Susie—. Gina salió con él una vez.

—Sí, no nos fue bien. Pero como que nos volvimos amigos. No es fácil odiarlo.

Miré a Cassandra.

—Nos enfrentamos a cinco tipos. Ese tipo «súper dulce» nació para pelear en la calle.

—¿Enfrentaron a cinco tipos?

—Bueno, yo me encargué de uno antes de que Danny llegara a la escena. Luego yo me encargué de dos y Danny se encargó de dos. Si te vas a meter en una pelea, más vale que sepas qué demonios estás haciendo… o podrías acabar en el hospital con unas cuantas costillas rotas.

Susie me estaba mirando.

—Sé que te gusta pelear. Pero no puedo imaginarte peleando.

—De hecho —repuso Gina—, tampoco puedo imaginármelo.

—Yo sí puedo —dijo Cassandra. Y lo dijo con convicción—. Y hablando de eso: justo frente a mí y a la izquierda, Amanda Alvidrez. Es tan mala como su madre. Y nos acaba de ver. No mires, Gina. No la veamos. Es invisible para nosotros, aunque casi casi nos podría estar tomando una fotografía. Así que, Ari, quiero que me muestres tus manos envueltas y te las voy a besar.

—Estás hablando en serio, ¿verdad?

—Completamente en serio.

—Me temía que dirías eso.

Le mostré a Cassandra mis manos envueltas y ella besó las dos palmas en un momento de ternura. Claro que en realidad ese momento no tenía nada de tierno, pero eso no es lo que vieron todos los que nos rodeaban. Logró mantener la compostura… pero sabía que quería reírse a carcajadas.

—Cassandra, eres terrible.

—No soy terrible, Susie, le estoy dando a esa columnista de chismes algo para escribir en su artículo. Tengo que ensayar ser la actriz que seré.

Tuve que reírme al oír eso.

—Ya eres esa actriz.

—Sí, pero quiero que algún día me paguen por hacerlo.

—¿Qué? ¿Nuestra amistad no es pago suficiente?

—No, y por mucho, señor Mendoza. Pero estoy segura de que encontrarás la manera de pagarme por hacer que te vuelvas el centro de atención durante el almuerzo del segundo descanso.

—Justo lo que quería ser… El centro de atención.

—Ay, siempre has llamado la atención —dijo Gina—. Solo porque tenías ganas de sentarte solo en un rincón no quería decir que no te estuvieran poniendo atención.

Susie soltó una carcajada.

—Ari, ¿realmente creías que te estabas volviendo invisible?

—Pues, sí, supongo que sí.

Susie sacudió la cabeza.

—Para ser un tipo tan listo, de verdad puedes ser bastante estúpido.

Quería decirle que la misma idea me había cruzado la mente… más de una vez.

Catorce

La preparatoria.

Los maestros.

Los estudiantes.

Algunos estudiantes habrían preferido no tener maestros. Algunos maestros habrían preferido no tener estudiantes. Pero no funcionaba así. En algún momento, nacieron las preparatorias. Ese era el lugar donde el país de maestros y el país de estudiantes se encontraban, en donde los dos países se abrazaban, se enfrentaban, colisionaban, chocaban uno con otro, peleaban uno con otro y, mediante los esfuerzos de los ciudadanos de ambos países, algo llamado aprendizaje sucedía. Pensaba mucho en estas cosas, tal vez porque mi madre era maestra.

Creo que, gracias a que mi madre era maestra, yo era mejor estudiante. O tal vez eso no era cierto, pero sé que, como mi madre era maestra, miraba a mis maestros desde una perspectiva diferente. Los veía como personas. Y no sé si muchos de mis compañeros de clases los veían así.

Creo que más bien lo que aprendíamos en la preparatoria tenía que ver con la gente, con quiénes eran y qué los hacía cambiar o rehusarse a cambiar o ser incapaces de cambiar. Esa era la mejor parte de la preparatoria. Y los maestros también eran personas. Y eran las mejores y las peores personas. Los mejores maestros, y los peores, te enseñaban tanto sobre la gente como los estudiantes en el pasillo.

El país de los maestros.

El país de los estudiantes.

El país de la preparatoria.

El país del aprendizaje.

Solo porque todos tenían visas para entrar a esos países no significaba que todos las usarían.

Una de mis maestras acababa de salir de la universidad. Este era su primer trabajo como maestra. Le decían la señora Flores y era increíblemente inteligente. Algunos maestros eran dinámicos y tenían una especie de energía intelectual. Yo pensaba que la señora Flores era una especie de ángel. Y era lista, dentro y fuera del salón de clases. Me miró las manos vendadas y supo exactamente lo que estaba viendo. Pero no pudo evitar preguntar:

—Ari, ¿de casualidad estás predispuesto a los accidentes?

Tenía un plano de dónde se sentaba cada quien y no dudo que ya se hubiera memorizado todos nuestros nombres.

—Sí, creo que sí. A veces mis manos se aprietan solas y parece que pertenecen a otra persona… y chocan accidentalmente contra cosas.

—E incluso cuando tus manos se aprietan y parecen pertenecerle a otra persona, entiendes que tus manos te pertenecen a ti y solo a ti, ¿correcto? ¿Y que eres responsable de todo lo que hagan? Si recuerdas eso, entonces tal vez tus manos no estén tan predispuestas a tener tantos accidentes.

—Bueno, tampoco tengo tantos.

—Un accidente ya es demasiado, ¿no estás de acuerdo, Ari?

—Ya sabe lo que dicen: los accidentes pasan.

—Pasan. Por eso es importante poner atención. La gente que está predispuesta a los accidentes no está poniendo atención.

—Tal vez esté poniéndole atención a cosas más importantes.

—O menos importantes. —Sonrió—. Ari, déjame hacerte una pregunta: ¿Tus puños chocan contra cosas? ¿O contra gente?

—¿Quién dijo algo de mis puños?

—Los dos somos lo suficientemente inteligentes para saber lo que es una mano apretada. Tus puños, ¿chocan contra cosas o contra gente?

—A veces ambas son imposibles de distinguir.

Todos en la clase comenzaron a reírse, incluyendo a la señora Flores.

—Ari, ¿tienes la reputación de ser el sabiondo de la clase?

—No.

—¿Por qué no te creo?

Alguien levantó la mano.

—¿Sí? Elena. —Sí se había memorizado el mapa de asientos.

—Debería creerle. Durante los últimos tres años, he estado en las mismas clases que él, y en la mayoría de las clases jamás dijo una palabra.

Miró alrededor del salón.

—¿Alguien más quiere participar? —Vio que alguien levantaba la mano—. Marcos, ¿quieres agregarle algo a la discusión?

—Bueno, primero que nada, estoy alucinado por cómo se sabe todos nuestros nombres.

Ella tenía una sonrisa estupenda en el rostro.

—Cuando entraron les pedí que se sentaran en el pupitre que llevaba su nombre. Tengo un mapa de sus asientos. Y lo memoricé. Muy sencillo.

—Así que cuando me llamó por nombre, en realidad no sabía quién era.

—Por supuesto que no. Pero, créeme, Marcos, muy pronto sabré quién eres.

Por la manera en la que lo dijo, con diversión en la voz —eso es lo que Dante llamaría «seriedad sincera»—, yo iba a amar esta clase.

Y luego Marcos dijo:

—Y debería creerle a Ari cuando le dijo que no era el sabiondo de la clase. Ese sería yo. Ni siquiera sabía cómo sonaba la voz de Ari.

—Bueno, Ari, por lo visto has sufrido algunos cambios. Descubramos si esos cambios son para bien o para mal. Y, Marcos, parece que estás por tener algo de competencia. Y no solo estoy hablando de Ari. Me refiero a mí.

—¿Esto es una competencia? —le lanzó de inmediato Marcos.

—No, Marcos. Tú y Ari no tienen la menor posibilidad. La diversión es la diversión… pero no se pasen. —Miró por todo el salón—. ¿Por qué no me ayudan a poner un poco de humanidad detrás de sus nombres? Ivonne, comencemos contigo.

Le agradábamos. No le agradábamos en el sentido de que nos conociera y que fuéramos sus amigos. Le agradábamos porque disfrutaba a sus alumnos de la misma manera en la que el señor Blocker disfrutaba a sus alumnos. Los dos eran juguetones y serios… y siempre, como por instinto, podían tomar una conversación, aunque ocurriera de manera espontánea, y llevarla en la dirección en la que comenzaba el aprendizaje de verdad. En clases como esta, no solo aprenderías algo de química o de inglés o de economía o de cómo un proyecto de ley se convertía en ley, aprendías algo sobre ti mismo.

Después de la clase de la señora Flores, tres de mis compañeros se me acercaron. Un tipo preguntó:

—Oye, Ari, ¿qué te pasó? —Lo miré con la cara en blanco—. Quiero decir, ¿qué le pasó al viejo Ari? ¿El que solo se sentaba ahí, desconectado socialmente?

—¿Desconectado socialmente? —No recordaba ninguno de sus nombres; conocía el nombre de Elena, pero solo porque había testificado a mi favor en clase. Y no tenía la menor idea de cómo ellos recordaban el mío.

—Yo soy Héctor, por cierto—. Extendió la mano para estrechar la mía, lo que me pareció un poco extraño. Siguió hablando—: Desconectado socialmente en el sentido de que el viejo Ari siempre parecía conectarse con el material, pero no tenía la menor idea de que los salones fueran ambientes sociales.

—Elena, ¿por qué siento como que me están atacando?

—No tengo la menor idea de por qué sientas lo que sientes.

—Me estás tratando de confundir.

—Ese es un arte sencillo con los chicos.

Supuse que Elena era una de esas personas agradables que siempre tenía que decir la verdad.

—Parece como que aprendiste a hacer eso de relajarte —dijo—. ¿O es la suposición equivocada? El viejo Ari ni siquiera sabía que existiera la frase «relájate».

—El nuevo Ari sí se relaja. No es experto. Aún.

Elena me lanzó esa mirada de «En realidad no soy tan paciente con los chicos porque los chicos en general no se enteran de nada».

—Vinimos a darte la bienvenida al mundo de la preparatoria. Repleta de estudiantes. Que son personas.

—¿Así que son el comité de bienvenida?

—¡Exactamente! Autonombrados. Bienvenido a la preparatoria Austin, Aristóteles Mendoza. —Elena me miró de pies a cabeza y dijo—: Hasta en tus peores días, al menos eres un bombón para este paisaje. Pero eres un idiota.

—Elena, hay muchas razones por las que alguien podría referirse a mí como idiota.

—¿Quieres mis razones? Eras tan completamente inconsciente del hecho de que le agradabas a la gente que parecía que no te importaba. Ari, el año pasado te eligieron príncipe de la clase de tercero de preparatoria para el baile de bienvenida. Y ni siquiera te molestaste en ir.

—Sé que esto suena jodido, Elena, pero todo eso me resultaba humillante. Todos siempre querían que fuera algo que no era. Me hubiera muerto, carajo, parado ahí frente a todos. ¿Cómo podría ser amigo de alguien cuando ni siquiera sé cómo serlo? No es que estuviera intentando volverlos invisibles a ustedes; estaba tratando de volverme invisible a mí mismo.

—Eso es desgarrador. Y de todos modos, no es posible hacerte invisible. ¿Tienes superpoderes, o qué?

Miré a los ojos al chico que había dicho esas palabras. Sus ojos no parecían nada distintos de los míos.

—Has estado conmigo en algunas clases durante tres años —expliqué—. Y ni siquiera sabía tu nombre. —Miré a Elena y dije—: Agrégale otra razón a tu lista de por qué soy un idiota.

—No eres un idiota. Bueno, al menos no más que el resto de nosotros. —Extendió la mano—. Yo soy Julio.

Otro apretón de manos. Mi segundo apretón de manos. Y de repente quedé maravillado ante un gesto tan simple. Los chicos no participaban en estos gestos. Solo los hombres lo hacían.

—Yo soy Ari —dije.

—Lo sé. Todos saben quién eres.

Supongo que se podría decir que fui un fracaso en transformarme en el hombre invisible.

Una de nuestras maestras, la señora Hendrix, había avanzado en el mundo. Había sido mi maestra de Matemáticas en noveno grado y ahora estaba enseñando el curso de Bioquímica del último grado. No era exactamente mi materia favorita. No era exactamente un tipo bueno para las ciencias. Me había llevado una vez a la oficina del director porque había tenido lo que ella describió como «un altercado con otro tipo en el pasillo después de la escuela». Yo pensaba que «altercado» era una palabra bastante grande para decir que le había lanzado un puñetazo a Sergio Alarcón directo al hocico porque se había referido a una chica que me gustaba (o, por lo visto, una chica que pensaba que me gustaba) como prostituta. En realidad utilizó la palabra en español, *puta*. La señora Hendrix me comprendía, pero era una de esas personas que no creía que pudiera haber justificación alguna para hacerle sangrar la nariz a otro tipo.

Cuando entré a su salón, me sonrió de esa manera que era medio natural y medio forzada.

—Bueno, señor Mendoza, bienvenido a mi clase.

Tenía la costumbre de llamar a todos los estudiantes por sus apellidos, agregando «señor» o «señorita» como prefijo. Explicó que su intención era honrar a sus estudiantes dirigiéndose a ellos como si ya se hubieran convertido en adultos o recordarles que ser adulto era una meta. Si hubiera tenido algún poder de observación, se habría dado cuenta de que la mayoría de nosotros no consideraba que ser adultos fuera una meta digna de alcanzar.

No sé cómo algunos maestros logran hacer los esfuerzos más extraordinarios para enseñarte algo mientras que a la vez logran hacer que sus estudiantes los odien. Eso requiere talento de verdad. A ella le habría gustado que creyéramos que jamás tendríamos éxito en nada sin su ayuda.

Como punto a nuestro favor, jamás le creímos.

La señora Ardovino parecía una señora mayor y rica, como salida de las películas. Parecía que tenía mucha clase y había algo muy formal en su postura. Llevaba el cabello blanco recogido en un chongo y su vestido parecía que costaba mucho dinero y sabía cómo maquillarse. Cuando me vio las manos vendadas, me preguntó si podría tomar apuntes. Me encogí de hombros.

—En realidad no —contesté.

—Tal vez te permita utilizar una grabadora hasta que te recuperes.

No me podía imaginar echado en la cama, escuchando esa voz con un toque de acento británico.

—No, está bien. No necesitaré grabadora. No es nada serio. Mañana me quitan las vendas.

—¿Es una quemadura? Porque, si es una quemadura, podría ser mucho más seria de lo que crees.

No entendía nada de los barrios bravos. Eso no era bueno para ningún maestro. Y tampoco sería bueno para nosotros. Por más formalidad que hubiera en su voz, yo ya la consideraba una idiota.

—No, no es una quemadura.

—¿Ya fuiste a ver al médico?

—Fui a ver a la enfermera de la escuela. Ella se encargó.

—Las enfermeras no son médicos. —¿En serio? ¿Quién era esta señora, carajo?—. ¿Y fue la enfermera la que dijo que no era necesario ir al médico?

—Los dos coincidimos en eso.

—Algunas enfermeras escolares son bastante competentes. Otras, no tanto.

¿Acaso esta maestra, si eso es lo que era, estaba utilizando tácticas de retraso porque no estaba preparada para dar clases?

—Esta enfermera es una verdadera profesional —repuse.

—¿Cómo puedes estar tan seguro de tu propio juicio?

Escuché al tipo detrás de mi susurrar:

—Con un carajo.

Y la señora Ardovino debe haber oído que la mitad de la clase comenzaba a contagiarse de una risa que amenazaba con arrastrar al salón completo. O tal vez no se enteraba de nada.

—Señora Ardovino, la enfermera estaba muy bien. Estoy bien. Todo está bien.

—Bueno, si estás tan seguro.

No quedaba la maldita duda de que me volvería loco.

—Estoy bastante seguro. —No era mi intención decirlo tan fuerte.

Para algunos de mis compañeros de clase, todo el intercambio entre la señora Ardovino y yo fue graciosísimo. Y aunque tenía algo de ganas de reírme, no podía. Me sentía avergonzado por ella. Sentí una compasión estilo Dante por ella.

El tipo sentado detrás de mi susurró para que la mitad de la clase pudiera oírlo:

—Esto parece el maldito purgatorio.

Y la gente comenzaba a reírse de nuevo.

—Señora Ardovino —expliqué—, me metí en una pelea. Golpeé a alguien. A varios álguienes. Y si hubiera habido más álguienes presentes, también a ellos los habría golpeado. Los nudillos me estaban sangrando y tenía las manos hinchadas. Y ahora todavía están pulsando. Pero mañana estaré bien.

—Ya veo —dijo—. Siento mucho que te estén pulsando. Tal vez aprendiste que, cuando crees haber encontrado una solución a tu problema golpeando a alguien, a varios *álguienes*, no solo no resolviste tu problema, sino que creaste otro.

—Eso fue exactamente lo que aprendí.

—Excelente.

—Excelente —concluí.

El tipo sentado detrás de mí se desternillaba de risa.

Y la chica que estaba sentada en uno de los pupitres hasta el frente del salón trataba de reírse lo más silenciosamente posible, y yo podía ver que tenía las manos sobre la boca y que le temblaba la espalda.

Y todavía había algunas risas calladas en el salón, pero cuando la señora Ardovino pareció reconocerlo, las risas se apagaron por completo.

Ella dijo:

—No sé por qué, cuando un maestro muestra preocupación por un alumno, algunos de sus compañeros lo ven como una cuestión de diversión y no responden con un sentido de compasión, sino con risas barbáricas.

Sinceramente me sentía avergonzado por ella. Era una figura cómica que era casi trágica. Y me enojaba un poco que alguien le hubiera dado un puesto de enseñanza cuando no estaba preparada para hacer el trabajo.

—Bueno —dijo—, tal vez sea mejor terminar por hoy. Tal vez mañana, todos lo haremos un poco mejor.

Mis compañeros de clase salieron en fila y se podían escuchar sus carcajadas mientras iban por el pasillo y, si la señora Ardovino no quería llorar, yo sí. Fui el único que quedaba en el salón.

—Lo siento, todo esto fue mi culpa.

—No, no lo fue, señor…

—Mendoza. Me llamo Aristóteles Mendoza. Mis amigos me dicen Ari.

Ya podía decirlo sin mentir. Ya tenía amigos de verdad.

—Qué hermoso nombre. Y, no, esta no fue su culpa. No soy muy buena para leer las situaciones sociales y saber cómo responder a ellas.

Y empezó a soltar una risita. Y la risita empezó a ceder a las carcajadas. Y luego de verdad arrancó y sus carcajadas se volvieron más y más fuertes. Se rio y se rio y se rio. Y luego dijo:

—Solo me estaba hundiendo más y más y no lograba parar. Y usted se veía tan exasperado. Y yo solo seguía y seguía.

Y se estaba riendo tan fuerte como se habían reído los estudiantes. Y luego se detuvo… y trató de recobrar la compostura.

—Y luego cuando el joven detrás de usted susurró: «Esto parece el maldito purgatorio», bueno, yo también casi me río. Y luego vi la mirada en su cara y usted pensó que estaba a punto de llorar… Pero sí tengo un poco de disciplina: no estaba por llorar. Estaba por empezar a reír con ustedes. Lamento haber ejercido tanto autocontrol cuando debí haberlo soltado. —Y se estaba riendo de nuevo.

—Es una señora muy interesante.

—Lo soy. Soy una señora muy interesante. Pero no pertenezco al salón de clases. Al menos ya no. Me jubilé hace dos años. La maestra que en realidad enseña esta clase está en descanso por maternidad. Me pidieron, medio de último momento, si podía tomar esta clase. Y les dije que me interesaba… pero pensaba que al menos me entrevistarían. Si lo hubieran hecho, no estaría sentada aquí.

»Mi marido me dijo: «Ofelia, vas a quedar como una tonta». Y así fue. —Pensaba que iba a comenzar a reírse otra vez—. No aguanto las ganas de llegar a casa esta tarde y contarle mi día. Nos reiremos mucho.

Eso me voló la cabeza. Por completo. Nunca me había topado con nadie como esta señora. Y me gustaba que compartiera el nombre de mi tía.

—¿Y por qué no se unió usted a la diversión, señor Aristóteles Mendoza?

—No lo sé. Pensé que era graciosísimo… hasta que ya no.

—Bueno, yo sé por qué no se rio… Aunque usted no lo sepa. No se rio, no porque no encontrara toda la escena ridícula, sino porque se habría sentido avergonzado de usted mismo si se hubiera reído de una anciana cuyo corazón creía que podría romper si se unía a la diversión de todos. Pensaba que me había metido en problemas… Y eso no le hizo gracia. O su madre o su padre, uno de los dos, o los dos, deben de ser personas de lo más encantadoras. Pero, francamente, hice el ridículo frente a todos ustedes. Y me da gusto haber hecho el ridículo hoy. Estoy feliz. Esa es la verdad.

—¿Cómo puede sentirse feliz de eso?

—Tenemos que ser sinceros en cuanto a nuestras propias limitaciones, Aristóteles. Desde el momento en el que comencé a enseñar mi primera clase aquí supe que me había equivocado. No tuve el valor para decir: «Tendrán que encontrar a alguien más porque yo no puedo hacer esto». Habría vivido una mentira durante un año entero porque no podía o no quería hacer lo más digno. Cuando sabes que te equivocaste, no te quedes viviendo en eso.

Se levantó y recogió su bolso y su suéter.

—Al crecer, la mayoría de los jóvenes tan asombrosamente guapos como tú se convierten en hombres que usan el mundo como su escusado personal. Tú no tienes esa indecencia en ti.

Salió por la puerta y la pude oír riéndose por el pasillo. Me quedé sentado en el salón callado y pensé: «Este ha sido un día muy interesante». Pero, si tenía más días como este, estaría hecho un maldito desastre.

Quince

Estaba caminando hacia mi camioneta… y aunque casi habían desaparecido las punzadas, todavía tenía hinchadas las manos. Debo de haber golpeado a esos tipos jodidamente fuerte. Sonreí por el comentario de la señora Ardovino sobre cómo al resolver un problema creas otro. La señora Ardovino… Qué viaje. Me pregunté cómo habría sido cuando tenía la edad de la señora Ortiz.

Vaya año que sería este. Por primera vez, no estaba feliz con el hecho de que Dante y yo fuéramos a preparatorias distintas. Había momentos en los que me encontraba pensando en él… y extrañándolo.

No debió sorprenderme encontrar a Susie y a Gina y a Cassandra paradas junto a mi camioneta. Estaban hablando de todo lo que había sucedido en la escuela ese día. Finalmente, dije:

—¿Qué estamos haciendo aquí?

—Nos estamos quejando de nuestros maestros.

—No, digo aquí, junto a mi camioneta.

Cassandra sonrió.

—Adivina.

—Creen que no puedo manejar solo a casa.

—La palabra «creer» no pertenece a esa oración. Yo voy a llevarte a casa. Gina nos seguirá en su coche. Te dejo y ellas me recogen y me llevan a casa. Y todos estaremos sanos y salvos haciendo la tarea. Dame las llaves.

—¿Y yo no tengo voz en todo esto?

—Ya dijiste lo que tenías que decir. Por eso no puedes manejar.

—Cassandra, ¿por qué…?

—Cállate, Ari. No es un tema que esté a debate. Dame las llaves.

—Es que yo…

—Ari —dijo, y luego inclinó la cabeza e hizo el gesto de «Soy un toro a punto de cornearte».

—No puedo alcanzar mis llaves en el bolsillo. Tengo las manos demasiado hinchadas. Eso es lo que estaba tratando de decirte.

—¿Por qué no me dijiste algo?

—Porque no me dejaste.

—Pues tienes que aprender a ser más asertivo.

Gina y Susie se alejaron riendo.

—Los vemos en casa de Ari.

Cassandra me lanzó una mirada juguetona y sexy.

—¿Qué bolsillo? ¿O quieres que hurgue bien?

Señalé el bolsillo de mi lado derecho. Ella las empezó a buscar.

—Me estás haciendo cosquillas.

—¿Sí? ¿Qué nunca te ha manoseado Dante?

—Ya, para.

—Eso te avergüenza, ¿verdad? No te debería de dar pena eso.

Se rio.

—Ya cállate —le dije—. No hables. Solo llévame a casa.

Dieciséis

Cassandra estacionó la camioneta en la entrada.

—¿Qué tal lo hice?

—¿De verdad me vas a obligar a decirte que manejas bien?

—Solo si es cierto.

—Manejas bien.

—Tú no crees que las chicas manejan bien, ¿verdad?

—No es algo que hubiera pensado. Los chicos no van por ahí pensando en qué tan bien manejan las chicas, o qué tan bien hagan otras cosas, para el caso.

—Claro que sí.

—Pues yo no.

—Pues eso es porque eres…

—Déjame terminar tu oración. Eso es porque soy gay.

No lo sé. Tal vez eran demasiadas cosas las que estaban sucediendo en un solo día, pero solo me quedé ahí sentado y las malditas lágrimas comenzaron a caerme por el rostro.

—Ay, Ari. Lo siento. No… —Y luego estaba llorando ella tam bién—. Sé que soy dura. Necesito ser más suave. Me mata pensar que te lastimé.

Diecisiete

—Ari, ¿por qué se te ocurrió que sería buena idea regresar a ese tipo de comportamiento?

—Mamá, ¿por qué no me preguntas qué pasó?

—No necesito conocer los hechos. Una pelea es una pelea. Y jamás encontraré aceptable ese tipo de comportamiento.

—Lo sé —dije—. Pero, mamá, no puedo tomar todas mis decisiones basadas en que tú lo apruebes o no lo apruebes. Ya no soy un niño. Me gané el derecho a equivocarme.

—Nadie tiene el derecho a equivocarse intencionalmente.

—¿Podemos hablar de otra cosa?

—El sol salió hoy a las 5:57 de la mañana en El Paso, Texas.

—Bien, mamá, bien.

—Aprendí esas tácticas sabiondas de ti.

—No te enseñé esas tácticas intencionalmente.

—Está bien, no tenemos que hablar de esto ahora. Pero sí vamos a terminar esta conversación.

—Quieres decir esta cátedra.

—«Cátedra». Vaya palabra. Podrás pensar que ese término tiene connotaciones negativas, pero normalmente, cuando alguien asiste a una cátedra, aprende algo.

Dieciocho

Estábamos pasando el rato en casa de Dante… y por primera vez su cuarto estaba limpio. Bueno, más o menos.

—¿Crees que Cassandra se volvió mujer demasiado pronto?

—¿Qué es demasiado pronto, Dante? Creo que decidió no ser la víctima de nadie. Creo que el abuso emocional de su padre explica parte de eso… pero no todo.

—Realmente te agrada, ¿verdad?

—Dante, así es. De verdad me agrada. Tengo una conexión con ella que jamás he tenido con nadie. Y creo que ella lo siente también.

Dante se quedó callado.

—¿Eso te molesta, Dante?

—No, en realidad no. No es cierto. Sí me molesta. Tienes algo con ella que no tienes conmigo.

—¿Y?

Dante no dijo nada.

—No existe razón para que te sientas amenazado por ella, Dante.

—¿Puedo preguntarte algo?

—Sí. Puedes preguntarme lo que sea.

—¿Crees que puedas ser bisexual?

—No lo creo.

—«No lo creo» no me tranquiliza tanto.

—Lo que siento por Cassandra no es sexual. No me atraen las chicas de esa manera. Pero estoy descubriendo que me agradan las chicas. Que me agradan las mujeres. Que pueden ser tan sinceras y vulnerables. Y creo que las mujeres son muchísimo más agradables que los hombres.

Asintió.

—Supongo que tienes razón. Solo es que, bueno… mejor hablemos de otra cosa.

Diecinueve

A veces iba yo solo a The Charcoaler. Solo por algo de comer. No sé por qué. En parte era la nostalgia de haber trabajado ahí. Y todavía hacía algún turno cuando me necesitaban. Pero la nostalgia solo era parte de eso. A veces tenía una profunda necesidad de estar solo y no siempre tenía tiempo de salir a manejar al desierto. Así que venía al The Charcoaler y pedía una hamburguesa, unos aros de cebolla y un Dr. Pepper. Solo me sentaba en la camioneta y comía y escuchaba la radio.

Ese domingo en la tarde, cuando pasé manejando por la ventanilla del servicio para llevar, noté el Volkswagen azul de Gina Navarro estacionado ahí. Así que acerqué mi coche junto al suyo y le dije:

—¡Hola, tú!

Y ella dijo:

—¡Ari! ¿Qué haces aquí?

—Lo mismo que tú. Vine a comer una hamburguesa.

—¿Tú solo?

—Ah, sí, pues, tampoco veo que tu Vocho esté lleno de gente, precisamente.

Gina soltó una carcajada.

—Es una de mis cosas favoritas, de hecho. Venir aquí y estar sola y escuchar música. No siempre quiero estar rodeada de otra gente. A veces solo quiero ser. Solo ser. ¿Sabes?

—Sí, lo sé.

Los dos estábamos sonriendo.

—No se lo contaré a nadie —dijo.

—Yo tampoco.

Dejamos de hablar. La dejé ser. Y ella me dejó ser.

Estaba perdido en mi mundo y en el sabor de mis aros de cebolla cuando escuché el pitido del Volkswagen de Gina. Se despidió con la mano mientras se iba manejando. También yo me despedí.

Y los dos estábamos sonriendo.

Esa es la cosa con los amigos. Cada uno es distinto. Y cada amigo sabe algo de ti que tus otros amigos no saben. Supongo que parte de ser amigos es que compartes un secreto con cada uno de ellos. El secreto no tiene por qué ser un gran secreto. Puede ser uno pequeño nada más. Pero compartir ese secreto es una de las cosas que los vuelve amigos. Se me ocurrió que eso era bastante increíble.

Estaba aprendiendo muchas cosas sobre vivir en el país de la amistad. Me gustaba vivir en ese país. Me gustaba muchísimo.

Entre el vivir y el morir está el amar

Nadie pide nacer. Y nadie quiere morir. Nosotros no nos traemos al mundo y tampoco decidimos cuándo es hora de irnos. Pero lo que hagamos con el tiempo entre el día en que nacemos y el día en que morimos, eso es lo que constituye una vida humana. Tendrás que tomar decisiones —y esas decisiones trazarán un mapa de la forma y el curso de tu vida—. Todos somos cartógrafos… todos. Todos queremos escribir nuestros nombres en el mapa del mundo.

Uno

Dante y yo estábamos redescubriendo la palabra «amigo». Aprendes una palabra y la conoces y es tuya… y luego aprendes la palabra otra vez y vuelves a conocerla, pero de manera distinta. «Amigo» era una palabra que contenía un universo completo, y Dante y yo apenas comenzábamos a explorar ese universo.

—«Amigo». Usamos esa palabra de manera demasiado casual —dijo Dante.

—Yo no. Por eso no tengo ninguno.

—Eso no es cierto. Tienes todos los que puedas manejar. Y no me refiero a ti. Me refiero a la mayoría de la gente.

—Bueno, la mayoría de la gente no respeta las palabras tanto como tú. Al igual que la mayoría de la gente no respeta el agua en la que nada como la respetas tú. Es algo en lo más profundo de ti.

—Las palabras también están en lo profundo de ti, Ari.

—No lo suficientemente profundas. Y por mucho. Es como cuando me lees un poema. Lo lees como si lo hubieras escrito.

—Tal vez solo sea un actor frustrado.

—No estás actuando. Estás siendo tú mismo.

—Sí, bueno, puedo ser una reina del drama.

Eso me hizo reír.

—En eso también eres muy sincero.

—No soy perfecto, Ari. Siempre me dices que luchas con tus demonios. Yo tengo mis propios demonios. Sé que el amor es difícil para ti… y aun así me amas. Pero el amor también es difícil para mí… solo que nuestras dificultades son diferentes.

—Pero creo que lo estamos haciendo muy bien.

—Sí, lo estamos haciendo bien, Ari. Pero cuesta más trabajo de lo que pensaba.

Asentí.

—Sí, pero estoy pensando en la salida a acampar… y nada de ese viaje me pareció trabajo.

Dante sonrió.

—Volvamos a ir. —Sus ojos estaban locos, vivos en ese momento. Y luego dijo—: ¿Cuándo me volverás a hacer el amor?

—Encontraremos la manera.

Dante y yo éramos estudiantes. Eso era algo que teníamos en común. Queríamos aprender. Los dos estábamos aprendiendo las palabras y sus significados, y estábamos aprendiendo que la palabra «amistad» no estaba completamente separada de la palabra «amor».

Me preguntaba en dónde acabaríamos Dante y yo. Creo que él también se lo preguntaba. ¿Acabaríamos siendo amigos? ¿Acabaríamos siendo amantes? ¿O las diferencias entre nosotros nos volverían enemigos? Quería que fuéramos amantes porque me gustaba esa palabra. Era una palabra que aparecía en algunos libros que había leído. Pero los chicos de diecisiete años no tenían amantes… porque no éramos adultos, y solo los adultos tenían amantes. Los chicos de diecisiete años solo tenían sexo que se suponía no deberían estar teniendo —pero no tenía nada que ver con el amor, porque eso era lo que nos decían—, porque no sabíamos nada sobre el amor. Pero yo no lo creía.

Nadie me iba a decir que yo no amaba a Dante. Nadie.

Jamás consideré que podía sentir todas las cosas que sentía por Dante. No sabía que lo tenía en mí. Pero ¿qué demonios se suponía que debía hacer yo con ese conocimiento? Si Dante fuera una chica y yo no fuera gay, me estaría imaginando un futuro para nosotros. Pero no había manera de imaginar un futuro. Porque el mundo en el que vivíamos censuraba nuestras imaginaciones y limitaba lo que era posible y lo que no era posible. No había futuro para Ari y Dante.

Imaginarse un futuro para Ari y Dante era fantasía.

Yo no quería vivir mi vida en una fantasía.

El mundo en el que quería vivir no existía. Y estaba luchando por amar el mundo en el que *sí* vivía. Me preguntaba si era lo suficientemente fuerte o bueno para amar un mundo que me odiaba.

Tal vez me preocupaba demasiado y ya. Lo que teníamos Dante y yo existía *ahora*. Dante decía que nuestro amor era para siempre. ¿Pero y si no era para siempre? ¿Y qué era «para siempre»? Nadie tenía un para siempre. Mi mamá decía que vivimos nuestras vidas un día a la vez, un momento a la vez. «El ahora es la única cosa real. El mañana es solo una idea». La voz de mi mamá, para siempre en mi cabeza.

Dos

Querido Dante:

En mi sueño, paseábamos junto a la orilla del río. Íbamos de la mano mientras caminábamos y había nubes oscuras en el cielo y tú decías: «Tengo miedo». Y yo no respondía porque no podía hablar. Y luego veía a mi hermano al otro lado del río. Y nos estaba gritando algo.

Y por alguna razón podía ver su cara como si estuviera parado cerca de él. Y él me escupía en la cara y entonces yo estaba parado junto a ti otra vez y tenía miedo porque tú tenías miedo, y cuando volteaba a verte, te veías enjuto y yo sabía que estabas muriendo y también sabía que morías de sida. Y escuché lo que gritaba mi hermano: «¡Maricones! ¡Maricones!». Y había miles de manifestantes que avanzaban hacia nosotros y luego desaparecías. Y mientras pasaban junto a mí los manifestantes, podía ver que llevaban tu cuerpo muerto y lo cargaban con ellos adonde fuera que iban. Y yo estaba gritando: «¡Dante! ¡Dante!».

Los manifestantes seguían marchando. Y te llevaban con ellos. Y yo sabía que no podía seguirlos.

Y entonces estaba solo. Tenía frío y el cielo no era más que nubes oscuras... y cuando cayó la lluvia, las gotas se sentían como balas en mi cuerpo. Y yo seguía gritando: «¡Dante!».

Desperté gritando tu nombre y estaba empapado en sudor.

Mi madre estaba sentada en mi cama. Parecía un ángel. Y susurró «Solo es un sueño, Ari. Aquí estoy. Los sueños no pueden lastimarte».

Dante, ¿alguna vez tienes pesadillas?

¿Y por qué te siguen las pesadillas por días? ¿Y qué intentan decirte? ¿Tu madre sabe cómo interpretar los sueños?

Al día siguiente, en la escuela, bajé por el pasillo. Sentí como si estuviera solo de nuevo... tan solo como lo había estado antes de conocerte. Me pregunté si algún día tú y yo moriríamos de sida.

Tal vez todos nosotros moriríamos de sida. Todos los maricones desaparecerían.

El mundo seguiría adelante sin nosotros en él. Finalmente, el mundo obtendría lo que quería.

Tres

—¿Por qué a la señora Livermore le dicen señora *More Liver*?

—Como *liver* significa «hígado» y *more* significa «más», Gina se inventó una historia sobre ella. Decía que era justo el tipo de madre cruel que les servía hígado a sus hijos en ocasiones especiales porque sabía que sus hijos lo odiaban. No creía en los niños felices. Así que les servía a todos un plato de hígado encebollado y, cuando finalmente lograban comérselo todo, ella ya estaba de pie otra vez, parada frente a sus platos vacíos, preguntando: «*¿Más hígado?*». Como la madrastra malvada de Blancanieves ofreciéndole una manzana. Y entonces les servía por segunda vez y ellos solo querían vomitar. Y ella se aseguraba de que se comieran cada mordida de su segunda porción. Y si uno de sus hijos había hecho algo que le disgustara, se paraba frente a ese niño una tercera vez y sonreía diciendo: «*¿Más hígado, cariño?*», y le echaba otro trozo de hígado en el plato. Y luego sonreía y decía para sí: «Con eso aprenderán su lección».

—Guau, pero no es tan mala. Digo, estoy seguro de que es buena mamá.

—Para nada creo que sea buena mamá. No creo que sea buena y punto. Y si lo piensas —dijo Susie—, eso es lo que nos hace a nosotros en clase. Cada maldito día nos sirve más hígado. No soporto a esa mujer. Ari Mendoza, ¿me vas a decir que Livermore no te irrita?

—Bueno, como que sí, pero mira, tenemos que tomar la clase para graduarnos y supongo que simplemente seguiré esforzándome. No dejaré que me eche a perder el día.

—¿No crees que en el fondo odia a los mexicanos?

—No nos odia. Solo cree que somos inferiores —le sonreí entre dientes a Susie. No se rio—. Se suponía que era broma. —Básicamente me destrozó con esa mirada que tenía—. Sí, sí . Mira, es bastante obvio que es racista. Digo, le dijo a Chuy que le daba gusto que hubiera un apodo para Jesús porque «simplemente no estaba bien que alguien se llamara como el Señor». Piensa ese tipo de mierda y ya, Susie. ¿A quién le importa? No es tan lista, es todo.

—Bueno, déjala pensar así si quiere… pero ¿lo tiene que decir? Tomas estas cosas con demasiada tranquilidad, Ari. Digo, ¿qué fue esa porquería cuando entró a la clase un día y preguntó por qué los hispanos no leían la Biblia? Y ni siquiera entendió la broma cuando Chuy gritó: «A los católicos no nos gusta la Biblia. Solo adoramos a Jesús y a Nuestra Señora de Guadalupe».

—Reconoce que algo debe saber, Susie. Tal vez sí entendió su sarcasmo y por eso le replicó: «El alfabetismo bíblico es fundacional para cualquiera que se jacte de tener educación».

—¿Cómo puede salirse con la suya con esa mierda? Y luego, el día en que estaba hablando sobre nuestro sistema judicial, simplemente tuvo que decir —y Susie la empezó a arremedar—: «Es muy importante que escuchen con atención, porque en México, de donde vienen ustedes, no hay sistema judicial». ¿Por qué demonios tiene que decir mierdas así? Y luego Chuy le rebatió: «Bueno, sí tienen sistema judicial en México… aunque yo no soy de ahí. Soy de aquí. México sí tiene un sistema judicial, solo que es corrupto. Ya sabe, como en Alabama, de donde viene usted». Tal vez Chuy fume demasiada marihuana, pero no deja pasar ninguna de esas tonterías.

—Bueno, tienes que admitir que la clase puede ser bastante entretenida.

—Para citar al señor Blocker: «No vienen a la escuela para que los entretengan… vienen a aprender». Y si no te cuidas, Ari Mendoza, vas a crecer y te vas a volver un vendido. —Y me lanzó una mirada de desaprobación que rivalizaba con las de Cassandra Ortega—. Uno de estos días voy a entrar a su clase cuando esté de malas. Y ahí se armará la gorda.

Cuatro

Cassandra y yo estábamos sentados en los escalones de mi casa.

—Va a ser o música o actuación —dijo.

—¿Te gusta la música?

—Toco el piano. Soy buena. No estupenda. Tampoco brillante. Pero buena. Me queda tiempo para mejorar. Y me gusta cantar. ¿Tú cantas?

—Canto bien… pero no es algo que me interese tanto.

—¿No te interesa?

—Amo la música, pero no soy músico.

—Lo entiendo. —Me ofreció una mano para levantarme. Qué fuerte estaba, carajo.

—¿Hacia dónde vamos? —pregunté.

—Hacia allá —contestó—. Muero por una barra de dulce.

—Me encantan los PayDay.

—*Amo* los PayDay.

Pasamos una casa en donde había una mujer que estaba cortando sus rosas.

Cassandra la saludó:

—Hola, señora Rico.

—Cassandra, estás más bonita que nunca. ¿Y tú, Ari, cómo estás?

—Estoy muy bien, señora Rico.

—Y vaya que hacen bonita pareja ustedes dos.

—Sí, lo somos —dijo Cassandra.

Mientras seguíamos caminando por la calle, la miré.

—¿Bonita pareja? Cada vez que alguien dice algo así, me siento como un fraude total. Me siento como un impostor.

—Bueno, no le estás mintiendo a nadie. No te adueñes de las suposiciones de los demás. Y además sí hacemos una bonita pareja.

Eso me hizo reír.

—Sí, lo somos. ¿Y quién es esa señora?

—Le dijiste señora Rico y ella conocía tu nombre. Pensé que la conocías.

—Le dije señora Rico porque así le dijiste tú.

—Bueno, es otra Hija Católica. Tiene su propio despacho de contabilidad.

—Esas Hijas Católicas… vaya que tienen contactos. Parece que conocen a todos.

—Así es. Una de las señoras es una de las mejores vendedoras de todos los tiempos a nivel nacional de productos Mary Kay… y maneja un Cadillac rosa para demostrarlo. Deberías verlo. Le encanta jugar a que es Jackie Kennedy Onassis. Se divierte mucho burlándose de sí misma.

—Sabes, tenemos que hacer lo que hacía la señorita Mary Kay. Se abrió un espacio en el mundo de los negocios. Le importaba un comino si los hombres alrededor de ella se burlaban. Gana más dinero que la mayoría de esos imbéciles juntos. Y se ganó su dinero honradamente. Puso su nombre en el mapa.

—Eso es increíble. Y eso es lo que han logrado hacer las Hijas Católicas… Escribir sus nombres en el mapa del mundo. No necesitan el permiso de nadie para simplemente sumergirse. Y sabes algo, Ari, nosotros tampoco.

Entramos al 7-Eleven.

—Yo invito —dijo Cassandra mientras alcanzaba una Coca-Cola.

—No, yo invito.

—No, no lo harás. ¿Sabes por qué les gusta pagar a los chicos? Porque tienen que sentir que están a cargo. Y cuando digo que yo invito, no se supone que debes discutir conmigo, se supone que solo debes decir «gracias».

—Gracias —repuse.

—Es un comienzo. La próxima vez dilo convencido.

Nos sentamos en la orilla de la acera y nos sonreímos el uno al otro.

—Estamos holgazaneando —dije.

—Bueno, es un buen día para holgazanear. —Le dio un sorbo a su Coca.

—Sabes, no solo tenemos que ser lo suficientemente listos para ser cartógrafos: también tenemos que ser lo suficientemente valientes para sumergirnos en aguas que podrían no ser tan amigables.

Ella me miró… para asegurarse de que la estuviera escuchando.

—Podemos hacerlo. Uno de estos días el mundo estará muy sorprendido de las cosas que logremos, pero nosotros no lo estaremos. No estaremos nada sorprendidos, porque para entonces habremos aprendido de qué estamos hechos.

La voz de Cassandra Ortega era justo lo que necesitaba en mi vida.

Estábamos de vuelta en la casa sentados en el porche. Patas estaba dormida entre nosotros.

—Creo que voy a salir a correr. ¿Necesitas que te lleve a casa?

—Qué gran idea, Ari. Qué. Gran. Idea.

Ese fue el día en que Cassandra Ortega se convirtió en mi compañera de ir a correr.

Extrañaba a Patas corriendo a mi lado. Esa perrita había entrado a mi vida en un momento en el que me sentía más o menos solo en el mundo. De alguna manera ella había percibido mi tristeza y me dio su corazón. La gente no podía darte las cosas que un perro podía darte… y yo no tenía el lenguaje para traducir el amor que vivía en Patas, el amor que me daba, el amor que hacía que yo quisiera vivir de nuevo.

No estoy seguro exactamente de por qué dejé a Cassandra entrar al mundo privado y silencioso de correr, pero, desde esa primera mañana, parecía que era lo correcto, que encajábamos. Ella era naturalmente atlética. Y era como yo: No le gustaba hablar, no cuando corría. Solo quería correr. De alguna manera el silencio que guardábamos al correr nos acercaba más el uno al otro.

En ciertos sentidos, los dos estábamos perdidos. Es curioso, había tantos momentos en los que sentía que me había encontrado a mí mismo o que me estaba encontrando. Y luego me sentía perdido otra vez. Por ninguna razón. Solo me sentía perdido. Tal vez también era así para Cassandra. Y los dos encontramos algo que necesitábamos cuando íbamos a correr.

Me encantaba su presencia silenciosa en esos momentos. Y eran sagrados para mí. Comenzaba a creer que vivíamos de distintas maneras con cada persona a la que queríamos.

Cinco

Mi vida comenzó a tomar cierto ritmo, ir a la escuela, hablar con amigos de la escuela que nunca había tenido. Los amigos de la escuela eran algo bueno porque uno podía dejarlos ahí. Suena cruel, lo sé, pero, para mí, mi vida ya estaba muy atiborrada de gente. Creo que no podría haber lidiado con un amigo más para llevar a casa.

En realidad, nunca me había sentido parte de este lugar llamado escuela. Ahora sí sentía que era parte de ella. Pero luego estaba esta cosa que era yo… esta cosa llamada gay. ¿Cuándo empezamos a usar esa palabra? «Gay» era una palabra cuyo significado original en inglés se asociaba con la palabra «feliz». Me preguntaba cuántos hombres gays realmente eran felices. Me preguntaba si algún día me miraría al espejo y diría: «Ari, estoy feliz de que seas gay». Dudaba de que eso me sucedería algún día. Podría sucederle a Dante, pero no a mí. Eso me hacía sentir que nunca podría ser verdaderamente parte del país de la preparatoria. Dante lo llamaba «exilio». Era la palabra perfecta. Me dio una nota un día mientras salía de mi casa.

—Ay, lo olvidaba. Me he estado llevando esto a todos lados —dijo. Colocó la nota doblada en la palma de mi mano. Cuando se fue, abrí la nota:

Mi mamá me dijo que siempre viviremos entre el exilio y pertenecer. A veces sentirás la soledad del exilio. Y a veces sentirás la felicidad de pertenecer. No sé en dónde aprendió mi mamá todas las cosas que sabe, pero, cuando oigo las palabras de tu mamá y escucho las cosas que dice, juro que fueron a la misma escuela de mamás. Fueron a la escuela de posgrado en la Universidad de Mamás... y es probable que sacaran sus doctorados. Posdata: Escribí esta nota en mi clase de Historia. Solo el hermano Michael podría hacer sonar aburrida la Guerra Civil.

Supongo que yo era feliz. O al menos estaba más feliz de lo que lo hubiera estado jamás. Y aunque había mucha confusión dentro de mí, al menos no me sentía desdichado. Iba a la escuela. Hacía mi tarea. La mayor parte del tiempo, Dante, Susie, Gina y Cassandra venían y estudiábamos en la mesa de mi cocina. Sé que eso hacía feliz a mi mamá… aunque no era por eso que estábamos estudiando juntos. A veces, estudiábamos en casa de Cassandra.

Los martes en la noche, Dante y yo estudiábamos juntos, solo él y yo. Él leía sus tareas o hacía sus problemas de matemáticas y yo leía o tomaba apuntes o trabajaba en un ensayo. De alguna manera simplemente estar en la misma habitación que Dante hacía que todo pareciera mucho más fácil. Me gustaba percibir su presencia en el cuarto. Me gustaba escuchar su voz cuando hablaba solo.

Noté que a menudo Dante tomaba un descanso de estudiar sus libros… y me estudiaba a mí. Se me ocurrió que yo era su libro favorito. Y eso me asustaba. A veces, cuando me miraba, era como si la electricidad se disparara a través de mí. Y lo deseaba. Y había momentos en los que mi deseo por él era insaciable. No es que tuviéramos mucho sexo. No lo teníamos. No podíamos. No había el tiempo ni la oportunidad, y los dos nos rehusábamos a tener sexo en casa de cualquiera de nuestros padres, porque sentíamos que era una falta de respeto. Pero lo que yo quería iba más allá del deseo, porque lo que sentía trascendía mi propio cuerpo.

Teníamos una relación segura. Nos hacíamos sentir a salvo el uno al otro.

Pero el problema era que el amor nunca era seguro. El amor te llevaba a lugares a los que siempre habías temido ir. ¿Qué demonios sabía yo del amor? A veces, cuando estaba en presencia de Dante, sentía que yo sabía todo lo que había que saber del amor. Aunque, para mí, amar era una cosa. Dejarte amar, bueno, eso era lo más difícil de todo.

Seis

Dante:

He estado pensando en mi hermano. Cuando fui al banco de alimentos con mi mamá escuché a dos de las mujeres hablar. Estaban diciendo cosas lindas de mí. Una de ellas dijo que estaban contentas por mi mamá, porque yo era tan buen chico, no como mi hermano, que tenía una alergia severa y crónica a la bondad. «Algunas personas simplemente nacieron así», dijo.

Creo que mi hermano era y es un hombre muy violento. Por eso mamá y papá se enojaron tanto conmigo cuando descubrieron que le había dado una paliza al tipo que te metió en el hospital. No debí hacer eso. No lo lamenté entonces... pero ahora sí. Aunque no es recíproco, claro: él no lamentaba haberte metido en el hospital. Y si tuviera la menor oportunidad, lo volvería a hacer. A veces lo veo en el pasillo, y una vez su amigo estaba junto a mí en el orinal del baño y me dijo: «¿Le querías echar un ojo?». Y le respondí: «¿Quieres que te arranque los huevos y te los meta por la garganta?». La gente no deja a los demás en paz. Ni siquiera pueden vivir y dejar vivir. Solo quieren deshacerse de ti.

¿Sabes? Me he estado preguntando sobre la persona que mi hermano mató. Era una mujer transgénero. La historia en el periódico era bastante ambigua. Decían que era una prostituta travestí. ¿Y cómo saben que era prostituta? Tengo la sensación de que solo metieron ese artículo en el periódico como un ejemplo más de la escoria mexicana que vive en la ciudad, la cual incluye a mi hermano y a la mujer que mató. A veces tengo la sensación de que, aunque seamos la población mayoritaria en esta ciudad, a los mexicanos todavía no los quieren aquí.

Siete

La señora Livermore nos devolvió nuestros exámenes.

—Quiero que todos sepan que estoy de su lado. Hice una curva para asignar las calificaciones porque he llegado a entender que los hispanos no se sienten cómodos en ambientes educativos, y tomé nota de eso.

Susie levantó la mano de inmediato… y era como una bandera que se agitaba con el viento.

—Susie, ¿querías decir algo?

—Sí, quería saber de dónde sacó la información de que los hispanos se sienten incómodos en los ambientes educativos. Digo, ¿acaso lo leyó en alguna parte? ¿El Ku Klux Klan tiene algún boletín educativo?

—¿Qué tiene que ver el Ku Klux Klan con esta conversación? No tengo nada que ver con esa horrible organización.

—No es una organización. Son terroristas locales.

—No voy a discutir con alguien que tiene opiniones tan extremas.

—¿*Yo* soy la extremista?

—Para responder a tu pregunta, no leí un artículo, pero he tenido discusiones con personas inteligentes que me han dado perspectivas para poder atender mejor a mis alumnos. Y he observado que mis alumnos de hecho están incómodos en ambientes educativos. ¿Eso responde tu pregunta?

—La responde. —Yo conocía a Susie Byrd y apenas comenzaba—. Bueno, utilizando mis propios poderes de observación, creo que sus estudiantes están incómodos exclusivamente en ambientes educativos en donde da la casualidad que usted es la maestra.

—No sé por qué decidiste atacarme en vez de…

Susie la interrumpió.

—Señora Livermore, usted sabe que es racista, ¿verdad?

—Esa es una acusación injusta y parcial. No tengo la menor idea de dónde sacaste que tenías el derecho a atacar a tus maestros con calumnias tan venenosas. Si debo mantener el orden, no puedo permitir que te quedes en esta clase sin una disculpa. De todos modos, no sé por qué te ofenderías, ya que no eres hispana y nada de lo que he dicho te concierne en lo más mínimo.

Susie seguía cruzada de brazos, y luego se mordía el labio y jugueteaba con su collar. Yo conocía a Susie… y sabía que estaba *furiosa*. Digo, vaya que estaba furiosa.

—No tengo que ser hispana para notar la condescendencia y las cosas francamente insultantes que dice. El primer día de clases le dijo a José —y luego Susie empezó a imitar la manera en la que hablaba—: «En Iowa hay una marca de tortillas, las tortillas Happy José, y está lanzando un sombrero en el aire». Y, por si fuera poco, le preguntó si tenía un sombrero…

La señora Livermore la interrumpió.

—Estaba siendo amigable, y no sé por qué piensas que lo que dije es de alguna manera despectivo.

Susie puso los ojos en blanco.

—Y cada vez que alguien que usted piensa que es estúpido se saca una buena calificación en una prueba, cuando las está entregando siempre tiene que decir tonterías como —y otra vez Susie imitó su voz—: «Debes de haber estudiado muchísimo, o tal vez alguien te ayudó». ¡Qué perra tan racista!

No iba a dejar que Susie cayera en llamas toda solita y me metí antes de que la señora Livermore pudiera responder.

—Estoy de acuerdo. —Y luego decidí agregar—: Y, de parte de todos sus alumnos hispanos, y de parte de mi madre, que es maestra de escuela, exijo una disculpa.

Todos los alumnos estaban levantando el pulgar, pero el enojo y la atención de la señora Livermore estaban concentrados en Susie y en mí.

—Me temo que te juzgué mal, Ari Mendoza. Pensaba que eras mejor que…

La detuve.

—¿Mejor que los demás mexicanos?

—No me pongas palabras en la boca. Pero no habría que tomar en serio al portavoz autonombrado de un grupo completo de gente. —Y luego le metió un gruñido a su voz—: Ahora, ustedes dos síganme a la oficina del director *en este momento*.

Mientras marchaba hacia la puerta, Chuy Gómez no pudo evitarlo y gritó:

—¡Oiga, señora Livermore! —Ella se dio la vuelta y vio que Chuy le estaba haciendo una seña obscena.

—¡Tú también! Únete a los rebeldes sin causa. Demuestran el comportamiento de personas criadas por lobos. Y ustedes tres están por ser echados de esta institución educativa.

—¿La institución educativa en la que nos sentimos tan incómodos? —Chuy se movió hacia la puerta. Susie estalló en carcajadas y yo solo trataba de mantener la calma. La señora Livermore salió marchando frente a nosotros y nosotros la seguimos.

—No nos van a echar —dijo Chuy.

Susie torció los ojos.

—Mis papás le estarían saltando al cuello a alguien en menos de dos segundos. Mis papás son exhippies. No toleran estas tonterías.

—Mi papá es activista —agregó Chuy—. Esto es basura.

—Bueno —repuse—, dudo que mi mamá nos deje desamparados.

Susie sonrió.

—Algo me dice que tu madre se zamparía a la señora Livermore de un bocado.

Así que ahí estábamos: en la oficina del director. El señor Robertson tenía cierto aspecto que impedía que se viera profesional a pesar del saco y la corbata. En realidad no era un tipo tan rudo, pero, cuando sentía que estaba arrinconado, podía ser duro de roer. La señora Livermore se estaba jalando el collar de perlas y tocaba cada perla como si rezara el rosario. Todos estábamos sentados, pero la señora Livermore decidió quedarse parada, flotando por encima de los demás. Se estaba encargando de hablar, y más o menos estaba logrando sonar razonable, porque se hacía la víctima de sus estudiantes crueles que no tenían disciplina y se comportaban como bárbaros.

—Lo que habría que hacer es suspender a estos estudiantes. No soy una persona punitiva y no insistiré en que no les permita graduarse. Esta es, después de todo, su última oportunidad. —Susie y yo nos miramos. La señora Livermore claramente daba por hecho que no iríamos a la universidad—. Pero no puedo permitir que estos estudiantes regresen a mi salón. No solo me faltaron al respeto, sino que le faltaron el respeto a mi profesión.

Susie la interrumpió.

—Nadie le falta más el respeto a su profesión que usted, señora Livermore.

La señora Livermore señaló a Susie.

—Ahí está. Vea con sus propios ojos cómo se dan la libertad de decir lo que se les dé la gana. No comprenden las consecuencias de sus acciones. Por lo visto, estos tres bárbaros no tienen respeto por mi posición como maestra y jamás aceptaré lo que esta —señaló a Susie—, esta persona, esta, esta… jamás aceptaré sus calumnias. ¡Dile, dile lo que me dijiste!

Susie no estaba arrepentida en lo más mínimo. Miró al señor Robertson y dijo:

—La llamé perra racista. —El señor Robertson hizo una mueca—. Y no son calumnias si es cierto. No sé qué parte sea más cierta… la parte de que es una racista o la parte de que es una perra.

—Podría hacer que te echen de la escuela por eso.

—Podría hacerlo. —Susie seguía enfurecida—. Pero quisiera verla intentar echar a un estudiante con mi promedio anual y mi asistencia perfecta.

—Ya tuve suficiente. Le dejo estos seres humanos de imitación a usted, señor Robertson. No me importa lo que haga con ellos mientras no los devuelva a mi salón. —Y luego me miró—. De verdad pensaba que podrías llegar a ser algo. —Viró su mirada fulminante hacia Susie—. Y tú eres lo peor de lo peor.

Susie le lanzó una sonrisa.

—Debo de ser la prueba viviente de que la gente blanca no es superior.

Pareció un poco excesivo que se fuera dando de pisotones… pero eso tuvo su impacto sobre el señor Robertson.

Chuy se cagaba de la risa.

—Susie Byrd, ¿oíste eso? Eres de lo peor. Eres incluso peor que nosotros los mexicanos.

—Ay, Dios mío —dijo el señor Robertson—. No creo que ninguno de ustedes se dé cuenta del problema en que se metieron. Y, señorita Byrd, ¿tenía que referirse a ella con esa palabra?

—Señor Robertson, no puede decirme que no sabe que es una racista. Y no puede decirme que jamás ha recibido quejas sobre ella. Y en lo que a mí respecta, si eres mujer y también eres racista, pues, entonces también eres una perra. No hay manera de darle la vuelta.

—¿Podemos mostrar un poco de respeto, por favor? Si escucho una grosería más salir de tu boca, te voy a suspender.

Estaba mordiéndose los labios y frotándose las manos. Necesitaba un cigarro. Podía percibir su olor a cigarro.

—Todos son buenos estudiantes y tienen historiales intachables. Y todos ustedes, como indicó la señorita Byrd, tienen asistencia casi perfecta. Lo cual no justifica su comportamiento. Ari, ¿qué le dijiste a la señora Livermore para ganarte su enojo?

—Solo expresé que estaba de acuerdo con Susie. Y a eso agregué que hablaba en nombre de todos los estudiantes hispanos y le exigía una disculpa.

Se puso la mano sobre el rostro y se rio… aunque sonaba más como que tenía ganas de llorar.

—¿Y tú, Jesús?

—Chuy —dijo.

—Sí, sí, Chuy, ¿cuál fue tu contribución a este dramita?

—Mientras estaban saliendo del salón, grité el nombre de la señora Livermore. Y le hice una seña obscena.

El señor Robertson estalló en carcajadas, pero realmente no era una risa feliz, era más como un «Estoy disgustado y no puedo evitar reírme porque, si no me río, voy a llorar».

—Llamaré a sus padres y tendré que discutir este asunto con ellos. Y tendrán que asistir a la sala de estudios. Pediré una copia del programa de la señora Livermore. Se mantendrán al día con su trabajo escolar y me entregarán las tareas a mí. Yo me encargaré de calificarlas. Se están saliendo con la suya… y no hay de qué.

—Y, señorita Byrd, cuidado con lo que dice. Simplemente no es aceptable.

—¿Pero los maestros racistas sí son aceptables?

—Les estoy dando una oportunidad. No insistan. —Miró a Chuy—. Controla tus dedos. Úsalos para tocar la guitarra o algo así. Y, señor Mendoza, es muy posible que tenga un futuro en la política, pero no practique sus discursitos con mis maestros.

Ocho

—Recibí una llamada del señor Robertson. Tuvimos una charla amistosa.

—¿Amistosa?

—Antes daba clases en el salón que estaba frente al suyo.

—¿Por qué no eres tú la directora en vez de él?

—No creas que no me lo han pedido, pero estoy exactamente en el lugar al que pertenezco: en el salón de clases. —Mi madre me miró. No era una mirada de «Estoy enojada». Era más como una mirada de «Estoy decidiendo qué decir».

—¿Me vas a dar una cátedra?

—No exactamente una cátedra. Solo llamémosla plática. Tú y Susie y tu otro amigo…

—Chuy.

—Chuy. Tú y Susie y Chuy son muy valientes. Pero…

—Sabía que habría un pero.

—Pero no tenían que reaccionar así. Conocí a la señora Livermore en la noche para padres. No tengo una buena opinión de ella, pero es tu maestra. Y tus maestros merecen respeto. Ser maestro no es un camino de rosas. Podrían haber hecho esto de otra manera.

—¿Como de qué otra manera?

—Podrían haberle llevado sus preocupaciones al señor Robertson.

—Es medio tarado.

—Déjame acabar. Podrían haberle dicho que se rehusaban a sentarse en su clase y haberle dicho por qué. Si sentían que no los escuchaba, podrían haber venido conmigo y con tu padre y podríamos haber intervenido.

Yo intentaba no mostrar expresión alguna.

—Ari, no estoy en desacuerdo con tu opinión de la señora Livermore. Y cuando dije que los tres fueron muy valientes, lo decía en serio, pero te podrían haber echado de la escuela. Y todos deberían controlar el lenguaje que utilizan. Eso no ayuda a su causa.

—Tal vez tengas razón. Deberíamos haber tenido un plan en vez de simplemente estallar en su salón. Lidiamos con la situación lo mejor que supimos. Pero ir corriendo con nuestros padres y hacer que intervengan... no creo que sea la respuesta. Así es como vamos a crecer, mamá.

Pensaba que mi madre se opondría mucho a eso, pero no lo hizo.

—Estoy abierta la posibilidad de que puedas tener la razón. Aunque si se libraron de una buena. Y te voy a decir algo que tal vez no quieras oír. Una de las razones por las que el señor Robertson no suspendió a ninguno de ustedes por una semana o dos es porque somos amigos. Así que, sin quererlo, sí intervine.

—Lo importante es a quién conoces... ¿es eso, mamá?

—Yo no invento las reglas no escritas, Ari. Al igual que tú, vivo en un mundo de reglas que no tienen nada que ver con la justicia. Y solo recuerda que te dije que esa era *solo una* de las razones. La otra razón es que los tres son muy buenos estudiantes. Tenemos que tener reglas, Ari. Si no, solo hay caos. Pero siempre tenemos que ser capaces de romper las reglas si no ayudan a la gente a la que se supone que deben proteger.

»Sé que sientes que no tendrías por qué tolerar a los maestros racistas, pero todos tenemos algún tipo de racismo atorado en la manera en la que pensamos. Eso es lo que nos enseña el mundo que habitamos desde que somos niños. Si la señora Livermore es racista, es porque le enseñaron a serlo. Es muy difícil desaprender estos tipos de lecciones terribles, en especial si no reconoces que lo que aprendiste estaba mal. Mucha gente blanca, y no digo que toda la gente blanca, cree ser un poco mejor, un poco más estadounidense. Y mucha de esa gente no es gente mala. Ni siquiera están conscientes del hecho de que son parte de todo un sistema que se centra en ellos. Es complicado, Ari. Creo que no lo estoy explicando muy bien.

—Creo que lo estás explicando muy bien. De verdad eres súper lista. Y me gusta tanto que pienses en estas cosas. Porque estas cosas de verdad importan. Me gusta que trabajes tanto para entender lo que está pasando realmente. Y le echas incluso más ganas a no juzgar a la gente. ¿Está bien si un chico quiere ser como su mamá cuando sea grande?

Nueve

Una noche en la que estaba leyendo un capítulo de mi libro de texto de Historia, alcé la mirada y todo el mundo estaba borroso. Mi madre entró a la cocina y debe de haber visto una expresión extraña en mi rostro.

—¿Sucede algo, Ari?

—No lo sé. Estaba leyendo y, cuando levanté la mirada, todo se veía borroso. No sé lo que significa.

Me sonrió.

—Significa que necesitas lentes. Te haré una cita con mi optometrista.

—¿Lentes? No soy del tipo que utiliza lentes.

—Bueno, ya lo eres.

—No me puedo imaginar usando lentes.

—No puedes ver sin ellos.

—Mierda.

Me pasó los dedos por el pelo.

—Ari, te verás incluso más guapo con lentes.

—¿No puedo ponerme lentes de contacto?

—No.

—¿Por qué no?

—Porque yo lo digo. Son muy complicados. Son caros. Y no deberías utilizar lentes de contacto hasta que te acostumbres a usar lentes normales.

—¿Porque yo lo digo? ¿De veras?

—¿Escuchaste alguna de las palabras que siguieron al «porque yo lo digo»?

—Aristóteles Mendoza no nació para usar lentes.

—Por lo visto, los ojos de Aristóteles Mendoza no están de acuerdo.

Me quedé mirándome al espejo. Los lentes no estaban tan mal, pero aun así eran lentes. Y me sentía como si fuera otra persona. Aunque tenía que admitir que, cuando me los puse por primera vez, quedé impresionado, carajo. El mundo estaba más nítido. Por ejemplo, podía leer las señales de la carretera y las palabras que escribía la maestra en el pizarrón. Y podía ver la cara de Dante mientras caminaba hacia mí. No me había dado cuenta de que sabía que era él, no porque pudiera ver su rostro claramente, sino por su manera de caminar. No sabía cuánto tiempo llevaba viendo las cosas fuera de foco. Eso es lo que había estado haciendo: Mirando el mundo con los ojos fuera de foco.

Me gustaba que ahora podía ver. Era una cosa buena. Hermosa, en realidad.

—Este es el nuevo tú, Ari.

Me alejé del espejo.

Cuando Dante respondió al timbre, se me quedó mirando un largo rato.

—Este es el Ari de mis sueños —dijo.

—Ay, ya para—contesté.

—Te quiero besar.

—Te estás burlando de mí.

—No, para nada. Ahora me van a dar ganas de besarte todo el tiempo.

—Siempre tienes ganas de besarme todo el tiempo.

—Sí, pero ahora como que tengo ganas de arrancarte la ropa todo el tiempo.

—No puedo creer que dijeras eso.

—Ni modo, y yo que pensaba que la sinceridad era la mejor política.

—La sinceridad no tiene que expresarse verbalmente.

—Silencio igual a muerte.

No pude evitar sacudir la cabeza y sonreír.

Me tomó de la mano y me jaló hacia dentro.

—¡Mamá! ¡Papá! Vengan a ver a Ari con sus nuevos lentes.

Me sentí como animal en el zoológico. De repente estaba parado frente al señor y la señora Quintana.

—El aspecto de intelectual te sienta bien, Ari.

La señora Quintana asintió de manera aprobatoria:

—Tan guapo como siempre. Y de alguna manera refleja la inteligencia que tanto te gusta esconder.

—¿Cree que me gusta esconder mi inteligencia?

—Claro que sí, Ari. No encaja con la imagen que tienes de ti mismo.

Asentí como diciendo «Ya veo».

—Son tres contra uno. Es difícil discutir con un frente unido.

La señora Quintana sonrió, y luego, de repente, se inclinó hacia delante. Se tocó un costado, y se sentó y respiró hondo.

—Ay, este va a ser luchador. Y creo que él o ella ya quiere salir.

Alcanzó la mano del señor Quintana y la colocó justo en donde estaba pateando el bebé.

Pensé que el señor Quintana iba a llorar.

—Dante, pon tu mano justo ahí.

Cuando Dante sintió la panza de su madre, una mirada increíble se extendió sobre su cara… Era como si se hubiera convertido en una oración que terminaba con signo de exclamación.

—¡Es increíble, mamá!

—Ari —dijo la señora Quintana—, aquí. Pon tu mano justo aquí.

La miré.

—Yo no…

—No seas tímido. Está bien.

Me tomó la mano y la puso en su panza. Y lo sentí, al bebé. Tal vez de ahí es de donde viene la expresión «vivito y coleando».

—La vida, Ari. Esta es la vida.

Diez

Halloween. Sí, yo era el aguafiestas. Me rehusaba a llevar un disfraz a la fiesta en casa de Gina. Susie me dijo que debería ir disfrazado de cascarrabias. Ja, ja.

—Te voy a *desinvitar* —amenazó Gina.

—Está bien perfecto, *desinvítame*. Solo me colaré en la fiesta.

—A veces te odio.

—Solo odias que la presión social no funcione con alguien como yo. Y, además, llevaré puestos mis nuevos lentes.

—Eso no cuenta.

—Entonces no los usaré. Iré disfrazado de Ari, a. L.

—¿Ari, a. L.?

—Ari, antes de Lentes.

—Te pasas, ¿lo sabías? ¿Por qué no te permites jugar y ya? «Jugar» en el sentido de «divertirte». «Jugar» en el sentido de que «estás en una obra y puedes jugar un papel y ser quien quieras ser solo por una noche».

—Ya *estoy* en una obra. Se llama vida, y ya juego un papel, Gina. Soy el tipo gay que juega el papel de hetero. Y me está agotando, carajo. Y no es un juego, es trabajo. Así que, si no te molesta, solo me pondré el rostro falso que me pongo cada día, el que me hace sentir como un fraude.

—Sabes, Ari, las mismas cosas que odio de ti son las cosas que amo de ti.

—Gracias, creo.

—Eres imposible de odiar.

—Tú también eres imposible de odiar.

—Eres más testarudo que yo.

—Ay, eso sí no lo sé, Gina. Diría que ahí nos vamos los dos.

—¿De verdad te sientes como un fraude?

—*Soy* un fraude.

—No lo eres. Estás tratando de salir vivo de la preparatoria. No le debes nada a nadie. Repite después de mí: «No soy un fraude». —Me esperó—. No te oigo.

—«No soy un fraude» —susurré.

—Es un comienzo, Ari. Tendremos que repetir esta lección muchas veces.

Sí, sí, los dos nos reímos.

A veces todos eran comediantes. Y a veces todos eran maestros. Y a veces yo simplemente decía demasiado. Me la pasaba discutiendo con ese rollo de «silencio = muerte».

Cassandra fue vestida de la diosa Atenea. Dante se vistió de William Shakespeare. Tenían los mejores disfraces, por mucho. Nadie les llegaba ni a los talones. Sin duda eran los más elaborados. Pero el disfraz de Susie era el más gracioso y tal vez el más original. Estaba vestida de fantasma, lo cual es bastante trillado… pero encima de la cabeza del fantasma había un regalo envuelto. Y cuando la gente le preguntaba quién era, decía: «Soy el fantasma de la Navidad presente». Y la gente se cagaba de la risa.

Susie Byrd era increíble.

Pensarías que Dante iba a la misma escuela que todos nosotros. Tenía una manera de lograr encajar en el grupo. La mayoría de la gente se había sentado en un rincón como diciéndose: «No conozco a nadie aquí». Eso es exactamente lo que habría hecho yo, pero no Dante. No Dante Quintana.

Sonreí en mi interior cuando lo vi hablar con una chica que obviamente estaba coqueteando con él.

Gina conocía a medio mundo. O eso parecía. Casi todos tenían disfraz… pero no todos. Y a los que no lo llevábamos, nos veían con mala cara… en especial a mí. «Sé que has cambiado, Ari, pero no has cambiado tanto. Demasiado bueno para disfrazarte, ¿eh? No te disfrazaste, claro que no». Esa me la dijeron toda la noche. Era el equivalente de «Mírate, Ari, eres idéntico a tu papá». Sonreí y lo acepté todo con buen humor.

La verdad es que Cassandra parecía una diosa. Y se lo dije.

—¿Ese fue un cumplido?

—Eso creí.

—No sonó como uno.

—Bueno, tal vez no consigas más amigos si espantas a todos con esas miradas.

—Como si me interesara conseguir más amigos. Tengo los amigos que necesito. ¿Por qué ser codicioso? —Me besó en la mejilla.

Ya me la tenía medida. Cada vez que pensaba que había ganado otra ronda de nuestro debate de todo el año, me besaba en la mejilla.

Señaló a una de nuestras compañeras de clase.

—¿Hubieras preferido que me disfrazara de la Malvada Bruja del Oeste?

—Bueno, tal vez de Glinda, la bruja buena.

—Prefiero mil veces a la malvada. O, ¿qué tal ella? —Señaló con la barbilla a una chica vestida de Blancanieves.

—Por alguna razón no te imagino cantando «Un día encantador mi príncipe vendrá». Podrías haber venido vestida de hombre.

—Mejor vestirme de prostituta.

—¿Mejor ser prostituta que hombre?

Alguien le había subido a la música.

—¿Por qué hacer una pregunta cuando conoces la respuesta? Cállate y baila conmigo.

No sabía bailar. Bailé de todos modos. Aunque no estoy seguro de que subir y bajar la cabeza contara como bailar. Cassandra, ella sí sabía bailar… y cuando bailaba, nadie ni siquiera se fijaba si tenía compañero de baile o no. Y eso no me molestaba para nada… pero me dio gusto cuando Dante tomó mi lugar. Me retiré a un rincón del lugar. Justo cuando me había acomodado, me encontró Susie.

—Vamos —dijo—. Vamos a bailar toda la noche.

Y eso hicimos. Bailamos toda la noche. Entre Susie y Cassandra y Gina, empezaron a enseñarme a hacer algo que parecía bailar.

Mientras intentaba hacer que mi cuerpo se moviera con la música, miraba a Dante y a Cassandra bailar. No tenía la menor idea de dónde había aprendido Dante a bailar. Diablos, simplemente sabía hacerlo. Le venían tan fácil tantas cosas. Creo que todos los hombres del lugar envidiaban a Dante. Si tan solo supieran…

Cuando comenzaba a terminar la noche, el DJ puso una canción lenta, una viejita: «*Hold Me, Thrill Me, Kiss Me, Kill Me*». Cassandra me agarró.

—No has bailado conmigo en toda la noche. —Algo de tenerla en mis brazos se sentía bien. No como amor, nada por el estilo. Simplemente se sentía cómodo e íntimo. Bueno, sí era como el amor… no como el amor que sentía por Dante, sino el tipo de amor que no sabía nombrar.

Podía percibir los ojos de Dante sobre nosotros. De alguna manera sabía que algo le estaba pasando por la cabeza… y supe que eso no era algo bueno. Pero, cuando terminó la canción… Los Village People vinieron al rescate. Cassandra agarró a Dante y encabezaron la marcha. Y ahí estábamos todos… haciendo la *Y* y la *M* y la *C* y la *A*. Hasta yo me metí en la acción.

Susie se quitó el disfraz de fantasma, y ella y Gina se veían tan vivas. Me pregunté qué necesitaría para estar tan vivo como ellas.

Once

El primer viernes de noviembre, Dante y yo salimos al desierto en mi camioneta. Hacía un poco de frío. Creo que me sentía un poco engentado. Necesitaba un poco de silencio. Y necesitaba estar con Dante. Solo él y yo. Había pasado un rato desde que habíamos ido ahí, al lugar en donde lo besé por primera vez. Yo había metido unas bolsas de dormir en la caja de la camioneta. En el camino, Dante estaba cantando villancicos que practicaba para el concierto. Tenía buena voz. Fuerte.

—Me gusta oírte cantar —dije—, pero lo que realmente me gusta hacer es besar.

—¿De verdad? ¿En dónde aprendiste? ¿Quién te enseñó?

—Un tipo. No fue tan difícil aprender.

—¿Algún tipo al azar?

—Sí.

—¿En dónde lo conociste?

—Lo conocí en la alberca un día de verano. Me enseñó sobre la física del agua. Me enseñó que nuestros cuerpos están hechos de agua, más que nada, y que la Tierra es setenta y uno por ciento agua. Dijo que, si no entendía la belleza y los peligros del agua, entonces jamás entendería el planeta en el que vivía. Una vez me dijo que nadar era algo íntimo y que era como hacerle el amor a la Tierra.

—¿Tu amigo al azar dijo eso?

—Eso dijo.

—¿Cómo te acuerdas de todas esas cosas que te decía, Ari?

—Porque me enseñaste a escuchar a quien tiene algo que decir.

—Yo no te enseñé eso. Tú lo aprendiste solo. —Me besó—. Ven a nadar en todas las aguas del mundo conmigo.

Asentí. Y lo único que podía pensar era: «Dios, Dante, quisiera poder hacerlo. Si tan solo fuera posible. Si tan solo pudiéramos volvernos cartógrafos de las aguas del mundo».

Solo tenerlo en mis brazos.

Solo besarlo.

Solo sentir su cuerpo junto al mío.

Y sentir esa cosa que llamamos vida corriendo a través de mí... esa cosa que llamamos amor. Esa cosa que llamamos «querer» o «añoranza» o «deseo». Y miré a los cielos mientras mi respiración se normalizaba. Y las estrellas estaban más brillantes esa noche de lo que hubiera visto jamás.

Escuché a Dante susurrar un poema: «Oh, amor, seamos fieles el uno al otro...».

A veces era tan innecesario susurrar las palabras «Te amo».

Doce

Desperté en medio de la noche. Estaba corriendo por una calle oscura y Bernardo me perseguía. Y yo estaba asustado. Estaba tan asustado. No sé por qué... pero pensaba que, si me atrapaba, algo malo ocurriría. Como que me lastimaría.

Me quedé ahí acostado en la cama, recobrando el aliento. Patas me estaba lamiendo, así que debo de haber estado hablando o gritando en mis sueños.

¿Cuándo terminarán estos sueños? ¿Cuándo terminarán?

Trece

Mamá, papá y yo estábamos cenando... y yo solo estaba picoteando la comida. Ellos estaban hablando... pero yo estaba en otro lado. Había tenido ese sueño sobre mi hermano y se había quedado conmigo todo el día. Me quité los lentes y los estudié.

—¿Todavía no te acostumbras a esas cosas?

—No están tan mal. Digo, no sabía que tenía tan mala vista. —Y supe que no podía esperar más, porque llevaba tanto, tanto, tanto, tanto tiempo queriendo pedir esto—: Papá, ¿puedo pedirte un favor?

—¿Qué cosa, Ari?

—Quiero ver a Bernardo. Quiero ir a verlo.

Mi madre no dijo nada. Y vi que mis padres se miraban el uno al otro, sin saber qué decir.

—Solo necesito un descanso de ese gran signo de interrogación que ha estado ahí toda mi vida. Ya no quiero vivir con ese signo de interrogación.

—No queremos que salgas lastimado, Ari.

—Mamá, me ha lastimado desde hace mucho tiempo. Tú y papá... ya hicieron sus paces. Ya pasaron a otra cosa en sus vidas. Y sé que no ha sido fácil, pero ¿yo qué? Es como si hubiera un hueco en mi vida... Y ya no quiero tener ese hueco.

—Fui a verlo una vez.

—Lo sé, papá.

—No fue agradable, Ari.

—Eso supuse, pero ¿les ayudó a acomodar las cosas? ¿A ti y a mamá?

Asintió.

—Al principio, pensaba que había sido un error. Un gran error. Abrió algunas viejas heridas, pero sí, a fin de cuentas, creo que sí ayudó a acomodar algunas cosas muy importantes.

Y simplemente me eché a llorar. Y no podía parar. Y estaba hablando entre mis sollozos. Y no quería estar sollozando, pero a veces la herida abierta simplemente dolía demasiado, carajo.

—Hay tanta basura en mi vida sobre la que no puedo hacer nada. No puedo hacer nada con ser gay. Y lo detesto. Y no quiero detestarlo… porque soy yo. No lo sé, simplemente necesito darle carpetazo. Yo lo amaba. Y lo extrañaba. Y luego dejé de extrañarlo, pero todavía sueño con él. Ya no quiero tener ese sueño. Ya no quiero, mamá.

Sentí a mi madre sentarse junto a mí.

—A veces —susurró—, cuando queremos proteger a la gente que amamos, acabamos por herirlos más. —Sentí que me pasaba los dedos por el pelo.

—Lo siento, mamá. Papá, lo siento.

Mi mamá y mi papá se estaban mirando el uno al otro de nuevo. Y supe que se hablaban en ese idioma de silencio que habían aprendido.

—Creo que puedo organizar una visita. ¿Por qué no hacemos un viaje durante las vacaciones de Navidad? ¿Funcionaría eso?

Asentí.

—Sé que esto te lastima, mamá. Sé…

—Shhh —susurró—. Shhh. No puedo protegerte de tu propio dolor, Ari. Y tú no puedes protegerme del mío. Creo que todos los padres tienen algunos momentos en los que se dicen: «Si pudiera quitarle el dolor a mi hijo y volverlo mío, lo volvería mío». Pero no tengo derecho a quitarte tu dolor, porque es tuyo.

Escuché la voz de mi padre.

—Dejaste de escapar, Ari. Estás enfrentando las cosas que tienes que enfrentar. Eso es lo que hacen los adultos.

Estiró la mano sobre la mesa.

Y yo le tomé la mano… y no la solté. A veces sí podías descubrir todos los secretos del universo en la mano de otro. A veces esa mano le pertenecía a tu padre.

Catorce

Era finales de noviembre y creo que el semestre nos estaba agotando. Comenzábamos a rebelarnos todos un poquito. Así que, un lunes por la mañana, una chica súper alternativa llamada Summer vino a la escuela con un par de aretes muy inusuales. Estábamos sentados en el salón esperando a que sonara la campana que señalaba que comenzaba la clase, y alguna chica le dijo a Summer: «Me encantan tus aretes». Y Summer dijo: «Son dos DIU chapados en oro». Todas las chicas a su alrededor comenzaron a reírse.

Yo no tenía la menor idea de lo que era un DIU, pero la señora Hendrix lo sabía y había estado escuchando la conversación.

—Summer, ve a la oficina del director de inmediato.

—¿Por qué?

—¿Me estás preguntando por qué?

—Eso es lo que estoy preguntando.

—¿Te parece que esto es gracioso? La sexualidad humana no es broma. Las declaraciones públicas sobre anticonceptivos son inapropiadas para las chicas de preparatoria. Y si le estás anunciando al mundo que estás participando en actividades sexuales y estás promoviendo los anticonceptivos de manera pública, entonces nuestro trabajo como maestros es intervenir. Ahora ve a la oficina del director.

—No estoy haciendo nada malo. Y puedo promover públicamente los anticonceptivos si quiero. Es un país libre. Y no voy a ir a la oficina del director.

—Ven conmigo —ordenó.

Summer puso los ojos en blanco.

—Ari —dijo la señora Hendrix—, asegúrate de que los estudiantes lean el siguiente capítulo del libro de texto, y si hay caos en la clase cuando regrese, te haré responsable a ti.

Yo solo me le quedé mirando.

—¿Me entiendes, jovencito?

—¿Por qué yo?

—Porque eres el paradigma de la responsabilidad.

—Pero...

Me lanzó ese tipo de mirada de «No tengo tiempo para estas tonterías». Estaba enojada. Yo no iba a decir otra palabra.

—Summer, ven conmigo. *En este momento.*

Después de que se fueron a hacer su pequeña visita con el señor Robertson, Sheila me miró y dijo:

—Anda, ve y siéntate en el escritorio del maestro, paradigma de la responsabilidad. —Sheila había reemplazado a Cassandra como la chica que yo amaba odiar. Me había dado una bofetada una vez en octavo grado y siempre tenía la sensación de que buscaba otra oportunidad para hacerlo.

—Dame chance.

—Eres un lambiscón.

—¿Un lambiscón?

—¿De qué otra forma le dirías a alguien que viene a clase preparado?

—Estudiante —respondí.

—Maricón.

—Esa es una palabra fea que utiliza la gente fea.

Creo que la mirada en mi cara le dijo algo que ella no se esperaba.

Torció los ojos, pero no dijo otra palabra.

Comenzaban a entrar los últimos justo cuando sonó la campana. Fui al pizarrón y escribí: «La señora Hendrix se llevó a Summer a la oficina por algún crimen contra la nación. Se supone que debemos leer el siguiente capítulo del libro y quedarnos callados».

Y, por supuesto, Sheila tuvo que gritar:

—¿Por qué no nos dices a todos como es ser un paradigma de la responsabilidad?

Todos se rieron.

Me di la vuelta y me aseguré de que pudiera leer la rabia escrita sobre mi rostro.

—¿Por qué no embutes tu actitud en el escusado y le jalas?

—«Paradigma». ¿Es otra manera de decir «maricón»? Deberíamos meter en problemas a este paradigma. La señora Hendrix le dijo que si había caos en la clase cuando regresara, nos pasaría factura y el paradigma sería el responsable. Yo digo que armemos un escándalo.

Y uno de los chicos gritó:

—Sheila, cállate la boca, carajo.

—Todos son una bola de borregos.

Había una chica estilo chola en la clase. Medio se vestía como hombre. Se llamaba Gloria y no le toleraba ninguna estupidez a nadie.

—Si oigo salir una palabra más de tu boca, Sheila, te voy a sacar y voy a hacer que te tragues el brasier hasta el fondo. —Y el salón se quedó bien callado. Todos sacaron sus libros de texto y comenzaron a leer.

Quince

Querido Dante:

Hubo un incidente hoy en clase. No entraré en detalles, pero la maestra, la señora Hendrix, dijo que la sexualidad humana no era broma. No creo que hablara de la homosexualidad. Estoy seguro de que no. Todo tenía que ver con la tradicional heterosexualidad .

Sheila, una de las chicas de la clase, me dijo «maricón». No dijo eso porque pensara que fuera gay. Me llamó así porque me quería insultar. Es como si la peor cosa que le pudieras decir a alguien es marica. ¡Guau!

Esta semana es el día de Acción de Gracias... y me puse a pensar en qué es lo que agradezco. Lo primero que pensé fue en qué no agradezco. No siento agradecimiento por mi orientación sexual. Es una forma tan extraña de explicar mis circunstancias desafortunadas. Está bien, me estoy riendo de mí mismo. Eso lo saqué de alguna vieja película que veía una noche con mis papás. Y algún tipo malvado le dice a una joven indefensa: «Tal vez pueda ser de ayuda para liberarte de tus circunstancias desafortunadas». Sí, me encuentro en circunstancias desafortunadas.

No me siento agradecido de ser gay.

Tal vez eso signifique que me odio.

Y me estoy preguntando, si te dijera eso, ¿cómo te sentirías? ¿Cómo puede ser que no quiera ser gay y que te ame al mismo tiempo? Lo que más me hace sentir agradecido eres tú. ¿Eso cómo funciona? Lo único que conozco de la sexualidad eres tú. Tú y yo. Es lo único que conozco. Y la única palabra que me viene a la mente es «hermoso». Dante, hay tantas cosas que no entiendo. Hay tantas cosas que todavía me confunden.

Pero la única cosa sobre la que no estoy confundido es que te amo. No soy un maricón. Y tú tampoco lo eres. No me voy a etiquetar con una palabra tan fea cuando lo que siento por ti es tan hermoso, carajo.

Ah, y hay algo que quiero preguntarte. ¿Crees que yo sea el paradigma de la responsabilidad? Solo se me ocurrió preguntarte.

Dieciséis

Dante me llamó por teléfono e hizo un anuncio. A Dante le encantaba hacer anuncios.

—Vamos a pasar la cena de Acción de Gracias en mi casa.

—¿Vamos? ¿Quiénes?

—Tú, tu mamá y tu papá, y Cassandra y su mamá.

—¿Eso como sucedió?

—Mi mamá ha estado cocinando compulsivamente. Lo llama «anidar».

—¿«Anidar»?

—Sí, dice que muchas mujeres anidan cuando están embarazadas. Quieren cocinar y limpiar… Ya sabes, como pájaros construyendo un nido. La casa está impecable. Digo, hasta mi cuarto está impecable. Simplemente entrar ahí me da cosa. La anidación de mi mamá es bastante seria. Así que está obsesionada con el pavo y el relleno y el puré de papas y el jugo de carne y los arándanos. Mi papá horneará pan. Y la mamá de Cassandra traerá algunas guarniciones, y tu mamá horneará las tartas.

—¿Y yo por qué no sé nada de esto?

—Porque eres Ari, y no pones atención. Digo, aunque ya casi te socializamos…

—¿Ya casi me socializan?

—¿Sabes? Todavía puedes ser bastante distante socialmente, Ari.

—¿Distante socialmente? ¿Es como un nuevo concepto estilo Dante? Olvídalo.

Lo oí reír mientras colgaba el teléfono. No estaba enojado. Más bien irritado. Hasta la gente que amabas podía irritarte.

Decidí hacer mi propia contribución al día de Acción de Gracias. Llamé a la florería y les dije que quería pedir algo apropiado para una cena de Acción de Gracias.

—¿Tal vez un lindo centro de mesa? —dijo la señora.

—Sí —respondí.

—Se lo podemos preparar. Solo que tendrá que venir a recogerlo. Estamos completamente saturados con las entregas.

—Yo lo puedo recoger —repuse.

Así que, el miércoles después de la escuela, fui a la florería y le pagué a la amable señora y ella le pidió a uno de sus empleados que me abriera la puerta… Incluso me abrió la puerta de la camioneta mientras colocaba el centro de mesa en el asiento.

—Yo lo pondría en el piso —sugirió—. Así, si frena demasiado rápido, no se volteará.

Esta gente conocía su negocio.

Manejé a casa de los Quintana, y debo decir que me estaba sintiendo orgulloso de mí mismo. Tal vez un poquito más de lo necesario.

Logré sacar el centro de mesa de la camioneta y cerrar la puerta de una patada, y subí los escalones con mucho cuidado. Solo podía pensar en las galletas que alguna vez se me cayeron al piso. Logré tocar el timbre, y, de repente, me sentí como un idiota.

El señor Quintana abrió la puerta.

—Les traje algo. —Nunca sabía cuándo saldría toda esa timidez que vivía dentro de mí.

—Ya lo veo —dijo el señor Quintana—. Y te preguntas por qué siempre les estoy diciendo a ti y a Dante lo dulce que eres.

—No tenemos que empezar con eso, ¿o sí, señor Quintana?

Me sonreía de oreja a oreja.

—Sabes, Ari, es una cosa bien adulta esto que estás haciendo.

—Bueno, nos sucede hasta a los mejores.

Inclinó la cabeza.

—Por aquí. —Me llevó a la mesa del comedor… que nunca usaban. Coloqué el centro de mesa justo en medio—. ¡Soledad, ven a ver esto!

La señora Quintana llevaba puesto un delantal y parecía que llevaba un rato en la cocina.

—¿De tu parte, Ari?

Yo solo me encogí de hombros.

Me besó la mejilla.

—Algún día —dijo, y luego guiñó— harás muy feliz a algún hombre.

No sabía si se suponía que debía reír… pero eso hice. Y luego respondí, como un idiota:

—Se supone que eso era broma, ¿verdad?

Su sonrisa. Creo que la palabra para ella era «radiante». Tal vez las mujeres que estaban por tener un bebé irradiaban un halo. De alguna manera el embarazo de la señora Quintana le había sacado la niña que tenía dentro. Me agradaba. Pero esperaba que la otra señora Quintana volviera.

Observé a mi madre mientras horneaba las tartas. Ya tenía una tarta de manzana y una tarta de nueces en el horno. Siempre preparaba una tarta de cereza para mi padre… porque no le gustaba la de calabaza. Y a todo el mundo le gustaba la tarta de nueces. Y a mí, la que me gustaba era la de calabaza. Me encantaba.

—¿Por qué no las pides en la pastelería y ya?

—¿Cuándo he pedido algo de la pastelería? Ni siquiera pido los pasteles de cumpleaños en la pastelería.

—Es mucho trabajo.

—No, si te gusta hornear. Es parte de todo el rollo de las festividades.

—¿Es un rollo?

—Sí. Todo un gran rollo. ¿Y quieres saber quién me enseñó a hornear las mejores tartas?

—¿Quién? ¿Tu mamá?

—No.

—¿La tía Ofelia?

—Tu tía Ofelia una vez quemó una tarta de manzana congelada. Quemó más de una, de hecho.

—Bueno, ¿entonces quién?

—La señora Alvidrez.

—¿La señora Alvidrez? ¿Ella?

—Sí, ella.

—¿En serio?

—En serio.

La cena en realidad no fue una cena. Nos reunimos en casa de los Quintana a la una de la tarde. Cuando llegamos a la puerta, la señora Quintana dijo:

—He estado teniendo contracciones.

—Ay, no —exclamó mi madre—. Deberíamos cancelar la cena.

—Claro que no… lo más probable es que solo sea un falso trabajo de parto. —No se veía particularmente preocupada. Luego puso una expresión de dolor y se agachó un poco y respiró hondo, luego otra vez. Mi madre la tomó de la mano, luego la ayudó a ir a la sala y con suavidad la ayudó a sentarse. Y luego la señora Quintana sonrió.

—Ya no me duele. Me siento mejor.

—¿Cuánto tiempo llevas teniendo contracciones?

—Casi toda la noche, ininterrumpidamente. Pero son irregulares. Y supongo que todavía no es hora.

El señor Quintana les sirvió una copa de vino a mis papás. Él y la señora Ortega ya habían estado disfrutando su vino tinto.

—Realmente creo que vas a tener ese bebé esta noche. —La señora Ortega se veía preocupada.

—Disfrutemos nuestro día de Acción de Gracias —dijo la señora Quintana.

—Está empeñada en tener su cena de día de Acción de Gracias antes de ir al hospital. Dante y yo ya dejamos de intentar ser más tercos que ella. —El señor Quintana sacudió la cabeza—. A veces a Dante le gusta darse de topes contra la pared.

La señora Quintana gimió de dolor mientras inhalaba una, luego otra vez, luego otra vez. Y luego parecía volver a estar normal.

—Bueno, tal vez no lleguemos a la cena después de todo. —Se rio—. Tenía veinte años cuando tuve a Dante. Y diecisiete años después, heme aquí.

Y luego abrió grandes los ojos y se puso la mano en el estómago. Entre respiraciones, susurró:

—Sam, creo que este sería un buen momento para llevarme al hospital. —Y luego se rio—. Ay, Sam. Tenías esa misma mirada de pánico cuando Dante estaba por nacer.

—Yo manejo —interrumpió mi padre.

Diecisiete

El jueves 24 de noviembre de 1988 a las 10:43 de la noche, Sófocles Bartolomé Quintana llegó a este mundo en el hospital Providence Memorial de El Paso, Texas. La mañana siguiente, miré a su hermano mayor cargarlo en sus brazos mientras me miraba con lágrimas en los ojos.

—Es niño, Ari. Es niño.

Y supe lo que estaba pensando. «Y será heterosexual. Y les dará a mis papás los nietos que yo nunca podré darles».

¿Acaso ser gay trastorna nuestras cabezas y nuestros corazones?

—Ten, Ari —dijo Dante—, Sófocles quiere que lo cargues.

—Ah, eso quiere, ¿eh?

Dante me pasó a su hermanito… con cuidado. La señora Quintana dijo:

—Es muy dulce que tengas tanto cuidado con él. Pero, sabes, no se va a romper. Solo relájate.

Dante le torció los ojos a su mamá.

—Ahora tenemos algo nuevo de qué pelearnos, mamá.

—Nada más espera a que te enseñe a cambiarle los pañales.

—Yo no me apunté para eso.

—No tenías que apuntarte. Se te va a reclutar.

De verdad me divertía mucho cómo se llevaban Dante y su mamá. Mientras tenía a Sófocles en mis brazos, me quedé mirando sus ojos oscuros. Parecía ser tan sabio como su nombre.

—Tienes un don para esto —dijo la señora Quintana.

Sonreí… y luego me reí.

—¿Qué te da tanta risa?

—Solo pensaba en un poema que me enseñó Dante: «Tan lleno el mundo está de miles cosas, que debemos cual reyes ser felices».

—Yo le enseñé ese poema a Dante.

—¿Usted se lo enseñó?

—Claro que se lo enseñé. Te apuesto a que pensabas que su papá se lo enseñó.

—Supongo que sí.

—¿Sabías que solía escribir poesía?

—¿Mamá? ¿De verdad? —dijo Dante.

—Cuando estaba en la preparatoria. Era terrible. Más que terrible. Los guardé… y un día estaba limpiando los clósets y me encontré una caja de zapatos toda atada con un listón. Los iba a tirar. De hecho, los tiré. Pero tu padre los rescató. Los tiene en alguna parte. No tengo la menor idea de por qué quería guardarlos.

—Porque usted los escribió —intervine.

Ella sonrió.

—Supongo que tienes razón.

—Mi madre, la poeta. ¿Puedo leerlos?

—Pregúntale a tu papá. No sé dónde los guardó.

—¿De dónde salió el nombre Sófocles Bartolomé?

—Bartolomé era nuestro mejor amigo en la escuela de posgrado. Murió de sida hace poco. Queríamos honrarlo. Y tu padre escogió Sófocles. Era uno de los grandes dramaturgos griegos. Fue conocido por sus habilidades musicales, por su atletismo y por su gran encanto.

—¿Es verdad eso? —preguntó Dante.

—Todo lo que sé de Sófocles lo aprendí de tu padre. Una vez, cuando estaba borracho, él y Bartolomé empezaron a leer una de sus obras en voz alta: *Edipo rey*. No llegaron muy lejos.

—¿Por qué, mamá?

—No me parecía que, por más sinceros que fueran, esos estudiantes borrachos de posgrado le estuvieran haciendo justicia a un gran dramaturgo. —Se rio—. Además, me parecía aburrido.

Le volví a pasar a Sófocles a la señora Quintana.

—Sófocles —susurró y lo besó en la frente.

—Bueno, es un nombre estupendo. No es muy mexicano… pero un nombre estupendo. Sófocles Bartolomé Quintana. Verdaderamente un nombre estupendo. Digo, el nombre no estaba en mi lista… pero aun así.

—Pensamos que te gustaría, Dante.

—Es un nombre muy grande para un pequeñito.

—Ya crecerá hasta caber en él.

Dieciocho

Estaba mirando fijamente la pintura que nos había regalado Emma. Era una pintura extraña e hipnotizante. Le pedí a Dante que me volviera a leer el poema y me perdí en su voz, en solo la tenaz suavidad de su voz, sin que realmente me importaran las palabras que estaba leyendo. Cuando terminó de leer, me miró con tristeza en los ojos.

—Es tan triste este poema. ¿Todos acabaremos en la tristeza, Ari? ¿Así es como terminaremos todos?

No dije nada, no podía.

Volvió a meter el poema en el sobre y lo colocó de vuelta en el cajón de su escritorio. Noté las solicitudes para universidades encima de su escritorio.

—¿Cuántas universidades estás considerando?

—Bueno —respondió—, como cuatro o cinco. Pero en realidad solo me interesa una de ellas. Es una pequeña universidad de artes liberales en Oberlin, Ohio. Y también estoy solicitando admisión a un programa artístico de verano en París. —No se veía muy entusiasmado. Podía ver que realmente no quería hablar del tema de las universidades o del tema de París.

—¿Y tú qué tal?

—Estoy solicitando admisión a la Universidad de Texas. Eso es básicamente todo.

Asintió.

Los dos estábamos tristes.

No habría un Ari en Oberlin, Ohio.

No habría un Dante en Austin, Texas.

Creo que a ninguno de los dos nos gustó la tristeza callada en el cuarto. Pero Dante no quería estar triste, así que cambió de tema.

—Estaba hablando con Susie sobre arte el otro día y me informó que tu pintura favorita es *La balsa de la Medusa*.

—Es mi pintura favorita.

—Esa es *mi* pintura favorita y lo sabes. —Intentaba comenzar una pelea conmigo… pero solo estaba jugando. Siempre podía darme cuenta cuando estaba jugando—. Me temo que tendrás que elegir otra pintura favorita.

—No, no creo.

—Supongo que no eres tan original como pensaba.

—Nunca dije que fuera original.

Y luego se rio.

Y luego yo me reí.

Y luego me besó. Y ya no estuvimos tristes.

Diecinueve

Un par de días después de que terminara la escuela, Cassandra y yo fuimos al funeral de Rico. Nos sentamos junto a Danny en la parte de atrás de una iglesia pequeña. Fue pequeño y sencillo.

Mi mamá decía que los funerales tenían que ver con la resurrección.

La resurrección no parecía estar presente en este. Solo estaba la tristeza del cuerpo de Rico en el ataúd. Y los sollozos silenciosos de su madre.

Después, Cassandra, Danny y yo fuimos al Charcoaler. Creo que Danny ni siquiera probó su comida… solo se la devoró.

—Supongo que tenía hambre —dijo.

Nos sentamos en una de las bancas de afuera y escuchamos la música que salía de la radio en mi camioneta. Pusieron «*Everybody Wants to Rule the World*», y Danny y Cassandra se sonrieron el uno al otro. —Danny, esta es nuestra canción, nene. —Lo tomó de la mano y bailaron en el estacionamiento. Por un instante, Danny estuvo feliz.

Solo fue una escena pequeña y callada de tantas escenas en la historia que era mi vida. Y supongo que este momento no pareció tan importante.

Pero sí era importante. Era importante para Cassandra. Y para Danny. Y para mí.

Veinte

—¿Tienes miedo, Ari? ¿De ver a tu hermano?

—Miedo, no. Tengo como mariposas en el estómago. Tengo un desastre por dentro.

—Espero que esto no te duela demasiado.

—¿Cuánto es demasiado?

—Sé que tienes que hacer esto solo. Y es realmente estupendo que vayas a pasar tiempo con tu papá. Pero me gustaría ir contigo.

—Estarás con tus papás visitando a tu familia en California. Eso es algo bueno.

—Sí, pero no encajo ahí. Y todos van a estar hablando en español y me odiarán porque no lo hablo… y todos se la van a pasar pensando que me creo demasiado bueno para hablar español y eso no es cierto y… ay, al carajo.

—Los dos hacemos lo que tenemos que hacer, Dante. No todo se trata de nosotros.

—Sí, sí. A veces hablas demasiado.

—No digo suficiente… y luego hablo demasiado. Enterado. No será un viaje tan largo.

—Supongo que a veces tendremos que ir cada quien por su camino.

—Pero luego los dos volveremos. Y yo estaré aquí. Y tú estarás aquí. Y los dos estaremos de vuelta sentados en donde estamos ahora.

—¿Y me besarás, Ari?

—Tal vez.

—Si no lo haces, te mato.

—No, no lo harás.

—¿Por qué estás tan seguro?

—Bueno, para empezar, los chicos muertos no pueden besar.

Nos estábamos sonriendo el uno al otro.

—A veces, Ari, cuando estamos lejos el uno del otro… parece que es para siempre.

—¿Por qué decimos tanto «para siempre»?

—Porque, cuando amas a alguien, eso es lo que te viene a la mente.

—Cuando pienso en la palabra «amor»… pienso en el nombre Dante.

—¿Lo dices en serio?

—No, solo lo decía por decirlo.

Nos sentamos ahí un largo momento en un silencio que no era del todo cómodo.

—Feliz Navidad, Ari.

—Feliz Navidad, Dante.

—Algún día pasaremos la Navidad juntos.

—Algún día.

Veintiuno

Antes de irse, Dante colgó la pintura que Emma nos había dado en la pared de mi cuarto.

—Es como si hablara por mí cuando la pintó. Y cuando escribió el poema.

—Sí habló por ti, Dante. Habló por todos nosotros.

Dante asintió.

—A veces tenemos que hablar por los que no pueden. Eso toma mucho valor. No estoy seguro de tener ese tipo de valor en mí. Pero tú lo tienes. Envidio tu valor, Ari.

—¿Cómo sabes que tengo valor?

—Porque eres lo suficientemente valiente para ir a ver a tu hermano, aunque tal vez no te agrade lo que te encuentres.

—Tal vez no sea nada valiente. Tal vez solo esté cansado de tener miedo. Y tal vez solo esté siendo egoísta. Ya no estoy seguro de estar buscando a mi hermano. Quizá nunca lo hice. Creo que solo estoy tratando de encontrar un trozo de mí que perdí.

Veintidós

Dante se fue cuatro días antes de Navidad. Era como si Gina y Susie supieran que yo estaba triste, porque ese fue el día en que pasaron a dejarme un regalo de Navidad. Cassandra y yo estábamos corriendo, así que no estaba en casa. Le dieron el regalo a mi madre.

—Las obligué a quedarse y comimos unos de mis *bizcochos* con chocolate caliente. —Mi madre estaba muy orgullosa de su hospitalidad—. Y les di unos tamales para llevar a casa. —A mamá le encantaba alimentar a la gente.

La mañana de Navidad, abrí el regalo de Gina y Susie. Era una cruz de plata en una cadena de plata. Me habían escrito una tarjeta:

Querido Ari:

Sabemos que no eres tan religioso. A veces crees en Dios y a veces no. Dices que todavía lo estás decidiendo. Sabemos que crees que Dios te odia, y nosotras no lo creemos. Jamás creeremos eso. Y sabemos que piensas que Dios tiene cosas mejores que hacer que estar por ahí protegiéndote. Pero te conseguimos esto de todos modos, solo para recordarte que no estás solo. Y que no deberías de culpar a Dios por todas las cosas estúpidas y crueles que *dice la gente. Y las dos estamos bastante seguras de que Dios no es homofóbico.*

Con amor, Susie y Gina

Me puse la cadena de plata y me miré al espejo. Se sentía extraño estar usando algo alrededor del cuello. Nunca había utilizado ningún tipo de joyería ni nada por el estilo. Me quedé mirando la sencilla cruz de plata que colgaba sobre mi pecho. Pensé en Susie y Gina. Estaban decididas a amar y ser amadas. Se habían abierto paso a mi corazón con amor, un corazón que parecía empeñado en no ser amado. Y me habían hecho entender qué cosa tan hermosa era ser chica.

Sabía que nunca me quitaría esta cadena de plata con una cruz colgando de ella. La usaría para siempre. Tal vez Dios me protegería. Tal vez no, pero el recuerdo de lo que me habían dado Gina y Susie *sí* me protegería. Y con eso me bastaba.

Querido Dante:

Te extraño. Sé que es algo bueno que hayas ido a visitar a las familias de tus papás en Los Ángeles. Y estoy seguro de que todos ya se enamoraron de Sófocles. Al menos, yo ya. Los bebés te dan ganas de tener más cuidado. Me la paso tratando de imaginarme a todos tus primos y tíos y tías. Sé que no te sientes tan cercano a ellos. Pero tal vez algo suceda... y no te sentirás tanto como un extraño.

Yo qué diablos voy a saber.

Es el día de Navidad y me siento tan relleno como el pavo de mi madre. Se está poniendo el sol y la casa está callada. Mis hermanas y sus maridos y mis sobrinos y sobrinas fueron a pasar la tarde con los suegros, y me gusta este silencio. No me molesta estar solo. Solía estar solo y sentía una soledad viviendo en mí que no entendía, el tipo de soledad que me hacía desdichado.

Ya no siento esa soledad cuando estoy solo. Me siento mucho más cómodo pasando tiempo con el Ari en el que me he convertido. No es tan malo. No es tan bueno. Pero no es tan malo.

Siempre hay algo nuevo que aprender sobre mí. Siempre hay una parte que será un extraño para mí. Siempre habrá días en los que me miraré al espejo y me preguntaré: «¿Ari, quién eres?».

Estaba pensando en Danny y Rico. Rico nunca tuvo la oportunidad de tener una vida. Era gay, pero no era como tú ni como yo... no podía «hacerse pasar». Y nació en una familia pobre. Danny me dijo que el mundo no quiere a gente como Rico en él. Y el mundo tampoco quiere a tipos como yo en él. Eso fue lo que dijo.

Y me la paso pensando que quisiera que el mundo entendiera a la gente como tú y como yo.

Pero no somos los únicos que el mundo no entiende. Quiero que a la gente le importe yo y les importes tú. ¿Pero no deben de importarnos otros a nosotros también? ¿No deben de importarnos los Ricos y los Dannys? ¿No debe importarnos la gente a la que no tratan como gente? Tengo mucho que aprender. Oí a un tipo en el pasillo de la escuela llamar a otro tipo «negro», pero usando la palabra despectiva. El tipo al que quería insultar era blanco, y todo era un poco confuso, pero me hizo enojar. Odio esa palabra. Y no perseguí al tipo que lo dijo para decirle «Escúchame, imbécil». Debí haberlo perseguido por el pasillo. Debí haberle dicho que se estaba comportando como si no tuviera el menor respeto... ni por otra gente ni por él mismo. Debí haber dicho algo... pero no lo hice. Y eso es exactamente lo que está diciendo el movimiento por los derechos gay sobre la pandemia del sida, sí, Silencio = Muerte.

Dante, a veces tengo tantas cosas pasándome por la cabeza. Es como si todo el mundo estuviera en caos y todo estuviera viviendo dentro de mí. Es como si todos los disturbios en San Francisco y Nueva York y Londres y Chicago... Todos esos disturbios, todos los vidrios roto y los corazones rotos, me estuvieran cortando en trizas mi propio corazón. Y no puedo respirar. Simplemente no puedo respirar. Y quiero estar vivo y feliz. Y a veces lo estoy. Voy a escribir el nombre de Rico en este diario.

Rico Rubio. Rico Rubio.

Rico Rubio estuvo aquí. Estuvo vivo. Y ahora está muerto. No fueron las drogas las que lo mataron. Fue esa palabra «odio» lo que lo mató. Y esa palabra nos va a matar a todos si no aprendemos a luchar contra ella. Amarte, Dante, me ayuda a pelear contra esa palabra.

En otra semana será un nuevo año. Y tal vez en el nuevo año lo haremos mejor. Yo lo haré mejor. En otra semana, tal vez el mundo volverá a ser nuevo. Como Sófocles. Hace que el mundo sea nuevo otra vez, ¿no es así, Dante?

Un año nuevo. Un mundo nuevo. Una oportunidad de comenzar de nuevo. Mi papá y yo iremos a ver a mi hermano. Bueno, mi papá me llevará... pero soy yo quien lo visitará. Mi mamá y mi papá ya asumieron todo el asunto. Pero yo no. Amo a mis padres por respetar lo que siento que debo hacer. ¿Qué estoy esperando cuando lo vea? No lo sé, Dante. Simplemente no lo sé. Tal vez algo importante. Tal vez algo que importe. Tal vez tendré un poco de paz. La palabra «paz» no es una que viva dentro de mí. El año termina conmigo y con mi hermano.

Ya estarás de vuelta para entonces y, cuando llegue el Año Nuevo, te voy a besar. Eso es lo que hacen todos cuando llega el Año Nuevo. Tal vez tendremos que estar lejos de la mirada de un mundo observador que no aprueba, pero me importa un comino. Quiero besarte cuando llegue el Año Nuevo. Deberíamos poder hacer lo que todos pueden hacer, aunque debamos hacerlo a escondidas.

He sentido un cambio en mí que comenzó el día en que te conocí. Y ni siquiera creo poder poner en palabras o hacer un mapa de los cambios en mí desde ese día. Soy un cartógrafo terrible.

Mi manera de pensar y mi manera de ver el mundo —incluso mi manera de hablar— han cambiado. Es como si caminara en un par de zapatos que me aprietan mucho porque me crecieron los pies. Y luego finalmente se me ocurrió que necesito un nuevo par de zapatos: un par de zapatos que le queden a mis pies. La primera vez que bajé por la calle usando esos zapatos, me di cuenta de cuánto me había dolido, cuánto dolor había tenido, cuando hacía algo tan sencillo como caminar. Ya no me duele caminar. Así es como se siente, Dante, caminar en los cambios que han ocurrido en mí desde que te conocí. Tal vez no encaje en la definición de un tipo feliz. Pero ya no me duele ser yo.

Y todo esto es porque me miraste un día en la alberca y te dijiste: «apuesto a que puedo enseñarle a este tipo a nadar». Me viste y ya no fui invisible. Me enseñaste a nadar. Y ya no tenía que tenerle miedo al agua. Y me diste suficientes palabras para volver a nombrar el universo en el que vivía.

Veintitrés

Querido Dante:
Ya pasaron dos días después de Navidad y...

Me detuve justo ahí. Simplemente no tenía nada que decir. Más bien, creo que estaba hecho un desastre emocional. Me quedé mirando mi diario. Mi mamá entró a la cocina y me observó por un segundo.

—¿Estás nervioso? —me preguntó.

—Bueno, sí, tal vez un poco ansioso.

—Dile a tu hermano… —Sacudió la cabeza—. No. —Tenía una mirada que era insoportablemente triste—. Está roto. Lo que hubo ya no existe. Eso lo sé. Ya he pasado antes por esto. Sé que crees que soy alguien que arregla cosas. No lo dices, pero lo piensas. Y tendrías razón en eso. Pero hay muchas cosas que no se pueden arreglar. Ya no me culpo. Eso me tomó mucho tiempo. Ya no queda nada por decir.

Asentí. Quería decir que entendía. Pero no entendía. Jamás sería madre y nunca sabría lo que era perder a un hijo… perder a un hijo que todavía vivía.

—Espero que encuentres lo que estás buscando.

—También yo lo espero, mamá. No voy con muchas expectativas. Tal vez sí. Tal vez solo me estoy engañando. Solo sé que tengo que hacer esto.

—Ya lo sé.

Asentí.

—Ya es hora. «Algunos hijos se van, otros se quedan. Algunos nunca encuentran su camino».

Siempre me preguntaba por qué, a veces, cuando sonreíamos, esa sonrisa no hacía que desapareciera la tristeza.

Mi madre me abrazó.

—Iré a Tucson unos días para ver a tus hermanas. Les diré que les mandas tu cariño.

—Diles que todavía tengo a Tito. Está en una caja en el sótano.

—Tito. —Mi madre se rio—. Te encantaba ese osito.

—Solía hablar con él. Nunca me respondía. Creo que por eso lo amaba.

Veinticuatro

Cuando desperté, mi madre estaba sentada en mi cama.

—Estoy por salir a Tucson. Solo quería darte la bendición.

Me senté al lado de la cama.

Sentí su pulgar en mi frente mientras hacía la señal de la cruz. Y susurró su bendición.

—Padre de todas las naciones, cuida a mi hijo Ari. Míralo y protégelo y llena su corazón de toda la paz que solo Tú puedes dar.

Se persignó.

Y yo me persigné también… e intenté recordar la última vez que lo había hecho.

Me besó en la frente.

Y después de un momento de silencio, salió del cuarto.

Envidiaba la fe de mi madre.

Me volví a quedar dormido.

Cuando desperté de nuevo, me pregunté si había estado soñando.

Estiré la mano para acariciar a Patas… pero se me había olvidado que mamá se la había llevado a Tucson. Recordé el día en que me siguió a casa. Cuando me senté en las escaleras de enfrente para respirar más despacio, me lamió y no dejaba de hacerlo. Y luego me puso la cabeza en el regazo. Era como si me hubiera amado desde el momento en el que me vio. Y yo la amé también. La amaba porque estaba perdido y ella estaba perdida, y un chico perdido y una perra perdida es igual a amor.

Cuando me metí a la ducha, miré la cruz que tenía colgada en el pecho. Pensé en Dios. Me pregunté por qué todos pensaban tanto en Dios y por qué yo intentaba no pensar en él para nada. Por qué tanta gente había decidido que él no me amaba. Me pregunté por qué la gente sentía que podía hablar en nombre de Dios.

¿Alguna vez me había amado mi hermano como yo lo amé a él? ¿Y eso por qué importaba? Tal vez no era cierto que no tuviera expectativas. Tal vez quería saber que todavía quedaba algo en mi hermano que era sagrado. Mi padre decía que toda la vida humana era sagrada… eso le había enseñado pelear en Vietnam. Quería preguntarle sobre eso. Quería saber exactamente a qué se refería.

Y luego pensé: «Bueno, si Jesús se lleva con la señora Alvidrez, se puede llevar con quien sea».

Dios contenía todos los misterios del universo. ¿Amaba al mundo y a todos en él?

Pensé en Dante. Una de las cosas que teníamos en común era que hacíamos preguntas para las que nadie tenía respuestas. Pero eso no nos impedía preguntar.

Cuando entré a la cocina, noté que mi padre tenía una expresión interesante.

—Recibí una llamada de la prisión de Huntsville esta mañana. Estabas programado para pasar la tarde de mañana con tu hermano. Por lo visto, tu hermano no es un prisionero modelo y no tenían pensado permitirle visitas. Sin embargo, como jamás recibe visitas, te dejarán verlo por una hora, y no al aire libre, sino detrás de una barrera de vidrio y con un altavoz.

No dije nada. ¿Qué se podía decir?

—¿Crees que valga la pena viajar mil doscientos kilómetros para ver a tu hermano por una hora? Es un viaje de once horas y media.

—Sí —respondí—. Sí creo que valga la pena.

Mi padre me sonrió.

—También yo lo creo. Está a un poco menos de tres horas de Austin. Podemos pasar la noche en Austin y luego dirigirnos a Huntsville. Puedes ver a tu hermano a la una de la tarde.

—Algo suena raro. Todo esto suena un poco inusual, ¿no es así, papá?

—Bueno, supongo que ya aprendiste a detectar cuando algo suena sospechoso. Hay un tipo que trabaja para la Agencia Texana de Prisiones. Se llama Michael Justice. —Mi papá se rio—. No estoy bromeando... de verdad se llama así. Luché en Vietnam con él. Si quieres saber la verdad, cancelaron todo. Pedí hablar con Mike. Me preguntaron por qué quería hablar con él. Y les dije lo que te dije a ti: que había peleado en Vietnam con él. Fue lo único que tuve que decir. Y así fue como lo resolvieron.

La gente siempre dice que todo tiene que ver con a quien conozcas. Y eso no siempre es tan malo.

No había visto a mi hermano desde que tenía seis años. Habían pasado once años, y no se había vuelto más que un recuerdo. Pero era más que eso. Por supuesto, era mucho más que eso. La gente no son recuerdos.

No paraba de pensar: ¿Qué se podía decir en una hora? Tal vez nada de esto tenía nada que ver con lo que dijeras. O lo que él dijera. O lo que dijera quien fuera.

Dante hizo que me enamorara de las palabras. Y a veces las odiaba. A veces no me servían de nada.

A veces las palabras simplemente ocupaban espacio. Me preguntaba si estaban agotando la provisión de oxígeno del mundo.

Te pones a hablar de muchas cosas cuando estás haciendo un viaje de mil doscientos kilómetros. No sé por qué, pero empecé a preguntarle a mi papá si estaba de acuerdo con mamá sobre lo que Susie y Chuy y yo llamábamos «el incidente Livermore».

—Y me parece que el señor Robertson es un imbécil.

Mi padre se rio.

—Tienes diecisiete años. Es tu trabajo pensar eso. —Podía ver que mi padre quería decir algo más y que intentaba medir sus palabras—. Sabes, Ari, el racismo es algo de lo que es casi imposible hablar. Así que la mayoría de nosotros no hablamos de ello. Creo que de alguna manera sabemos que todos estamos implicados. El racismo es un dedo que nos señala a todos. Y cada tantos años, hay un estallido... y todos hablamos del racismo por un ratito. Y todos levantan la mano y dicen: «¿Racismo? Yo estoy en contra de eso». Todos estamos en contra. Y sentimos solidaridad. Hacemos algunos cambios por aquí y por allá... pero no hacemos cambios reales. Es como si compráramos un coche nuevo, pero siguiéramos manejando en la misma dirección.

—Pero ¿por qué?

—Porque no sabemos cómo hablar de ciertas cosas. Y nunca lo aprendimos. Nunca lo aprendimos porque no estamos dispuestos a cambiar, porque tenemos miedo de lo que podamos perder. Creo que no queremos que la gente negra tenga lo que nosotros tenemos. Y cuando se trata de los mexicanos, este país nos ama y nos odia. Somos un país de inmigrantes que odia a los inmigrantes. Solo que fingimos que no odiamos a los inmigrantes. —Se rio—. Conozco a unos cuantos tipos que creen que los nativos americanos son inmigrantes. —Sacudió la cabeza—. Los estadounidenses no son gente muy linda, realmente. Y lo digo como estadounidense.

—Pero, papá, ¿cómo cambiamos eso?

—Eso lo tendrá que resolver tu generación.

—Eso no es justo.

Mi padre me lanzó una mirada como diciendo que lo que acababa de decir era una de las cosas más estúpidas que pudieras decir. Luego explicó:

—A veces el tiempo está bonito. Vamos a tener un día bonito. Y luego, en otra parte, hay un tornado que está matando a centenares de personas. Por todo el globo terráqueo, hay lugares en donde no hay buen clima.

Sabía lo que intentaba decirme. Decir cosas como «Eso no es justo» no significaban nada y no hacían nada. Y tal vez intentaba decirme que solo los niños peleándose en un parque de juegos decían ese tipo de cosas.

No dijimos nada por un rato, él estaba pensando y yo estaba pensando. Y finalmente pregunté:

—¿Cuántas batallas tuviste que pelear, papá?

—Solo una que importa. Se la robé a un escritor llamado William Faulkner. Estoy parafraseando. La batalla de mi propio corazón humano contra sí mismo.

—¿Alguna vez te conté la historia de cuando alguien soltó un montón de lagartijas en el salón de tu mamá?

—¿Eso pasó? ¿Mamá se asustó?

—Por supuesto que no. Resulta que a tu madre le gustan las lagartijas.

—¿En serio?

—Oh, sí. Me dijo que si tenías lagartijas en la casa, no tendrías problemas de mosquitos porque se los cenarían todos. Me contó que en los pueblitos todos estaban felices de tener lagartijas en la casa porque se comían todos esos insectos que nadie quería. Antes guardaba lagartijas en un acuario, hasta que su madre la obligó a deshacerse de ellas.

—¿Mamá? ¿Mi mamá?

—¿Qué te hace pensar que tu mamá es una niñita asustada? ¿Por qué le darían miedo las lagartijas? Son inofensivas. Bueno, en fin, un año a tu mamá le tocó un grupo de alumnos horrible y estaba desesperada. Y un niño de la clase soltó como veinte lagartijas. Lo primero que hizo tu mamá fue correr a la puerta y sellar los bordes con trapos para asegurarse de que las lagartijas no se pudieran salir, y las niñas gritaban y algunos de los niños tampoco estaban tan emocionados que digamos. Tu mamá logró capturar una de las lagartijas y dejó que le caminara encima, y dijo: «¿Alguien sabe a quién le pertenece esta pequeña?».

»Ya había descubierto quién había sido el de la broma. «Jackson, vamos a meterlas de nuevo en la caja en las que las trajiste y luego las soltamos en el desierto, a donde pertenecen. No les interesa aprender sobre el gobierno estadounidense».

»Tu madre no salió corriendo a quejarse con el director. Tu madre no tomó acciones punitivas contra ninguno de sus estudiantes… aunque sabía que todos estaban implicados. Y tu madre se ganó a veintisiete admiradores ese día. Su peor grupo de alumnos se volvió su mejor grupo de alumnos. Jackson era un estudiante afroamericano que vivía con su abuela. Ella no podía ir a la noche de padres, así que Liliana empezó a ir a verla a ella... para hablar del progreso de Jackson. Eso fue hace muchos años. ¿Sabes qué le pasó a Jackson? Es un abogado que trabaja para el Departamento de Justicia. Le manda una tarjeta de Navidad a tu madre cada año sin falta. Siempre le escribe una notita. Y firma la tarjeta como «Lagartija».

—¿Por qué mamá no me cuenta estas historias?

—Por qué no es el tipo de persona que vaya por ahí buscando que pongan su nombre en el periódico cada vez que hace algo para cambiar la vida de algún niño.

«Guau», pensé. «Guau».

Mi padre orilló el coche al costado de la carretera. Había un pueblito más adelante, pero a mi papá le gustaba estacionarse al borde de la carretera. Era su parte solitaria.

—Necesito un cigarro.

Los dos nos bajamos y estiramos las piernas. A mi papá le gustaba hacer ruidos cuando se estiraba. Eso me divertía mucho. Encendió el cigarro y se recargó contra el coche. No sé por qué las palabras me salieron en ese mismo momento.

—Odio ser gay.

—Bueno, ya ves que tienen esas escuelas de terapia de conversión.

—¿Y funcionan?

—Tuvimos una conversación sobre esto con Soledad y Sam una noche que fuimos a cenar. Y la respuesta es no. No, no funcionan. Pero la gente acude de todos modos.

—¿Y entonces por qué van?

—Bueno, la mayoría del tiempo es porque sus papás los mandan ahí. No es mi noción de amor, pero... También algunas personas van por cuenta propia. Esperando que tal vez pueda funcionar. Para poder vivir una vida normal. Pero, vamos, ¿quién en su sano juicio quiere vivir una vida normal?

—Pero tú vives una vida normal.

Asintió. Y luego se dio un golpecito en la cabeza con el dedo índice.

—Pero no vivo una vida normal aquí arriba. —Y volvió a darse un golpecito en la sien—. Algún día, darás gracias al universo de haber nacido como el hombre que eres.

Observé cómo mi padre terminaba de fumarse su cigarro.

Cuando manejabas por Texas, podías ver la eternidad. El cielo te dejaba ver lo que estaba enfrente. Era importante ver. Pero en algún momento, yo no podía ver quién era mi papá.

Y ahora podía verlo. Podía ver quién era.

Y pensé que era más hermoso que el cielo de Texas.

Veinticinco

Papá decía que lo único que dejas en esta tierra después de morir y que vale algo es tu nombre. Quería que mi padre viviera para siempre, pero eso no iba a suceder. Y cada vez que entrara a una biblioteca, tomaría un libro y escribiría su nombre en él. Para poder conservar su nombre en este mundo.

Veintiséis

Paramos en un hotel en Austin. Estaba lo suficientemente fresco y nos pusimos chaquetas, pero en realidad no hacía tanto frío. Estábamos caminando por la capital del estado y papá estaba leyendo algún marcador histórico.

—Texas —dijo. Sacudió la cabeza—. ¿Sabías que en 1856 un condado de Texas volvió ilegales a todos los mexicanos?

—¿Cómo pudieron hacer eso?

—Bueno, solo hicieron que fuera delito estar en el condado. El condado de Matagorda, Texas.

—¿Así que era ilegal para los mexicanos vivir ahí? ¿Todos los mexicanos que vivían en ese condado tuvieron que irse?

—O dejar que los encarcelaran. Pero, sabes, también hay cosas buenas en la historia de Texas: En 1893, alguna mujer indomable que probablemente quería divorciarse y no podía fundó una organización llamada la Asociación de Mujeres del Sur para la Prevención de Linchamientos.

Casi me dieron ganas de reírme. Pero no era gracioso.

—¿Cómo sabes estas cosas, papá?

Me miró y sonrió y sacudió la cabeza.

—Existe una cosa llamada biblioteca. Y en esas bibliotecas, hay libros. Y…

—Eres un sabiondo, papá. Ahora sé de dónde lo saqué.

—Ay, no lo sé. Creo que también tu mamá contribuyó algo.

—¿Linchaban a los homosexuales, papá?

—No estoy al tanto de eso. Y en la alegre Inglaterra de antaño no colgaban a los homosexuales: los quemaban. Vivos.

Debí dejar la pregunta sin preguntar.

—Ari, la gente ama. A quién aman y por qué aman, ¿quién sabe cómo sucede eso? Y la gente odia. A quién y por qué odian, ¿quién sabe cómo sucede eso? Yo encontré significado en mi vida cuando conocí a tu madre. Eso no quiere decir que no haya mil preguntas que se quedaron sin responder. He intentado encontrar mis propias respuestas. Y a menudo he fracasado. He aprendido a no castigarme por mis fracasos. E intento, aunque no siempre lo logro, darle la bienvenida a cada día con gratitud.

Me despeinó el pelo con la mano. No había hecho eso desde que era niño.

—No permitas jamás que el odio te robe la vida que se te dio.

Estaba echado en la cama del cuarto de hotel. Estaba pensando en mi hermano. Me pasaban a toda velocidad todo tipo de cosas por la cabeza. Mi padre estaba acostado en la cama junto a la mía. Estaba leyendo un libro, *Todos los hombres del rey*. Luego cerró el libro y apagó la luz.

—¿Estás bien, Ari?

—Sí, estoy bien.

—Eres un chico valiente.

—Yo no estaría tan seguro de eso.

—No sé qué tengas en la cabeza con respecto a tu hermano, pero lleva demasiados años viviendo en tu cabeza sin pagar alquiler. Tengo que decirte algo sobre él: no tiene un hueso inocente en su cuerpo.

—Pero es tu hijo.

—Sí. Y a veces tienes que soltar a un hijo. Porque, por razones que no entiendo del todo, tu hermano perdió su humanidad. Hay gente así.

—¿Estás enojado de que necesite verlo?

—Estás haciendo lo que tienes que hacer. Estás descubriendo la vida, la cual incluye a tu hermano, tú solo. Nadie debe negarte eso.

Nos quedamos callados por un largo rato. Y luego me entró un pensamiento en la cabeza y me hizo sonreír.

—¿Papá?

—¿Qué?

—Me agradas, papá. Quiero decir, de verdad me agradas.

Mi papá estalló en una carcajada estupenda.

A veces decirle a alguien que te agrada mucho es mucho mejor que decirle a alguien que lo quieres.

Veintisiete

Me recibió un guardia que me dejó entrar a la prisión. No tenía miedo, aunque pensaba que lo tendría. No estaba nervioso, aunque pensaba que lo estaría. Uno de los guardias de la prisión, que parecía como que había nacido aburrido, me llevó a una sala con una hilera de ventanas. No había nadie ahí.

—La que está hasta el final. —Señaló hacia el último asiento—. Cuando termines, nada más sal y anótate en la recepción antes de irte. Yo soy la recepción —dijo. Y soltó media risita. Un hombre aburrido con un casi sentido del humor.

Esperé en el cubículo no más de un minuto. Dejaron entrar a la sala al hombre que era mi hermano, y ahí estaba yo, frente a frente con un hermano que por años solo me había imaginado, con un grueso pedazo de vidrio que nos separaba. Tenía el pelo negro grueso y ondulado y un bigote. Se veía mayor que un hombre de veintitantos años. Estaba guapo de una manera muy dura, y sus ojos negros no tenían la menor simpatía o suavidad en ellos.

Nos quedamos mirando el uno al otro, sin decir nada.

—Así que tú eres el pequeño Ari. Mírate nada más. Apuesto a que te crees mucho.

Ignoré lo que me dijo.

—He tenido ganas de verte desde hace mucho tiempo, Bernardo.

—¿Para qué?

—Eres mi hermano. Cuando era niño realmente te quería. Te extrañé cuando te fuiste. Nadie me contaba de ti.

—Qué conmovedor. Quizá fui un chillón sensible como tú alguna vez. Me prefiero así.

—Supongo que realmente no querías verme. No tenías que decir que sí.

—No, no. Quería verte. Tenía curiosidad. Digo, qué más da, carajo. Pero si esperabas una maldita tarjeta de Hallmark, no soy la persona indicada. Siento decepcionarte.

—No estoy decepcionado. No tenía expectativas. Solo te quería conocer.

—¿Querías verme con tus propios ojos?

—¿Por qué no?

—Ah, así que querías venir al zoológico.

—Da la casualidad de que no pienso que seas un animal. Y he pensado mucho en ti.

—Qué pérdida de tiempo. Yo no pienso en ti para nada.

—¿Se supone que eso debería de hacerme sentir mal?

—¿No se supone que eso es lo que hacen los niñitos sensibles para ganarse la vida… sentirse lastimados?

—No este.

—¿No vas a llorar? Qué decepción.

—Debiste bajar tus expectativas.

Y luego empezó a reírse. Digo, de verdad se estaba riendo.

—Mira nada más: Mi hermanito puede estar con los niños grandes. Sabes justo qué decir. —Tenía una sonrisa horrible—. Te pareces mucho al viejo. Qué mala suerte, carajo. Pero esa no es tu culpa. —Me estaba estudiando. Pero parecía que estaba buscando algo—. Entonces, ¿querías conocer a tu hermano mayor? ¿Para descubrir qué? ¿Para entrevistarlo? ¿Para escribir un ensayo para tu clase de inglés, «Mi visita con mi hermano»? ¿Para sentir que eres mejor que yo? ¿Para sentirte mejor sobre ti mismo? «Miren, todos, qué buen tipo soy, fui a ver a mi hermano que asesinó a alguien… Mírenme, qué tipo tan decente soy…».

Y luego fue como si hubiera decidido ser más amable o tratara de tener una conversación.

—Entonces, ¿estás en penúltimo grado? ¿Último?

—En el último.

—¿Presidente de la clase de último grado?

—No, ni de cerca.

—Apuesto que eres buen estudiante.

—Me va bien.

—Apuesto que a mamá le gusta eso. Le gustaba que sus hijos fueran buenos estudiantes. La hacía quedar bien. Digo, una maestra con hijos que tienen malas calificaciones… eso no es divertido.

—Ella no es así.

—Cómo no, carajo. Apuesto a que amas a la cabrona.

—No hables así de mi mamá.

—Pues da la casualidad de que también es mi mamá. Y puedo hablar de ella de cualquier manera que quiera. Ah, apuesto a que eres su principito. Hijito de mami.

—¿De verdad eres tan cabrón… o solo estás montando el espectáculo para mí?

—Yo no monto espectáculos para niñitos bonitos. ¿Sabes qué les pasa a los niñitos bonitos en lugares así? Los niñitos bonitos se vuelven niñitas bonitas. Pero nunca tendrás la oportunidad de descubrirlo. Porque eres un niño bueno que le lleva niñas buenas a casa a mamá. Apuesto a que aprueba a todas tus noviecitas.

Lo miré. Podía decirle o podía no decirle. Pero tenía otra pregunta para él.

—¿Por qué tuviste que matarla?

—Era un él.

—Bueno, vaya que «él» te engañó… Creíste que era mujer…

Pude ver la rabia escrita sobre su rostro.

—Vete al carajo. Él merecía morir.

—Ella —repuse.

—Vete al carajo.

—Sea como sea —proseguí—. Era una persona. Era un ser humano.

—Ah, así que eres un hijo de puta moralista que vino a hacerme saber que no me aprueba. Vete al carajo. Ve y corre a los brazos de una de tus lindas noviecitas y deja que te mime.

Tal vez porque ya no me importaba lo que pensara un hombre como él de mí, decidí decírselo.

—No tengo novias… Soy gay.

Se rio. Se rio. Y se rio.

—Un jotito. Eso es lo que tengo como hermano. Así que, ¿te dan por el culo o qué?

Comencé a levantarme.

—¿Qué? ¿Ya te vas? Tenemos toda una hora para divertirnos un rato. ¿Qué no lo aguantas?

—Puedo aguantarlo. Solo que no se me ocurre una sola razón para hacerlo.

—¡Vete al carajo! Yo no soy nada. Tú no eres nada. Nadie en este mundo del carajo es nada. Pero los maricones son peores que nada.

—¿Qué te pasó?

—¿Qué me pasó? Mírame bien. Soy un espejo de lo que realmente es el mundo.

Me levanté y lo miré.

—No lo creo. Pero… si eso te ayuda a pasar el día. Tal vez yo sea un espejo de lo que realmente es el mundo.

—Sigue soñando. El mundo no se parece a un maricón.

Le clavé la mirada.

—Estoy feliz de haber venido. Estoy todavía más feliz de irme.

Ya me estaba alejando mientras me gritaba groserías como si fueran granadas.

Firmé con mi nombre para salir en donde había firmado con mi nombre para entrar. Realmente no sabía qué sentía. Pero había una cosa que no sentía: no sentía ganas de llorar. Y no me sentía lastimado. No sentía odio. Una parte de mí estaba sonriendo. A veces un recuerdo del pasado nos mantiene en una prisión y ni siquiera sabemos que es una prisión. Tenía un recuerdo de mí y de mi hermano que representaba un amor que no era real. Y tuve que visitar la cárcel para descubrir mi propia prisión.

Mi hermano… él había desaparecido. No era un hombre al que yo quisiera conocer. No sabía cómo había sucedido todo eso. Y no necesitaba saberlo.

«Algunos hijos se van, otros se quedan».

«Algunos jamás encuentran su camino».

La vida de mi hermano era suya.

Y mi vida era mía.
Cuando salí de esa prisión, me sentí como un hombre libre.
Estaba libre. Libre de un recuerdo. Libre.

Veintiocho

Íbamos manejando hacia Fort Davis, Texas. Habíamos planeado acampar ahí esa noche. Hacía bastante frío y mi papá dijo que no teníamos que acampar. Pero yo tenía ganas de hacerlo.

—¿Qué nos va a hacer un poco de aire frío? —Mi padre sonrió.

Él había pasado tiempo ahí con su tío de niño. Me contó que amaba a su tío más de lo que jamás hubiera amado a su propio padre.

No nos habíamos dicho una palabra desde que salimos de Huntsville. Trescientos kilómetros y ni una sola palabra. Mi padre me dejó estar. No me hizo ninguna pregunta. Finalmente, le dije:

—Gracias, papá. Gracias por todo.

—¿Estás bien?

—Estoy mejor que bien.

Me gustó la mirada en su rostro. Volvimos a nuestro silencio cómodo. Después de un rato, mi papá decidió introducir un poco de música a nuestro viaje de carretera y encendió la radio. Empezaron a tocar una vieja canción de los Beatles. Me recordó a Dante: era una canción que escuchábamos mucho, «*The Long and Winding Road*», el largo y sinuoso camino. Y antes de darme cuenta estaba cantando. Se me había olvidado lo bien que se sentía cantar. Y luego mi papá empezó a cantar también.

Qué extraño y qué hermoso, estar sentado en un coche y cantar con tu padre.

Veintinueve

Estábamos cenando en alguna cafetería de mala muerte.

—Lleva aquí desde siempre. Mi tío me mandó una foto que se tomó en la entrada de este lugar. Me dijo que la guardara para no olvidar. Había un letrero que decía PROHIBIDA LA ENTRADA A MEXICANOS Y A LAS PERSONAS CON PERRO O DESCALZAS. —Mi padre se rio—. Al menos éramos los primeros de la lista. ¿Y qué tenían en contra de los perros?

No sabía cómo podía reírse de todas estas cosas. Podía enojarse muchísimo sobre el mundo jodido en el que vivíamos. Pero también podía ser muy paciente con el mundo. Tenía una buena dosis de cinismo en él. Pero no era un hombre amargado.

No montamos un campamento ni nada. Encontramos un buen lugar y solo extendimos las bolsas de dormir en el suelo. Mi papá preparó una fogata y sacó una botella de whisky y encendió un cigarro.

—¿No hace demasiado frío para ti?

—Me agrada.

—Ten —dijo —dale un trago. No le diremos a tu mamá. —Le di un trago y sentí una pequeña explosión. Seguramente hice una mueca—. No bebes, ¿verdad?

—Todavía estoy en la prepa.

—Eso no evita que muchos chicos beban. Eres buen chico. No debería decirte «chico». Ya no eres un chico. —Estaba fumando su cigarrillo y la luz de la fogata lo hacía parecer más joven. Habíamos sido tales extraños el uno para el otro, un padre y un hijo que habían vivido en distintos países en la misma casa. Él había sido un misterio insondable. Y aunque había algunos misterios en él que jamás resolvería, había algo íntimo entre nosotros ahora. Y lo sentía como hogar.

Había miles de millones de estrellas en el cielo. Miles de millones. Una parte de mí deseaba que Dante estuviera aquí para poder abrazarlo bajo estas estrellas. Tal vez él y yo vendríamos aquí algún día. Estábamos acostados en nuestras bolsas de dormir, en silencio, maravillados ante las estrellas.

—Traje a tu madre aquí cuando regresé de Vietnam. Tu madre y yo creemos que esa fue la noche en la que fuiste concebido.

—¿De verdad? —Me encantó la idea—. ¿Es cierto?

—Hay una muy buena posibilidad. Tal vez no lo sea. Pero a tu madre y a mí nos gusta creer eso. Por esas estrellas allá arriba.

Hubo un largo silencio, pero sabía que mi papá tenía ganas de hablar… y yo tenía ganas de escuchar.

—Tu madre es la única mujer a la que he amado. La vi el primer día de clases en la universidad. Era la mujer más hermosa que jamás hubiera visto. Iba caminando y hablando con una amiga, y se veía tan increíblemente viva. La seguí a su clase. Era una clase de literatura. Fui a la oficina de Humanidades y pedí que me dejaran registrarme para la clase.

—Me senté hasta atrás. Era un buen lugar para observar. Era tan lista. Creo que el profesor la llamaba porque siempre tenía algo interesante que decir y que ayudaba a la discusión. El profesor era el tipo de persona a quien le gustan las discusiones. A veces la veía en el campus y la seguía muy de lejos para que no se diera cuenta.

—Fui a una fiesta de Navidad con un amigo cuando terminaba el semestre. Y ella estaba ahí. Había un tipo muy guapo intentando ligar con ella. Solo observé cómo se comportaba ella. No le interesaba. Pero se veía tan cómoda, y como que no le molestaba. Alguien me pasó una cerveza y salí al patio de atrás para fumar un cigarro. Había mucha gente en el patio de atrás, y aunque fuera diciembre no hacía tanto frío afuera. Solo me quedé ahí parado y observé. Y ahí estaba tu mamá parada junto a mí. «Entonces», dijo, «¿piensas hablar conmigo o solo te gusta acecharme?».

—Me sentí tan avergonzado, carajo. Simplemente no sabía qué decir. Así que esto fue lo que dije: «Nunca sé qué decir».

—«Déjame que te ayude. Yo soy Liliana». Extendió la mano.

—Le di la mano y dije: «Yo soy Jaime».

—Solo me miró. Y sonrió. «Uno de estos días vas a juntar el valor para besarme». Luego se fue. Me sentí como un idiota. Y solo me quedé ahí parado… y me di cuenta de que debí seguirla. Pero, cuando la busqué, ya se había ido. Me puse a preguntar por ahí si alguien conocía a una chica llamada Liliana. Algunas personas la conocían… pero no tenían su número de teléfono. Y entonces una chica se me acercó y me pasó un pedazo de papel doblado. «Este es su número de teléfono. Y si no la llamas, te voy a buscar y te voy a patear el trasero». Esa chica resultó la mejor amiga de tu madre, Carmela Ortiz.

—La enfermera de mi escuela.

—Sí, insoportable. Pero con los años me acostumbré a ella. En fin, finalmente llamé a tu madre. Y la víspera de Año Nuevo, salimos. Y la besé esa noche. Y supe que me casaría con ella y que jamás besaría a otra mujer. No es como si hubiera besado a tantas…

»Siempre he sido de los que observan. Siempre observando. Si tu madre y Carmela no me hubieran dado un empujón, tal vez jamás me habría casado con ella. Y no era solo que fuera un observador. Pensaba que tu madre estaba fuera de mi alcance.

»Sabes, en Vietnam me llamaban «Trucha». La palabra se refiere al pez, pero en argot también se refiere a alguien que siempre está observando, siempre alerta. Nunca olvidaré a este chico judío. Tenía casi veinte años. Le habían disparado y estaba sangrando mucho, así que tomé una toalla que llevaba y la apreté contra él para ayudar a parar el sangrado, y llamé por radio para pedir un médico, venían de camino… pero sabía que el chico no la libraría. Así que solo lo estreché, y estaba frío y temblando y me dijo: «Diles a mi mamá y a mi papá. Diles que los veré el año que viene en Jerusalén». Y se fue, con esa mirada lejana que tienen los muertos después de que la vida los abandona. Le cerré los párpados. Era un buen hombre. Era un buen soldado. Cuando regresé, entregué ese mensaje en persona. Porque lo merecía. Porque sus padres lo merecían. Jamás olvidaré la gratitud —y el dolor— escritos sobre los rostros de sus papás.

»Jamás permitas que te digan que la guerra es algo hermoso o heroico. Cuando la gente dice que la guerra es el infierno, *la guerra es el infierno*. Los cobardes empiezan las guerras, pero los valientes las luchan.

Mi padre se quedó callado.

Me dio gusto saber cómo se enamoraron mis padres. Me dio gusto saber que mi madre había encontrado la manera de meter en acción a un hombre callado que estaba parado y quieto. Me daba gusto que mi padre pudiera hablar sobre la guerra… aunque solo decía muy poco sobre lo que había pasado ahí. Entendí que la guerra lo había dejado con un dolor que había encontrado un hogar en su corazón, el tipo de dolor que nadie podría sanar y que jamás desaparecería.

Treinta

Cuando estábamos llegando a los límites de la ciudad de El Paso, le pregunté a mi padre:

—Si me pudieras dar solo un consejo que me ayudara a vivir mi vida, papá, ¿cuál sería?

—¿Por qué será que los hijos les hacen preguntas tan ambiciosas a sus padres? —Yo estaba manejando y él me lanzó una mirada—. Déjame pensarlo.

Mi madre llegó de Tucson como una hora después de que llegáramos a casa. Me miró.

—¿Encontraste lo que estabas buscando?

—Sí—dije—. No estaba buscando a mi hermano. Estaba buscando un trozo de mí que me estaba haciendo falta. Lo encontré. —Amaba esa sonrisa de ella. —¿Y sabes qué más? Descubrí que tu esposo puede ser muy locuaz. Solo que no sabe cómo hablar de nimiedades.

—No, no sabe.

—Mamá, nunca había estado así de feliz.

Sonó el teléfono. Esperaba que fuera Dante. Oí su voz.

—Regresamos temprano por la mañana. Mi papá manejó toda la noche. Me acabo de despertar de una siesta.

—Mi papá y yo llegamos hace un par de horas.

—¿Y estás bien?

—Sí. Te contaré todo.

Hubo una especie de dicha en el silencio que siguió. Sí, dicha.

Mis padres nos invitaron a mis amigos y a mí a comer pizza: Dante y Gina y Susie y Cassandra. La estábamos pasando bien. Gina y Susie se dieron cuenta de que llevaba puesto su regalo de Navidad.

—¿Qué es esa cadena que llevas alrededor del cuello? —preguntó Gina.

—Dios.

—¿Dios?

—Sí —respondí. Saqué la cadena y se la mostré.

—Unas chicas que conozco me la dieron de Navidad. Supongo que pensaban que necesitaba que me protegiera Dios.

—Fue muy dulce de su parte —dijo Susie.

—Bueno, son chicas dulces… Cuando no están ocupadas mangoneando a todos.

Mi papá se estaba divirtiendo mucho mirándonos.

Todos se la estaban pasando bien molestándose unos a otros. Y Susie tenía una nueva teoría. Tenía el tipo de mente que siempre estaba tratando de entender las cosas, en especial las cosas relacionadas con el género.

—Les cuento que salí con un tipo. No sé por qué dije que sí. Tiene algo que no está bien. Y que ve a una antigua novia y me empieza decir que es una verdadera p… ya saben la palabra. Y siguió y siguió hablando de todas sus antiguas novias y del montón de «p» que eran. Y pensé: «Este tipo es un misógino».

»Intentó meterme mano. Así que le di una bofetada. No es que me estuviera tratando de violar ni nada por el estilo… pero de todos modos. Aunque entendí algo: la mayoría de los misóginos están casados con mujeres. Creen que el hecho de estar casados con una mujer significa que no son misóginos. Se equivocan. Piensen en todas esas mujeres marchando por el derecho a obtener el voto. ¿En dónde estaban sus maridos? Estaban luchando contra los derechos de las mujeres que querían obtener el voto. Misóginos, todos ellos.

Cassandra asintió.

—Bueno, finalmente lo descifraste.

Y Gina dijo:

—Me ahorraste la investigación.

—Yo no soy misógino —dijo Dante.

—Bueno, tampoco Ari. Pero ustedes no cuentan.

—¿Por qué? ¿Porque somos gays?

—Algo así —repuso Cassandra.

Dante le lanzó una mirada que parecía flecha.

—Esto amerita mayor discusión. —Señaló a mis padres—. Pero no frente a los niños. —Jamás había visto a mi papá reír tanto.

—Qué bonita carcajada tiene, señor Mendoza. —Miró alrededor del lugar—. Entonces, ¿alguien tiene algun propósito de Año Nuevo?

Puse los ojos en blanco.

—Odio las resoluciones de Año Nuevo. Nadie las cumple.

—¿Y qué?

—Yo tengo uno —dijo Susie—. Voy a estar saliendo con alguien para finales de Año Nuevo. Alguien realmente agradable.

—Oh —exclamó Cassandra—. ¿Entonces piensas salir con un chico gay?

—Ya basta. Hay buenos chicos heterosexuales allá afuera.

—Avísame cuando encuentres uno.

—Tengo un propósito para ti, Cassandra. Vas a dejar de ser tan cínica.

—Tengo uno mejor —contestó Cassandra—. Voy a ser mejor persona.

—Ya eres una buena persona.

—Sí, pero voy a dejar que la gente lo sepa.

—Te voy a estar observando —advertí.

—Y yo dejaré de molestar tanto a mi mamá —agregó Dante.

—Eso va a durar hasta un día después de Año Nuevo —dije—. ¿Y por qué echar a perder algo bueno? Así se llevan.

—La gente puede cambiar.

—Mejor dejar las cosas como están —intervino Susie.

Mi mamá se estaba divirtiendo mucho de vernos.

—Bueno, voy a dejar de trabajar tanto. —Lo dijo con convicción.

Mi papá sacudió la cabeza.

—Lilly, ese propósito no durará más de una hora.

Mi madre miró a mi padre y sentenció:

—No tienes idea de lo que es capaz una mujer decidida.

—Claro que sí. Y aun así digo que tu resolución durará como una hora.

Le lanzó una mirada a mi padre y decidió cambiar de tema. Nos miró a todos y dijo:

—¿Saben que Jaime y yo salimos por primera vez la víspera de Año Nuevo? Me besó. Y cometí el error de besarlo también. —Me encantó la mirada de mis padres. Era cierto. Mis padres seguían enamorados.

Dante y yo estábamos sentados en su porche, y hablamos. Y hablamos. Y hablamos. Le conté todo sobre el viaje y todo lo que había pasado. Me hizo preguntas y las respondí y no me contuve. No sé cuánto tiempo estuvimos sentados allá afuera en sus escalones. A veces, cuando estaba con Dante, el tiempo no existía… y eso me gustaba.

Me besó. A veces era extraño sentir los labios de otro hombre sobre los míos. Pero besar a Dante me hacía sentirme feliz.

«Feliz» era una palabra que estaba viva en mí ahora.

—Ari, será el mejor año de nuestras vidas.

—¿Eso crees?

—Sí, estoy completamente convencido.

Treinta y uno

Era el penúltimo día del año y era una belleza de día. Aunque estuviera fría la brisa, el sol estaba tibio, y mientras corría, pensaba que todo el mundo estaba ardiendo de vida. Terminaba el año y cierto tipo de orden parecía estar llenando el caos de mi vida. Era como si todo lo bueno estuviera convergiendo y todo parecía tener algún sentido. Mi hermano había desaparecido de mis pensamientos y, si alguna vez regresaba, jamás volvería a sufrir por el dolor de haberlo amado de niño. Ya no me acecharía en mis sueños o en mi vida.

Sentí que el nuevo año estaría lleno de esperanza y me esperaba la promesa de algo único y hermoso.

Estaba feliz.

Me duché después de correr y hablé con Patas. Se estaba poniendo vieja. Pero sus ojos todavía brillaban de vida y todavía agitaba la cola como cachorro.

Estaba tomando café con mi mamá y Patas tenía la cabeza en mi regazo.

—Tus amigos son tan graciosos. Graciosos y maravillosos. Son excelentes personas. Detrás de toda esa risa y todo ese humor, tienen mentes jóvenes muy serias. Disfruto su compañía.

Mi mamá y yo hablamos un rato. No preguntó por mi hermano. Teníamos mucho tiempo para hablar de eso. Hoy no.

—Voy a ir al súper. Quiero preparar una rica carne asada para Año Nuevo. Y, por supuesto, *menudo* para la víspera de Año Nuevo.

—¿Por qué no salen a bailar tú y papá?

—Es la peor pesadilla de tu padre. La última vez que bailamos fue… no me acuerdo. Cuando se trata de bailar, a tu padre le gusta mirar. A mí me gusta quedarme en casa. No sé por qué, pero me siento muy cerca de tu padre en la víspera de Año Nuevo. Creo que él se siente igual. Suena aburrido, pero nos encanta la Nochevieja. Tomamos vino y escuchamos música y hablamos de las canciones que estamos escuchando y de por qué nos importan. Cuando el reloj da las doce, me besa. Y me vuelvo a sentir como niña.

Y sí parecía niña otra vez.

Pensé en mi madre y mi padre besándose cuando daba la medianoche, mientras terminaba el Año Viejo y comenzaba el Año Nuevo. Me los imaginé como dos jóvenes abrazados uno del otro y con las preocupaciones del mundo que se desvanecían. Solo ellos dos. Con todas sus vidas todavía por delante.

La casa estaba callada.

Mi madre había salido a hacer las compras y mi padre se había quedado a dormir hasta tarde. Yo estaba escribiendo en mi diario en la mesa de la cocina.

—Papá, ¿qué pasa?

Él estaba parado en la entrada de la cocina y se estaba apretando el pecho y le estaba costando trabajo respirar, y me miró con una mirada de pánico en el rostro, y después cayó al suelo.

—¡Papá! ¡Papá!

Yo lo tenía en mis brazos, y él me estaba mirando, y yo no sabía qué hacer. Susurró «Ari», pero no lograba decir nada más y quería que mamá estuviera aquí y no sabía qué hacer y quería llamar al 911, pero no quería soltarlo mientras lo sostenía y él se aferraba mí, se aferraba a mí y luego solo me sonrió y parecía estar en paz y me miró con tanta calma, y susurró «Liliana». Y luego susurró su nombre otra vez. «Liliana».

Y vi cómo se le escapaba la vida y se quedaba inmóvil y sus ojos, que habían estado tan llenos de vida, se volvieron inexpresivos y tan lejanos. Lo arrullé en mis brazos, lo arrullé y lo arrullé, y supe que estaba gritando… pero se sentía como si fuera alguien más.

—No. No. No, no, no, no, no. Papá. Papá. Esto no está pasando. Esto no está pasando. ¡No, papá! ¡Papá!

Treinta y dos

No recuerdo cuando mi madre entró a la casa y se arrodilló para besar a mi padre una última vez. No recuerdo cuando le hizo la señal de la cruz sobre su frente. No recuerdo cuando separó mis brazos suavemente de mi padre. No recuerdo cuando lo tomó en sus brazos y susurró: «Amor, adiós. Adiós, amor de mi vida». No recuerdo cuando llegó el médico forense y declaró muerto a mi padre. Y no recuerdo cuando la carroza fúnebre se llevó el cuerpo de mi padre de la casa sobre una camilla mientras yo me quedaba parado junto a mi madre en el porche y los miraba irse. Sí recuerdo haber pensado que el mundo se había acabado y haberme preguntado por qué seguía yo aquí, en esta tierra, en este mundo que se había terminado. No recuerdo haber caído. No recuerdo que todo se pusiera oscuro. Mi madre me contó todas estas cosas después. Y me dijo: «Tu padre murió en tus brazos. Fue demasiado pesado para soportarlo. Y tu cuerpo simplemente reaccionó desconectándose».

Lo que recuerdo es que desperté en mi cama y que un hombre que parecía médico me estaba examinando, me tomaba los signos vitales, un médico que después supe que era el hijo de una de las Hijas Católicas. Todo está conectado. Y todos parecen estar conectados por las mujeres que eran miembros de las Hijas Católicas. Tenía una voz amable y me dijo:

—Vas a estar bien. Te desmayaste. O quedaste inconsciente. Le decimos síncope: sucede cuando tu cerebro no está recibiendo suficiente oxígeno. Un trauma puede causar eso. Por un momento, simplemente no pudiste respirar. Tu padre murió en tus brazos. Tu cuerpo estará bien. —Le dio un golpecito a mi corazón—. Pero tu corazón es otra cosa.

—¿Usted conocía a mi padre?

—Sí. Solía llevarme de pesca con tu hermano mayor.

—¿Era amigo de mi hermano?

—Cuando éramos pequeños. Fue justo antes de que tu padre entrara al ejército. Tu hermano era agradable. Y luego podía ser muy cruel.

—Pero... pero ¿qué pasó?

—No estoy del todo seguro, pero creo que tu hermano tenía algún dolor dentro de él que desquitaba con otra gente. Lo siento.

—Está bien. No es culpa de usted.

Asintió. Miró su reloj.

—Sé que tiene que irse. No tenía que venir.

—Bueno, tu madre llamó a mi madre. No sabía bien si debía llevarte al hospital. Y ella me llamó a mí... Ya sabes cómo es con esas señoras.

Los dos estábamos sonriendo.

—Sí, lo sé.

—Son exasperantes e irritantes y maravillosas. Me tomé un descanso para venir a revisarte.

—¿Así que es médico?

—Todavía no. Estoy haciendo mi internado.

—¿Cómo se llama?

—Ay, lo siento. No me presenté. Soy Jaime.

—Así se llamaba mi padre.

—Lo sé. Es un gran nombre, ¿verdad? —Se rio. Era amable. Era tan amable. Yo sabía que me sentía vulnerable, como si todas mis emociones estuvieran saltando fuera de mi piel. Y de alguna manera, ni siquiera me importó. Solo dejé que las lágrimas me cayeran por el rostro.

Tenía esa misma mirada que tenía mi madre, esa mirada que parecía ver tu dolor y respetarlo. Él sonrió.

—Pero debo decir que tienes el mejor nombre de todos. Aristóteles. ¿Eres tan sabio como tu nombre?

—No, para nada.

—Algún día lo serás, creo. —Me estrechó la mano. Se levantó para irse. Y luego dijo—: Tal vez tu padre ya no exista como hombre, pero no murió, Ari.

—¿Quieres decir que se fue al cielo?

—Ah, no sé si sí o no. No soy creyente en el sentido tradicional. Me criaron como católico, como tú. Pero a Dios lo llamo el Gran Creador. La ciencia nos dice que somos pura energía y que estamos todos conectados. Y una vez que la energía está presente en el universo, no desaparece y ya. La vida pasa de una forma de energía a otra. Tu padre todavía sigue siendo una parte del universo.

Pensé en lo que nos había dicho Emma en su galería. «Ustedes son más importantes para el universo de lo que jamás podrán imaginar».

—Gracias, Jaime. Eres un buen hombre. Y serás un gran doctor, carajo.

Se rio.

—Me encanta esa palabra.

Nos despedimos con una inclinación de cabeza. Mientras salía por la puerta, no pude evitar sentir que el universo me lo había traído. Porque yo necesitaba oír lo que dijo.

Tan pronto como Jaime salió del cuarto, Dante apareció en la entrada… parado ahí como una especie de ángel. Siempre había pensado que era en parte ángel. Sus lágrimas de siempre le bajaban corriendo por la cara como si mi dolor fuera suyo. Y me dejé caer en sus brazos y pasé de estar casi tranquilo a ser un desastre en menos de un segundo. Quería decirle que hiciera que todo desapareciera, pero lo único que pude decir entre mis lágrimas fue: «Mi papá. Mi papá».

Y sentí su cuerpo, lo fuerte que estaba y lo suave que era su voz cuando dijo:

—Si pudiera traértelo de vuelta, lo haría. Si pudiera ser cualquier persona justo ahora, sería Jesucristo y lo traería de vuelta a la vida.

Fue tan hermoso que dijera eso que hizo que me desaparecieran las lágrimas.

—¿Mamá? ¿Cómo está mi mamá?

—Está en la cocina con mamá y papá.

Besé a Dante en la mejilla. Me sentía entumecido. Y había tanto caos en mi mente. Por todos lados había caos.

Mamá y la señora Quintana estaban sentadas a la mesa de la cocina y el señor Quintana arrullaba a Sófocles en sus brazos. Miré a mi madre y dije:

—No recuerdo cuando entraste a la casa. Cuando tenía a papá en mis brazos, hubo una mirada de pánico, y luego se puso tan tranquilo. Estaba tan tranquilo, mamá, como si supiera y no le importara soltar. Y me miró y susurró mi nombre. Y luego casi tenía una especie de sonrisa en la cara. Era una sonrisa… y susurró «Liliana». Y luego susurró tu nombre una vez más… «Liliana». No tenía miedo. Se soltó. Pero yo no. Yo no… y todavía no puedo.

—No sabes cómo te agradezco eso, Ari. Saber que dejó este mundo en paz. Saber que no tuvo miedo cuando murió, saber que murió en brazos de su hijo, un hijo a quien amó con todo su corazón herido, saber que murió con una sonrisa y con mi nombre en sus labios.

»Fue el único hombre al que amé en mi vida. Y yo fui la única mujer que él quiso amar en su vida. Siempre sentí que nuestro matrimonio era un milagro… tal vez porque se sentía como milagro, al menos para mí.

Mi madre siempre había tenido un sentido de dignidad en ella. Y aunque siempre llevaba consigo esa dignidad, en este momento esta parecía ser la presencia más grande del cuarto. Sus lágrimas eran silenciosas y había una ausencia de drama, una ausencia de autocompasión, nada de preguntar «*¿Por qué?*», «¿Por qué murió tan joven?». Tenía cincuenta y siete años. Cuatro años mayor que mi madre… aunque mi madre parecía no tener edad. La guerra había envejecido a mi padre, incluso mientras dejaba a mi madre intacta. Pero la dignidad de mi madre no podía borrar el hecho de que el duelo viviría en nuestra casa por mucho tiempo.

La mano de Dante estaba sobre mi hombro. Era como si esa mano me estuviera sosteniendo.

La señora Quintana estaba callada.

—Gracias por traer a Dante —dije.

Ella sonrió.

—También me traje a mí misma —respondió—. Traje a mi familia para llorar con la tuya. En eso soy chapada a la antigua.

La señora Quintana tomó la mano de mi madre, mientras las lágrimas le bajaban por el rostro. Por todos lados, lágrimas de tristeza, de dolor, de incredulidad. Ríos, arroyos, ¿y de dónde venían las lágrimas y por qué la gente reía y lloraba y sentía dolor y por qué las emociones venían con todo y mente y cuerpo? Era todo un misterio tan grande, irresoluble y cruel, con una pizca de amabilidad agregada a la mezcla. El dolor y la dicha y el enojo y la vida y la muerte, todo presente a la vez, todo reflejado en las caras de la gente en este cuarto, gente a la que había llegado a amar incluso cuando ni siquiera entendía el amor para nada. Y recordé haber leído una de las cartas que le escribió mi tía Ofelia a mi madre, en la que escribió: «Dios no tiene otro rostro más que el tuyo. Dios no tiene otro rostro más que el mío». ¿Éramos todos el rostro de Dios? Pensé que eso era una cosa hermosa, aunque no podía creer del todo que alguien viera a Dios cuando mirara mi cara. La cara de Dante, sí. Mi cara… no tanto.

Y Sófocles, la suya era la cara de un Dios inocente. Le sonreí al señor Quintana.

—Definitivamente sabes cómo cargar a un bebé, Sam.

Me pasó a Sófocles.

—Está dormido. Cargar bebés es buena terapia. —Le revolvió el pelo a Dante—. Dante es el único que no lo cree.

Dante decidió revolverle el pelo a su papá también. Fue totalmente dulce.

—Por cierto, Ari, ¿te das cuenta que me hablaste de tú?

—¡Ay, mierda! Lo sien…

—No, no lo sientas. Lo dijiste con tanta naturalidad, para nada irrespetuoso. Así que espero que me hables de tú de ahora en adelante. Si no…

—Si no, ¿qué? —bromeé—. ¿Me vas a golpear?

—Oh, no —dijo—. Jamás te diría que lo resolvamos afuera. Me zamparías de un bocado.

Eran tan buenas personas, los papás de Dante. Bondadosos y les gustaba divertirse… y sus corazones eran brillantes como sus mentes. Dante era tan parecido a ellos.

—Me puedes decir Soledad, Ari. No me molestaría.

—Ay, eso no puedo hacerlo. De ninguna manera. Pero ¿qué le parece «señora Q»?

—«Señora Q» —Se rio—. Es estupendo. Absolutamente estupendo.

Mi mamá y la señora Q fueron a la morgue para hacer los arreglos. Sam caminaba de un lado al otro, intentando hacer que Sófocles se durmiera. Dante y yo estábamos sentados en el sillón tomados de la mano. Era medio extraño, pero medio lindo.

Y claro, Dante no iba a dejarlo así.

—¿Te parece extraño vernos agarrados de la mano, papá?

—Muchas de las cosas que haces son extrañas, Dante. —Nos miró, luego inclinó la cabeza a la derecha, luego a la izquierda… y supe que lo hacía de broma—. No estoy seguro de que lo estén haciendo bien. ¿Voy a tener que darles clases?

No se rio… pero tenía esa mirada de niño chiquito.

—Así que, profesor Quintana, si fuera a darme una calificación, ¿qué calificación me daría?

—Bueno, si tuviera que darle una calificación a cada uno de ustedes, te daría un seis, Dante. Te estás esforzando demasiado. Nada relajado. A Ari le pondría cinco. Se ve como si estuviera a punto de morir de la vergüenza. —Y tenía razón.

—A veces digo chistes. Me gusta bromear. Pero no quiero que se sientan avergonzados de lo que son. Las cosas pueden ser embarazosas e incómodas, sí, ¿y qué? Dos chicos agarrados de la mano. Uno de ellos es mi hijo. ¿Es un crimen? —¿Dónde está la policía cuando la necesitas?—. ¿Puedes cargar al bebé, Dante? Necesito salir un momento y respirar aire fresco. —Dante tomó a Sófocles en sus brazos y los dos le hicimos mimos.

Sam salió.

—¿Está bien tu papá? Se ve triste.

—De verdad quería a tu papá.

—No había pensado en eso.

Decidí salir para ver si Sam estaba bien. Estaba sentado en los escalones y sollozaba. Me senté junto a él.

—Disculpa. Pero acabo de perder a un buen amigo hoy. Un amigo muy apasionado y sabio y bueno. No quiero llorar frente a ti. Siento que es una falta de respeto. ¿Qué es mi dolor comparado con el tuyo?

—¿Sabes lo que habría dicho mi padre?

—Sí, creo que sí. Habría dicho algo así como «Sam, no es un concurso».

—Sí, eso es lo que habría dicho. —Nos quedamos ahí sentados por un momento.

—El mundo parece tan callado.

—Lo parece, ¿verdad? —respondí—. Sam, no sé cómo decirlo. Supongo que quiero agradecerte por tu dolor. Tal vez eso sea lo que quiero decir. Porque significa que lo amabas. Yo ya no lo tengo, pero te tengo a ti.

—Vaya hombre en el que te estás convirtiendo justo frente a mis ojos.

—Solo soy un niño.

—No, no lo eres.

No sé cuánto tiempo estuvimos ahí sentados.

—Esta sensación, este dolor, esta tristeza. Es algo nuevo. Siento como si me poseyera.

—Sí te posee, Ari. Pero no te poseerá para siempre.

—Es bueno saberlo.

Cuando volvimos a entrar, oímos la voz de Dante.

—¡Sófocles! Acabas de hacer popó sobre todo el mapa del mundo.

Sam y yo estallamos en carcajadas.

—Por eso tenemos cerca a Dante. Siempre es bueno para ofrecer un interludio humorístico.

—Sí, bueno, ahora tengo que ir a cambiarlo.

—Qué vida tan difícil, Dante.

—No empieces, papá —reclamó, aunque sonreía.

Observé a Dante quitarle el pañal a su hermanito. La señora Q tenía un servicio que le daba pañales de tela. Dante le cantó:

—«*The wheels of the bus go round and round*». Pequeño, de verdad hiciste un desastre esta vez. —Tomó una pequeña tina de plástico… y los dos bañamos a Sófocles en el fregadero de la cocina. Estaba soltando chillidos y gorjeos y haciendo ruiditos.

—Ten —me dijo Dante— sécalo.

—Eres medio mandón.

—Lo heredé de mi madre. Cualquier queja, con ella.

Me besó en la mejilla y colocó una toalla suave doblada sobre la mesa de la cocina. Sabía lo que estaba haciendo. Estoy seguro de que la señora Q era una maestra estricta.

Tomó a Sófocles de mis brazos.

—Mírate, todo limpio, señor Sófocles. —Me encantaba la manera en la que Sófocles lo miraba. Sacó un pañal limpio—. Cántale, Ari. Le gusta que la gente le cante.

—Veamos —dije—: «*Hush, little baby, don't say a word. Mama's gonna get you a mockingbird*». Y luego Dante empezó a cantar también. Cantamos… y Dante estrechaba a Sófocles en sus brazos, y cantamos. Y tenía la mirada más increíble. Y de verdad tenía ganas de preguntarle «Sófocles, ¿viniste al mundo a consolarnos? ¿A darnos esperanza?».

Noté a Sam parado en la entrada, y también él estaba cantando. Pensé en mi papá, cuando habíamos cantado juntos una de Paul McCartney.

Era extraño despertarse y luego darse cuenta de que había tristeza en la casa. Y hay tristeza por todos lados dentro de ti. Sabía que Jaime, el casi doctor, tenía razón. Que una vez que la energía de algo viviente entra en el mundo, nunca muere, y que estamos conectados y siempre lo estaremos. Pero mi padre ya no vivía en esta casa. Y me sentí defraudado. Justo cuando mi padre había aprendido a ser mi padre y yo había aprendido a ser su hijo, había dejado este mundo.

Y jamás volvería a escuchar su voz.

Y jamás lo volvería a ver sentado en su silla leyendo un libro, jamás vería esa mirada pensativa en su cara, nunca jamás.

Y nunca lo vería entrar por la puerta con su uniforme de cartero, con esa mirada que decía «Ya hice mi trabajo por hoy».

Y ya no volvería a oler el aroma persistente de los cigarros en el cuarto.

Y no volvería a ver esas miradas que intercambiaban él y mi madre.

Me levanté y me di una ducha. Sabía que mis hermanas estarían viniendo de Tucson y que la casa estaría llena, y no tenía idea de cuándo llegarían. Por alguna extraña razón, me sentí tan solo mientras me bañaba y deseé que Dante estuviera aquí. Nunca me había bañado con él y me preguntaba cómo sería eso. Suponía que los hombres y las mujeres hacían eso todo el tiempo. Y luego solo dije: «Detente, detente, detente con todos estos pensamientos».

Mi madre estaba sentada a la mesa de la cocina hablando con alguien por teléfono y tomándose una taza de café. Me serví una taza y le besé la cabeza. Cuando colgó el teléfono, dijo:

—Sé que esto puede ser un poco rudo para ti, pero ¿puedes escribir el obituario de tu padre para que lo podamos meter al periódico para la una de la tarde? ¿Y puedes entregárselo a las personas de la recepción? Ellos harán el resto.

Como si fuera a decir que no. Jamás había escrito un obituario antes.

Mi madre había apuntado algunas cosas en una libreta.

—Tal vez quieras incluir esta información. —Y como muestra me había recortado varios obituarios de la pila de periódicos que tenía para reciclar.

—Mamá, eres la maestra de escuela por antonomasia.

—Gracias… creo.

»Y una última cosa —añadió. Podía ver que lo que estaba por pedirme que hiciera después sería mucho más difícil que escribir un obituario. —¿Podrías honrar a tu padre diciendo el panegírico fúnebre?

Creo que los dos queríamos llorar de nuevo… pero nos rehusamos a hacerlo por pura terquedad.

—Ah, tu padre escribía en un diario esporádicamente. Tengo los otros guardados. A veces escribía a diario, a veces pasaba semanas sin escribir. Quiero que leas lo último que escribió.

Me pasó el diario. Pasé a la última página que tenía algo escrito.

> *Ari me preguntó si tenía algún consejo que le ayude a vivir su vida. Me pareció una pregunta muy ambiciosa, pero tengo un hijo muy ambicioso. Habíamos estado tan distantes que pensaba que jamás escucharía a mi hijo pedirme un consejo. Pero creo que nos ganamos el amor que hay entre nosotros. Lo veo y pienso: «¿Cómo puede un joven tan único y tan sensible y tan hermoso venir de mí?». La respuesta es sencilla: vino de Liliana. ¿Qué consejo le daría a Ari para ayudarlo a vivir su vida? Le diría esto: Nunca hagas nada para demostrarle a alguien que eres un hombre, ni siquiera para demostrarte a ti mismo que eres un hombre. Porque eres un hombre.*

No paraba de mirar sus palabras y su caligrafía.

—¿Puedo quedarme con esto, mamá?

Ella asintió. Ninguno de los dos tenía nada que decir. Pero me prometí que viviría mi vida acorde a esas palabras, porque, si lo hacía, entonces siempre podría mirarme al espejo y sentirme su hijo.

Mi madre estaba haciendo una lista y yo estaba escribiendo un borrador del obituario de mi padre en un bloc rayado. Escuché el sonido del timbre.

—Yo voy.

Y cuando abrí la puerta, ahí estaba la señora Alvidrez, con una tarta de manzana en la mano.

—Hola.

—Me dio mucha tristeza saber que falleció tu padre. Era un hombre honorable.

—Gracias.

Mi madre había llegado a la puerta y me hice a un lado.

—Sé que no soy bienvenida en tu casa, Liliana. Tienes tus razones y no vine a faltarle al respeto ni a ti ni a tu casa. —No podía verlo, pero podía oír lo que estaba sucediendo y me parecía que la señora Alvidrez estaba conteniendo las lágrimas—. Jaime era un buen hombre. Y sé que tu dolor debe ser grande. Le encantaban mis tartas de manzana, así que pensé que… —Y luego se detuvo a media oración. Y supe que le estaba costando trabajo contener las lágrimas. Si algo tenía esa mujer era ser ferozmente orgullosa.

—Pasa, Lola. Pasa y tómate una taza de café conmigo y comeremos un poco de tarta de manzana y me puedes contar lo que recuerdas de Jaime para que yo recuerde esa parte suya. Estaba enojada la última vez que estuviste aquí, pero siempre serás bienvenida en esta casa.

Yo estaba sentado en el sofá de la sala. Mi madre tomó la tarta de la señora Alvidrez y me la pasó. Luego abrazó a la señora Alvidrez y las dos mujeres lloraron en el hombro de la otra.

—Gracias por venir, Lola. Gracias.

Cuando acabaron las lágrimas, mi madre tomó la tarta de mis manos y las dos caminaron a la cocina. Me quedé trabajando en mi borrador para el obituario de mi padre y luego sacudí la cabeza. Escuché risas viniendo de la cocina.

Mi madre y la señora Alvidrez… su conexión importaba. Y ellas respetaban esa conexión. Era cierto, los adultos eran maestros. Te enseñaban cosas por la manera en que se comportaban. Y justo ahora, mi mamá y la señora Alvidrez me enseñaron una palabra que Cassandra había comenzado a enseñarme: «perdón». Era una palabra que necesitaba vivir dentro de mí. Tuve la sensación de que si esa palabra no vivía dentro de mí, la palabra «felicidad» tampoco viviría en mi interior.

Mi mamá y la señora Alvidrez estaban en la cocina… Y se estaban riendo. Habían perdido algo valioso. Y esa cosa de gran valor había regresado. El perdón.

Treinta y tres

La casa estaba llena de gente. Los vivos viniendo a rendirle tributo a los muertos. Ya estaba cansado de las lágrimas y la tristeza... aunque me iba al patio de atrás para llorar de vez en cuando. Patas me seguía y me lamía las lágrimas, y yo le decía que más le valía no morir jamás. Esto de perder a tu padre era una especie de infierno en el que no quería vivir, pero tampoco me quedaba de otra.

Sabía que la muerte no solo me sucedía a mí. Sabía que cientos, si no es que miles de personas morirían hoy, algunas en accidentes, algunas asesinadas por ninguna razón, algunas de cáncer.

Recordé el letrero de los manifestantes: UNA MUERTE DE SIDA CADA DOCE MINUTOS. ¿Quién iría a sus funerales? ¿Quién diría sus panegíricos fúnebres? ¿Quién alabaría sus vidas? ¿Quién cantaría sus nombres? Estaba pensando que, en alguna parte, un hombre con sida había muerto a la misma hora que mi padre.

Y tal vez el hijo de alguna mujer había muerto en un hospital en Londres, y tal vez un hombre rico que alguna vez fue un nazi y ahora se escondía en Bogotá había dado su último respiro.

Y tal vez siete personas habían muerto en una terrible explosión en un país que conocemos como Siria.

Y estaba ocurriendo un asesinato en Grand Rapids, Michigan.

Y un hombre y su esposa habían muerto al instante en un terrible accidente automovilístico.

Y en algún lugar era primavera y un nido lleno de gorrioncitos cantaba para pedir comida. Y Patas estaba sentada junto a mí en mi camioneta mientras manejaba a casa de Dante para escribir un panegírico fúnebre para mi padre, quien apenas unos días antes me había contado la historia de cómo había conocido a mi madre y se había enamorado de ella.

Y Sófocles, que todavía no cumplía un mes, ya estaba conectado a la tierra de los vivos y de los muertos.

Treinta y cuatro

Nochevieja. Mi madre no estaría besando a mi padre. Dante y yo no estaríamos yendo a la fiesta a la que nos había invitado Gina... aunque no era su fiesta para estar invitando a gente. Ya no tenía tantas esperanzas sobre el nuevo año. Mi madre estaba hablando con mis hermanas y parecía que estaban planeando todo. Las tres tenían algo muy práctico. Tal vez era lo que las volvía a todas tan buenas maestras.

Estaba mirando sin expresión el árbol de Navidad y había bajado al sótano por Tito, el osito que me habían regalado mis hermanas cuando era un bebé y con el que había dormido hasta que cumplí seis años.

Me le quedé mirando y luego solo estreché a ese oso y no me sentí tan estúpido. Tito pareció darme consuelo, aunque su suave pelaje estuviera desgastado y ya no estuviera tan suave.

Escuché que sonaba el timbre. Abrí la puerta y vi a la señora Ortega y a Cassandra afuera en nuestro porche. La señora Ortega llevaba una olla grande, y por el olor supe que era menudo.

—Llévate esto, ¿puedes, Ari? Está un poco pesado para mí.

Tomé la olla de menudo mientras Cassandra le pasaba a su madre la bolsa grande de *bolillos* que estaba cargando y le abría la puerta. Me siguieron a la cocina.

—Mamá, la señora Ortega trajo menudo. —Mi mamá sacudió la cabeza y sus ojos llovieron lágrimas otra vez. Las dos mujeres se abrazaron.

—Ay, Liliana, cómo me puede. Era tan lindo tu esposo —dijo en español.

Cassandra abrazó a mi madre y dijo suavemente:

—Lo siento tanto, señora Mendoza. Era un buen hombre.

Cassandra sabía cómo comportarse como mujer y parecía completamente cómoda en lo que para mí habría sido una situación incómoda. Me tomó de la mano y fuimos a la sala.

—Dante y Susie y Gina van a venir. Queremos pasar Año Nuevo contigo.

—Realmente no tengo ganas de compañía. Lo siento, eso fue muy grosero. Solo estoy cansado… Diablos, Cassandra, solo estoy triste. Nunca he estado tan triste y no sé qué hacer y solo quiero esconderme en algún lado, carajo, y no salir hasta que deje de dolerme.

—Ari, no pasa un día sin que piense en mi hermano. Pasará mucho tiempo antes de que deje de dolerte. Pero no eres una zarigüeya. No puedes hacerte el muerto.

En ese momento, sentía que ya no me quedaban más lágrimas. Solo me quedé ahí sentado, deseando ser una silla o un sillón o un piso de cemento… cualquier cosa inanimada, cualquier cosa que no sintiera.

—Somos tus amigos. No necesitas entretenernos. Y tampoco estamos aquí para animarte. Solo estamos aquí para hacerte saber que te queremos. Así que déjanos quererte, Ari. Es algo hermoso dejar que la gente que te quiere vea tu dolor.

—No es bonito.

—No me escuchas. Te dije que es hermoso.

—¿Tengo opción?

—De hecho, sí.

Justo en ese momento tocaron el timbre… y no esperaron a que yo les abriera la puerta. Los tres entraron y ya. Cuando los vi, no me enojé. Pensaba que me enojaría… pero no. Como hubiera dicho Dante, era gente tan divina. Solo me quedé ahí parado y me puse a llorar. Por lo visto, todavía me quedaban algunas lágrimas dentro. Y cada uno de ellos me abrazó y no me dijeron tonterías como «No llores» o «Sé un hombre», ni dijeron frases comunes como «Está en un lugar mejor». Solo me abrazaron. Solo me abrazaron y respetaron mi pena.

Nos sentamos alrededor del árbol de Navidad, más bien estábamos acostados en el suelo. Yo estaba usando el estómago de Dante de almohada. Escuchamos las voces de las mujeres en el otro cuarto y a veces sus conversaciones se volvían más serias y a veces oíamos risas. Cassandra vio a Tito acostado en el sofá.

—¿Este quién es?

—Ese es Tito —dije—. Era mi osito cuando era bebé y dormí con él hasta que cumplí seis años.

—¿Quién lo hubiera sabido?

—¿Te vas a burlar de mí? Digo, todos tuvieron un Tito o alguien así.

—Me parece totalmente dulce. Aunque a mí nunca me gustaron los muñecos de peluche.

—A mí tampoco —dijo Dante.

—¿No? —De verdad estaba sorprendido—. Guau. Qué don Sensible ni que nada.

—¿Tú qué abrazabas, Dante? ¿Un diccionario? —Susie llevaba esa sonrisita burlona que tiene.

Todo se rieron. Hasta Dante.

—Yo tenía una muñeca —dijo Gina—, pero, saben, tampoco me sentía tan apegada a ella. Un día que me enojé, la decapité.

Necesitaba eso. Una buena carcajada.

—Yo tenía una muñeca de trapo: Lizzie. Traté de enseñarle a llamarme Susie. Nunca aprendió. Yo le sacaba el pelo. Me enojé con ella un día y la hice dormir bajo la cama.

—¿En serio? De toda la gente sentada en este cuarto, soy el menos agradable ¿y soy el que se pone sentimental con un oso de peluche?

—Discúlpame —dijo Cassandra—, pero yo soy la persona menos agradable de aquí. No trates de meterte en mi territorio.

—Eres bastante agradable.

—Bueno, sí, nosotros lo sabemos. Pero tengo una reputación que mantener… y no podemos dejar que nadie se entere.

Dante tomó a Tito de los hombros.

—Discúlpame, mano, pero yo soy el Tito de Ari ahora.

—Y yo soy tu Tito —dijo Susie.

—Yo también —añadió Gina.

—Y yo —se sumó Cassandra—. Todos somos tu Tito. Y te vamos a acompañar en todo esto, Ari. Lo prometemos.

Y justo en ese momento supe que todos serían mis amigos para siempre. Sabía que siempre estarían en mi vida. Sabía que siempre los amaría. Hasta el día en que muriera.

Estábamos todos reunidos en la cocina a medianoche, comiendo menudo. Hasta Dante estaba comiendo menudo.

—Algún día serás un mexicano de verdad.

—Pero ¿alguna vez seré un estadounidense de verdad? Esa es la pregunta. Mi apellido solía ser un impedimento. Pero ahora creo que el hecho de que soy gay es el verdadero impedimento para ser un ciudadano estadounidense con todos los derechos. Verán, un hombre gay no es un hombre de verdad, y si no soy un hombre de verdad, entonces realmente no puedo ser estadounidense. Creo que hay gente por toda esta nación que está invocando el nombre de Scotty.

—¿Scotty?

—Sí, Scotty de Star Trek. Le están rogando a Scotty que me teletransporte, que me teletransporte y me abandone en el planeta Klingon.

—Me van a tener que teletransportar a mí contigo.

—Esperaba que dijeras eso. Podrías resultar útil si tenemos que pelear contra uno de esos klingons.

Dante miró su reloj… y luego su mirada se cruzó con la de Susie.

—Esta noche soy Dick Clark, y es hora del conteo regresivo desde Nueva York… diez, nueve, ocho, siete, seis, cinco, cuatro, tres, dos, uno, ¡FELIZ AÑO NUEVO!

Susie encontró un radio y estaban transmitiendo «*Auld Lang Syne*». Primero abracé a mi madre y susurré:

—Sé que no soy gran sustituto para papá.

—No necesito un sustituto —susurró ella—. Tengo lo que necesito para ayudarme a sobrevivir… Y eso eres tú. —Me besó en la mejilla y me pasó los dedos por el pelo—. Feliz Año Nuevo, Ari.

Ni siquiera su pena podía robarle esa sonrisa.

Dante me besó. No nos dijimos nada. Solo nos miramos a los ojos, un poco maravillados.

Mis hermanas me abrazaron, me besaron, mientras las dos me decían lo felices que estaban de que me pareciera a nuestro padre.

Tal vez no había mucha felicidad en la cocina esa noche. Pero había mucho amor.

Y tal vez eso era aún mejor.

Treinta y cinco

Año Nuevo de 1989. Domingo.

Fui a misa con mi mamá y mis hermanas y sus maridos y mis sobrinos y mis sobrinas.

Me sentía entumecido. Había algo muerto en mí. Me costaba trabajo hablar. Después de misa, el cura habló con mi madre. Tanta gente conocía a mi madre. La gente la abrazaba y había una especie de belleza en las palabras que utilizaban cuando hablaban con ella.

Quería estar en cualquier lugar menos ese.

Quería ir a casa y encontrar a mi padre sentado en el porche, esperándonos.

Solo quería que acabara el día.

Y luego llegaría el lunes.

Y luego llegaría el martes y comenzaría el semestre final de mi último año… pero no estaría yendo a la escuela. Estaría yendo al funeral de mi padre.

Treinta y seis

Querido Dante:

No dejo de repetirme «mi padre está muerto mi padre está muerto mi padre está muerto». Escribo y reescribo el panegírico de mi padre: «mi padre está muerto mi padre está muerto mi padre está muerto». Me asomo por la ventana para ver si está en el patio de atrás fumando un cigarro: «mi padre está muerto mi padre está muerto mi padre está muerto». Está sentado frente a mí a la mesa de la cocina y lo oigo decirme lo que sé, pero me rehúso a aceptar: «El problema no es que Dante esté enamorado de ti. El problema es que tú estás enamorado de Dante». Mi padre está muerto mi padre está muerto mi padre está muerto.

Dante, estoy tan triste. Me duele el corazón. Me duele. No sé qué hacer.

Treinta y siete

Dante viene en la tarde. Me dice que parece que he estado llorando. Le digo que estoy cansado. Nos escapamos a mi cuarto y nos acostamos en mi cama y me quedo dormido mientras me abraza. Me la paso repitiendo «Mi padre está muerto mi padre está muerto mi padre está muerto».

Treinta y ocho

Me había colgado las placas de identificación de mi padre junto a la cruz que me regalaron Gina y Susie. Cuando salí de la ducha, me las puse. Me quedé mirándome. Me rasuré. Mi padre me había enseñado a hacerlo. Cuando era pequeño, lo miraba maravillado. Me vestí y me vi en el espejo mientras me ataba la corbata. Mi padre me enseñó a atarme la corbata el día antes de hacer mi primera comunión. Me até los cordones de los zapatos. También mi padre me había enseñado a hacer eso. Estaba rodeado por él, por mi padre.

Era extraño seguir el ataúd de mi padre mientras los ocho portadores caminaban junto a él, cuatro de cada lado. Sam Quintana era uno de los que cargaban el féretro de mi padre, también el padre de Susie. En el transcurso de muchos años habían discutido libros, algo de lo que yo me había enterado apenas recientemente porque le había puesto tan poca atención a la vida de mi padre. Los otros portadores eran carteros. Mi madre y yo caminamos por el pasillo tomados del brazo. Mis hermanas y sus maridos nos seguían detrás.

Intenté ponerle atención a la misa, pero estaba demasiado distraído. Me ponía nervioso decir el panegírico fúnebre de mi padre y la iglesia estaba llena, con todas las Hijas Católicas vestidas de blanco y sentadas juntas… incluyendo a la señora Alvidrez.

Dante y la señora Q y Sófocles estaban sentados detrás de nosotros. No estaba poniéndole atención al cura cuando comenzó su sermón. Podía ver que se movían sus labios… pero parecía como si hubiera perdido mi sentido del oído.

Después de la comunión, el cura me hizo un gesto. Mi madre me apretó la mano. Sentí la mano de Dante sobre mi hombro. Me levanté del banco y me abrí paso hasta el púlpito. Metí la mano en el bolsillo y desdoblé el panegírico que había escrito para mi padre. Mi corazón latía a toda velocidad. Jamás había hablado frente a una iglesia llena de gente. Me quedé helado. Cerré los ojos y pensé en mi padre. Quería que estuviera orgulloso de mí. Abrí los ojos. Miré hacia el mar de gente. Vi a mis hermanas y a mi madre envueltas en su duelo. Miré las palabras que había escrito… y comencé:

—Mi padre trabajaba para el Servicio Postal de los Estados Unidos. Era cartero y estaba orgulloso de lo que hacía. Estaba orgulloso de ser un servidor público y estaba mucho más orgulloso de su servicio a este país como cartero que de su servicio a este país como soldado.

»Mi padre peleó en una guerra y se trajo consigo un trozo de esa guerra cuando volvió a casa. Fue un hombre silencioso por muchos años, pero poco a poco rompió ese silencio. Me contó que una lección que aprendió en Vietnam fue que toda vida humana es sagrada. Luego me dijo que la gente dice que todas las vidas son sagradas, pero se están mintiendo. Mi padre odiaba algunas cosas; el racismo era una de ellas. Me dijo que trabajó mucho para deshacerse de su propio racismo. Y eso es lo que hacía que mi padre fuera un gran hombre. No culpaba a otras personas por los problemas del mundo. Señalaba los problemas del mundo dentro de sí y libraba una batalla para deshacerse de ellos.

»Mi madre me dio el diario que mi padre escribía. Mi padre llenó las páginas de varios diarios en el transcurso de los años y los estuve revisando mientras trataba de pensar en qué quería decir. Leer un pasaje era como meterse dentro de su cerebro. Cuando tenía trece y catorce y quince años, añoraba saber qué pensaba mi padre, ese hombre silencioso que parecía estar viviendo en la memoria de una guerra que le dejó heridos el corazón y la mente. Aunque estaba mucho más presente de lo que yo me imaginaba. Yo no tenía idea de quién era mi padre, así que me lo inventé. Lo que me lleva a esta entrada que escribió cuando yo tenía catorce años:

»"Estados Unidos es el país de la invención. Somos un pueblo que constantemente se inventa y reinventa. La mayoría de nuestras invenciones sobre quiénes somos son ficciones. Inventamos quiénes son las personas negras y las presentamos como violentos y criminales, pero nuestros inventos tienen que ver con nosotros y no con ellos. Inventamos quiénes son los mexicanos y nos reducimos a un pueblo que come tacos y rompe piñatas. Inventamos razones para pelear guerras porque la guerra es lo que conocemos y convertimos esas guerras en marchas heroicas hacia la paz, cuando la guerra no tiene nada de heroico. A los hombres los matan en las guerras. A los jóvenes. Nos decimos que murieron para proteger nuestras libertades… incluso cuando sabemos que esa es una mentira. Me parece una tragedia que un pueblo tan inventivo no pueda permitirse inventar la paz".

»"Mi hijo Ari y yo estamos librando una guerra. Estamos librando una guerra con nosotros mismos y uno con otro. Hemos recurrido a inventarnos uno al otro. Le desagrado a mi hijo, pero lo que le desagrada es invento suyo".

»"Y yo estoy haciendo lo mismo. Me pregunto si alguna vez encontraremos una salida de esta guerra. Me pregunto si alguna vez seremos lo suficientemente valientes para declarar una tregua, imaginar una paz y finalmente vernos el uno al otro por lo que somos y dejar estas tonterías de inventar".

»Mi padre y yo finalmente logramos parar la guerra que estábamos luchando. Yo dejé de inventarlo a él y finalmente lo vi por lo que era. Y él me vio a mí.

»A mi padre le importaba el mundo en el que vivía. Pensaba que podíamos hacerlo mucho mejor, y creo que tenía razón, y me encantaba que le importaran cosas que eran más grandes que el mundo pequeño en el que vivía. En una entrada de diario escribió: "No hay razones para odiar a otra gente… a otros tipos de personas. Inventamos razones sobre por qué otra gente es menos humana que nosotros. Inventamos razones y luego nos creemos esas razones y luego esas razones se vuelven verdaderas y son verdaderas porque ahora creemos que son hechos, e incluso nos olvidamos en dónde comenzó todo: con una razón que inventamos".

»Mi padre no solo era mi padre. Era un hombre. Era un hombre consciente del mundo más grande a su alrededor. Amaba el arte y leer libros sobre arte. Tenía varios libros sobre arquitectura y los leía. Tenía una mente curiosa y quería saber cosas y no creía ser el centro del universo y no creía que lo que pensaba y lo que sentía fueran las únicas cosas que importaran. Eso lo volvía un hombre humilde. Y aquí lo voy a citar. Dijo: "Hace falta humildad en este país, y sería bueno que si fuéramos en su búsqueda".

»Mi padre no solo fue en busca de la humildad, la encontró. Cuando murió, murió de un paro cardiaco… y murió en mis brazos, susurrando mi nombre y susurrando el nombre de mi madre. Y pensé en una historia que una vez me contó de un joven soldado que murió en sus brazos. El joven le pidió a mi padre que lo abrazara. "Llevaba siendo hombre apenas una hora", dijo mi padre. Y el joven soldado, que era judío, le pidió a mi padre al morir: "Dile a mi mamá y mi papá… diles que los veré el año que viene en Jerusalén".

»Mi padre fue a Los Ángeles con el propósito de entregarles ese mensaje a sus padres. Algunas personas pensarían que solo un hombre especial haría algo así. Pero él citaba a mi madre, la maestra que está tan orgullosa de ser maestra como mi padre lo estaba de ser cartero, y decía: "No hay puntos extra por hacer lo que se supone que debes hacer".

»Mi mamá y mi papá y yo viajamos a Washington D. C. un verano. Yo tenía como nueve o diez años. Mi padre quería ver el Memorial de Vietnam. Más de cincuenta y ocho mil soldados murieron en Vietnam. Me dijo: "Ahora ya no son solo números. Eran seres humanos que tenían nombres. Y ahora, al menos, escribimos sus nombres en el mapa del mundo". Encontró los nombres de los hombres que habían muerto en Vietnam luchando junto a él. Trazó cada nombre con su dedo. Fue la primera vez que vi a mi padre llorar.

»Mi padre trazó su nombre sobre mi corazón. Y su nombre permanecerá ahí. Y como su nombre vive en mí, seré un mejor hombre por eso. Mi nombre es Aristóteles Mendoza, y si hoy me preguntan quién soy, los miraré a los ojos y les diré: Soy el hijo de mi padre.

Al terminar miré a mi madre a los ojos. Las lágrimas le surcaban el rostro, y estaba parada, y estaba batiendo las manos, aplaudiendo, orgullosa. Y vi a mis hermanas y a Dante, parados, aplaudiendo. Y luego me di cuenta de que toda la gente reunida en esa iglesia estaba parada, aplaudiendo. Toda esa gente… sus aplausos, sabía que no eran por mí. Eran por el hombre a quien habían venido a honrar. Y me sentí orgulloso.

Treinta y nueve

Fue un funeral militar. Y el trompetista tocó el toque de silencio, notas solitarias que fueron desapareciendo en el cielo azul claro del desierto, y los siete soldados apuntaron sus armas hacia ese mismo cielo azul y dispararon una ronda de balas... Y esos disparos reverberaron en mis oídos. Luego otra ronda de disparos y luego otra. Y los soldados doblaron la bandera de esa manera cuidadosa y ceremonial que habían aprendido... y uno de los soldados le entregó la bandera a mi madre y susurró: «De parte de una nación agradecida», pero no creí que esas palabras fueran ciertas y tampoco creí que mi padre hubiera pensado que esas palabras fueran ciertas. Mi padre amaba a su país. A veces creo que lo amaba más de lo que pudiera soportar. Pero era un hombre que buscaba la verdad, y yo sabía que él no creía que esas palabras fueran sinceras.

El cura le dio a mi madre el crucifijo y luego la abrazó, y luego se paró frente a mí y me dijo en un susurro mientras me tendía la mano: «Las palabras que dijiste hoy... esas no son las palabras de un niño... esas fueron las palabras de un hombre». Sé que lo decía con toda sinceridad... pero yo sabía que se equivocaba. Yo no era un hombre.

Mis hermanas y mi madre caminaron de vuelta a las limusinas funerarias negras. Pero yo me quedé atrás. Me quedé parado ahí solo, queriendo despedirme, aunque ya me hubiera despedido... pero no, no era cierto. Sabía que me estaría despidiendo por mucho tiempo más. No quería que nada de esto fuera cierto y no sabía cómo soltar. Me quedé mirando su ataúd, y pensé en cómo lloraba mientras se arrodillaba frente al Memorial de Vietnam. Estaba pensando en eso en el frío, mientras levantábamos los ojos hacia las estrellas, y en lo suave que sonaba su voz cuando me contaba la historia de cómo conoció a mi madre y de cómo la había amado desde el principio.

—Papá —susurré—, el año que viene en Jerusalén. —Eso que sentía… era un dolor horrible. No sabía que había caído de rodillas. No parecía haber nada más que oscuridad a mi alrededor.

Y de repente me encontré rodeado de Dante y de Susie y de Gina y de Cassandra, y sentí que Dante me ayudaba a ponerme de pie y me sostenía. Y mis amigos, todos estaban tan callados como yo, pero sabía que me estaban diciendo que me amaban y que me estaban recordando que estábamos todos conectados. Se quedaron parados conmigo. Y luego escuché a Cassandra cantar «*Bridge Over Troubled Water*» y luego Dante la acompañó con su voz y luego se unieron Susie y Gina. En ese momento, sonaron como un coro de ángeles… y nunca pensé que podía sentir tanto amor o tanto dolor.

Y aunque sentía que una parte de mí había muerto, otra parte de mí se sentía viva.

Dante me acompañó hasta mi coche y susurró:

—Te veré de vuelta en la recepción.

Cuando me dirigía a la limusina, vi a mi madre parada afuera del coche, y hablaba con un hombre.

Cuando me acerqué, vi quién era ese hombre.

—¿Señor Blocker?

—Ari —dijo.

—¿No se supone que debería estar dando clases?

—Tenía algo más importante que hacer hoy.

—Vino. Vino al funeral de mi padre.

—Así es. —Me miró y asintió. —Justo le estaba diciendo a tu madre que me conmovió mucho lo que escribiste. Bien hecho, Ari. Estaba sentado junto a una mujer y a su esposo, y después de que terminaran los aplausos, les dije: «Es mi alumno». Estaba orgulloso. Estaba, y estoy, muy orgulloso de ti. —Me dio un apretón de manos. Me miró a los ojos y asintió. Se volvió hacia mi madre y la abrazó y le dijo: —Podrá ser el hijo de su padre, pero definitivamente también es hijo tuyo, Liliana. —Se dio la vuelta y se fue lentamente.

—Es un buen hombre —señaló mi madre.

—Sí, lo es —respondí.

—Dice mucho de él que viniera al funeral de Jaime. Y también habla de ti. —Le abrí la puerta del coche—. Y quiero una copia del panegírico que escribiste para tu padre.

—Te puedo dar este y ya.

—Te lo devolveré cuando muera.

—Espero que nunca mueras.

—No podemos vivir para siempre.

—Lo sé. Estaba pensando que el mundo no llorará a tipos como Dante y como yo cuando muramos. El mundo no nos quiere en él.

—No me importa un comino lo que quiera o piense el mundo. No quiero vivir en un mundo sin ti o sin Dante.

Cuarenta

Cuando llegué a casa, me cambié y me puse unos pantalones de mezclilla viejos y una camiseta. Me senté en la sala e intenté conversar con mis hermanas, pero era como si no pudiera oír y no pudiera hablar. Supongo que mi madre me estaba mirando. Me tomó de la mano y me llevó a mi habitación.

—Duerme un rato. Lo único que necesitas ahora es dormir.

—No —contesté—, lo único que necesito ahora es a papá.

Me pasó los dedos por el pelo.

—Descansa un rato.

—«Pero tengo promesas que cumplir».

—«Y millas que recorrer antes de dormir».

Nos reímos el uno al otro, y nuestras sonrisas estaban tristes. Y luego dije:

—«Algunos hijos se van, otros se quedan», pero, mamá, yo nunca me iré.

—Lo harás algún día.

—No. Nunca.

—Duerme.

Cuarenta y uno

Cuando desperté ya era tarde, casi medio día. Patas seguía dormida. Estaba durmiendo cada vez más. Se estaba poniendo vieja, pero seguía siendo una gran compañera de sueños. La acaricié.

—Hay que levantarnos. —Ladró suavemente—. Mamá nos preparará el desayuno. —Me pregunté cuándo se iría esta extraña tristeza.

Me puse los pantalones de mezclilla y una camiseta y me dirigí a la cocina para tomarme una taza de café.

La casa estaba callada, excepto por las voces de mi mamá y las voces de mis hermanas.

—Buenos días —dije.

—Ya es la tarde.

—¿Y a dónde vas con eso? —Le ofrecí media sonrisa a Emmy—. Necesito café.

Vera no dejaba de mirarme.

—De verdad que pareces adulto.

—Nunca juzgues a un libro por su portada. —Me serví una taza de café. Me senté junto a mamá—. ¿Por qué está todo tan callado?

—Los maridos se llevaron a los niños a ver a los abuelos. Mis suegros quedaron muy impresionados contigo, Ari.

—Son muy amables.

—Todavía no sabes cómo aceptar un cumplido. —Emmy se parecía cada vez más a mamá.

—Están bien los cumplidos. Pero, bueno, ¿qué se supone que debo decir? No me gusta que me pongan tanta atención.

—Eres idéntico a papá —dijo Vera.

—Quisiera serlo.

—Ari, nos hace felices saber que tú y papá dejaron de pelearse.

—A mí también, Emmy. Pero justo cuando nos habíamos acercado tanto... no me parece justo. —Me reí a medias—. Papá odiaba eso de «No es justo».

—No lo sabía.

—Sé exactamente lo que pensaba tu padre cuando la gente decía «No es justo». Pero prefiero no entrar en esta conversación que estás teniendo con tus hermanas.

—¿Por qué? ¿Porque nunca conversamos?

Mis dos hermanas asintieron. Las miré.

—Ya que tomé algunos pasos para tratar de no odiarme tanto, no me culparé por la falta de comunicación entre los tres. Solo aceptaré una tercera parte de la culpa.

—Bueno, éramos mayores —agregó Vera—. Tal vez solo deberías aceptar una cuarta parte de la culpa. Y yo me puedo llevar una cuarta parte de la culpa... y Emmy puede quedarse con la mitad de la culpa. Es la mayor y le gusta estar a cargo.

—Porque soy la más madura de los tres... —comenzó a decir Emmy, lo que nos hizo reír a todos, lo que incluso hizo que ella se riera con nosotros—. Está bien, ya que soy tan mandona, cada quien tiene un tercio de la culpa de no haber hecho un esfuerzo tan grande por llegar a ti, Ari. Esforcémonos más.

—Bueno —respondí—, en el universo de papá, cuando la gente dice que no es justo, en realidad no están hablando de justicia.

—¿De qué se trata, entonces?

—Decía que lo único que estamos haciendo es dejarle al mundo saber lo egoístas que somos. Estamos haciendo una suposición y también haciendo una acusación. Está todo en una de las entradas de su diario. ¿Quieren leerlos? Cuando termine de leerlos, se los puedo enviar para que también ustedes los lean. Y si no me los devuelven, tendré que manejar hasta Tucson para robárselos.

—Eso me agradaría —afirmó Vera.

—Bueno, mira nada más —añadió Emmy—. El pequeño Ari aprendió a compartir.

Miré a Emmy y asentí con la cabeza.

—Qué linda. Ibas tan bien. Pero tuviste que echarlo a perder.

—Me gustan estas peleas de mentira más de lo que me gustaba el otro tipo de peleas.

Vera siempre fue la pacificadora de corazón bondadoso. Era tan linda. Mis dos hermanas eran lindas.

—Tengo ganas de decir que siento envidia de lo que tenían tú y papá —dijo Vera—. Pero no lo diré. Me da mucha felicidad que pelearan hasta llegar el uno al otro. Todo ese silencio viviendo dentro de papá y toda esa terquedad viviendo dentro de ti, Ari… pero lo lograron.

—Sí que lo lograron. —Emmy estaba asintiendo con la cabeza y sonriendo—. Es como ese pasaje del diario de papá que leíste en tu panegírico. Es verdad que nos inventamos quiénes son los otros. Y nos inventamos a nosotros mismos. Y podemos tener imaginaciones que no son nada bonitas y nada generosas.

Mamá se rio.

—Es verdad. —Se estiró hacia mí y envolvió mi mano en las suyas—. Y por más triste que me sienta por la muerte de tu padre, justo ahora, en este momento, estoy feliz. Todos mis hijos están aquí.

Y Emmy susurró.

—Menos Bernardo.

—Oh, está aquí —dijo mi madre. Se dio un golpecito en el corazón—. Nunca se fue. Siempre estará aquí.

No tenía la menor idea de cómo mi madre había aprendido a soportar todas sus pérdidas.

Felicidad. Desconsuelo. Las emociones eran cosas volubles. Tristeza, dicha, rabia, amor. ¿Cómo se le ocurre al universo inventar emociones e insertarlas en los seres humanos? Mi padre, supongo, los llamaría dones. Pero tal vez nuestras emociones eran parte del problema. Tal vez nuestro amor nos salvaría. O tal vez nuestro odio destruiría la Tierra y a todos en ella. «Ari. Ari, Ari, Ari, ¿no puedes descansar aunque sea un momento de estar pensando y pensando y pensando?».

¿Qué estaba sintiendo justo ahora? No lo sabía. Simplemente no lo sabía. ¿Cómo explicaba que no sabía qué era lo que sentía?

Cuando mis hermanas salieron para visitar a sus suegros, me fui a mi habitación. Estaba leyendo uno de los diarios de mi padre, y podía escuchar su voz en ellos… no se sentía como si estuviera muerto. Se sentía como si estuviera en el cuarto, sentado en mi mecedora y leyéndome.

Decidí tomar el diario que estaba leyendo y sentarme en los escalones de la entrada. Estaba fresco afuera, pero el sol parecía abrirse paso por el día inusualmente frío. Me dirigí a los escalones. No sé por qué, pero era uno de mis lugares favoritos. También era uno de los lugares favoritos de mi madre.

Encontré el lugar en donde me había quedado y, justo cuando comenzaba a leer, salió mi madre y se sentó junto a mí.

—Léeme la parte que estás leyendo.

—Copió su pasaje favorito de la Biblia.

—Léemelo.

—«Hay un momento para todo y un tiempo para cada cosa bajo el sol: un tiempo para nacer y un tiempo para morir…». Y luego papá escribe: «Me he abstenido de abrazar por demasiado tiempo… Ya es hora de que abrace. Mi tiempo para el silencio ya pasó… Ahora es mi tiempo para hablar. Ya tuve mi tiempo para llorar… ahora es mi tiempo para reír. Mi tiempo para odiar ya pasó. Y ahora es mi tiempo para amar. Voy a pedirle a Liliana que se case conmigo.

Se recargó contra mi hombro.

—Nunca me dejaba leerlos.

—Podemos leerlos juntos ahora, mamá. ¿Cómo te pidió matrimonio?

—Acababa de salir de una clase vespertina. Salimos a caminar. «¿Qué me ves de distinto?», me preguntó. Lo miré y lo miré. «¿Estás más guapo hoy de lo que estabas ayer?». Sacudió la cabeza. «¿Te cortaste el pelo?». Sacudió la cabeza. Y luego en una esquina de las calles de Oregón y Boston, tu padre puso mi mano sobre su corazón. «¿Sientes como late mi corazón?». Asentí. «Eso es lo que cambió. Hoy, cuando desperté, mi corazón estaba más fuerte». Me puso la mano en la mejilla. «¿Quieres ser pobre conmigo?». Y dije: «Jamás seré pobre mientras me ames». Y luego lo besé y le dije: «Sí».

Recordé que Dante me decía que jamás podría escaparse de casa. «Estoy loco por mis padres». Me había tomado mucho más tiempo estar loco por los míos.

Mi madre y yo nos sentamos en nuestro propio silencio por un rato y la brisa fresca sopló sobre nuestras caras y me hizo sentir vivo. Había nubes en la distancia y podía oler la lluvia. Era como si mi padre estuviera enviándome lo que más amaba. O tal vez era el universo el que me enviaba la lluvia. O tal vez era Dios. Tal vez no importaba. Todo estaba conectado.

Los vivos estaban conectados con los muertos. Y los muertos estaban conectados con los vivos. Y los vivos y los muertos estaban todos conectados con el universo.

El mundo, el universo y Aristóteles y Dante

Ha habido estallidos en el universo por miles de millones de años: estallidos que dan luz a un mundo que respira con una nueva vida. El universo crea.

Vivimos en un planeta que es parte de ese universo. Y aunque somos apenas un punto, una pequeña partícula, nosotros también somos parte de ese universo. Todo está conectado y todo pertenece. Todo lo que está vivo lleva el respiro del universo. Una vez que algo nace —un perro, un árbol, una lagartija, un ser humano—, se vuelve esencial para el universo y nunca muere.

La Tierra no conoce la palabra «exilio». La violencia comienza en la oscuridad y en los disturbios necios del corazón humano. El corazón humano es la fuente de todo nuestro odio... y de todo nuestro amor. Debemos domar nuestros corazones salvajes... o jamás entenderemos la chispa del universo que vive dentro de todos nosotros.

Vivir y jamás entender los misterios extraños y hermosos del corazón humano es transformar nuestras vidas en tragedia.

Uno

Dante vino a mi casa. Yo tenía la mirada clavada en mi diario. Pero no tenía palabras que vivieran en mí justo en ese momento. A veces las palabras se escapaban justo cuando necesitabas que se quedaran.

—Voy a regresar a la escuela mañana.

Asintió.

—Ari, te ves tan triste. Y todo este amor que tengo por ti no puede hacer que no estés triste. Quisiera poder quitarte todo tu dolor.

—Pero el dolor es mío, Dante. Y no te lo doy. Si me lo quitaras, lo extrañaría.

Acompañé a Dante a casa caminando en el frío. Fuimos por los callejones y lo tomé de la mano y hubo un silencio entre nosotros que se sintió mejor que cualquier conversación. Lo besé frente a su casa y él me peinó el pelo con sus dedos como lo hacía mi madre. Y eso me hizo sonreír.

Mientras caminaba de regreso a casa, miré a las estrellas y susurré: «Papá, ¿cuál eres tú?».

Dos

Volví a clases el jueves. Mi último semestre de la preparatoria. Me sentía distante. Un poco vacío. Un poco entumecido. Tenía ganas de llorar. Pero sabía que no lloraría. El señor Blocker me preguntó cómo estaba. Me encogí de hombros.

—No estoy seguro.

—Voy a decir una tontería: mejorará con el tiempo.

—Supongo.

—Dejaré de hablar ahora.

Me hizo sonreír.

Una ola de estudiantes pareció inundar el salón.

Susie y Gina se acercaron a mí cuando me senté en mi pupitre. Las dos me besaron en la mejilla.

—Bien— gritó Chuy desde el fondo del salón.

El señor Blocker sacudió la cabeza y sonrió.

—Durante las próximas tres semanas vamos a probar nuestra suerte con la poesía.

Se oyeron quejidos.

—Y aún mejor —añadió—, tendrán la oportunidad de escribir un poema.

Se sentía bien estar de vuelta en la escuela. Lo intentaría… intentaría volver a la normalidad.

No recuerdo qué pasó en esa clase.

Sinceramente no recuerdo nada de ese día… excepto escuchar la voz de Cassandra mientras les daba una cátedra a Susie y a Gina sobre sus teorías del privilegio masculino. Y recuerdo que dije: «¡Detente! Se me están encogiendo los huevos».

Sentía que estaba viviendo en el país de los muertos. Pero sabía que debía volver al país de los vivos: ahí pertenecía.

Mi padre estaba muerto. Pero yo no.

Tres

Desperté con el sonido de los sollozos de mi madre. Sabía que su tristeza era mucho mayor que la mía. Había amado a mi padre por mucho, mucho tiempo. Habían dormido en la misma cama, escuchado los problemas del otro, se habían cuidado el uno al otro. Y él ya no estaba. Me quedé ahí acostado en la cama, triste y paralizado. «Ay, mamá, lo siento. ¿Qué puedo hacer?». Pero sabía que no había nada que pudiera hacer. Su dolor era solo suyo. Así como mi dolor era solo mío. Nadie podía sanarlo. La herida tendría que sanarse sola.

No sabía si debía ir con ella o solo dejarla vivir su duelo. Y luego hubo silencio. Esperé a que volvieran a comenzar sus sollozos.

Debe de haberse quedado dormida de nuevo. Y luego mis propios sollozos llenaron el cuarto. No recuerdo cuánto tiempo pasó antes de que me quedara dormido llorando.

Cuatro

Estaba tomando café con mi mamá.

—Escuché tu dolor anoche.

—Yo escuché el tuyo —respondió.

No sé por qué, pero nos sonreímos el uno al otro.

Cinco

Dante estaba al teléfono. Y estaba hablando y hablando. A veces hablaba demasiado y era un poco irritante. Pero a veces me encantaba que hablara tanto.

—Ya casi terminamos, Ari. Somos la onda, carajo.

—¿Este es Dante fingiendo ser Ari?

—¿Sabes? A veces hablo como todos los que pasan junto a ti en el pasillo.

—Pues me parece terrible.

—Ay, cállate. Estoy hablando de que ya casi terminamos con esta cosa llamada preparatoria y solo estoy emocionado por eso, carajo. Adiós, colegio católico para varones.

—Y esto viene de un chico al que le gustan los chicos.

—No los chicos de Cathedral. Me gusta un chico que va a la preparatoria Austin.

—Háblame de él.

—No, yo digo el pecado, pero no el pecador.

—Ya voy a colgar.

—Estoy loco por ti.

—Sí, sí, estás loco y punto.

En realidad yo era el que estaba loco. Estaba loco por él. O como algunas de las mujeres de las películas, que están locas por el tipo del que están enamoradas. Locamente enamorado. Sí. Esa era una expresión que creía entender. El amor no tenía que ver con pensar, era una especie de estado que afectaba todo el cuerpo con esta cosa llamada deseo. O querer. O como demonios quisieras llamarlo. Y te volvía loco de deseo. O simplemente loco. O solo chiflado. Estaba loco. Lo estaba. Debo admitirlo.

Y otra cosa, también estaba loco de la pena. Sabía que sonaba como una línea mal escrita de telenovela. Pero era la maldita verdad. Sí. Me despertaba todos los días pensando en mi padre. Así que estar locamente enamorado me daba algo de estabilidad. Qué locura.

Seis

Después de la escuela, mientras me acercaba a mi camioneta en el estacionamiento, vi que Susie, Gina y Cassandra estaban esperándome.

—No se permite holgazanear por aquí —dije.

—Llama a la policía —respondió Susie.

—Tal vez lo haga.

—¿Qué acontecimiento las trae por aquí?

—Te estás yendo otra vez —repuso Gina.

—No lo haré. Lo prometo. Solo estoy triste.

—Está bien —contestó Cassandra—, eso lo entendemos. Pero aislarse del mundo no sanará tu dolor.

—Lo sé.

—Bien. Es viernes, ¿qué dices si visitamos tus lugares favoritos de siempre y nos compramos unas hamburguesas en el Charcoaler?

—Claro —dije.

—Ni siquiera estás fingiendo entusiasmo.

—Un día a la vez —alegué.

—Tienes razón.

—Así que, ¿estamos?

—Sí, estamos.

Y luego hicieron lo que sabía que harían. Me besaron en la mejilla y me abrazaron una por una.

—Voy a morir de demasiados besos y demasiados abrazos.

—Bueno, si te fuéramos a matar, solo te ahorcaríamos.

—Es más directo —reconocí.

—El cariño nunca ha matado a nadie.

—Hasta donde ustedes saben. —Podía ver que no me dejarían sumergirme en mi propia aflicción. En ese momento casi las odié por eso. Me subí rápido a la camioneta—. Nos vemos en la tarde —Y me despedí con la mano. Tan pronto como arranqué, sentí las lágrimas y pensé: «¿Alguien puede cerrar esta llave, por favor?».

Siete

Tan pronto como mis tres amigas me dejaron solo, encendí el auto y comencé a manejar. Antes de darme cuenta estaba manejando hacia el desierto. No sentía como si estuviera manejando. Era más como si mi camioneta me estuviera llevando allá.

Estacioné la camioneta en el mismo lugar en el que siempre la estacionaba. Solo me quedé ahí sentado. Me estaba imaginando a mi papá mientras fumaba un cigarro. Imaginaba su voz mientras me decía que dejara de castigarme solito. Me estaba imaginando la mirada en sus ojos justo antes de morir. Tanto amor en esos ojos que no volvería a ver jamás. No sé cuánto tiempo me quedé ahí sentado. Pero ya había oscurecido. El sol se había metido hace mucho.

—Papá, papá, ¿por qué te llevó Dios cuando yo era el que te necesitaba? Dime por qué. No lo entiendo. Odio, odio al maldito universo, carajo. Y el universo me odia a mí. Me odia, me odia, me odia.

Podía escucharme decir esas palabras y decir otras.

Era como si me hubiera salido de mi propio cuerpo y alguien más estuviera viviendo ahí, en mi cuerpo. Pero luego regresaba… y luego me volvía a ir. Me bajé de la camioneta y me senté en el suelo del desierto y me recargué contra la defensa.

Había rayos y truenos en los cielos desérticos y comenzó a llover. Comenzó a llover a cántaros. La lluvia se mezcló con mis lágrimas saladas. Me levanté para volverme a subir a la camioneta… pero sentí que caía de rodillas. «Papá, papá».

Estaba completamente solo en el mundo.

No había nada más que la lluvia desértica y yo.

Y mi corazón roto.

—¡Ari! ¡Ari! —Conocía esa voz. Conocía esa voz. Era una voz mejor que la mía.

—¿Dante? —susurré.

—¡Ari!

Sentí que me levantaba y me cargaba en sus brazos.

Escuché voces que conocía. Voces de chicas. Voces de mujeres. Y decían mi nombre una y otra vez y había amor por doquier. Por todos lados había amor. Y quería extender la mano y agarrarlo. Pero no podía moverme.

Ocho

Sentí que Dante me sostenía mientras el agua caliente de la ducha golpeaba contra mi piel. Lo miré. No sé qué clase de mirada tenía yo. Él solo susurraba mi nombre. Y supe que yo estaba sonriendo.

Nueve

Desperté y vi que el sol se colaba por la ventana. Pensé en esa mañana, la mañana de verano cuando conocí a Dante. El sol se estaba colando por esa misma ventana y yo me había puesto a golpear los pies contra el piso de madera mientras escuchaba «La bamba». Sentía como si ese día le hubiera ocurrido en otra vida a otro chico que tenía el mismo nombre. Y de alguna manera, sí le había sucedido a otro chico. Yo era distinto ahora. Había dejado atrás al niño. Me había despedido de él. Y todavía estaba saludando al joven en el que me había convertido.

Pero el joven en el que me había convertido no tenía padre. No, eso no era cierto. Siempre tendría padre. Solo tendría que buscarlo en donde vivía ahora. Dentro de mi corazón.

Diez

Mi mamá entró a la habitación. Se sentó en mi cama.

—Sé que estás triste. Sé que se te rompió el corazón. Pero hay momentos en los que debes pensar en los demás, Ari. Tienes que superar tus propios dolores y pensar en la otra gente. Puedes ahogarte en tus propias lágrimas amargas o puedes levantar la vista hacia el cielo. Dante y las chicas… los asustaste. Tienen tanto miedo de perderte. Y yo también, Ari. ¿Sabes lo que me haría si te perdiera, si cedieras a tu propio dolor? ¿Amabas a tu padre? Entonces aprende a vivir otra vez.

Se estiró hacia mí y me pasó los dedos por el pelo.

Se levantó y salió de mi cuarto.

Once

Encontré a mi mamá en su cuarto. Estaba revisando las cosas de mi papá. Levantó la mirada cuando entré.

—Voy a regalarle algunas de sus cosas a la gente que lo amaba. Tú puedes escoger primero.

Se sentó en la cama y luchó contra las lágrimas. Me senté junto a ella y la abracé. Luego le dije:

—¿Te cuento un chiste colorado?

Y los dos nos empezamos a reír. Me dio un golpecito suave en el brazo.

—¿Estás loco? ¿Qué te pasa?

Pasamos todo el día revisando las pertenencias de mi padre. Estas son las cosas que elegí:

- *Su uniforme de cartero*
- *Su anillo de casado*
- *Su uniforme militar*
- *La bandera que recibimos en su funeral*
- *Una foto de mi madre que tomó en una clase de fotografía*
- *Las cartas que se escribieron mi mamá y mi padre cuando él estaba en Vietnam (pero tuve que prometer que dejaría que mis hermanas las leyeran)*
- *Su camisa favorita*
- *Un par de zapatos de vestir (usábamos la misma talla)*
- *Su última cajetilla de cigarros*
- *Su reloj*
- *Una foto de mi padre cargándome el día que me trajeron a casa*

- *Una foto en la que salgo yo sonriéndole a la cámara, chimuelo y cargando a Tito*

Una vez que todo estuvo empacado y organizado, mi mamá miró alrededor del cuarto.

—Se me ocurrió conseguir una cama nueva. Pensé en mudarme a la habitación de invitados. Pero luego pensé: «Bueno, eso solo es escaparse». No quiero escaparme de los receurdos del hombre que me amó. Así que aquí me quedo. Pero compraré ropa de cama nueva. Esto es demasiado masculino para mi gusto.

Asentí con la cabeza una y otra vez.

—Vamos a estar bien, ¿verdad, mamá?

—Sí, Ari. Tu padre alguna vez me dijo: «Si alguna vez me sucede algo, por favor no te conviertas en mi viuda. Conviértete en ti misma. Vuelve a enamorarte». Mmm. Volver a enamorarme, sí, cómo no. El único hombre al que necesité en la vida fue tu padre. Puedo vivir sin los demás hombres del planeta.

—Bueno, estoy yo, mamá.

—Tú no cuentas.

—¿Por qué? ¿Porque soy gay?

—Por más inteligente que seas, puedes ser verdaderamente tonto. No. No porque seas gay, porque eres mi hijo.

Doce

Llamé a Dante.

—Oye, siento mucho haberte asustado.

—Está bien, Ari.

—Y gracias. Mierda, finalmente tengo la oportunidad de meterme en la ducha contigo y tengo la cabeza en otro lado.

—Bueno, podemos volver a intentarlo.

—Siempre puedes hacerme sonreír.

Hubo silencio al teléfono.

Y luego la voz suave de Dante.

—¿Estás seguro de que estarás bien?

—Sí, estoy seguro. Y digo que vayamos esta noche al Charcoaler y que hagamos eso de ir a pasar el rato. Llamaré a las chicas.

Dante estaba sentado en el porche cuando pasé a recogerlo. Bajó de un brinco y sonrió cuando vio a mi mamá.

—¡Señora Mendoza! ¿Viene a dar el roll un rato con nosotros?

A veces Dante sufría una regresión y hablaba como el hípster que jamás sería.

Mi madre le sonrió.

—Espero que no te moleste.

—¿Por qué habría de molestarme? Digo, a veces es más divertida que Ari.

—Síguele, Dante. Nomás síguele.

Cuando llegamos al Charcoaler y estaba pidiendo la comida, vi a Cassandra, a Gina y a Susie recargadas en el coche de Gina, comiendo aros de cebolla. Cuando estuvo listo nuestro pedido, me estacioné junto a ellas… y todas se pusieron a gritar: «¡Señora Mendoza! ¡Genial!».

A veces las quería tanto. Las chicas tenían algo que los chicos no tenían… y que jamás tendrían. Eran increíbles. Tal vez algún día, en vez de siempre tener que comprobar que eran hombres de verdad, los tipos estudiarían el comportamiento de las mujeres y empezarían a comportarse un poco más como ellas. Eso sí estaría genial.

Trece

El domingo por la mañana, Cassandra y yo salimos a correr. Me sentí vivo. Era como si Cassandra pudiera leerme la mente. «Yo también me siento viva».

Dante y yo manejamos hasta el desierto. El desierto siempre estaba ahí. Esperándome. Hicimos una larga caminata. A veces nos deteníamos y Dante me abrazaba. Fue un día sin palabras. Fue bueno estar libre de las palabras.

Cuando el sol estaba por bajar y dejar el cielo sin su luz, Dante y yo nos recargamos en mi camioneta. Miré a Dante.

—Oye —dije—, estamos vivos. Así que vivamos.

—Vivamos.

Y le hice el amor.

—Vivamos —susurré.

Catorce

A la hora del almuerzo les conté a Gina, a Susie y a Cassandra la historia que me contó mi papá sobre mi mamá y las lagartijas. Antes de darme cuenta empecé a llorar. Podía oír la voz de mi padre contándome la historia. Y supongo que estaba triste, pero también estaba un poquito feliz. Me dejó historias que contar. Todos tienen historias que contar. Mi padre las tenía. Mi madre las tenía. Y yo las tenía. Las historias vivían dentro de nosotros. Creo que nacimos para contar nuestras historias. Después de morir, sobrevivirían nuestras historias. Tal vez eran nuestras historias las que alimentaban al universo con la energía que necesitaba para seguir dando vida.

Tal vez lo único que se suponía que debíamos hacer en esta tierra era seguir contando historias. Nuestras historias… y las historias de la gente que amábamos.

Quince

La siguiente semana, tuvimos un simulacro de incendio durante el segundo descanso, pero fue un poco extraño. No parecía un simulacro de incendio normal. No fue la cosa típica de diez minutos nada más. Y podía ver que algunos de los maestros estaban hablando unos con otros y vi que el señor Blocker se estaba desternillando de risa... y algunos de los otros maestros también. Y luego otro maestro les llamó la atención, pero estaba demasiado lejos para oír la conversación. Y luego alguien mencionó algo de unos grillos. Y me pareció extraño. Y algunas personas estaban interrogando a Javier Domínguez, un chico listo y buena onda que les agradaba a todos. Pero, si Javier sabía algo, no iba a soltar la sopa.

Después de unos veinticinco minutos, finalmente nos llevaron de vuelta a nuestros salones. Y luego pensé que tal vez ese sería un buen día y me distraería del dolor que llevaba conmigo.

Para la hora del almuerzo ya había salido la noticia. Nuestra reportera de investigación personal, Susie, tenía la primicia.

—Alguien soltó un ejército de grillos en la clase de la señora Livermore.

—¿Qué?

—Cientos de ellos. Grillos por todos lados. Parece que la señora Livermore salió corriendo por el pasillo y estaba a punto de tener una crisis nerviosa.

—¿Grillos?

—Cientos de ellos.

—Eso es lo que llamo genial —expuso Cassandra—. Estoy segura de que la señora Livermore los confundió con cucarachas. Así que se puso como loca. Y solo eran grillos. Es brillante, en realidad.

—Pero ¿cómo consigues tantos grillos?

—Los pides.

—¿Quieres decir, como por catálogo?

—Sí. O los puedes pedir en una tienda de mascotas.

—Pero ¿por qué alguien pediría grillos?

—Son alimento… para las lagartijas o las serpientes.

—Ay, qué asco.

—¿Se asustaron los estudiantes de su clase?

—Yo me habría espantado —dijo Gina—. Se me está poniendo la piel de gallina.

Me di cuenta de que sonreía al imaginar a la señora Livermore salir corriendo del salón. Era lindo sonreír.

—Hombre —exclamó Susie—, habría vendido mi alma por estar ahí.

Dieciséis

Cuando manejé a la escuela el lunes en la mañana, estaba cantando. Sí, estaba cantando. A veces estaba arriba y a veces estaba abajo. Y a veces estaba arriba y a veces estaba abajo.

Estaba sentado en el salón de estudios y oí la voz del señor Robertson por el altavoz: «Podrían los siguientes alumnos venir por favor a mi oficina de inmediato: Susie Byrd, Jesús Gómez y Aristóteles Mendoza».

Nos miramos entre todos.

—¿Creen que piensen que tuvimos algo que ver con los grillos? —Susie me miró—. Confesaría estar detrás de ese delito, aunque no lo hice. Sería una heroína.

Mientras atravesábamos el pasillo, nos estábamos riendo.

—Esto es tan emocionante.

—Susie, esta no es mi idea de emocionante.

—Sí, lo es —dijo Chuy—. Es genial. Somos famosos.

Mis amigos estaban locos… o sea, súper locos.

Justo cuando llegamos a la oficina del señor Robertson, se abrió la puerta de golpe y salieron dos estudiantes furiosos. El señor Robertson miró a su secretaria.

—Asegúrese de que esos dos se anoten para quedarse castigados después de la escuela, comenzando hoy.

Ella sacó una libreta.

—¿Por cuánto tiempo?

—Dos semanas.

—Hace rato que no tenemos un *duosemanal*.

—¿Eso es inglés, Estela?

—Es mi versión de eso —dijo. Hablaba inglés con acento mexicano; más allá de eso, su inglés era excelente. Era claro que estaba de malas. Creo que el señor Robertson estaba por decir algo, pero Estela no había terminado del todo—: No me parece que tenga derecho a corregir mi inglés hablado… ya que yo tengo que corregir su gramática antes de pedirle que firme todas las cartas que envía.

Estela había sido su secretaria desde siempre y no toleraba ninguna tontería. Sabía cómo manejar a los estudiantes y sabía cómo manejar a su jefe. Conocía el valor de su trabajo. El señor Robertson no hablaba nada de español y ella tenía que ser su traductora cuando se necesitara… que era todos los días.

—Para eso le pago, Estela.

—Para eso me paga el distrito escolar.

—Estela, hoy no. No estoy de humor.

—Lo entiendo —repuso—, pero si la señora Livermore llama una vez más hoy, le voy a enviar la llamada a usted. Ha llamado cuatro veces y la última vez dijo que tal vez había una barrera lingüística. Si vuelve a hablar, solo voy a hablar en español y usted tendrá que hacerse cargo. Y la señora Robertson vino a dejarle su medicina para la hipertensión. —Le pasó sus pastillas—. Creo que este sería buen momento para tomar una. Le traigo un vaso de agua.

Susie, Chuy y yo solo nos mirábamos el uno al otro.

El señor Robertson gesticuló para que entráramos a su oficina.

—Y supongo que encuentran divertido todo esto.

—Divertido —repitió Susie—. Me gusta esa palabra.

—¿Siempre consideras necesario responder cuando no se necesita respuesta?

Definitivamente estaba de malas.

Todos nos sentamos. Estela entró con un vaso de agua y lo puso en el escritorio del señor Robertson. Él sacó una pastilla y se la tragó con el agua. Se veía viejo y un poco endurecido, y me pregunté por qué alguien lo querría para este trabajo. Se sentó un momento y era obvio que intentaba tranquilizarse.

—Entonces —dijo Chuy—, ¿nos ganamos un premio o algo?

El señor Robertson enterró el rostro en las manos y empezó a partirse de la risa. Pero era más como si quisiera llorar. Y Chuy tenía esta increíble sonrisa tonta en el rostro. Me encantaba ese tipo.

—¿Qué tipo de premio crees que estarías a punto de recibir, Jesús?

—Chuy. Me llamo Chuy. ¿Qué tipo de premio sería? ¿Qué tal el premio por enfrentar al poder con la verdad?

—¿Qué verdad?

—Confrontamos el racismo de la señora Livermore.

—*No* es racista —dijo con firmeza el señor Robertson—. Solo es estúpida. —Se puso la mano en la frente, cubriéndose el rostro—. Nunca dije eso.

—Y no lo escuchamos —concedió Susie—. Pero el racismo y la estupidez no son mutuamente excluyentes. Y los dos básicamente van de la mano.

—Soy educador. Y sé que ahora soy administrador, pero eso no me vuelve menos educador. Y es mi responsabilidad decirles a todos que no hay que usar palabras como «racismo» casualmente. Deberían pensarlo dos veces, no, tres veces antes de presentar estas acusaciones contra otro ser humano. ¿Estoy siendo claro?

Y entonces tuve que intervenir.

—Tiene razón —dije—. Deberíamos pensarlo tres veces antes de hacer alegaciones destructivas. Pero creo que usted piensa que no somos lo suficientemente listos o que no sabemos lo suficiente del mundo para entender el significado de la palabra «racismo». Cree que solo es que ella no nos agrada. Cree que no deberíamos usar la palabra racismo para nada porque no nos hemos ganado el derecho a utilizarla. Así que deberíamos dejarlo todo en sus manos y en las de otros adultos iluminados para que decidan cuándo es apropiado utilizar esa palabra. Pero nos está faltando al respeto y nos está subestimando. Y le está faltando al respeto a muchos de nuestros maestros, que jamás soñarían con tratarnos de la manera en la que ella nos trata. Y usted sabe y yo sé que esta no es la primera vez que escucha esta queja. No hizo su trabajo. Al igual que no calificó nuestros ensayos. Usted es el adulto. Nosotros somos los chicos. Y es su trabajo cuidarnos. Y no lo está haciendo muy bien.

—La única razón por la que estoy sentado aquí escuchando todo esto es porque da la casualidad de que conozco a tu madre, quien le hace honor a su profesión. Y esa es la única razón.

—Creo que eso ya lo sabía.

Estaba por decir algo más, pero me contuve. El señor Robertson señaló la puerta.

—Váyanse. Y no quiero volver a ver a ninguno de ustedes en esta oficina por ninguna razón por lo que queda del año escolar.

—Olvidó decirnos por qué nos llamó.

De repente tenía una expresión avergonzada.

—Ah, sí, eso. ¿Alguno de ustedes sabe algo sobre esos grillos?

—¿Grillos?

—No me sorprendería que tuvieras algo que ver con eso, Chuy.

—Bueno, si lo hubiera hecho, confesaría.

—Yo también —aclaró Susie.

Luego me miró.

—He tenido otras cosas en la mente.

—Oh, claro, por supuesto que sí. —Se quedó muy callado—. Me dio mucha pena saber lo de tu padre. Era un buen hombre.

Asentí.

—Gracias, señor. Lo aprecio.

Nos miró a todos.

—No soy un monstruo, saben.

—Lo sabemos —respondió Susie—. Está tratando de hacer su trabajo. Y nosotros estamos tratando de hacer el nuestro.

Sonrió.

—Señorita Byrd, usted cambiará un trozo del mundo. Sé que la gente como yo a veces se mete en su camino. Trataré de no tomarlo personalmente. Y ahora fuera de aquí, todos.

Recordé lo que había dicho a mi padre, que había peores hombres y peores directores. Pero seguía enojado por lo que había dicho el señor Robertson: la única razón por la que me había escuchado era porque conocía a mi madre. Cuando oí al señor

Robertson decir eso, me hizo sentir invisible. Y eso me enojó. Simplemente no nos veía. Pensaba en nosotros como alborotadores. Por eso nos mandó llamar. Tan pronto como supo lo que había pasado en la clase de la señora Livermore, pensó en nosotros. Simplemente no nos veía.

Solo quedaban diez minutos para que terminaran las clases. Me dirigí a la salida más cercana. Necesitaba un poco de aire fresco. Susie y Chuy me siguieron. Cerré los ojos y respiré hondo.

—Ari, estuviste genial.

—¿Lo estuve? No escuchó una maldita cosa de lo que dijimos.

—Te equivocas —dijo Chuy—. Te escuchó. Te escuchó fuerte y claro.

—¿Saben? Me siento mal por la señora Livermore. De verdad. Pero ¿cómo se supone que vamos a aprender a mirar la verdad? ¿Cómo se supone que vamos a aprender la diferencia entre lo que está bien y lo que está mal? Tal vez de eso se trate. No quieren que vayamos en busca de la verdad. En realidad no quieren que aprendamos la diferencia entre lo que está bien y lo que está mal. Solo quieren que nos comportemos.

Susie me miró.

—Me gusta cuando te pones así.

—¿Por qué? ¿Porque me estoy comportando al estilo Susie Byrd?

Chuy se empezó a reír. Y luego Susie se empezó a reír. Y luego yo me empecé a reír. Pero todos sabíamos que lo que realmente queríamos hacer era llorar. Estábamos tan decepcionados. Tal vez simplemente habíamos tenido demasiadas expectativas.

Sonó la campana.

Diecisiete

Típico de Susie llegar al fondo del misterio de los grillos en el salón.

—Fue David Brown. Debí saberlo. Decía que quería ser entomólogo cuando estábamos en quinto de primaria.

—Sí —agregué—. Me acuerdo de eso. Tuve que buscar la palabra en el diccionario.

Bajamos por el pasillo y le dejó una nota en el casillero. «Querido Grillo, eres mi héroe. Y no te preocupes, no te voy a destapar. Todos te queremos. Susie Byrd».

Al día siguiente, pasó junto a nosotros con su charola del almuerzo.

—David —dijo Susie—, ven a sentarte con nosotros.

Pareció sorprendido. Solo miró a Susie sin expresión.

—No soy muy sociable.

—¿A quién le importa? No vamos a calificar tus habilidades sociales.

—Qué graciosa eres —respondió.

Se sentó con nosotros, y se veía torpe e incómodo, y me sentí mal por él. ¿Por qué Susie siempre estaba molestando a los solitarios del mundo cuando querían que los dejaran solos?

—¿Por qué lo hiciste, David? ¿Lo de los grillos?

—¿Cómo sabes que fui yo? —Estaba tratando de mantener la voz baja.

—No importa. Tu secreto está a salvo. Entonces, ¿por qué lo hiciste?

—Qué, ¿eres una gran admiradora suya?

—Todos la odiaban. Yo incluida.

—No todos la odiaban. Pero yo *de verdad* la odiaba. Y en realidad, como que saqué la idea de Ari.

Lo miré con un gran signo de interrogación en la cara.

—Bueno, estaba sentado en la mesa justo allá. Y te escuché contar la historia de tu madre y las lagartijas que alguien soltó en su salón. Y entonces me llegó esta idea. Fue como un momento de «ay, guau». Y supe que lo haría.

—Pero ¿por qué grillos? —preguntó Susie.

—Bueno, me gustan los grillos. En realidad los grillos no dan tanto miedo. Se supone que traen buena suerte. No como las cucarachas. Cuando solté los grillos, la señora Livermore puso la peor cara de terror que jamás hubiera visto en alguien… y la hubieran visto salir corriendo por la puerta. Todos se rieron, pero algunas personas se sintieron mal por ella. Yo no sentí nada.

Se quedó mirando su plato.

—Tal vez eso me haga mala persona. No lo lamento. —Comenzó a levantarse de la mesa.

—Quédate aquí y cómete tu almuerzo —dijo Susie—. Deberías verlo así: esos grillos eran un ejército de manifestantes que marchaban y exigían justicia.

—¿Estás tratando de hacer que me enamore de ti, o qué?

Dieciocho

No sé por qué estaba mirando las noticias.

Entrevistaban a un portavoz de la organización ACT UP, la coalición del sida para desatar el poder. Y luego el reportero le preguntaba: «¿No temen que sus estrategias estén amenazando a la misma gente que quieren que los escuche?». Y el hombre respondía: «Nadie está escuchando. No tenemos nada que perder. Estamos muriendo. ¿Quieren que seamos amables? ¿Creen que queremos agradarle a la gente? Nos odian».

Estaba solo en casa. Apagué el televisor.

Diecinueve

Estábamos sentados en mi camioneta después de la escuela. Dante tenía el día libre, por cortesía de algún santo famoso, y me estaba esperando en el estacionamiento.

Me saludó con la mano, con esa sonrisa en la cara.

—Quiero besarte, Ari.

—Mala idea.

—Tienes razón. Estamos rodeados de heteros privilegiados que se creen superiores a nosotros. Se volverían locos. ¿Por qué la gente heterosexual es tan hipersensible para todo? Dios, son tan delicados, carajo.

—No es culpa suya. Les enseñaron a pensar así.

—Bueno, también a nosotros nos enseñaron a pensar así. Y lo superamos.

—Tal vez sea porque somos gays.

—Eso no tiene nada que ver. Y acabas de retorcerme los ojos.

—Tengo algo en el ojo.

—Te amo.

—La gente te va a oír.

Abrí la puerta de mi camioneta y me metí. Dante se subió del lado del pasajero.

—¿La gente me va a oír? ¿En serio? Los estudiantes de preparatoria no son gente. Solían ser gente antes de llegar a la preparatoria. Y volverán a ser gente después de salir de la preparatoria. Por ahora, solo ocupan espacio.

—No como tú y yo. Nosotros no solamente ocupamos espacio.

—Por supuesto que no. La gente gay no solo ocupa espacio. Somos mejores que eso. Y también somos mejores para el sexo.

Sí, sí, ese Dante, para morirse de la risa.

Una caminata en el desierto en la quietud. A veces el silencio del desierto era una especie de música. Dante y yo… compartíamos un silencio entre nosotros que también era una especie de música. El desierto no nos condenaba a Dante y a mí por tomarnos de la mano. Parecía algo tan simple, caminar a algún lado y tomarle la mano a otro ser humano. La mano de un hombre. Pero no era nada simple.

Paramos y bebimos un poco de agua que tenía en la mochila.

—Eres como el agua, Ari. No puedo vivir sin agua.

—Eres como el aire, Dante. No puedo vivir sin aire.

—Eres como el cielo.

—Eres como la lluvia. —Estábamos sonriendo. Estábamos jugando un juego. Y los dos ganaríamos. No había perdedores en este juego.

—Eres como la noche.

—Eres como el sol.

—Eres como el océano.

—Eres el amanecer.

—Te amo, Aristóteles Mendoza. Crees que lo digo demasiado, pero me gusta oírme decirlo. —Se recargó en mi hombro.

Nos quedamos ahí parados en el silencio del desierto… y me besó. Y en ese momento, pensé que éramos el centro del universo. ¿Acaso no podía vernos el universo?

Me besó y yo lo besé. Que el universo lo vea. Que el cielo lo vea. Que las nubes que pasan lo vean. Me besó. Que las plantas del desierto lo vean. Que los sauces del desierto, que las montañas distantes, que las lagartijas y las serpientes y los pájaros del desierto y los correcaminos lo vean. Le devolví el beso. Que las arenas del desierto lo vean. Que llegue la noche… y que las estrellas vean a dos jóvenes besándose.

Veinte

La señora Lozano había escrito su nombre en el pizarrón. Señora Cecilia Lozano.

—Seré su maestra por lo que queda del semestre. Estamos un poco atrasados, pero estoy segura de que nos pondremos al día. Lamento oír que hubo algunos problemas en este salón. —Tenía una sonrisa traviesa—. Y me informaron que algunos de ustedes se sienten incómodos en ambientes educativos. Tal vez sean los pupitres. —Nos guiñó.

Y todos nos enamoramos de ella.

—¿Por qué no comienzan por contarme algo de ustedes? Voy a llamar a cada uno y quiero que nos cuenten qué quieren ser cuando crezcan. Señorita Susie Byrd, ¿ya eligió una profesión?

—Quiero postularme para el congreso algún día.

—Bien por ti. Y bien por nosotros. ¿Tienes una plataforma política?

—Volver pobres a los ricos y volver ricos a los pobres.

—Tienes mucho trabajo por delante.

Pero podía ver que a la señora Lozano le gustaba la respuesta de Susie. La señora Livermore le habría soltado un sermón.

Lucía Cisneros dijo que no quería crecer. La señora Lozano sacudió la cabeza y sonrió.

—Lamento decir que no hay opción.

—Entonces quiero trabajar en Chico's Tacos.

Todos se rieron.

—¿Por qué te gustaría trabajar en Chico's Tacos?

—Es de mi familia. Podría tomar las riendas del negocio.

—Yo preferiría tomar las riendas del L&J. —El buen Chuy.

—¿Le pertenece a tu familia?

—No, señora.

—Bueno, entonces enfrentarás algunas dificultades.

Todos se rieron.

Los maestros eran importantes. Podían hacerte sentir que formabas parte de la escuela, que podías aprender, que podías tener éxito en la vida… o podían hacerte sentir que desperdiciabas el tiempo. Mientras dábamos la vuelta por el salón, estaba tratando de pensar cuál sería mi respuesta. Y luego la oí nombrarme y me oí decir:

—Quiero ser escritor.

La señora Lozano parecía muy contenta cuando lo dije.

—Es una profesión muy difícil.

—No me importa si es difícil. Es lo que quiero ser. Escritor.

—¿Sobre qué te gustaría escribir? —Quería decir: «Quiero escribir una historia de cómo se enamoran dos chicos el uno del otro». En vez de eso, respondí:

—Quiero escribir historias sobre la gente que vive en la frontera.

Ella asintió.

—Seré la primera en la fila para comprar tu libro.

—Ari, no tenía idea de que quisieras ser escritor.

Miré a Susie.

—Yo tampoco.

—Sin bromas, ¿de verdad quieres?

—Creo que tal vez siento algo dentro de mí que me dice que seré escritor.

—Creo que serías un escritor maravilloso.

—Hazme un favor, Susie. No se lo digas a nadie… ni siquiera a Gina.

Tenía una sonrisa que podía competir con el alba.

—¡Ay, guau! Jamás pensé que Ari Mendoza me pediría que le guardara un secreto. Me hiciste el año.

Llegaron las vacaciones de primavera. Los chicos de nuestra escuela no viajaban a las playas o a Las Vegas o a lugares como Los Ángeles o San Diego. Para eso se necesitaba dinero y la mayoría de nosotros no tenía. Pero nos gustaban las vacaciones de primavera de todos modos. Pasábamos el rato juntos… que no estaba tan mal. Nos gustaba pasar el rato juntos.

Y todos estaban emocionados. Vacaciones de primavera… y luego la graduación. La ceremonia. El final. Y el principio. ¿El principio de qué? Para mí, de una vida de intentar descubrir en quién confiar y en quién no confiar.

Tuve un sueño. Supongo que, al final, fue un buen sueño. Dante y yo estábamos corriendo. Había una multitud de gente que nos perseguía. Y yo sabía que querían lastimarnos. Dante no era corredor, así que no podía llevarme el paso. Yo regresé corriendo y le dije: «Toma mi mano»… y así nada más se volvió corredor. Corrimos de la mano. Pero la multitud nos seguía persiguiendo. Y luego llegamos a la orilla de un acantilado… y abajo había olas chocando contra la playa rocosa.

—Tenemos que sumergirnos en el agua —dijo Dante.

—No sé sumergirme.

No pensaba que alguien pudiera sobrevivir saltando a esas aguas. Y pensaba que Dante y yo moriríamos.

Dante no tenía miedo. Sonrió.

—Tenemos que sumergirnos. Solo hazlo cuando yo lo haga.

Confiaba en él… así que me sumergí cuando él lo hizo y luego sentí que volvía a subir a la superficie. El agua estaba tibia y Dante y yo nos sonreímos el uno al otro. Y luego señaló hacia la playa de arena. Y vi a mi padre que nos saludaba con la mano y sonreía.

Fue ahí cuando desperté. Me sentía vivo. Y sabía que parte de la razón por la que me sentía tan vivo era por Dante.

Fue un buen sueño. Un sueño hermoso.

Ya que me había despertado del sueño, me levanté de la cama y fui a la cocina para servirme un café. Le sonreí a mi mamá.

—¿Por qué no estás lista para ir a la escuela?

Sacudió la cabeza.

—No sé tú… pero ya empezaron mis vacaciones de primavera.

—Lo sabía. Solo necesitaba asegurarme de que estuvieras, ya sabes, en contacto con la realidad.

—Ari, solo sírvete un poco de café y cállate. A veces es mejor no hablar.

Dante y yo estábamos pasando el rato en su casa y jugando con Sófocles. A ese chiquito le gustaba moverse mucho. Y había encontrado su voz. Hacía ruidos y sabía que esos ruidos venían de él. Me gustaba oírlo gritar de júbilo. Esa era la palabra, «júbilo». Sentía júbilo por estar vivo. Algún día le estaría gritando su nombre al mundo. Y yo esperaba que el mundo lo escuchara.

Veintiuno

El domingo en la noche me estaba preparando para comenzar mis últimos dos meses de preparatoria. ¿Qué había aprendido? Había aprendido que mis maestros eran personas… y que algunos eran extraordinarios. Había aprendido que tenía algo en mí llamado escritura.

Y estaba aprendiendo que a veces tenías que soltar a la gente que amabas.

Porque, si no lo hacías, vivirías el resto de tus días en la tristeza. Llenarías tu corazón con el pasado. Y no habría suficiente espacio para el presente. Ni para el futuro. Soltar… era difícil. Y era necesario. «Necesario»… vaya palabra.

También estaba aprendiendo que amar a alguien era distinto que enamorarse de alguien.

Y estaba aprendiendo que había mucha gente que era justo como yo y que estaba luchando por descubrir quiénes eran. Y no tenía nada que ver con que fueran heterosexuales o gays.

Y, sí, todos estábamos conectados. Y todos queríamos tener una vida digna de vivir. Tal vez algunas personas morían preguntándose por qué habían nacido o por qué nunca habían encontrado la felicidad. Y yo no pensaba morir haciéndome esas preguntas.

Veintidós

Susie, Gina, Cassandra y yo estudiábamos en mi casa en las tardes. Dante también venía estudiar con nosotros. A veces nos tomábamos de la mano bajo la mesa.

—No tienen que esconderse —dijo Cassandra—. Ya sabemos lo que están haciendo.

—No nos estamos escondiendo —explicó Dante—. Solo somos personas muy privadas.

Cassandra me señaló.

—Él es privado. Tú, por otro lado, eres una especie de exhibicionista emocional.

—¿Ah, sí?

—Sí —respondió ella—. Eso es lo que te vuelve tan hermoso. Tienes un corazón y no lo escondes. A Ari todavía le faltan muchas cosas por aprender en ese sentido.

—¡Mira quién habla! —exclamó Gina—. Señorita Que Nunca Nadie Me Vea Llorar.

—Las mujeres tenemos que aprender a protegernos.

—Podrías dar una cátedra al respecto —añadió Susie—. Y yo la tomaría.

—¿Y cómo se volvió esta discusión sobre mí? No me gusta hacia dónde va esto. —Cassandra levantó sus apuntes y comenzó a revisarlos—. Tengo un examen en la mañana.

Todos nos pusimos a estudiar otra vez.

Así vivimos nuestras vidas el resto del semestre. Los viernes o sábados, íbamos todos juntos al cine o salíamos al desierto y hablábamos. Hablábamos mucho. Algunas veces Susie llevaba al chico con el que estaba saliendo, Grillo. Entre todos le pusimos ese apodo y a él empezó a gustarle.

Un día, todo salimos al desierto y Cassandra llevó dos botellas de champaña.

—Se suponía que serían para Año Nuevo, pero eso no funcionó.

—No es legal que estemos bebiendo alcohol a nuestra edad. Estamos quebrantando la ley.

Susie solo me miró.

—¿Y qué quieres decir con eso?

—Somos el elemento criminal del que se quiere deshacer la sociedad.

—Tal vez no estamos cometiendo un delito.

—Bueno, sí estamos cometiendo un delito —dijo Dante—, pero dudo que el tribunal pierda el tiempo enjuiciándonos.

—Bueno, yo digo que cometamos este delito con intención… y al diablo con todo. —Gina tenía una estupenda carcajada malvada.

Cassandra abrió la champaña y sacó los vasos de plástico.

Propuso un brindis:

—Salud por Ari y Dante. Porque amamos que amen.

Dulce. Tan malditamente dulce.

Nos divertimos. El alcohol no era suficiente para emborracharnos. Ni siquiera para aturdirnos un poco, en realidad. Le di casi toda mi champaña a Dante. Sabía que no me volvería el tipo de persona que bebe champaña.

Miré cómo Susie besaba a Grillo en la mejilla.

—Mi rebelde con causa.

—Yo también te besaría… pero quizá no te guste tanto —agregué —, así que considérate besado.

Grillo hizo una sonrisa boba.

—Qué lindo lo que dijiste.

Nuestro segundo brindis fue por Grillo. Antes de brindar, dijo:

—Bueno, tal vez deberíamos brindar por la madre de Ari. Fue ella quien me dio la idea. Bueno, a través de Ari.

—Salud por mi madre —exclamé, y todos brindamos.

Pero luego volvimos a brindar por Grillo. Yo esperaba que cuando se volviera adulto cambiara el mundo. Si se quedaba con Susie, los dos podrían cambiar el mundo juntos. Yo quería vivir en ese mundo.

Dante y yo nos escapamos del grupo para besuquearnos un rato. ¿Quién demonios inventó la palabra «besuquear»?, ¿o «meter mano» o «darse de besotes»? Todo eso me hacía sentir inmaduro y bobo. Detestaba la palabra «bobo». Y detestaba pensar en mí como bobo.

—Esto es tan de la prepa —se quejó Dante.

—Sí, bueno, pero soy demasiado privado para ser exhibicionista.

—La gente heterosexual se besuquea enfrente de sus amigos… y no los consideramos exhibicionistas.

—Cállate y bésame, Dante. ¿Cómo se supone que vamos a besuquearnos si estás demasiado ocupado hablando?

—¡Oye! ¿Te das cuenta de que nunca hemos tenido sexo en tu camioneta? Digo, en la caja.

—Eso sí es súper de preparatoria.

—Lo único de lo que hablan los chicos de Cathedral es del sexo en el coche.

—Estás bromeando. ¿Todos esos buenos chicos católicos?

—En general son chicos católicos listos. No estoy seguro de qué tan buenos sean. Digo, los chicos de la escuela católica son solo chicos… no son monaguillos.

Y luego oímos que nuestros amigos gritaban nuestros nombres.

—¡Ya vamos! —grité—. ¡Ya vamos! —le torcí la mano a Dante—. Ni siquiera pudimos besuquearnos.

—No tenemos que ponernos todos sexuales todo el tiempo.

—Vivirá para arrepentirse de esas palabras, señor Quintana.

Regresamos adonde estaban ellos. Íbamos tomados de la mano.

—Y entonces, ¿qué estaban haciendo? —Gina hizo una sonrisita burlona.

—Estábamos buscando culebras.

Caí solito… y Cassandra nunca dejaba pasar una buena línea.

—Más bien, se estaban buscando las culebras. —Y sí, se rieron y se rieron, y cuando dejaron de reírse, dije:

—Este comportamiento preparatoriano no me gusta. Cassandra, estás entrando en regresión.

—Llevo toda la vida jugando a ser mujer. Déjame jugar a ser niña.

Amaba a Cassandra. Había algo en la manera que tenía de decir las cosas, no lo que decía, sino *cómo* lo decía. Me preguntaba cuántos corazones rompería.

—¿Crees que la mayoría de la gente de la preparatoria tiene sexo?

—Algunos lo tienen —dijo Susie—. La mayoría, no. Las chicas que tienen sexo lo niegan. Y la mayoría de los chicos que dicen que tuvieron sexo son un montón de mentirosos.

—Así que —intervino Gina—, ¿cuándo es moralmente aceptable tener sexo?

—Nunca —respondió Cassandra—. Tal vez depende de tu religión. Si eres católico, entonces jamás será moralmente aceptable… a menos, claro, que estés tratando de tener hijos.

—En Estados Unidos estamos muy confundidos con el sexo —explicó Susie—. Y si estás teniendo sexo antes del matrimonio, simplemente no se lo dices a nadie. Nadie te preguntará. Y, en realidad, nadie lo quiere saber. Y todo saldrá bien. Solo no lo menciones. Cada vez que veo a una mujer embarazada, me dan ganas de acercarme a ella y decirle: «Veo que has estado teniendo sexo. Bien por ti».

A Grillo eso le pareció muy gracioso.

Y luego Gina intervino.

—Si un chico va a salir con una chica, la gente no da por hecho que están teniendo sexo. Pero si un chico va a salir con otro chico, bueno, todos suponen que definitivamente están teniendo sexo. Porque todos saben que los chicos gays están obsesionados con el sexo.

—Eso no es justo.

—Bueno, eso les pasa por ser homosexuales.

A Dante y a mí nos pareció muy gracioso. Pero ¿por qué la gente siempre hablaba sobre nuestra preferencia sexual? ¿«Preferencia»? Ni que estuviéramos decidiendo entre dos candidatos que se postulaban para ser presidente. No era para nada así.

Veintitrés

Era viernes por la tarde y acababa de regresar de correr. A veces era bueno correr solo. Realmente bueno. Me senté en los escalones de la entrada, para dejar que me bajara el latido del corazón, y el sudor me salía a chorros. Mi madre salió por la puerta. Se sentó junto a mí.

—Te ves bonita, mamá.

—Voy a ver a unos amigos para tomar algo y cenar. En realidad no tengo ganas de ir, pero necesito aprender a vivir mi vida sin tu padre. Y estoy segura de que la pasaré bien. Tengo amigos tan lindos. Y saben cómo hacerme reír. Necesito un poco de risa en mi vida.

—Bien por ti, mamá.

»Dante viene en camino. Probablemente vamos a pasar un rato en el Charcoaler. Pásatela muy bien, mamá. Y si bebes de más, llámame y voy por ti. Y ni siquiera te pediré explicaciones.

Ella se rio.

—¿Tengo que regresar a cierta hora?

Vi cómo se iba en el auto. Escuché a Patas rascando en la puerta. Le abrí y se echó junto a mí.

Justo entonces, vi a Dante bajándose del coche de su padre.

—Hola —dijo.

—Hola. ¿Quieres pasar un rato en el Charcoaler y escuchar un poco de música en la radio?

—Eso suena bien. —Nos estábamos sonriendo. —¿Nunca te quitas la camiseta para correr?

—Nop. —Sabía que le estaba sonriendo muy traviesamente—. Mi mamá salió a una velada y me tengo que bañar… y me preguntaba si tal vez querías acompañarme. O tal vez ese tipo de cosa no te guste.

—Nos vemos en la ducha. —Ya estaba abriendo la puerta del mosquitero, con Patas detrás de él.

Me reí. «Supongo que es un sí».

Veinticuatro

Nuestras vidas volvieron a cierto tipo de normalidad. «Normalidad». Vaya palabra. ¿Cómo podría un chico gay siquiera usar esa palabra? Dante y yo comenzábamos a entender que nuestro amor no era tan sencillo. Y nunca sería sencillo. La palabra «amor» ya no era nueva. Éramos nosotros los que debíamos de mantenerla nueva, incluso cuando se sintiera vieja.

Una tarde, Susie anunció:

—Me aceptaron en la Universidad de Emory, en Atlanta.

Dante apretó el puño en el aire.

—Sabía que te aceptarían. Y, Ari ya lo sabe, a mí me aceptaron en Oberlin… con beca.

Miré a Dante. Me gustaba tanto que estuviera tan feliz.

—Me aceptaron en la Universidad de Texas —dije.

—¡Sí! —Gina hizo un bailecito mientras se sentaba a la mesa de mi cocina—. A mí también.

—¿Quieres ser mi compañera de cuarto?

—¡Claro que no! No voy a ser la compañera de cuarto de un hombre imposiblemente guapo. Me espantarías a todos los candidatos.

—Es bueno saber que tienes vistas a futuro.

Dante y yo intercambiamos miradas. Estábamos felices. Y estábamos tristes.

Veinticinco

Un jueves en la tarde, sonó el teléfono. Mi madre respondió. Era para ella, no para mí. Yo esperaba que fuera Dante. Cada vez que sonaba el teléfono, esperaba que fuera Dante.

Salí al porche y Patas me siguió, y por alguna razón sentí una especie de tranquilidad. Solo me senté ahí mientras se empezaba a poner el sol. Deseaba poder inhalar toda esta calma y el retrato del sol poniéndose y dejar que viviera en mí para siempre. Cerré los ojos.

Sentí que mi madre se sentaba junto a mí.

—¿Adivina qué?

—¿Cuántas oportunidades de adivinar me das? —Y la miré y se veía, se veía...—. ¿Mamá, pasó algo malo?

—No, nada malo. Acaba de pasarle algo realmente bueno a tu madre.

—¿Qué pasó?

Le temblaban los labios y las lágrimas le caían por el rostro.

—Me nombraron Maestra del Año.

No lo pude evitar. Solté el «¡ajúaaaa!» más fuerte del mundo. La abracé una y otra vez.

—Ay, mamá, estoy orgulloso de ti.

No podía parar de sonreír.

—Pero, sabes lo que habría dicho tu padre...

—Sí, creo que lo sé. Habría dicho: «Ya era hora, carajo».

—Eso es exactamente lo que habría dicho.

—Bueno, lo acabo de decir por él. —Me sentía tan feliz que quería hacer alguna locura, así que salí corriendo a la calle vacía y grité—: Mi madre es la Maestra del Año. Sí, señores, Liliana Mendoza, ¡Maestra del Año!

—Ari, los vecinos van a pensar que estás loco.

—Estoy loco, mamá. Loco por ti.

Algunos de los vecinos sí salieron.

—No pasa nada —dije—. No estoy loco. Estoy celebrando. Nombraron a mi mamá Maestra del Año.

Nuestra vecina de al lado, la señora Rodríguez, que era una viejita súper linda, solo sacudió la cabeza y sonrió.

—Ay, qué maravilla. Y has trabajado tan duro, Liliana. Simplemente maravilloso.

Y los vecinos que habían salido para ver qué era todo ese alboroto vinieron y dijeron cosas increíblemente amables, como: «Estamos tan orgullosos de ti». Y mi madre se veía tan radiante como el sol que se ponía.

Después de que se fueron los vecinos, mi madre y yo nos quedamos ahí sentados en los escalones del porche. Me di cuenta de que los dos llorábamos.

—Dios, cómo quisiera que tu padre estuviera aquí.

—Yo también, mamá. Lo extraño más que nada.

Creo que jamás me había sentido tan cerca de mi madre como me sentí en ese momento. Es curioso cómo tantos sentimientos pueden atravesarte al mismo tiempo.

El viernes en la mañana, me sentía como si fuera algún tipo de héroe… y no había hecho ni una maldita cosa. La fotografía de mi madre estaba en la primera plana de *El Paso Times*. Citaban a uno de sus exalumnos, un joven abogado que se había graduado de la Escuela de Derecho de Harvard. «Durante mis años de universidad y durante la Escuela de Derecho, pensaba en ella a menudo. Fue la mejor maestra que tuve en toda mi vida».

El señor Blocker era todo sonrisas.

—Dile a tu madre que es mi modelo a seguir.

Todos mis maestros me felicitaron, como si yo hubiera tenido algo que ver con el premio de mi mamá.

Después de la escuela, estábamos caminando hacia mi camioneta en el estacionamiento. Susie, Gina y Cassandra no dejaban de mirarme.

—Estás tan callado, Ari.

Seguí respirando. Era como si no pudiera recobrar el aliento. Solo quería llegar a mi camioneta. Tenía que llegar a mi camioneta. Y luego la vi a unos cuantos metros.

—Ari, ¿estás bien? —Podía oír la voz de Cassandra. Me recargué sobre la camioneta como si fuera a hacer lagartijas y levanté la mirada al cielo—. Está tan azul —susurré.

—¿Ari?

—Susie, ¿alguien te dijo alguna vez que tienes el tipo de voz que puede sanar al mundo?

—Ay, Ari.

—Extraño a mi papá. Nunca volverá. Lo sé. Sigo pensando que va a entrar por la puerta y que le dirá a mi mamá lo orgulloso que está. Estoy feliz por mamá. Trabajó tanto. Y estoy triste. Hay días en los que no quiero sentir nada. Sé que hay temporadas para todo. Pero ¿por qué tiene que doler cada temporada? La Biblia no te dice cuánto te cuesta cada temporada. La Biblia no te dice lo que tendrás que pagar y cuándo llega la hora de ya no abrazar.

Me recargué contra el hombro de Cassandra y sollocé.

Escuché su voz susurrando: «Los que sembraron con lágrimas, con regocijo segarán».

Veintiséis

Dante vino después de clases, cargando un florero con dos docenas de rosas amarillas. Le entregó el florero a mi madre.

—La familia Quintana está muy orgullosa. Esto es de parte de todos nosotros: mamá, papá, Sófocles y yo. Pero principalmente de mi parte.

—¿Acaso la meta de tu vida es hacer que todos sonrían?

Asintió.

—Señora Mendoza, es mejor que ganarse la vida trabajando.

Estábamos parados juntos y ella dijo:

—No se muevan. —Volvió de la cocina con una cámara. Tomó unas cuantas fotos—. Perfecto.

Dante y yo estábamos acostados en bolsas de dormir que habíamos extendido en el suelo de mi habitación. Patas estaba junto a nosotros. Parecía que no quedaban palabras viviendo dentro de mí. Estaba abrazando a Dante y él me besó y me dijo:

—Quisiera que las cosas pudieran ser distintas para nosotros.

—Yo también.

—¿Crees que viviremos juntos algún día?

—¿Verdad que resulta agradable imaginárselo?

—Esa es la última línea de *Fiesta*... y además es irónico. Es una línea trágica.

—¿Qué no me dijiste que nunca lo terminaste?

—Bueno, se me ocurrió que como tú también lo estabas leyendo, más valía que yo también lo terminara.

—Yo no soy Jake y tú no eres Lady Brett… así que tal vez tengamos una oportunidad.

—¿Verdad que resulta agradable imaginárselo? —respondió.

Los dos nos reímos bajito en la oscuridad.

Se oyó el sonido de un trueno. Y luego comenzó a caer la lluvia. Primero suavemente… luego fue todo un aguacero que golpeaba contra el techo.

—Vamos —dije. Lo ayudé a levantarse—. Iremos afuera.

—¿Afuera?

—Quiero besarte en la lluvia.

Salimos corriendo frente a la casa en ropa interior. La lluvia estaba helada y los dos estábamos tiritando, pero, cuando lo besé, dejó de tiritar y dejé de tiritar.

—Qué chico tan hermoso y loco eres —susurró Dante mientras lo abrazaba. Podría haberme quedado ahí para siempre. Besándolo en la lluvia.

Veintisiete

Había mucho alboroto sobre al premio a la Maestra del Año de mi madre. Las Hijas Católicas organizaron una fiesta callejera frente a la casa, con todo y mariachis. Nuestra casa estaba inundada de flores. Mi mamá tenía muchos admiradores. Algunas de las flores acabaron en mi habitación. Yo odiaba las flores.

E incluso tuve la oportunidad de conocer a la señora del Cadillac rosa, quien vino a felicitar a mi madre y le regaló productos de Mary Kay. Ella era todo un personaje. Amó a Dante.

—Si tuviera cuarenta años menos, te sacaría de aquí y te llevaría a Las Vegas.

Dante y yo solo nos quedamos mirando el uno al otro.

El distrito escolar organizó una ceremonia de premiación en la que a mi madre le dieron una placa bien bonita y un cheque bien jugoso. Mi madre dijo que era muy generoso de parte del distrito escolar. Le dije:

—Papá hubiera dicho que ni de lejos bastaba después de todo el trabajo que has invertido.

Mi mamá solo sonrió.

—¿Así le vas a hacer, Ari? ¿Vas a recordarme siempre lo que habría dicho tu padre?

—Supongo, mamá. Es un trabajo duro, pero alguien tiene que hacerlo.

Me pareció que el mejor honor que había recibido era madre fue una carta de Lagartija, su exalumno. Mi madre me dejó leerla:

Querida señora Mendoza:

Recibí la noticia de uno de mis excompañeros de la preparatoria Jefferson. Me dijo que finalmente la habían reconocido por su trabajo en el aula. Maestra del Año. Sé que debe estar orgullosa del premio, pero no hay manera de que esté tan orgullosa como yo.

Tal vez se lo mencioné en alguna de mis tarjetas de Navidad que le envío cada año, pero en el escritorio tengo una foto que nos tomaron a usted y a mí cuando me gradué de la preparatoria. Siempre tomo esa fotografía enmarcada antes de juzgar un caso en el tribunal... Y hablo con ella. Bueno, hablo con usted. Y digo: «Está bien, señora Mendoza, vamos a ese juzgado usted y yo y enseñémosles cómo se hace». Siempre me la imagino en ese tribunal. Y nunca hago algo de lo que usted no estaría orgullosa. Estableció un estándar de excelencia para mí y siempre me he esforzado por estar a la altura.

A menudo me dicen que soy un abogado muy dedicado, algo que mi esposa admira mucho de mí. De usted aprendí lo que significa dedicarse a una profesión. Creo que nunca le he contado que me casé con una maestra de escuela. Ella es toda una educadora, igual que usted. Estoy muy orgulloso de su compromiso y de su amor por los estudiantes.

De usted aprendí que no se puede ser buen maestro si no se es un buen ser humano. También me enseñó que a las mujeres hay que respetarlas, y que a los maestros los subvaloran en la sociedad en la que vivimos. He intentado no cometer el mismo error que nuestra sociedad creyendo que mi trabajo es más importante que el de ella.

Nunca me canso de decirle a la gente cómo surgió mi apodo. Hasta mis sobrinos me llaman el tío Lagartija. Cuando lo pienso, he llegado a creer que colocar esas lagartijas en su salón de clases fue la cosa más lista que he hecho jamás.

Sé que ya se lo he dicho antes, pero jamás dejaré de agradecerle por salvarme la vida. No siento más que respeto y afecto por usted. Siento que siempre seré su estudiante. Y siempre me sentiré conectado con usted. Déjeme decirle otra vez lo orgulloso que estoy, lo feliz que soy, lo bendecido que me siento de haberme sentado en su salón de clases.

Le mando todo mi cariño,
Jackson (alias Lagartija)

En la carta venía un pendiente chapado en oro de una lagartija en una cadena de oro. Mi madre se lo puso.

—Creo que usaré esto hasta el día que muera.

Veintiocho

—Mamá, sabes, desde que regresé de visitar a Bernardo, en realidad no he tenido mucho tiempo para pensar en lo que sucedió.

—¿Tienes ganas de hablar de eso?

—Sí. Pero creo que tal vez tú no.

—Eso no es cierto. Ya no. —Mi madre me miró—. ¿Qué estás pensando?

—¿Conoces el nombre de la persona a la que mató Bernardo?

—Sí —respondió—. El nombre de nacimiento de esa persona era Solitario Méndez.

—¿Y sabes dónde lo… la enterraron?

—En el cementerio de Mount Carmel.

—¿Cómo sabes estas cosas?

—Por la página de obituarios. Ese fue el peor periodo de mi vida. Saber que había traído a este mundo a un hijo que asesinó a otro ser humano.

—Tú no hiciste nada malo.

—Lo sé. Pero me dolía. Y me sentía tan avergonzada. Mucho de mí murió en ese entonces. Me tomó mucho tiempo sentirme viva otra vez. La vida, Ari, puede ser algo feo. Pero también puede ser increíblemente hermosa. Ambas cosas. Y debemos aprender a guardar las contradicciones dentro de nosotros sin desesperar, sin perder la esperanza.

Veintinueve

El sábado en la mañana ya había decidido qué haría ese día. Saqué un pedazo de papel y escribí una breve nota. La escribí lenta y deliberadamente. Tomé un sobre y escribí el nombre que había elegido.

Manejé hasta una florería y escogí un ramo de flores amarillas y blancas.

Fui al cementerio de Mount Carmel. Resultó el cementerio católico más grande del condado. Entré en pánico. Pensaba que jamás encontraría la tumba. Manejé hasta la oficina y pregunté en dónde estaba enterrado Solitario Méndez. Una mujer agradable me dio un mapa y me enseñó en dónde se ubicaba la tumba.

No tardé mucho en encontrarla. Era una piedra sencilla con su fecha de nacimiento y su fecha de muerte. Veinticuatro años. No había nada que indicara una vida o una muerte horrible. Intenté no imaginarme sus últimos segundos.

Me quedé ahí parado y miré el nombre. Coloqué las flores frente a la tumba. Saqué la nota que había escrito y la leí en voz alta. No era exactamente una oración:

—«Me llamo Aristóteles Mendoza. Nunca nos conocimos. Pero estamos conectados. Todo está conectado. Y no todas esas conexiones se parecen a algo que sea bueno o humano o decente. El nombre en tu tumba dice SOLITARIO MÉNDEZ. Pero quería darte otro nombre. Espero que esto no te ofenda. Odiaría pensar que te estoy infligiendo una crueldad más. Sé que es más que un poco arrogante darte un nombre que jamás elegiste… pero la intención de este gesto es amable. Pienso en ti como Camila.

Pienso en ti como alguien hermosa y pienso en Camila como un nombre hermoso. Llevaré tu nombre adonde vaya. No puedo deshacer lo que te hizo mi hermano… pero esta es la única manera que se me ocurre de honrar tu vida. Al honrar tu vida, tal vez puedo honrar la mía».

Volví a meter las palabras en el sobre que había marcado con el nombre de Camila. Lo sellé y lo até con el hilo en las flores que traje.

Ya había decidido que jamás le contaría a nadie de mi visita a la tumba de Camila… No porque me avergonzara, sino porque era algo entre ella y yo.

Me quedé sentado en mi camioneta mucho tiempo. Y luego volví a casa.

Treinta

La escuela estaba terminando. Dante y yo hablábamos por teléfono.

—No sé si estoy feliz o triste. Estoy feliz de salir de la preparatoria. Estoy emocionado de ir a la universidad, pero estoy triste. Estoy realmente triste. Adonde quiera que vaya, no estarás ahí. ¿Qué será de Ari y Dante?

—No tengo respuesta.

—Debimos haber tenido un plan.

—¿No podemos estar felices y ya por ahora? —Era como si hubiéramos intercambiado actitudes.

—Sí —dijo calladamente—. Pero tal vez no entiendes cuánto te amo.

Eso me hizo enojar. Como si yo no lo quisiera.

—Pensaba que sabías que yo también te amo. —Colgué el teléfono.

Me volvió a llamar de inmediato. Y solo dije:

—Tal vez sí me amas más de lo que yo te amo. No sabía que fuera un concurso. Realmente no puedo saber lo que sientes. Pero tú no sabes cómo me siento yo. Me hace enojar que estemos jugando a esto.

Dante estaba callado al otro lado de la línea.

—Lo siento, Ari. No estoy manejando esto muy bien.

—Dante, estaremos bien. Tú y yo estaremos bien.

Treinta y uno

Estaba manejando a casa de la escuela y vi a Susie y Gina caminando por la calle. Las reconocería en donde fuera. Siempre tenía las ventanillas abiertas porque no tenía aire acondicionado. Me detuve.

—Señoritas, ¿quieren que las lleve a casa? Prometo que no soy el asesino del hacha.

—Aunque parezcas uno, te tomaremos la palabra.

Me gustaban los hoyuelos de Gina cuando sonreía.

Se subieron a la camioneta. Tenía una pregunta que me flotaba por la mente.

—¿Me pueden responder una pregunta? ¿Por qué siempre fueron tan lindas conmigo todo ese tiempo en que yo no fui lindo con ustedes?

—¿No te acuerdas?

—¿Acordarme de qué?

—¿Primer grado? ¿Los columpios?

—¿De qué están hablando?

No dejaban de mirarse la una a la otra.

—Realmente no te acuerdas, ¿verdad? —dijo Gina.

La miré perplejo.

—Fue después de la escuela. Estábamos en primero de primaria. Susie y yo estábamos en los columpios, estábamos compitiendo para ver quién podía llegar más alto. Y Emilio Durango, el *bully* del salón… ¿te acuerdas de él?

De él me acordaba. Básicamente me dejaba solo. No sé por qué. Y no me importaba. Porque me gustaba que me dejaran solo.

—Bueno, él y otros dos niños nos dijeron que nos fuéramos de los columpios. Y Susie y yo dejamos de columpiarnos. Y él dijo: «Estos columpios son para niños. A las niñas no se les permite subir a los columpios». Y Susie y yo teníamos miedo y estábamos por bajarnos de los columpios, y de repente estabas ahí parado, justo frente a Emilio. Y dijiste: «¿Quién dice que los columpios son solo para niños?». Y él dijo: «Lo digo yo». Y tú dijiste: «Tú no pones las reglas». Y él te empujó y te caíste al suelo. Y te levantaste y él estaba a punto de empujarte otra vez. Y fue ahí cuando le diste un puñetazo en el estómago con toda la fuerza que pudiste, y se puso a rodar en el suelo como un chillón. «Le voy a decir a la maestra», te amenazó. Y tú solo lo miraste como diciendo «¿A quién le importa?». Y se fueron. Y los viste irse y te quedaste ahí parado para asegurarte de que se hubieran ido. Y luego nos sonreíste y, así nada más, te fuiste.

—Qué curioso. Yo no me acuerdo de eso.

—Bueno, nosotras nos acordamos. Desde entonces, nos agradas a Susie y a mí. Porque somos chicas dulces y recordamos las cosas lindas que hace la gente por nosotras.

—Darle un puñetazo a un tipo en el estómago no es exactamente algo lindo.

—Fue lindo. Fue muy lindo.

Estacioné la camioneta frente a la casa de Susie. Ella abrió la puerta y las dos se bajaron. Yo sabía que Susie me había escrito una editorial en la mente: «A veces, Ari Mendoza, cuando escribes la historia de quién eres, tiendes a recortar muchas de las escenas que te hacen quedar bien. Te sugiero algo. Deja de hacer eso. Solo deja de hacerlo. Gracias por traernos».

Treinta y dos

El señor Robertson empezó hablar por el altavoz mientras estábamos en nuestros salones principales.

—Buenos días a todos ustedes. Quisiera felicitarlos mientras nos acercamos velozmente al cierre de otro año escolar. Y ha sido un gran año. ¡Felicidades, último grado! Han trabajado duro y esperamos con ansias celebrarlos en la graduación. Pero primero, como es nuestra tradición, quisiera anunciar quién se gradúa con las mejores calificaciones este año y ofrecerle nuestras felicitaciones. Estamos muy orgullosos de su búsqueda por la excelencia. Estoy feliz de anunciar que este año se trata de Cassandra Ortega. Acompáñenme a ofrecerle nuestras más sinceras felicitaciones. Y, como recordatorio para todos, no queremos una repetición del año pasado, cuando algunos miembros más que entusiastas del último grado pensaron que la destrucción de la propiedad escolar era una manera apropiada de celebrar. Intenten no seguir ese ejemplo. Habrá consecuencias.

Ahora sabía a lo que se refería la gente cuando decía «Estoy tan feliz por ti». Siempre me había parecido que eran un montón de patrañas o que la gente solo se esforzaba de más por ser amable. Pero, en este momento, quería salir corriendo a buscar a Cassandra y abrazarla y decirle lo brillante que era y que se lo merecía y que estaba feliz de que hubiéramos dejado de odiarnos y que el hecho de que estuviera en mi vida significaba algo. Ella me importaba.

Susie, Gina y yo salimos corriendo por el pasillo para encontrar a Cassandra. No sé qué pasa con las chicas y la manera que tienen de ser amigas, pero se saben los horarios de todas las demás. Llegamos a la clase del primer turno de Cassandra, y Susie se asomó y estaba sentada ahí.

—Tenemos que hablar contigo.

La maestra de Cassandra sonrió.

—Tómense su tiempo.

A veces los maestros eran increíbles.

Cuando Cassandra salió al pasillo, la cubrimos de abrazos.

—¡Lo hiciste! ¡Lo hiciste! —Cassandra Ortega no lloraba. Definitivamente no lloraba en la escuela. Enfrente de nadie. Pero ahora sí lloró.

—Ay, Dios mío —exclamó—. Ay, Dios mío, tengo amigos que me quieren.

—Por supuesto que te queremos —respondió Susie.

—Cassandra —añadió Gina—, ¿por qué no te querríamos? Eres brillante y maravillosa.

Cuando la abracé, le dije:

—Estuviste más allá de lo imaginable.

—Ay, Ari, todos los días le agradezco al universo tenerte.

Treinta y tres

El señor Blocker me mandó una nota diciendo que quería verme después de clases.

Entré a su salón.

—Hola —dijo. Abrió uno de los cajones de su escritorio y sacó mi diario—. Dejaste esto en tu escritorio.

—Seguramente al acomodar mi mochila lo saqué y lo dejé ahí. —Y estaba pensando: «Ay, mierda, ay, mierda», porque tuvo que haber leído una parte para asegurarse de que fuera mío. No podía mirarlo a los ojos—. Así que ahora sabe quién soy.

—No necesitaba que tu diario me dijera quién eres. Sé quién eres. Y da la casualidad de que me agrada quién eres. Pero, Ari, ten cuidado con esto. Hay personas a las que no les gustaría nada más que lastimarte. No quiero que nadie te lastime. Mírame.

Levanté la cabeza y lo miré.

—Jamás dejes que nadie te haga sentirte avergonzado de quién eres. Nadie. —Me devolvió mi diario.

Treinta y cuatro

También Dante Quintana recibió la distinción de tener las mejores calificaciones de la preparatoria Cathedral.

—Pero no me toca dar el discurso de graduación. Solo me llaman, me dan una placa y me dejan dar las gracias.

—¿Y? ¿A quién le importa dar un discurso? Deberías estar orgulloso de ti.

—Lo estoy. Pero quería dar un discurso.

—¿Sobre qué?

—Quería hablar sobre ser gay.

—¿Qué querías decir?

—Que los prejuicios eran problema *suyo* y no mío.

—Como que tengo la impresión de que un discurso así no les sentaría tan bien en una preparatoria católica.

—Probablemente no. ¿Por qué siempre se trata de lo que quieren oír ellos? No les importa lo que queremos oír nosotros.

—¿Qué queremos oír?

—Que se van a hacer a un lado y nos dejarán tomar el control del mundo.

—Yo no quiero tomar el control del mundo. Eso no es lo que quiero oír.

—¿Qué quieres oír?

—Quiero que admitan que no son mejores que nosotros.

—Como si eso fuera a suceder.

—Ah, ¿igual que como sucederá que nos dejen tomar el control del mundo?

—¿Cómo podemos hacerlos cambiar si no nos permiten hablar?

—¿Por qué tenemos que hacer el trabajo nosotros? Es como dijiste, nosotros no somos homofóbicos… ¡ellos sí!

—Sí, pero, Ari, ellos no creen que la homofobia sea algo malo.

—Y vaya que tienes razón. ¿Es mala la heterofobia?

—No existe la heterofobia, Ari. Y además de eso, no somos heterofóbicos.

—Supongo que no. Pero apuesto a que están felices tu mamá y tu papá. Dante Quintana, el mejor de la clase.

—Suena importante, ¿verdad?

Asentí.

—Sí. Mi mamá y mi papá no caben de contentos.

—Eso es lo único que importa.

Estaba acostado en la cama en la oscuridad. No podía dormir. Recordé una conversación que tuvimos Dante y yo al principio del semestre. Había una beca para jóvenes artistas prometedores en algún instituto de París que tenía un programa de verano. Me había dicho que estaba pensando en solicitar su admisión. Le dije que creía que debería hacerlo. Pero había cambiado de tema y nunca lo volvió a mencionar. Me pregunté si habría llenado la solicitud. Me pregunté si le habría llegado la respuesta. No iba a preguntarle. Si quería contármelo, me lo diría.

Treinta y cinco

El último día de clases, cuando sonó el último timbrazo, me dirigí al salón del señor Blocker. Estaba sentado ahí, recargado en la silla, y tenía una mirada tranquila y pensativa. Me vio parado en la entrada.

—Ari, entra. ¿Necesitabas algo?

—Solo vine… usted fue, bueno, cuando piense en el aprendizaje, pensaré en usted.

—Es muy amable tu comentario.

—Sí, tal vez.

Los dos seguíamos asintiendo con la cabeza.

—Solo vine a traerle algo. Es un regalo. Sé que en realidad no debemos darles regalos a los maestros… nada de sobornos a cambio de una calificación. Pero, bueno, en realidad ya no es mi maestro… aunque siempre será mi maestro… ay, diablos, lo estoy haciendo todo mal. Quería darle esto. —Le entregué una cajita que yo mismo había envuelto. Y eso es gran cosa porque odio envolver regalos.

—¿Puedo abrirlo?

Asentí.

Lo desenvolvió con cuidado y abrió la caja. No dejaba de asentir con la cabeza.

Sacó un pequeño par de guantes de boxeo. Los levantó y se rio. Y se rio.

—Estás colgando los guantes.

—Sí, estoy colgando los guantes.

Creo que los dos queríamos decir algo, pero realmente no había nada que decir. No todo se decía con palabras. Le estaba agradeciendo. Sabía que él me estaba agradeciendo a mí. Yo entendía que me quería de esa manera en que los maestros quieren a sus alumnos. Algunos de ellos, al menos. Él sabía que yo sabía. Lo miré. Una mirada que decía «Gracias… Y adiós».

Treinta y seis

Ahí estábamos todos, formados para entrar en procesión. Miré mi banda color granate: el cinco por ciento más alto de la generación. Seguro hubo muchos estudiantes dormidos en clase para que yo acabara en esa lista. «Nada de hablar contigo mismo de manera negativa». Ahora también tenía la voz de Cassandra en la cabeza.

Escuché la voz real de Dante.

—¡Ari! —Era todo sonrisas. Me abrazó—. ¡Te encontré!

«Sí», quería decirle, «un día me encontraste en una alberca y me cambiaste la vida».

—Papá y yo estamos aquí. Estamos sentados con tu mamá y con la señora Ortega. Mamá estaba triste porque no pudo venir. Te manda su cariño, y también Sófocles. —Y luego desapareció entre la multitud.

Había tanta gente y yo odiaba las multitudes. Aun así, estaba contento, y tenía mariposas en el estómago… pero no sabía por qué. Solo me iban a entregar un diploma. Se suponía que debía tomar esa batuta y comenzar mi carrera hacia donde fuera que estuviera yendo.

Todo fue un borrón, de alguna manera. Siempre me cierro un poco cuando hay mucha gente. Gina estaba sentada en la misma fila, pero, aun así, demasiado lejos. La chica sentada a mi lado estaba hablando y hablando con la chica sentada a su lado. Y luego me dijo:

—Le diste una paliza a mi hermano.
—Debe de ser un tipo realmente lindo.
—No quiero hablar de eso.
—¿Entonces por qué lo mencionaste?
—Porque sí.
Vaya, ella sí que había aprendido a pensar.
—Seré amable contigo porque es nuestra graduación.
—Seré amable contigo también. Soy Ari.
—Ya sé quién eres. Soy Sara.
—Felicidades, Sara. Lo lograste.
—No trates de engatusarme con palabras bonitas.
Menos mal que intentaba ser amable. Si algo tenía el pasado era que no te dejaba en paz. Le gustaba acecharte.
El señor Robertson estaba diciendo algunas palabras mientras Sara y yo estábamos susurrando nuestra conversación, si es que eso era. Presentó a los maestros como grupo y les pidió que se levantaran. Y les dimos una ovación de pie a los maestros. La merecían. Vaya que la merecían.
Y luego presentó a Cassandra. Y terminó diciendo:
—De todas las maneras posibles, ha sido una alumna brillante y extraordinaria. Tengo el gran honor de presentar a nuestra mejor alumna de este año, Cassandra Ortega.
Mientras caminaba hacia el podio, el aplauso era amable, pero lejos de entusiasta. Me sentí mal.
—La única razón —comenzó— por la que me eligieron para dar el discurso este año fue porque el cuerpo estudiantil no pudo votar.
Y todos se rieron. Digo, todos se rieron. Nos tenía en la palma de la mano.
Cassandra habló de cómo siempre había tenido hambre de aprender.
—Pero no todo lo que tenemos que aprender se puede encontrar en un libro. O, más bien, he aprendido que las personas también son libros. Y hay muchas cosas sabias que contienen esos libros. Tengo amigos. Sí, ¿quién lo habría pensado? Cassandra Ortega tiene amigos.
Llegaron las carcajadas. Y eran carcajadas amigables.

—Tengo amigos que me han enseñado… ya saben, los buenos amigos también son maestros… que no te puedes considerar una persona educada si no tratas a los demás con respeto. Aunque tenía excelentes calificaciones, a menudo fallaba cuando se trataba de reconocer la dignidad de otros, y eso es algo de lo que me arrepiento. No hay nada que podamos hacer con respecto al pasado, pero todos podemos cambiar lo que haremos y lo que somos en el futuro. El futuro comienza hoy. Ahora mismo.

»Mi hermano mayor, a quien yo amaba, murió de sida el año pasado. El sida no es algo que discutimos en nuestras clases. Muchos de nosotros tampoco lo discutimos en casa. Creo que esperamos que simplemente desaparezca. O tal vez no nos importa, porque la mayoría de las personas que han muerto en esa pandemia son hombres gays. Y no nos importan los hombres gays, porque pensamos cosas horribles sobre ellos, y creemos que están recibiendo su merecido. No miramos a los hombres que murieron o están muriendo de sida como hombres verdaderos, o como personas reales. Pero son hombres reales. Y todos son seres humanos. Y tienen hermanos y hermanas y madres y padres que los lloran o los odian o los aman.

»Es fácil odiar a alguien cuando no los vemos como personas reales, pero ignorar nuestras diferencias tampoco es la respuesta. No creo que a las mujeres se les trate con igualdad en este país, pero, para poder ser tratadas con igualdad, no quiero que los hombres ignoren el hecho de que soy mujer. Me gusta ser mujer. Y a los hombres les gusta demasiado ser hombres.

La interrumpieron risas y algunos aplausos. Creo que los chicos estaban soltando las risas y las mujeres los aplausos.

—Tengo un amigo. Pertenece al otro género. No necesito revelar su nombre, pero antes de que fuéramos amigos, lo odiaba. Me sentía justificada en odiarlo porque él también me odiaba. Para mí, él no era una persona. Y luego un día empezamos a discutir y esa discusión se convirtió en una conversación… y descubrí que me estaba escuchando y que yo también lo estaba escuchando. Y se ha convertido en uno de los amigos más cercanos que haya tenido. Aprendí a verlo. Aprendí de sus problemas, de sus travesías, de sus dolores, y aprendí de su capacidad de amar. Y aprendí sobre mi propia capacidad de amar.

»Por mucho tiempo he querido ser actriz. Luego me di cuenta de que he sido actriz toda la vida. Pero la pregunta de "¿qué quieres ser cuando seas grande?" no solo tiene que ver con la profesión que escojamos. La verdadera pregunta es ¿qué tipo de persona quieres ser? ¿Quieres amar? ¿O quieres seguir con el odio? El odio es una *decisión*. El odio es una pandemia emocional para la que nunca hemos encontrado una cura. Elijan amar.

»Generación de 1989, por favor pónganse de pie. —Y todos nos pusimos de pie—. Tomen la mano de la persona sentada junto a ustedes. —Y todos nos tomamos de la mano—. Las manos que tienen en la suya pertenecen a seres humanos... Y no importa si se conocen o no. Cada uno de ustedes sostiene las manos del futuro de Estados Unidos. Atesoren esas manos. Atesoren esas manos... y cambien el mundo.

Hubo un silencio total... y luego hubo un aplauso estruendoso para Cassandra Ortega. Más de la mitad de su público la odiaba antes de que subiera a ese podio... y ella nos había dejado verla. Se paró en ese podio y nos miró a todos, y estaba radiante. Era el sol de la mañana. Era el nuevo día que todos habíamos estado esperando. Y nos enamoramos de ella.

Todo el mundo quería tomarse una foto con Cassandra. Tuvimos paciencia. La señora Ortega estaba tan orgullosa. La vi mirar a su hija mientras la rodeaban nuestros compañeros de clase. Y supe qué debía de estar pensando: «Esta es mi hija. Sí, esta es mi hija».

Mi madre estaba parada junto a mí.

—¿Cómo se siente ser la musa de alguien?

—Se siente bien.

Mi mamá solo se rio.

Treinta y siete

Fuimos a una fiesta, y yo en realidad no estaba de humor para celebrar… pero estaba feliz. Cassandra, Dante, Susie y Gina se la estaban pasando como nunca. Y, a mi manera, también me la estaba pasando como nunca. Supuse que siempre sería el tipo de chico a quien le gustaba celebrar las cosas de una manera más tranquila.

Salí al patio de atrás. Había una gran vista de las luces de la ciudad y caminé lentamente hacia el fondo del patio y me recargué sobre la pared de roca y observé el panorama. Estaba ahí solo, y creí escuchar algo. En el rincón del patio, alguien estaba más o menos escondido detrás de un arbusto. Y noté que, fuera quien fuera, estaba llorando.

Me moví hacia la persona, y pude ver que era un chico. Lo reconocí. ¿Julio? ¿Julio el del comité de bienvenida?

—Oye—dije—, ¿qué pasa? Se supone que estamos celebrando.

—No tengo muchas ganas de celebrar.

—Estuviste entre el primer diez por ciento de los mejores de la clase.

—Y qué importa, carajo.

—No puede estar tan mal, ¿o sí?

—¿Sabes? La vida no es fácil para todos.

—La vida no es fácil para nadie.

—Pero es más difícil para algunos que para otros. Odio mi vida.

—Te entiendo. Ya he estado en esa situación.

—Lo dudo. No sabes cómo se siente sentirme como un fenómeno. No sabes cómo es saber que no encajas y que nunca lo harás. Y que todos te odiarían si supieran la verdad sobre ti.

Y luego supe de qué estaba hablando. Y decidí que simplemente confiaría en la situación. No sé por qué, pero no me sentí valiente ni nada por el estilo; se sentía, bueno, normal.

—La mayoría de la gente no sabe esto de mí, porque no voy por ahí con un letrero y soy un tipo bastante privado, así que solo lo sabe mi familia y mis amigos más cercanos, pero soy gay.

—¿Tú? ¿Aristóteles Mendoza?

—Sí.

Había dejado de llorar.

—¿Eres algún tipo de ángel que me mandó Dios o algo? Yo también soy gay. Supongo que te diste cuenta por la manera en la que estaba hablando. Y nunca se lo he dicho a nadie. A nadie. Eres la primera persona a quien se lo digo.

—¿Soy la primera persona a quien se lo dices? Bueno, supongo que debería sentirme honrado… pero ese honor debió ser para tus amigos más cercanos.

—No.

—¿Por qué no?

—¿Qué tal que me odian después de que se los cuente? Entonces no tendría a nadie.

—Pero Elena y Héctor son tus mejores amigos. Siempre te veo con ellos en la escuela.

—Son mis mejores amigos. Han sido mis mejores amigos desde siempre.

—No creo que te odien.

—Eso no lo sabes.

—Tienes razón, pero no creo equivocarme. ¿Y qué si me equivoco y no quieren tener nada que ver contigo…? ¿No quisieras saber que no vale la pena estar con ellos? Julio, nunca subestimes a la gente que te quiere. Díselos.

—No puedo.

—Sí, sí puedes. Te guste o no, carajo, tendrás que aprender a ser valiente. ¿Están aquí?

—Sí, están adentro bailando.

—Voy a entrar y los voy a traer acá afuera. Mira, estoy contigo. No me voy a ninguna parte. Estaré justo aquí. ¿Está bien?

—Está bien. —Seguía asintiendo con la cabeza—. Está bien, más vale quitármelo de encima de una vez.

Entré y vi a Elena y Héctor.

—Julio necesita hablar con ustedes.

—¿Pasó algo? ¿Está bien?

—Está bien. Solo necesita hablar con sus amigos.

Con la cabeza señalé hacia el patio y me siguieron afuera.

—Julio, estos son tus amigos. Habla con ellos.

—¿Qué sucede, Julio? Estás llorando. ¿Qué pasa?

—Todo.

—¿Qué, Julio? Dinos qué pasa.

—Es que no sé cómo decirles que… que soy gay.

Y agachó la cabeza. Reconocí que sus lágrimas venían de una vergüenza no articulada.

—Ay, Julio, ¿por qué no nos dijiste? —Elena se acercó y lo abrazó. Y Héctor los rodeó a los dos con los brazos… Y todos se pusieron a llorar—. Está bien, ¿a quién le importa? Somos tus amigos. ¿No sabes lo que significa eso?

—Lo siento. Tenía miedo.

—¿Miedo de que no te quisiéramos? —Elena le lanzó esa mirada—. Debería patearte el trasero por no confiar en nosotros. De verdad.

—Y yo también —dijo Héctor.

—Perdónenme. Ari me dijo que nunca deberíamos subestimar a la gente que nos quiere. Y tenía razón.

—Te perdonamos —respondió Elena—. Vamos a celebrar. ¡Es una fiesta de salir del clóset!

Julio puso una mirada de horror.

—Solo estoy bromeando —aclaró Elena—. No te obligaremos a hacer ningún anuncio público. —Se volvió hacia mí—. Por cada cosa mala que alguna vez haya dicho de ti, por cada cosa mala que haya pensado alguna vez de ti… Discúlpame, Ari. Puedo ser una imbécil. —Me besó en la mejilla—. Te querré para siempre por esto.

—Para siempre es un buen rato, Elena.

—Sé lo que significa «para siempre», Aristóteles Mendoza.

Los miré mientras se alejaban riendo y bromeando. Estaba feliz.

Estaba por volver a entrar a la fiesta cuando vi a Dante caminando hacia mí.

—¿Estás siendo el chico melancólico otra vez?

—No. Estoy siendo Ari. Estoy celebrando en el silencio. Mira las estrellas, Dante. Incluso con la contaminación de luz, se pueden ver.

Me tomó la mano. Me jaló a un rincón del patio, donde pudiéramos escondernos detrás de un arbusto grande. Me besó.

—Jamás soñé que el mejor de la clase me besaría.

Dante sonrió.

—Jamás pensé que la musa de Cassandra me besaría a mí.

—Tal vez la vida esté hecha de las cosas que jamás soñamos.

Me preguntaba si pasaría la vida escondido detrás de un arbusto y besando hombres. Me pregunté si alguna vez aprendería a dejar de arruinar mi propia fiesta.

Treinta y ocho

La fiesta seguía. Pero decidimos irnos.

—Vamos a nuestro lugar —dijo Cassandra. Dante se subió a mi camioneta. Cassandra se metió al coche de Gina. Susie se subió al coche de Grillo. Invitamos a Héctor, a Elena y a Julio, y nos siguieron al desierto, a ese lugar que nos pertenecía a mí y a Dante, y que ahora compartíamos con los que llamábamos amigos.

Cassandra llevaba una radio portátil y encontró una buena estación, y escuchamos música y nos pusimos a bailar. Presenté a Elena con Susie.

—Se caerán bien. Las dos pueden deletrear «feminismo».

—Sí, Ari, pero ¿tú puedes? —Elena, vaya miradas que podía lanzarte y que podían callarte en un nanosegundo.

—¿Ves, Susie? Tu alma gemela.

Y destapamos a Grillo frente a Elena y a Héctor y a Julio.

Elena estaba en éxtasis.

—¿Eres el de los grillos? Eres nuestro héroe.

Grillo era un hombre modesto.

—No soy el héroe de nadie.

—No tienes voz en esto —repuso Elena.

Y empezamos a cantar:

—¡Amamos a Grillo! ¡Amamos a Grillo!

Creo que nunca nadie había realmente celebrado su vida. Todos necesitaban ser celebrados.

Pusieron una canción de amor lenta en la radio. Dante y yo bailamos, sin temor en la compañía de amigos. Y Dante, siendo Dante, le preguntó a Julio:

—¿Alguna vez has bailado con otro chico? —Y Julio negó con la cabeza—. Pues estás por hacerlo.

Y bailó con él. Y si alguna vez alguien hubiera tenido una sonrisa radiante, era Julio.

Bailamos. Todos bailamos en el desierto. Bailamos en el desierto que amaba. Bailamos hasta que salió el sol. Y en ese amanecer el sol estaba brillando sobre los rostros de la gente que yo amaba. Todos ellos, todos estaban prendiéndole fuego al mundo.

Graduación. Significaba que algo nuevo comenzaba. Los motores de la carrera nos rugían en los oídos. En sus marcas, listos…

Treinta y nueve

Dante y yo fuimos a nadar todos los días después de que acabó la escuela. Solo estuvimos yendo él y yo por una semana. Pasábamos el rato en Memorial Park, enfrente de su casa. Me estaba enseñando a sumergirme de un clavado.

—Solo mírame, le vas a agarrar el modo.

No me importaba si agarraba el modo. Estaba tratando de memorizar cada movimiento que hacía, para poder recordarlo siempre.

Después de nadar, nos echamos en la hierba en el parque, abajo de lo que llamábamos nuestro árbol.

—¿Recuerdas esa beca de arte para el verano en París?

—El otro día me estaba preguntando sobre eso.

—Bueno, me la dieron. Me dieron una de las becas. Para ir a la Escuela de Bellas Artes de París.

Levanté un puño cerrado al aire.

—¡Sí! —Lo abracé—. ¡Oh, Dante! Estoy tan orgulloso de ti, carajo. ¡Guau! ¡Es increíble! ¡Guau, Dante! ¡Es increíble, carajo!

Pero parecía que Dante estaba lejos del éxtasis.

—Voy a rechazarla.

—¡Qué!

—Voy a rechazarla.

—Pero no puedes.

—Sí puedo.

Se levantó de donde estaba echado en el pasto y se dirigió a su casa. Lo seguí.

—¿Dante?

Lo seguí hasta su habitación.

—Dante, ¿te dan una beca especial para estudiar en un programa internacional en la Escuela de Bellas Artes de París y no vas a ir? ¿Estás loco?

—Por supuesto que no iré. Pasaremos el verano juntos antes de que me vaya en septiembre.

—¿Y qué dicen tus padres?

—Dicen que estoy echando a la basura una oportunidad única en la vida y que me dará la oportunidad de desarrollar mi arte y que me ayudará a impulsarme si realmente quiero intentar hacer una vida como artista.

—Y estoy de acuerdo con ellos.

—¿Y qué de nosotros?

—¿Nosotros? Todavía somos nosotros. Todavía somos Ari y Dante. ¿Qué cambiará con esto?

—¿No me extrañarás?

—Por supuesto que te extrañaré. No seas tonto. Pero no puedes rechazar esto... no por mí. No te lo permito.

—¿Así que no te importa no pasar nuestro último verano juntos?

—¿Quién dice que no me importa? ¿Y quién dice que es nuestro último verano juntos?

—¿Prefieres que esté en París a que esté aquí contigo?

—Yo no lo pondría así. No lo digas así. Quiero que vayas porque te amo. Esto te ayudará a convertirte en lo que siempre quisiste ser: un gran artista. Y yo no quiero ser un obstáculo para eso.

—Entonces quieres que vaya.

—Sí, quiero que vayas.

Jamás había visto ese tipo de desilusión y dolor en su rostro.

—Pensaba que querías pasar el verano conmigo. Conmigo, Ari.

—Eso quiero, Dante.

—¿Lo quieres?

—Dante...

La mirada en su rostro... estaba tan dolido. Lo miré a los ojos. No dijo una sola palabra. Me dio la espalda y entró a la casa.

Bajé los escalones y salí por la puerta. Me sentía perdido... Y luego me dije: «Se tranquilizará. Siempre lo hace».

Cuarenta

Intenté llamar a Dante todos los días por una semana. Cada día, llamaba.

—No quiere hablar contigo —dijo la señora Q.

—Entiendo.

—Ari... —comenzó a decir algo, luego suspiró—. Sam y yo te extrañamos. Solo quería decirte eso.

Asentí con la cabeza en el auricular del teléfono... pero no pude decir nada.

Dejé de llamar. Pasó una semana. Luego otra.

No llamó.

Cuarenta y uno

Mi madre estaba parada en el marco de la puerta de mi cuarto.

—Tienes compañía —dijo.

La miré perplejo.

—Dante. Está sentado en el porche. Quiere hablar contigo.

Me senté junto a él y Patas en los escalones de la entrada.

—Hola.

—Hola —respondió.

Y luego hubo un largo silencio.

—No era mi intención reaccionar así, Ari. No lo era. Y lo siento si no devolví tus llamadas. He estado bastante perdido sin ti. Pero he estado pensando que este tiempo separados es algo bueno. No seremos parte de la vida del otro de la misma manera cuando comencemos la universidad… y tal vez sea bueno que empecemos a acostumbrarnos a eso de estar en lugares diferentes. Digo, para cuando comencemos el nuevo semestre, estaremos acostumbrados a estar viviendo nuestras propias vidas. ¿No lo crees?

Asentí.

—Ari, tú y yo no tenemos futuro.

Negué con la cabeza.

—Sí, sí lo tenemos, Dante. Solo que no es el tipo de futuro que te imaginabas.

—¿Quieres decir que podemos simplemente ser amigos? Al carajo con eso.

Y, de nuevo, hubo un largo silencio entre nosotros. Y justo en ese momento sentí como si fuéramos dos extraños. Dos extraños que vivían en diferentes barrios, diferentes ciudades, diferentes países. No sé cuánto tiempo nos quedamos ahí sentados, pero fue un largo rato.

Y luego escuché la voz de Dante decir:

—Salgo mañana para París.

—Qué bueno que vayas. Es algo bueno. Una cosa hermosa.

Asintió.

—Quería agradecerte, Ari. Por todo.

Es curioso, Dante siempre era el chico lleno de lágrimas. Ahora no había lágrimas en él. Pero no había manera de que yo pudiera contener las mías.

Me miró.

—No era mi intención lastimarte.

Me detuve y respiré hondo y miré su rostro hermoso, que siempre sería hermoso.

—¿Sabes qué, Dante? Cuando lastimas a alguien, no puedes decir que no lo hiciste.

Se levantó y empezó a caminar por la acera.

—No te vayas así caminando y ya, Dante. Tengo una cosa más que decirte.

—¿Y qué es?

—Te amo. —Y luego lo susurré—: Te amo.

Se dio la vuelta con el rostro en mi dirección, pero no pudo mirarme. Solo miró al suelo. Y luego me miró a mí. Esas lágrimas familiares estaban corriendo por su cara. Las lágrimas cayeron como las lluvias que caían en la arena del desierto durante una tormenta.

Se dio la vuelta lentamente y se fue caminando.

Cuarenta y dos

Me senté para escribir en mi diario. Me quedé mirando la página limpia y nueva. Comencé a escribir el nombre de Dante. Pero no quería hablar con Dante. Así que puse mi diario a un lado y saqué un bloc de papel y empecé a escribir un poema. En realidad no sabía cómo escribir un poema, pero no me importó porque tenía que escribir algo para soltar el dolor. Porque no quería vivir en ese dolor.

Un día me dijiste: veo una añoranza.
Viste el anhelo en mí que no tiene nombre.
Te fuiste. Hay un cielo y hay árboles.
Hay perros y hay pájaros.
Hay aguas en esta tierra y
están esperando. Escucho tu voz: ¡zambúllete!
Me enseñaste a nadar en aguas tormentosas…
Luego me dejaste ahí para ahogarme.

Cuarenta y tres

Ahí estaban ellas, Cassandra, Susie y Gina, sentadas a la mesa de la cocina bebiendo limonada.

—Le voy a patear el trasero.

—Es una basura total.

—Es igual que todos los demás.

—No es como todos los demás, Gina. No es una basura total, Susie. Y, Cassandra, no le vas a patear el trasero a nadie.

—Pero mírate. Estás hecho un desastre.

—Sí, lo estoy. Tengo que aprender a soltar. Solo somos niños, de todos modos.

—Bueno, tal vez él sea un niño. Pero tú no lo eres.

—¿No podemos ir al cine y pensar en otra cosa y ya?

Y eso fue lo que hicimos. Fuimos al cine. Y luego salimos a comer pizza. Y no hablamos de Dante, pero estaba ahí. Era como un fantasma que merodeaba en mi cabeza. Aunque, más que nada, merodeaba en mi corazón.

Cuarenta y cuatro

Pasó una semana. Cassandra y yo salimos a correr todas las mañanas. Yo pasaba mi tiempo leyendo. Perderme en un libro no era una manera tan mala de pasar los días. Sabía que algún día dejaría de dolerme. Corría en las mañanas, leía, hablaba con Patas, hablaba con mi mamá.

Tuve muchas conversaciones con mi madre, pero no me acordaba de qué hablábamos. Vivía en esa soledad que estaba más allá de las lágrimas. No estaba exactamente melancólico. Estaba más bien letárgico o, ¿cuál era esa palabra que me enseñó Dante? Ah, sí, «desazón». Sentía desazón.

No había nada más que hacer… excepto vivir.

Intenté no pensar en el nombre que había estado escrito en mi corazón. Traté de no susurrar su nombre.

Cuarenta y cinco

Desperté con el sonido de una lluvia intensa. Me estaba tomando una taza de café cuando sonó el teléfono. Escuché la voz de la señora Q. Dijo que Dante había dejado algunas cosas para mí. Casi se me había olvidado qué linda voz tenía.

Para cuando llegué a casa de los Quintana, había dejado de llover. La señora Q estaba sentada en los escalones del porche y hablaba con Sófocles.

—¿De qué habla con él?

—De distintas cosas. Apenas le estaba contando sobre el día en que le salvaste la vida a su hermano.

—¿Habrá un examen?

—El sabiondo de siempre.

Me pasó a Sófocles.

—Necesito ir por algo para ti. Ahora regreso.

Tomé a Sófocles en mis brazos. Me quedé mirando sus ojos negros, profundos y curiosos. Era un bebé tranquilo. Estaba feliz de simplemente ser y parecía entender lo que estaba sucediendo a su alrededor, aunque yo sabía que eso no era realmente cierto. Siempre era dulce cuando estaba en mis brazos, pero se ponía inquieto cuando Dante lo cargaba. No sé a qué se debía.

Sam y la señora Q salieron cargando unas pinturas. La señora Q llevaba la pintura que nos había dado Emma, y no podía ver del todo la pintura que había sacado el señor Q. A juzgar por su tamaño, era la pintura en la que Dante había estado trabajando en su cuarto. La había envuelto en una cobija vieja para protegerla.

—Te hemos extrañado por aquí. —Sam me sonrió—. Déjame poner esta en la caja de la camioneta. —Volvió a subir los escalones y tomó la otra pintura, y la puso en el asiento de adelante. Subió dando brincos por las escaleras y en ese momento juré que era como mirar a Dante. Tomó a Sófocles en sus brazos—. Este pequeño se está poniendo grande.

—¿Extraña a Dante?

—No lo creo. Pero tú sí, ¿verdad?

—Supongo que lo tengo escrito en todo el rostro.

La señora Q me pasó una carta.

—Dejó esto para ti. —Me miró y sacudió la cabeza suavemente—. Odio verte tan triste, Ari. Dante tenía esa mirada hasta el día en el que salió para París. Nunca nos dijo qué sucedió entre ustedes.

—En realidad no entiendo qué pasó. Supongo que simplemente, no sé, simplemente, diablos, realmente no lo sé. Oigan, me tengo que ir.

La señora Q me siguió hasta la camioneta.

—Ari, déjate ver por aquí. Sam y yo creemos que eres lo máximo. Y si alguna vez necesitas algo…

Asentí.

—Sin importar lo que haya pasado entre ustedes… recuerda que Dante te ama.

—La última vez que lo vi, no se sintió así.

—No creo que realmente creas eso.

—No sé qué creo.

—A veces la confusión es mejor que la certeza.

—En realidad no entiendo qué significa eso.

—Escríbelo… y piénsalo. —Me besó en la mejilla—. Dale mi cariño a Lilly. Dile que no se le olvide la cena de mañana en la noche.

—Dante pensaba que cuando ustedes cenaban con mis padres, lo único que hacían era hablar de nosotros.

—Dante no tenía la razón en eso. Dante no tiene la razón en muchas cosas.

Cuando se enamoró de mí… ¿tenía la razón en eso? Eso es lo que le quería preguntar. Pero no lo hice.

Siempre había querido encontrarme con el amor, entenderlo, dejarlo vivir dentro de mí. Me lo crucé un día de verano cuando oí la voz de Dante. Ahora deseaba jamás habérmelo encontrado. Nadie me había dicho que el amor no llegaba para quedarse. Ahora que me había dejado, yo era un cascarón, un cuerpo hueco sin nada adentro, tan solo los ecos de la voz de Dante, distante e inalcanzable.

Y mi propia voz había desaparecido.

Cuarenta y seis

Me quedé mirando el cuadro que me había pintado Dante de regalo. Alguna vez me preguntó: «Ari, si supieras pintar, ¿qué pintarías?». Y yo le había dicho: «Tú y yo tomados de la mano y mirando un cielo del desierto perfecto». Eso es lo que estaba mirando… la pintura que me había imaginado.

Me quitó el aliento.

Me senté en la cama y abrí la carta que me había dejado Dante:

Ari:

Quiero que sepas que siempre te amaré. Sé que te duele. A mí también me duele. Dos tipos con mucho dolor. Sí quería quedarme contigo para siempre. Pero los dos sabíamos que no era posible. Crees que eres difícil de amar. Pero no lo eres. Soy yo el que es difícil de amar. Pido lo que no es posible. Estoy más que un poco avergonzado por la manera en que le puse fin a nosotros... por cómo le puse fin a Aristóteles y Dante. Tú crees que siempre sé qué decir... pero eso no es cierto. Cuando me alejaba de ti, dijiste: «Te amo». Yo también te amo, Ari. No sé qué hacer... y no sé qué estoy haciendo... Sé que te rompí el corazón. Pero también rompí el mío. Ari, sé que no puedo conservarte, pero simplemente no sé cómo soltar. Así que me fui caminando... no porque no te amara, sino porque no he aprendido el arte de soltar con algún tipo de gracia o dignidad. No creo que alguna vez vuelva a amar a alguien tan hermoso como tú.

Dante

La leí una y otra y otra vez.

Y luego supe qué debía hacer.

Llamé a Cassandra, a Susie y a Gina… y les pedí que vinieran a mi casa.

Las tres se quedaron mirando la pintura.

—Es asombrosa —dijo Cassandra.

Susie y Gina simplemente asintieron.

—Déjenme preguntarles algo.

Cassandra puso su mejor acento inglés.

—Bueno, no está mal preguntar, cariño. Pero no debes esperar una respuesta placentera.

—Solo intentas hacerme sonreír.

—Funcionó.

—¿Qué ven cuando miran esa pintura?

Susie se encogió de hombros.

—¿Es una pregunta capciosa? Los veo a ti y a Dante tomados de la mano y mirando hacia el desierto.

—¿Evoca algo para ustedes?

—Parece como que es muy posible que los dos chicos estén enamorados —añadió Gina.

—Exactamente. Veo el amor de Dante. Y ese amor está apuntando en mi dirección. Lo pintó para mí. Para mí.

Cassandra asintió.

—¿De qué se trata esto?

—Me ama. Y teme perderme. Eso es lo que creo.

—¿Así que simplemente se va? ¿Porque te ama? Y se asegura de perderte. Brillante.

—Le duele demasiado.

—Soltar es así —repuso Susie—. ¿Quién quiere soltar cuando amas a alguien?

—Pero tenían que saber que no duraría para siempre. —A veces odiaba la honestidad brutal de Gina.

—¿Y a quién le importa un carajo el «para siempre»?

—Dante soltó. Tal vez sea hora de que tú también sueltes, Ari.

—¿Dante soltó? Claro que no. Me voy a París.

Cuarenta y siete

¿Se puede sacar un pasaporte en dos semanas?

—Creo que sí. Cuesta más. Pero sí, ¿por qué preguntas?

—Me voy a París.

Intentaba leer la expresión de mi madre.

—¿Estás seguro? —Asentí—. Está bien.

—¿Es todo lo que puedes decir?

—No soporto esa mirada de dolor. Y no creo que vaya a desaparecer pronto. Tú y Dante tienen algún asunto sin terminar. No estoy segura de si es lo correcto. Y si es lo correcto, tal vez no sea el momento correcto. Y tampoco estoy diciendo que sea lo incorrecto. Como tú mismo me recordaste hace poco, es tu vida, pero sé mejor que nadie que no puedes arreglarlo todo.

—Mamá, no creo que Dante y yo estemos rotos.

Mi mamá me miró por mucho tiempo. Luego sonrió.

—Mírate, Ari: ya no temes amar.

Me pasó los dedos por el pelo.

—¿Por qué no nos vamos a la oficina de pasaportes? Y vamos a conseguirte un boleto a París. Por suerte, tu padre te dejó un poco de dinero. Y una vez que vendamos la casa de tu tía Ofelia, tendrás con qué pagar la escuela. También la escuela de posgrado, si decides que es lo que quieres hacer. Aunque no estoy segura de que tu padre y Ofelia soñaron que estarían pagando tu viaje al otro lado del mundo para que fueras tras un chico.

—No es cualquier chico, mamá. Es Dante Quintana.

Cuarenta y ocho

No me fui manejando a casa de los Quintana esa noche. Caminé. Había llovido en la tarde y estaba fresco afuera, y por las calles todavía corría el agua. Respiré el aroma de la lluvia y pensé en ese día en el que Dante y yo habíamos salido a caminar después de que lloviera, y en cómo ese día había cambiado la dirección de nuestras vidas. Parecía que había sucedido hace tanto tiempo.

Toqué el timbre de casa de los Quintana.

Sam me abrió la puerta.

—Hola, Ari —dijo, con esa sonrisa amable y familiar. Me abrazó—. Pásale.

La señora Q estaba sentando a Sófocles junto a ella en el sillón.

—Por lo que entiendo, decidiste viajar a París.

—Y por lo que entiendo, ustedes dos tuvieron una larga discusión sobre esto en la cena anoche con mi mamá.

La señora Q sonrió.

—No diría que larga. Teníamos otras cosas que discutir.

—Ah, sí —respondí—. Los ovnis.

La sonrisa de Sam… justo en ese momento, era idéntico a Dante. Aunque estoy seguro de que era al revés.

—Estás seguro de esto.

—Sí.

Podía ver que la señora Q intentaba decir lo correcto… o al menos intentaba no decir lo equivocado.

—Hay una parte de mi corazón que se está rompiendo por los dos. Dante puede ser muy terco e impredecible. Es todo emociones, y a veces su fino intelecto sale por la ventana. Estaba completamente decidido a pasar el verano contigo.

»Dante tiene muchas cualidades, pero no es altruista. Y tú lo eres, Ari. Sé que querías pasar el verano con él tanto como él lo quería. Él ve cuánto te ama, pero se le olvida ver cuánto lo amas tú. Le falla entender cuánto te importa él, porque se quieren de maneras tan diferentes.

—Tenemos asuntos sin completar. Quiero poder decir que hice mi parte. Sé que lo más probable es que Dante y yo sigamos cada quien su camino uno de estos días, porque estamos jóvenes. Pero creo que merezco decidir cuándo debería suceder ese cambio. Y mi voz dice: «Hoy no».

La señora Q sacudió la cabeza.

—Hay muy poca gente que pueda sacarme las lágrimas, Aristóteles Mendoza. Y da la casualidad de que tú eres uno de ellos.

—Tal vez esa sea una de las cosas más lindas que alguien me haya dicho jamás.

—Mírate. Mírate nada más. —Su voz podía ser firme y terca y amable, todo al mismo tiempo—. La primera vez que te vi venir a la casa, casi no dijiste palabra… tímido e inseguro de ti mismo. Dime, ¿cuándo te volviste hombre?

—¿Quien dice que lo hice?

—Yo lo digo. Aun así, no sabes cómo moverte en París.

Sam dijo:

—Me puse de acuerdo para que te quedes con nuestro amigo Gerald Marcus. Es un estadounidense que vive en París. Alguna vez fue mi mentor. Y es un hombre amable y generoso. Ya hablé con él y está más que feliz de tenerte como huésped en su departamento. Incluso ofreció recogerte en el aeropuerto. Llevará un letrero con tu nombre cuando llegues. Tengo entendido que tienes un plan.

—Lo tengo. —Le tendí un sobre—. ¿Puede llamarle a Dante y leerle esto? No tiene nada que sea muy personal. Solo es la fecha, la hora y el lugar en que le estoy pidiendo que nos veamos.

La señora Q tomó el sobre de mi mano.

—Yo me encargo.

Asentí.

—No sé cómo agradecerle. De verdad no lo sé. Perder a Dante no solo significa perder a Dante. Significa perderlos a ustedes también. —Sentí esas lágrimas tan familiares que me escurrían por la cara—. Lo siento. Quiero decir, odio haber aprendido a llorar. Simplemente lo odio.

—Jamás deberías avergonzarte de tus lágrimas. Sam llora todo el tiempo. Amamos a Dante. Y Sam y yo te amamos a ti también. Eso no cambiará jamás. Lo que hay entre tú y Dante queda entre tú y Dante. Siempre serás bienvenido en esta casa. Y no te vayas a alejar jamás de nosotros, Aristóteles Mendoza.

—No lo haré —respondí—. Lo prometo.

Cuarenta y nueve

Estaba todo empacado y esperaba que Sam me recogiera para llevarme al aeropuerto. Mi madre tenía una gran sonrisa.

—Nunca te has subido a un avión, ¿verdad?

—No. Jamás.

Me pasó dos pastillas.

—Esto es para el mareo, por si las dudas. Y si te sientes inquieto y comienzas a llenar tu mente acelerada con pensamientos que no te harán ningún bien y solo te dejarán desecho, entonces tómate esta. Te pondrá a dormir de inmediato. Es un vuelo de once horas.

—Mamá, qué maternal eres.

—Gracias. Es una de las cosas para las que soy buena.

Mientras estábamos parados en el porche, se estacionó el coche de Gina frente a la casa. Y las tres defensoras de los derechos igualitarios salieron del coche.

—Te encontramos justo a tiempo. Teníamos que darte un abrazo de buena suerte.

—No las merezco. No merezco a ninguna de ustedes.

—¿No nos merece? A veces pienso que no has aprendido una maldita cosa. Solo cállate la boca. Qué bueno que tienes que tomar un vuelo, o te estaría pateando el trasero justo en este momento.

Mi madre sacudió la cabeza.

—Cómo me gustan estas chicas.

Justo en ese momento, el coche de Sam se estacionó frente a la casa.

Abracé a mi madre.

—*Que Dios me lo cuide* —susurró en español. Me hizo la señal de la cruz en la frente.

Susie y Gina me volvieron a abrazar. Había tanta esperanza y amor en sus ojos. Me llevaría su esperanza conmigo. Todo el camino a París.

Cassandra me miró a los ojos.

—No hay nada que decir, más que te quiero.

—Y yo te quiero a ti —le dije.

Mientras nos alejábamos, le pregunté a Sam:

—¿En dónde estaríamos sin las mujeres?

—Estaríamos en el infierno —dijo Sam—. Ahí estaríamos.

Sam me ayudó con el equipaje en el aeropuerto. Tenía una maleta y una mochila. Me entregó un sobre.

—Ahí está toda la información que necesitas.

Por supuesto, había repasado el itinerario conmigo dos veces de camino al aeropuerto. Y me había dicho al menos tres veces que Dante sabía en dónde y a qué hora nos debíamos encontrar. Y me la pasé recordándole que había sido yo quien había fijado el tiempo y el lugar y que no era probable que lo olvidara. Estaba más nervioso que yo.

Me dio un abrazo.

—Dale mi amor a Dante. Y, Ari, no importa qué suceda, todo saldrá bien.

Pensaba que estaría un poco asustado en mi primer vuelo, pero estaba más emocionado que nada. Me tocó un asiento junto a la ventanilla. Y cuando despegó el avión, tuve una sensación en la boca del estómago y un momento fugaz de temor. Y luego la calma de las nubes de verano me dio una sensación de paz. Me estuve asomando por la ventana todo el vuelo. Debo haber estado realmente perdido en lo que veía, porque parecía que estábamos aterrizando justo después de haber despegado.

No me costó trabajo encontrar la puerta de salida a mi vuelo a París. Me estaba emocionando más y más. Quiero decir, como se emociona un niño pequeño. No fue muy larga la escala, y pronto estaba entregando mi pasaporte y boleto para abordar el avión.

Esta vez me tocó un asiento de pasillo, lo cual estaba perfecto. Supongo que sentía que sentarme en un asiento de ventanilla mirando a la oscuridad podría asustarme un poco. Observé a la gente abordar, algunos riéndose, algunos estresados. Algunos hablando inglés, otros hablando francés. Nos sirvieron la cena tan pronto como despegó el avión. Me sirvieron una mini botella de vino con la cena. Me comí el pollo y la pasta, pero ni los probé. Me tomé el vino.

Estaba inquieto y pensando en todo, me estaba volviendo un manojo de nervios. Decidí seguir el consejo de mi madre y tomarme la píldora que me dijo que me haría dormir. Lo único que supe después es que la mujer a mi lado me estaba despertando.

—Estamos por aterrizar —dijo.

Sentí el latido de mi propio corazón.

París. Estaba en París.

Mucha gente parecía irritada al pasar por la aduana, pero deben de haber sido viajeros asiduos. A mí me pareció interesante pasar por ahí. Había tanta gente y el aeropuerto era enorme. Y me sentía tan pequeño… aunque por alguna razón no tenía nada de miedo. Pero, hombre, vaya que estaba despierto. Digo, estaba súper despierto y curioso sobre todo lo que veía. París. Estaba en París. No era difícil saber qué hacer y adónde ir. Solo seguí a todos. Solo me confundí una vez, pero la mujer que había estado sentada junto a mí en el vuelo notó mi mirada de confusión.

—Por aquí —dijo—. Su acento francés era agradable.

Después de pasar por la aduana, fui a la zona en donde recogen a los pasajeros. Había un caballero mayor que cargaba un letrero con mi nombre.

—Soy Ari —me presenté.

—Soy Gerald. Bienvenido a París.

Gerald parecía un caballero mayor distinguido y acomodado, con los ojos y la sonrisa de un hombre mucho más joven. Era platicador y amigable, lo cual me alegró porque me hizo sentir a gusto. Gerald me acompañó como práctica al Louvre y de regreso, para que no me perdiera. Pero el metro no era difícil de usar. Nada difícil. No me sentí tan desorientado como pensaba. Gerald me dijo que era un viajero nato. Me llevó a un lindo café para almorzar. Pidió vino. Le dije que no tenía la edad para beber.

—Tonterías estadounidenses. Los estadounidenses pueden ser tan ridículos. No extraño mi país de origen. En lo más mínimo.

Se sintió agradable tomar una copa de vino en un café al aire libre. Todos estaban tan vivos. «Adulto» era la palabra.

—¿Cómo acabaste en París, Gerald?

—Me jubilé muy joven. Venía de una familia acomodada. Me ha tocado mi parte de sufrimiento… pero siempre sufrí en confort. —Se rio de sí mismo—. Anteriormente había venido a París por varios meses. Conocí a un hombre. Se volvió mi amante. Y luego me dejó por otro hombre. Otro estadounidense, resulta. Y, peor aún, tenía casi la misma edad que yo. No es que me hubiera sentido tan mal. Creo que no lo amaba tanto. No era ni remotamente mi par intelectual. Y eso, por cierto, no tiene nada que ver con la edad.

—Así que, después de que terminó mi aventura, me quedé. Mi verdadero amor era esta ciudad. Ahora es mi hogar. De alguna manera se sintió como mi hogar desde el momento en que llegué.

—¿Alguna vez extrañas Estados Unidos?

—No. A veces extraño enseñar. Extraño interactuar con mentes jóvenes, ambiciosas y brillantes. Como la de Sam. Fui su director de tesis. Tenía una pasión por la poesía. Ah, y era bondadoso. El hombre más bondadoso que hubiera conocido jamás. Él y su maravillosa esposa, Soledad. Estaban tan vivos, y pienso que la mitad de sus profesores les tenían envidia. Sam era uno de mis alumnos favoritos. Sé que uno no debería de tener favoritos, pero somos humanos. Conocí a Dante cuando acababa de llegar a París. Es tan parecido a ellos dos. Talentoso.

Asentí.

—Entiendo que estás en una misión.

—Lo estoy.

—El amor a tu edad es algo único. Eres demasiado joven para saber lo que estás sintiendo. Y demasiado joven para saber lo que estás haciendo. Pero todo eso es para bien. El amor a cualquier edad es algo único. No se vuelve más fácil cuando eres mayor. Nadie sabe lo que hace cuando se trata del amor.

Con eso me dieron ganas de sonreír. Me preguntó por mis padres. Le conté que acababa de perder a mi padre. Hablamos por mucho tiempo. Me agradó mucho Gerald. Era interesante y sabía cómo tener una conversación y cómo escuchar, y había algo muy genuino en él. Salimos a caminar después. Y pude ver por qué Gerald amaba París. Tenía amplios bulevares bordeados de árboles y aceras repletas de gente sentada, bebiendo café y hablando unos con otros o simplemente pensando solos.

La ciudad del amor. Era una palabra tan extraña, «amor». Realmente no encontrarías su definición en ningún diccionario.

—¿Hay algún lugar al que quieras ir? Estoy seguro de que hay muchas cosas que te gustaría ver. Que no te dé vergüenza comportarte como turista la primera vez que vienes a París.

—La primera vez podría ser la última.

—Tonterías. Volverás algún día.

—Estoy aquí ahora… eso es lo que importa.

Gerald me dio un golpecito en la espalda.

—Es algo admirable viajar tan lejos. Él debe… —Se detuvo—. Iba a decir que Dante debe de ser un joven muy admirable, pero tal vez seas tú quien es admirable.

—Tal vez los dos seamos admirables, pero creo que yo nací con un corazón idiota.

—Qué cosa tan bonita y entrañable acabas de decir.

Eso me avergonzó. Se dio cuenta y cambió el tema.

—Podemos simplemente caminar. París es una ciudad que llegas a conocer recorriendo sus calles.

—Me gustaría ver la torre Eiffel. ¿Sería posible?

—Por supuesto. Es por aquí.

Caminar por las calles de una ciudad desconocida me hizo sentirme como un cartógrafo.

Cuando bajamos del metro y nos dirigíamos a la torre Eiffel, señalé más adelante.

Vi un mar de gente en un parque… y casi todos llevaban letreros. Podía ver la torre Eiffel a la distancia. Nunca había visto algo así.

—¿Qué está pasando, Gerald?

—Ah, sí, lo olvidaba. Tal vez venir aquí hoy no fue la mejor idea. Se están haciendo los muertos como protesta. Están llamando la atención sobre el hecho de que tanta gente está muriendo… y que al gobierno parece no importarle un comino. Espero que esto no te altere.

—No, no, claro que no. Es asombroso. Increíble. Es una de las cosas más asombrosas que he visto.

Miré hacia el mar de personas mientras nos acercábamos más y más. Miles de personas. Miles. Pensé en Cassandra, Susie y Gina. Si estuvieran aquí, se unirían a la protesta. Nunca había visto, nunca había soñado con ver algo así.

—Son tan hermosos. Dios, son tan hermosos.

Gerald me rodeó con el brazo.

—Me recuerdas a mí cuando era joven. No has perdido tu inocencia.

—No hay nada tan inocente en mí.

Gerald simplemente sacudió la cabeza.

—No podrías estar más equivocado. Trata de aferrarte a esa inocencia todo lo que puedas. A medida que envejecemos, nos volvemos cínicos. El mundo nos desgasta. Dejamos de luchar.

—Tú realmente no has parado de luchar, ¿o sí?

—Lucho aquí arriba. —Se dio un golpecito en la sien—. Ahora te toca a ti pelear por ti. Pelear por los que no pueden pelear. Pelear por todos nosotros.

—¿Por qué siempre tenemos que pelear?

—Porque nos aferramos a modos de pensar que ni siquiera califican como pensar. No sabemos cómo ser libres, porque no sabemos cómo liberar a los que esclavizamos. Ni siquiera sabemos que estamos haciendo algo así. Tal vez pensamos que nuestra libertad no vale nada si todos los demás la tienen. Y tenemos miedo. Tenemos miedo de que, si alguien quiere lo que tenemos, se estén llevando algo que nos pertenece… y que solo nos pertenece a nosotros. Pero ¿a quién le pertenece un país? Dímelo. ¿A quién le pertenece la Tierra? Me gustaría pensar que algún día nos daremos cuenta de que la Tierra nos pertenece a todos, pero no viviré para ver ese día.

Había cierta tristeza en su voz. Era más que solo tristeza… una especie de cansancio, una especie de dolor, la voz de un hombre a quien le habían arrebatado sus sueños muy, muy lentamente. Me pregunté si eso me pasaría a mí también. ¿El mundo conspiraría para quitarme la esperanza, para arrancármela? Mis sueños apenas estaban naciendo. Dios, esperaba poder aferrarme a mis esperanzas, a mis sueños.

Miré a toda esa gente alzando la voz, intentando hacer que sus voces se oyeran entre todo el ruido. «Rabia ante la muerte de la luz». Ese era uno de los poemas favoritos de Dante. Dante.

—¿Qué dicen sus letreros?

—«*Sida La France doit payer*». ACT UP París. ¿Conoces ACT UP?

—Sí.

—Las palabras dicen: Sida, Francia debe pagar.

—¿Eso qué quiere decir exactamente?

—Si ignoramos algo, entonces pagaremos el precio. A los gobiernos les encanta ignorar las cosas que no son convenientes. Nadie gana nada fingiendo que no está ahí. Todos sufriremos por ello. La pandemia del sida exige que nuestros líderes ayuden, que inviertan en una cura. Se necesita compasión para liderar. A algunos de nuestros políticos sí les importa. A la mayoría, no. Y algunos de ellos ni siquiera fingen que les importa.

Asentí. Me agradaba Gerald. Parecía saber quién era.

—Ese hombre de allá. Está levantando un letrero. ¿Qué dice?

—«El sida me arrebató a mi amante. Francia lo conoce como un número. Yo lo conocí como el hombre que era el centro de mi mundo».

—Quiero hablar con él. ¿Puedes ayudarme a traducir?

Gerald asintió.

—Por supuesto.

Me acerqué al hombre. Era joven. Mayor que yo… pero joven.

—¿Puedes decirle que es una cosa hermosa amar frente a tanta muerte? ¿Puedes decirle que es muy valiente?

—Excusez-moi, monsieur. Mon jeune ami américain voulait que je vous dise qu'il pense que c'est une belle chose à aimer face à tout ce mourant. Il voulait que je vous dise qu'il vous trouve très courageux.

El hombre le pasó su letrero a Gerald y me abrazó. Susurró en inglés:

—Todos tenemos que aprender a ser valientes. No podemos permitirles que nos arrebaten nuestro amor.

Me soltó. Nos despedimos con una breve inclinación de cabeza. Y luego dijo:

—Estás demasiado guapo para ser estadounidense.

Le sonreí.

—No estoy seguro de ser estadounidense.

El Ari que alguna vez fui no habría tenido el valor para hablar con un extraño en un país extranjero. Había desaparecido el viejo Ari. No sabía en dónde lo había dejado… pero no lo quería de regreso.

Cincuenta

Me dirigí hacia el Louvre alrededor del mediodía. Intenté no pensar en nada. Tras bajar en la estación, caminé hasta la entrada al museo… y luego esperé en la fila. No me tomó más de veinte minutos conseguir un boleto para entrar a uno de los museos más famosos del mundo.

Miré mi reloj. Nunca había usado reloj. Era de mi padre. De alguna manera sentía que él estaba en algún lugar cercano. Era una sensación extraña. Tenía un mapa del Louvre y lo seguí, y me abrí paso hasta *La balsa de la Medusa*. Y de repente estaba parado frente a esa pintura. No me decepcionó. Era una pintura enorme. «Magnífica» era la única palabra para describirla. Me quedé mirándola por mucho tiempo.

Haber pintado eso. Haber traído al mundo una obra de arte que pudiera hacer que el corazón humano se sintiera vivo. Me pregunté cómo sería tener un don así.

Miré mi reloj. Era exactamente la una treinta. Me paré frente a la pintura… y me sentí tan pequeño e insignificante. Y luego lo sentí parado junto a mí.

Dante, siempre impuntual, había llegado a tiempo. Por mí.

No dejé de mirar la pintura. Y sabía que él también la miraba.

—Vengo y la miro todo el tiempo. Y pienso en ti.

—La primera vez que vi ese cuadro en un libro, me enamoré de él. No sabía que podía enamorarme de una pintura. Así como no sabía que podía enamorarme de otro chico.

Nos quedamos en silencio, como si no hubiera palabras para decir lo que teníamos que decir. Sabía que él quería disculparse.

Y yo quería disculparme también. Pero era tan innecesario reconocer el dolor, porque el dolor ya se había ido. Y era innecesario decir «te amo» en ese momento, porque a veces se sentía vacío decir algo tan obvio... así que era mejor guardar ese silencio, porque era tan raro y tan sagrado.

Sentí que tomaba mi mano en la suya, una mano que guardaba todos los secretos del universo, una mano que jamás soltaría hasta memorizarme todas y cada una de las líneas de su palma. Miré el cuadro, los sobrevivientes del naufragio, peleando contra las olas de una tormenta, forcejeando para volver a la playa, en donde los esperaba la vida.

Sabía por qué amaba esa pintura. Yo estaba en la balsa. Dante estaba en la balsa. Mi madre y la mamá y el papá de Dante y Cassandra y Susie y Gina y Danny y Julio y el señor Blocker. Y la señora Livermore y la señora Alvidrez, todos estaban en esa balsa. Y aquellos que habían muerto demasiado pronto: mi papá y mi tía Ofelia y el hermano de Cassandra, y el hijo de Emma y Rico, y Camila, todas las personas perdidas que el mundo había desechado... Todas estaban ahí con nosotros en esa balsa, y sus sueños y deseos también. Y si se desmoronaba la balsa, nos sumergiríamos en las aguas de ese mar tormentoso... y nadaríamos hasta la orilla.

Teníamos que llegar a la orilla por Sófocles y por todos los ciudadanos recién llegados del mundo. Habíamos aprendido que todos estábamos conectados y que éramos más fuertes que cualquier tormenta, y lograríamos regresar a las orillas de Estados Unidos... Y cuando llegáramos, desecharíamos los viejos mapas que nos llevaban a lugares violentos y llenos de odio, y los nuevos caminos que trazaríamos nos llevarían a todos nosotros a lugares y ciudades que jamás hubiéramos soñado. Éramos los cartógrafos de los nuevos Estados Unidos. Trazaríamos el mapa de una nueva nación.

Sí, éramos más fuertes que la tormenta.

Teníamos tantas ganas de vivir.

Lograríamos llegar a la orilla con o sin esta balsa destrozada y rota. Estábamos en este mundo y pelearíamos para quedarnos en él. Porque era nuestro. Y un día la palabra «exilio» ya no existiría.

No me importaba lo que sucediera con Dante y conmigo en el futuro. Lo que teníamos era ese momento y, justo entonces, no quería ni necesitaba otra cosa. Pensé en todo lo que habíamos vivido juntos y todas las cosas que nos habíamos enseñado el uno al otro... Y cómo jamás podríamos desaprender esas lecciones, porque eran las lecciones del corazón, el corazón aprendiendo a entender esa palabra extraña y familiar e íntima e inescrutable: «amor».

Dante se apartó de la pintura y me miró de frente.

Yo también me volví hacia él. Había extrañado su sonrisa. Algo tan simple, una sonrisa.

—Bésame —dije.

—No —respondió—. Bésame *tú*.

Así que lo besé.

Y no quería dejar de besarlo jamás, pero no podíamos besarnos para siempre.

—¿Sabes? —susurré—. Te iba pedir que te casaras conmigo, pero no nos dejan hacer eso. Así que pensé que tal vez era mejor simplemente saltarnos la boda e ir directamente a la luna de miel.

—¿Ya decidiste adónde me llevarás?

—Sí. Pensé en llevarte a París. Pasaremos el rato escribiendo nuestros nombres en el mapa de la ciudad del amor.

Agradecimientos

Me tomó cinco años escribir un libro que nunca tuve la intención de escribir. Aristóteles y Dante salieron de alguna parte dentro de mí y pensé que había terminado con ellos, pero ellos no habían terminado conmigo. Llegué a sentir de corazón que había dejado muchas cosas sin decir y quedé insatisfecho con *Aristóteles y Dante descubren los secretos del universo*. De alguna manera parecía demasiado fácil. Lenta y renuentemente, comencé a pensar en terminar lo que había comenzado. Pero ¿qué era lo que había dejado sin decir? Decidí que solo escribiendo la secuela descubriría la respuesta. Y debo ser sincero, este es el libro más difícil que haya escrito jamás.

Nada en esta novela me vino fácilmente, lo que me sorprendió. A veces sentía que mi corazón libraba una guerra contra sí mismo. Pude terminar gracias a quienes me apoyaban con su amor y su fe en mí y en mi escritura. Lo he dicho antes, y vale la pena repetirlo: nadie escribe un libro solo. Quisiera agradecer a los que estuvieron conmigo al escribir este libro. A veces parecía que la gente que llenaba mi vida de cariño hermoso e imposible estaba en el cuarto conmigo mientras escribía. Algunos estaban para mí casi como fantasmas. Otros estaban presentes calladamente, casi en silencio. Otros más estaban presentes para mí de maneras mucho más «reales». Más que nada, escuchaba sus voces por teléfono, mensajes de texto y correos electrónicos. Escribir un libro en medio de una pandemia lo cambia todo.

La primera en mi lista de agradecimientos es mi agente, Patty Moosbrugger. A través de los años ha sido mucho más que una agente; se ha convertido en una de mis amigas más cercanas. No sé qué haría sin ella, ni quisiera descubrirlo. Como escribí la mayor parte de este libro durante la pandemia, tengo una deuda de gratitud con las tres personas que fueron parte de mi vida cotidiana. Sin su presencia, no sé cómo habría sobrevivido. Danny, Diego y Liz se convirtieron en mi familia... y en el apoyo emocional que necesitaba mientras escribía. Sin su presencia, su paciencia y su amor, estoy seguro de que no habría podido escribir este libro. Mi hermana Gloria siempre estaba cerca, siempre en mi corazón, siempre un centinela que me cuida. Era —y sigue siendo— mi ángel guardián. En el último año he visto muy poco a mis amigos, pero hubo muchas veces en que me imaginé a cada uno de ellos en la habitación conmigo, sentados en silencio mientras escribía. Estos nombres son sagrados para mí: Teri, Jaime, Ginny, Bárbara, Héctor, Annie, Stephanie, Álvaro, Alfredo, Angela, Mónica, Phillip, Bobby, Lee, Bob, Kate, Zahira y Michael. ¿Cuántos amigos puede tener un hombre? Tantos como pueda guardar su corazón.

Me parece importante agradecer a todos los que dedicaron sus vidas a ser maestros y educadores, y que están en el corazón de esta y toda nación. Su presencia en este libro es un reconocimiento a las contribuciones que han hecho a nuestra sociedad y a la diferencia que han hecho en nuestras vidas. Quisiera en particular agradecer a los mentores que me convirtieron en el escritor que soy hoy: Ricardo Aguilar, Arturo Islas, José Antonio Burciaga, Diane Middlebrook, W. S. DiPiero y Denise Levertov. Quisiera agradecer particularmente a Theresa Meléndez, quien fue mi mentora cuando apenas empezaba mi carrera. Fue ella quien me animó por primera vez a volverme escritor. Fue ella quien creyó que tenía talento y que debería desarrollarlo. Tenía el corazón más bondadoso y la mente más feroz de todos mis mentores... y me siento agradecido de que siga en este mundo. Me parece que nunca le he dado todo el crédito que merece por mi formación como hombre y como escritor. Gracias, Theresa.

Quisiera agradecer a las Hijas Católicas de Estados Unidos y el trabajo que hacen. Mi madre fue miembro orgulloso y, al incluirlas en mi novela, siento como si la estuviera honrando. Quisiera reconocer a todos los hombres que lucharon en Vietnam. Y los honro con su presencia ficticia en esta novela. Quisiera honrar a todas esas víctimas de la pandemia del sida y a todos aquellos que sufrieron la pérdida de los que amaban. Como tantos otros, perdí a gente que amaba, incluyendo a mi hermano, Donaciano Sánchez, mi mentor, Arturo Islas, y un amigo cercano, Norman Campbell Robertson.

También quisiera agradecer a mi perrito, Chuy, quien es la criatura más maravillosa. Llenó mis días de cariño y bondad ilimitados. Me ayudó a pasar por muchas noches de soledad. Todos los días me siento lleno de la esperanza que me ha dado.

Y, finalmente, agradezco el trabajo de una editora brillante, Kendra Levin, quien ha elevado su trabajo a un arte. No solo es una editora admirable, sino que es un ser humano admirable. Decir que adoré trabajar con ella en este libro es decir poco. Su trabajo en este libro es anónimo, mientras que yo recibo todo el crédito. Gracias, Kendra.